IL SUGGERITORE

惡魔
呢喃而來

Donato Carrisi

多那托・卡瑞西——————著 吳宗璘——————譯

媒體名人盛讚

有史以來最難猜測結局的小說之一。

——The Bookseller.com網站

很吸引人的一部作品……我打賭沒有人猜得到結局！

——英國《衛報》

《惡魔呢喃而來》是一趟超炫的閱讀之旅！故事情節強力散發出高度張力、高度危險以及高度疾速。精采絕倫！

——麥可・康納利（美國推理小說家）

週六能夠躺在沙灘上讀一本好書，這就是人間天堂。我讀的是多那托・卡瑞西的《惡魔呢喃而來》——一部精采萬分的懸疑小說！

——肯・弗雷特（英國歷史懸疑小說大師）

極度野蠻、極度優秀——就像是湯瑪士・哈里斯的小說用伊恩・藍欽的筆調呈現出來。

——威爾・拉凡德（《深夜的文學課》作者）

詞句轉折相當優雅，一如純文學小說……卡瑞西筆下的反派角色會是人魔漢尼拔・萊克特的好夥伴；而他所創造出來的偵探們則巧妙地各有些微差異，他們爲了良善而必須面對邪惡，每個人都身陷其中、苦苦掙扎，偶爾也有失敗的時候。這部作品描繪出『邪惡』的眞實面貌——強力糾纏縈繞、令人倉惶窘迫、終致崩壞毀滅。

——美國《科克斯書評》

極為獨特的小說……卡瑞西知道要如何吊讀者胃口，小說雖然長達數百頁，但卻讓人想要一口氣讀完。

——義大利《晚郵報》

精緻絕美。喜歡作者展現操控能力的讀者（包括操控情節與操控讀者的能力），絕對會受到這部作品的吸引。

——《圖書館雜誌》重點書評

這是一樁神秘的謀殺案件，一道難解的謎題，一項挑戰，一個關於社會、關於你我的精采寫照。

——《波士頓邊緣雜誌》

多那托．卡瑞西擁有獨特的天賦，可以將精采的鑑識細節、難解的劇情轉折，以及極具說服力的角色巧妙融合在一起，形成一個天衣無縫又鏗鏘有力的故事。《惡魔呢喃而來》在對你說故事的同時也會令你深深著迷、不斷地盤據在你腦海之中——這是一本你讀完之後會久久無法忘懷的小說。

——麥克．寇里塔（美國暢銷作家）

錯綜複雜的情節，出人意表的發展。《惡魔呢喃而來》已經贏得許多文學獎項，並且榮登全歐洲的銷售量排行榜冠軍，我相信這本書在本地的表現也不會有絲毫遜色。

——《Bookpage書評網》

扣人心弦、層疊交錯、難以釋手……驚悚文學頂尖之作。

——英國《選擇雜誌》

書中充滿超乎預期的原創性劇情轉折，原本是他人夢魘的人變成了被惡夢所糾纏的對象。這部小說就是如此吸引人、如此有深度、如此精采……對小說迷來說，就像是一桌滿漢全席！

——德國全國性報紙《Waldeckische Landeszeitung》

深具魅力。

——德國《Cellesche Zeitung報》

充滿驚奇！

——義大利《信使報》

不容錯過！

——葡萄牙《數位日報》

扣人心弦……是一部精準而明確的心理懸疑小說。

——《泰晤士報》

絲絲入扣、層層疊疊，令人愛不釋手——這是一部頂級的懸疑文學作品。

——《選擇雜誌》

饒富旨趣，引人入勝……一重復一重的扭轉曲折。

——英國《文學評論》雜誌

故事從一開場就非常吸引人！《惡魔呢喃而來》使盡各種招數來挑動讀者，但最重要的是：等到高潮來臨時，完全不會讓人失望。

——都柏林《先鋒晚報》

[redacted]監獄
第四十五號監區
報告人：典獄長阿方索．柏連格

十一月二十三日

此致　地方檢察官傑比．馬丁

主旨：密件

馬丁先生您好：

謹此向您稟報，本所收容人當中出現一個怪異案例。

該名問題個案的囚號爲RK-357/9。由於他堅持不肯提供個人資料，所以我們只能以這種方式稱呼此人。

他的逮捕日期爲十月二十二日，當時他在街上一個人遊蕩，一絲不掛，地點就在[redacted]鎮的鄉道附近。

在比較過該犯指紋與檔案資料之後，已排除其與之前刑案或其他懸案的關連性。然而，他堅拒揭示個人身分，即便在法官面前亦是如此，因而讓他獲判四個月又十八天的刑期。

自其入監開始，收容人RK357/9從來不曾違紀，而且一直遵守監所規定。該人具有孤獨性格，不願與人交際。

也許是因爲這個原因，目前還無人知其任何特徵，一直到最近，才被我們的一位舍監發現狀況有異。

該犯RK357/9對於自己接觸過的物件，一定會拿毛氈擦拭乾淨；他還會每天撿拾自己掉落的毛髮；每次使用過水槽、水龍頭，以及馬桶後，都會擦得光潔如新。

顯然我們在對付的是某個有超級潔癖的人，或者，其實他不惜一切、都只是爲了避免留下自己的「生物性資料」。

我們因而高度懷疑該犯RK357/9曾犯下某一特殊重罪，逃避我方採集他的DNA以進行指認。目前他與另名犯人共處同一囚室，這肯定讓他更便於混淆自己的生物特徵，因此，自從獄方發現他的習慣之後，首要措施即是將他移監，並予以隔離。

在此告知您上述情形，敬請貴方進行適切調查，如有必要，也煩請貴方務必採取緊急措施，強制犯人RK-357/9提供DNA檢體。

由於該犯之刑期將於一百零九天後（三月十二日）屆滿，因此，事況實屬緊急。

典獄長　阿方索・柏連格博士　謹呈

1

靠近W的某地
二月五日

這架巨蛾載著他前行，它依循著記憶飛動，整夜不息。灰髒的雙翅顫動，在宛如巨人們背對背而眠的群山之間，迂迴梭行。

他們的上方，絲絨般的穹蒼，下方，蓊鬱的森林。

飛行員轉向乘客，前指著地面上的一個大白洞，看來彷佛是火山的白熱喉管。

直升機轉向，旋即飛了過去。

七分鐘之後，他們降落在快速道路的旁邊，道路已經封閉，現場有員警駐守。一位身穿藍色制服的男子從樹下走出來、迎接這位訪客，他奮力用手壓住在空中翻飛的領帶。

「卡維拉博士，我們一直等候您的大駕。」他提高聲量，以免讓自己說的話被旋翼發出的噪音蓋過去。

戈蘭・卡維拉沒有應他。

特警史坦繼續接口：「請跟我來這邊，我會在路上向您說明。」

他們走進一條臨時便道，直升機的聲音已經被拋卻在後，它再度起飛，沒入墨黑色的天空裡。

濃霧如裹屍布一般重重纏繞，讓人看不清山丘稜線。他們四周散發著森林的芬芳，夜露混雜其中，讓氣味更加沁甜，而這股濕氣飄升進入他們的衣內，在皮膚上冰冷地緩滑而過。

「這狀況很棘手，眞的，你一定要親眼看到才算數。」特警史坦走在戈蘭前頭幾步，伸手推開路上的灌木叢，他並沒有四處張望，一直繼續向卡維拉報告案情。

「全都是今天早上發生的事，大概是十一點鐘左右。兩個小男孩帶著狗走過這條路，進入森林，爬上山丘，到了這塊空地。他們的狗是拉布拉多犬，你也知道這種狗喜歡挖洞……突然這隻狗聞到味道就抓狂了，牠挖了個洞，然後，第一個就出現了。」

隨著向林地深處前進，坡度也漸漸越來越陡峭，戈蘭努力想跟上史坦的腳步。他發現史坦褲子的膝處沾了一些珠滴，顯現出他今晚已經走過好幾趟。

「當然，小男孩立刻嚇得跑走，趕緊通知當地警方，」這位警探繼續說道：「他們到達之後，搜索現場及山坡地，尋找所有線索，那時候，都還只是一般例行性行動。然後，有人想到再挖一次，看看是不是有別的東西……第二個也出現了！此時他們打電話給我們：我們三點之後就一直在這裡，還是不知道底下埋了多少東西。好，我們到了……」

在他們面前開了一處窄小的空地，被探照燈打得通亮——這正是火山的發光嘴口。突然之間，森林的芳香氣味消失殆盡，一陣明顯的臭味向這群人襲來，戈蘭抬起頭，好讓這股臭味盈滿全身，酚酸，他自言自語。

然後，東西映入了他的眼簾。

一圈小小的墓穴。在鹵素燈的投射之下，大約有三十個穿著白色工作服的人，正在進行挖掘，他們手持小鍬和刷子，盡可能小心翼翼地去除泥土。有的人正在梳理草地，還有人拍照，爲所有找到的東西拍照、仔細編號造冊。他們以慢動作的速度在做事，姿態精確、符合標準規範、簡直讓人昏昏欲睡，他們全部沉浸在一種聖典般的沉默當中，只有偶爾發出的閃光聲響，才會打破寂靜。

戈蘭看到特警莎拉・羅莎，以及克勞斯・波里斯，還有首席檢察官羅契。羅契認出是他之後，立刻大步趨前走向戈蘭，他還來不及開口，戈蘭已經劈頭發問。

「有多少個？」

「五個。每一個五十公分長，二十公分寬，深度五十公分……你覺得爲什麼要這樣挖洞掩埋？」

他們都有這個東西，同一個東西。

這位犯罪專家望著他，期待著他的回答。

答案揭曉：「左臂。」

戈蘭轉身看著那群穿著白色工作服的男人，他們還在那詭譎的林地墳墓裡繼續工作。這裡挖掘出的東西只有被肢解的殘骸，但是在此一虛幻的靜止時分之前，帶它們來到這裡的邪惡之源，想必在某處早做了精心準備。

「就是這些嗎？」戈蘭問道，但是這一次他已經知道了答案。

「根據聚合酶鏈反應的分析，死者全部都是女性，也都是白種人，年齡在七歲到十三歲之間……」

小孩子。

羅契說出了這個字，他的聲音裡完全不帶一絲變化，彷彿是留在嘴裡、釋出了苦澀氣味的唾沫。

黛比、安妮卡、薩賓娜、梅莉莎、卡洛琳娜。

一切從二十五天前開始說起，那故事就像是地方版雜誌上出現的小新聞：有錢人家小孩念的知名寄宿學校裡，有年輕學生失蹤了，大家都以爲她逃學。讓人議論紛紛的女孩年紀是十二歲，名字叫做黛比，她的同學記得還看到她下課的時候離開，但到了宿舍晚點名的時候才發現她不在。這整起事件看起來很像是報紙第三頁會出現的中篇新聞報導，之後會默默退居到雜類新聞版面，讓讀者靜待一個可想而知的開心結局。

接著安妮卡也消失了。

她住在某一有著木屋和白色教堂的小村莊裡，十歲。起初大家以爲她在常去騎登山車的森林裡迷了路，全村的人都加入搜查大隊，但是一無所獲。

第二案出現之後，他們才知道究竟是出了什麼事。

第三個受害者是薩賓娜；她最小，七歲。事情發生在城裡，時間是週六傍晚，就像大多數的親子家庭一樣，她跟著爸爸媽媽一起到遊樂場玩，然後她到滿滿都是小孩的旋轉木馬區，爬到了某匹馬上頭，她媽媽看著她轉了一圈，揮手，第二圈，又揮揮手，到了第三圈，薩賓娜已經不見了。

一直到那個時候，才有人開始想到，過去這三天裡發生三起孩童失蹤事件，已經到了一種極爲異常的程度。

大規模搜索開始進行，電視上也出現緊急呼籲，突然之間，大家開始討論起犯案者，不知道是一個瘋子還是一群瘋子、也許可能是整個犯罪集團，但是每一個人都毫無頭緒，無法進一步縮小範圍。警方設置了專線收集情報，就連匿名線報也不放過。一共有數百條線索；逐一清查需要好幾個月的時間，但關於這些小女孩卻還是毫無頭緒，更糟糕的是，由於失蹤事件發生在好幾個不同的地方，所以當地警察對於最終管轄權落於何處，始終沒有共識。

就是在這個時候，首席檢察官羅契及其領軍的重案組被找了進來。失蹤人口案件通常不會是他的管轄範圍，但由於群衆連日累積的歇斯底里情緒，這些案件已經被當成特案處理。

當第四名女孩失蹤的時候，羅契和其子弟兵已經接手此案。

梅莉莎是年紀最大的女孩：十三歲。她和所有的同齡女孩一樣，父母都下達了晚上不准出門的禁令，以免小孩成爲全國人人聞之色變的瘋子的另一名受害者。但是她的禁足令卻剛好碰到了自己的生日，而梅莉莎在傍晚有了其他計畫，她和朋友們想到一個小小的逃脫計畫，準備要到保齡球館開派對。她所有的朋友都到齊了，只有梅莉莎自己沒有現身。

就從此時開始，大家展開搜捕禽獸的行動，這禽獸是一個通常行事無章法、臨時起意的傢伙。衆人自行動員，準備以自己的雙手來伸張正義，警方在四處都設下路障，曾經向未成年下手的罪犯或嫌犯都被加緊盤查，父母不敢讓小孩出門，就連上學也不例外，許多學校因爲沒有學生而關校，除非有緊急需要，否則大家都不會離開家門。在某個時間點過後，城鎮村莊都陷入了一片死寂。

有好幾天的時間，都沒有再出現新的失蹤案例。有些人開始以爲，實施的各種手段和預防措施已經達到阻嚇瘋子的預期效果，不過，他們錯了。

第五起小女孩綁架案最令人毛骨悚然。

她的名字是卡洛琳娜，十一歲。她就睡在父母旁邊的房間裡，從床上被帶走，但父母卻沒有注意到有絲毫狀況。

一週內出現五起小女孩綁架案，接著，是長達十七天的沉默無聲。

一直到現在。

才發現了五隻被埋起來的手臂。

黛比、安妮卡、薩賓娜、梅莉莎、卡洛琳娜。

戈蘭看著這圈小壕溝，好可怕的手牽手轉圈圈遊戲，他幾乎可以聽到她們在吟唱的歌聲。

「態勢很明朗了，從此刻開始，我們辦的已經不再是失蹤人口案件。」羅契對著自己周邊的每一個人點頭示意，準備發表簡短的談話。

羅莎、波里斯、史坦站進去仔細聆聽，他們一向如此，雙眼定在地上，雙手反剪在後。

羅契開口：「我現在想的是，讓我們今晚來到這裡的那個人。他早已知道這一切將會發生，我們之所以在這個地方，是因爲他想要我們到這裡來，一切都在他的設計當中，他爲我們精心安排一切，這個場面就是給我們看的。他仔細籌劃，享受這一剎那，也享受我們的反應，要讓我們大感意外，也要讓我們知道究竟誰才是老大，誰在掌控局面。」

大家都點頭同意。

誰應該要擔負起辦案重責，卻完全沒有被提到。

某些時刻，羅契其實已經把戈蘭．卡維拉納爲小隊的一分子。他注意到這位犯罪專家注意力已經飄到了別的地方，當他思考的時候，眼光停滯不動。

「好，卡維拉博士，你怎麼看？」

戈蘭從深深的沉默當中回神過來，只說了一個字，「鳥。」

一開始根本沒有人聽得懂。

他不帶感情，繼續說道：「我在路上沒有注意到，現在才發現，大家仔細聽……」

陰鬱森林的上方，發出了數千隻鳥兒的聲響。

「牠們在唱歌。」羅莎吃了一驚。

戈蘭轉向她，點頭表示同意。

「因爲泛光燈……牠們以爲這是破曉的光，所以在唱歌。」波里斯提出了他的觀察。

「這合理嗎？」戈蘭繼續說話，開始看著大家，「目前還很合理……五隻被埋起來的手臂，沒有身體。我們可以說這整起事件不算眞正的殘暴，沒有身體，也沒有臉孔。只要沒有臉孔，也就沒有個體，甚至也不算一個人，我們只需要捫心自問，『這些小孩呢？』因爲他們不在這裡，他們在壕溝裡，我們沒辦法看到他們，無法看到模樣就跟大家一樣的他們，因爲他們根本不是完整的人，這裡只有屍塊……兇手毫無憐惜之情，他每一個都不放過，他帶給我們的只有恐懼，你沒有辦法對這些小孩受害者產生同情，他要我們知道的只是小孩死了……這合理嗎？數千隻在黑暗中的飛鳥，因爲一道不可能的光而被迫唱歌，但這是幻象所造成的結果：有時候，罪惡會以事物的最簡單形式呈現出來、欺瞞我們。」

一陣靜默。這位犯罪專家再次發現了幽微而令人震撼的象徵性意義，而通常大家卻完全看不到——在這次的例子當中，是大家沒有聽到。細節、輪廓、細微差異。事物周遭的陰影，罪惡隱身的黑暗環暈。

每一個殺人犯都有個「計畫」；那是一種可以爲他帶來滿足感、甚至驕傲的精確形式。最困難的工作莫過於要了解他的幻想，這也正是戈蘭在那裡的原因，以其令人安心的科學概念，消滅那令人不解的惡行。

就在此時，穿著白色工作服的一名技師走過來，直接對首席檢察官說話，他臉上出現了困惑的表情。

「羅契先生，又有問題了……現在有六隻手臂。」

2

音樂老師開口說話了。

但她沒有被嚇到，他也不是第一次說話。許多寂寞的人，只要待在自己家中築起的安全地帶，就會喃喃唸出自己心裡在思索的事，米拉在家的時候，也會自言自語。

不，這次有其他的新狀況，這正是她苦候一個禮拜的獎賞：冷颼颼的天氣裡卻坐在自己的車內，一直停在那間棕褐色房子的外頭，透過小小的望遠鏡，偷看那四十多歲、奶白色皮膚的肥胖男子，觀察他在自己井然有序的小宇宙當中的一舉一動，重複著同一個姿勢，編織著只有自己才知道是什麼的一張網。

音樂老師開口說話了，但，這次不一樣的是，他說出一個名字。

米拉看到那名字從他唇間吐出，一個字接著一個字，帕布羅。終於得到證實，這是通往迷霧世界的鑰匙，現在，她知道答案了。

音樂老師有訪客。

大約在十天前，帕布羅只是個有著一頭棕髮和明亮雙眼的八歲小孩，喜歡在附近溜滑板，如果他得要幫自己的媽媽或祖母跑腿，絕對是以滑板代步。小帕布利托，鄰居總是這麼叫他，看著這個小男孩經過他們的窗前，彷彿就像是整個地景當中的一幅風景畫。

而這也許正是自二月那個早晨、再也沒有人看到他之後，小鎮生活變得不一樣的原因。畢竟在這個小型住宅區裡，每一個居民都知道彼此的姓名和住所。一台綠色的福斯休旅車，出現在空無一人的街道上——音樂老師之所以選擇它，想必是因為這台車就跟其他停在車道的家庭房車長得一樣。輪胎下柏油路面的緩慢嘎吱聲，加上滑板漸漸加速留下的灰色刮痕，卻劃破了某個尋常至極的週六早晨的一片寂靜……直到六個小時之後，才有人注意到那個週六發出聲響的時候，同時還有某個東西失蹤了。那一陣刺耳的聲響，小帕布利托，就在那個冷冽卻陽光普照的早晨，被一個不肯對他離手的鬼祟陰影所吞噬，而且還硬生生把他和他愛不釋手的滑板拆散開來。

就在有人報警、警方接管了這個區域的同時，這台四輪車的底板也陷在沼澤中央，一動也不動。

現在已經事發十天，對帕布羅來說，很可能已經太遲了，來不及挽救他脆弱的童稚心靈，也來不及喚醒他從惡夢中醒來、以免受到創傷。

如今滑板放在這位女警的行李廂裡，旁邊還有其他東西：玩具、衣服。當米拉在找尋辦案線索的時候，她嗅到了蛛絲馬跡，並且循線直搗這間棕褐色的巢穴，準備要找上這位音樂老師。這位在高等學校教學、假日早上在教堂演奏管風琴的男人，每年主辦小型莫札特節的音樂協會副主席，也就是他，戴著眼鏡的無名單身男子，前額禿髮，有一雙會盜汗的柔軟雙手。

米拉小心翼翼地觀察著他，因爲，他是她的禮物。

米拉加入警察陣營的目標非常明確，而且，自離開學校之後，她更是全心全意以其爲職志。她對罪犯不感興趣，更不用說法律了，她之所以要鍥而不捨追索潛藏著幽靈、生命靜靜朽敗的每一個角落，原因並不在此。

帕布羅的獄卒在唇間讀出了小男孩的名字，米拉的右腿同時也感到一陣灼熱的疼痛，也許這是因爲在車子裡等待機會的時間太久，或許，又可能是因爲她自己縫合的大腿傷口在痛。

之後我一定會好好處理，她給了自己一個許諾，不過，*也得要等之後了*。當她在整理思緒的時候，她早就已經準備破門而入，打破魔咒、讓惡夢終結。

「警官米拉・瓦茲奎茲向總部報告：已確認帕布羅・拉模斯的綁架嫌犯，建物地點是亞伯拉斯街二十七號的棕褐色房屋，情況可能非常危急。」

「好，瓦茲奎茲警官，我們馬上提供支援，但至少要等三十分鐘。」

太久了。

米拉沒有那麼多時間，帕布羅也沒有。

得說出「太久了」這幾個字的恐懼感，卻讓她了解到事件的嚴重性，驅使她直直朝這間房子前進。

無線電的聲響是遙遠的回聲——緊握佩槍，手臂降低了整個身體的重心、目光保持警覺、急快的碎步——她到達了包圍小房子後方的奶油色圍牆。

一棵濃密的懸鈴木隱隱逼近著她，隨著風動，葉片也隨之轉換光澤，顯現出它們的泛銀色廓線。米拉把整個身子壓在圍牆上，豎起耳朵仔細注意動靜，偶爾附近的陣風會把小石吹颳到她的身邊。米拉斜靠在木門上，看到了精心養護的花園，附有遮篷，還有一條紅色塑膠水管、盤捲在草坪上，連接著灑水器、塑膠家具，加上瓦斯烤肉架，一切看起來都極為稀鬆平常，裡面還有一扇淡紫色的門，鑲嵌著霧面玻璃。米拉把手伸過去木門，小心翼翼地拉起門閂，鉸鏈發出嘎嘎聲，她打開門，縫隙剛好能讓她溜進花園裡面。

她再次把門關上，這樣當裡面的人向外望的時候，才不會發現有異，一切都必須要保持原狀。接著，她恪守自己所受的訓練，在走過草地的時候，小心翼翼地掂量著自己的步伐——她踮起腳尖，以免留下足印——如有必要，她也會隨時準備跳高躍起。一會兒之後，她發現自己在後門旁邊，她只要站在一側，就不會在傾身觀察屋內的時候、讓自己的影子落在地面上。有了這面霧面玻璃，也就表示她沒有辦法看清楚內部，但是從家具的輪廓看來，那裡應該是個起居室。米拉把手移到門另一邊的門把，抓到之後往下壓，開了。

門沒有關。

音樂老師待在這個爲自己和囚徒準備的巢穴裡，想必覺得非常心安，米拉很快就會知道究竟是爲什麼。

她每踩踏出一步，橡膠鞋墊下方的合成地板就隨之發出咯吱聲，她努力想要控制腳步，以免發出過多噪音，於是她脫下便鞋，放在椅子的後方，她光著雙腳，從門口走到門廊，聽見他在說話；

「我還需要一捲廚房紙巾，還有拿來擦亮瓷器的清潔產品……對，就是那個……然後幫我帶六罐雞湯罐頭，一點糖，電視節目導覽一份，幾盒菸，打火機，常用的那個品牌……」

聲音是從起居室傳出來，音樂老師正在打電話買東西，太忙了，所以沒辦法離開這間房子？或者是，他根本不想離開——他想要留下來監控小客人的一舉一動？

「是，亞伯拉斯街二十七號，謝謝，還有請準備找給五十元的零錢，我這裡只有這種面額的大鈔。」

米拉循著聲音過去，走到一面鏡子前方，裡頭投射出的是她的扭曲影像，就像是你在遊樂園裡看到的一樣。她到了房間門口，持槍伸出雙臂，深吸一口氣，接著突然出現在門口。她本來想要嚇他一跳，也許可以從後面看到他手上還拿著電話、站在窗口，好一個活生生的目標。

但他不在那裡。

起居室裡一片空蕩蕩，電話筒好端端地放在話機的位置上。

當她感覺到冰冷的槍口宛如親吻一般、貼著她的後頸時，她才發現根本沒有人在房間裡打過電話。

他在她的背後。

米拉大罵自己是白痴，音樂老師早就為自己的巢穴佈下天羅地網。發出嘎吱聲的花園大門，還有產生咯吱聲的合成地板，這都是有人闖入的警告訊號，因此，那通假電話也是誘捕獵物的引餌，扭曲的鏡像可以讓他找到一個躲在她背後、卻不會被發現的位置，這是整個陷阱的一部分。

她感覺他伸手到她的前方，要拿走她的槍，米拉任由他了。

「殺我啊，但是你現在也無路可逃。我的同事馬上就會到這裡來，你逃不了的，還是得乖乖投降。」

他沒有回話。她幾乎可以在自己的眼角看到他，這男人在微笑嗎？

音樂老師退了一步，槍管已經不再頂著米拉，但是她還是可以感覺到自己頭部和彈匣裡的子彈之間、那股磁吸性的延伸感。接著那個男人轉向她，最後終於進入了她的視線，他瞪著她好久一段時間，但是卻沒有眞正看著她，在他直視米拉的眼瞳裡，有某些深沉的東西，就像是黑漆漆的前廳一樣。

音樂老師轉身，毫無畏懼背向著她。米拉看著他充滿自信地走向牆邊的鋼琴，當他一走到琴邊，他立刻坐在鋼琴椅上頭，兩眼緊盯著鍵盤，他把兩把槍都放在最左側。

他抬起雙手，過了一會兒之後，讓它們落回在鍵盤之上。

當蕭邦的第二十號升C小調夜曲盈滿了整個房間之時，米拉開始呼吸困難，緊張的感受蔓延到了她頸部的肌腱和肌肉，鋼琴老師的手指輕巧而優雅地在鍵盤上滑動，音符的甜潤讓她覺得自己彷彿成了在欣賞表演的觀眾，讓人著迷了起來。

她努力想讓自己保持頭腦清醒，然後讓自己的腳後跟慢慢後滑，回到了走廊。她屏住呼吸，盡量讓怦怦跳的心臟恢復鎮定。接著她開始迅速掃視各個房間，而旋律依然緊追不捨，她仔細檢查每一個房間，一間又一間，書房、浴室、儲藏室。

最後她到了一間關著門的房間。

她用自己的肩膀猛推，大腿的傷口發疼，她把自己所有的重量都集中在三角肌上頭。

木門屈服了。

房間裡的窗戶顯然都被堵住，在她前頭走廊的微弱光線，此時也突然闖入了房間裡。米拉循著這道黑暗之光進去，發現了一對恐懼而淚濕的雙眼，正回迎著她的目光。帕布羅就在那裡，他在床上，雙腿前屈緊貼著纖弱的胸口，身上只穿著一條內褲和毛衣，他很想知道自己現在該害怕嗎？這個女人是不是曾經出現過在他的惡夢裡？她說出自己每次找到失蹤兒童時，一定會說的話。

「我們要走了。」

他點點頭，伸出他的雙臂，緊緊抓住了她。米拉豎起耳朵，聆聽著那仍緊追其後的音樂，她很擔心曲子的時間不夠長，沒有足夠的時間離開這間屋子。她又陷入新的焦慮，她讓自己的生命受到威脅，也讓人質陷於危險之中，她現在好怕，害怕會犯下另外一個錯誤，在能夠讓她逃離恐怖巢穴的最後一個階段，她也害怕會失手，或者，發現這棟房子絕對不會放她走，如絲網一般重重將她包圍，讓她的囚犯此生永遠無法動彈。

但是，門是開著的，他們到了外頭，白晝的光線慘澹，卻令人心安。

當她的心跳漸漸恢復正常，忘記了自己留在屋裡的槍，她把帕布羅擁入懷中，以自己溫暖的身軀保護著他，消除他所有的恐懼，小男孩傾身靠向她的耳朵，小聲問道……

「她爲什麼不跟我們一起來？」

米拉的雙腳突然變得好沉重，她定在路上動也不動，晃了幾下，但是她沒有摔倒。

發現可怕眞相所帶來的力量，讓她打起精神，開口問帕布羅。

「她在哪裡？」

小男孩舉手指向二樓的方向，那棟房子的窗戶彷如眼睛凝視著他們，以嘲諷的姿態大笑，剛剛才讓他們逃離出來的大門，依然是敞開的。

就在此時，她的恐懼一掃而空，米拉走過了最後的幾公尺，到了她的車子，她讓帕布羅在座位上坐好，然後用嚴肅愼重的語氣向他承諾，「我馬上回來。」

她又回頭，讓那間屋子再度呑噬她。

她找到了上階梯的地方，接著她抬頭仰望，不知道會在那裡發現什麼。她抓著樓梯扶把，一步一步往上爬，蕭邦的音符大膽進逼，一路跟著她搜尋，米拉的雙腳陷在階梯裡，雙手緊抓著彷彿要努力給她支撐的樓梯扶把。

突然間，音樂停了。

米拉整個人僵住，她知道有狀況。接著是一聲冷冰冰的開槍巨響，接著又是一記砰然悶聲，當音樂老師整個人癱倒在鍵盤上的時候，鋼琴因爲重量而發出了斷斷續續的琴音。米拉加快腳步，繼續往上爬樓梯，她其實並不確定這是不是另外一個詭計，樓梯成環狀而上，梯底平台延伸而出的是個狹窄的通道，上面鋪著厚地毯。最後是窗戶，窗前，有個人形，虛弱、纖細，背對著光線：雙腳被椅子拉住，脖子和雙手也被天花板懸吊的套索拉著，米拉看到她想把頭給套進去，流出了眼淚。那女孩一看見米拉，更是加快了動作，因爲這是音樂老師曾經教過她要這麼做。

如果他們來了，妳一定要自殺。

「他們」就是別人，外在的世界，那些不懂的人，永遠不會饒恕你。

米拉向女孩猛撲過去、死命要阻止她，她靠得越來越近，似乎也因而想起了更多的過往。許多年前，在另外一段的生命故事中，這個女孩也曾經是個小孩。

米拉記得她的照片，清清楚楚，她逐一端詳過所有的特徵，她的心中閃過了每一處的縐褶，每一個臉上的皺紋，將所有可供辨識的特徵整理編冊並全部記誦下來，甚至就連肌膚上最細微的缺陷也不放過。

還有她的雙眼，帶有斑點的豔藍色，這對眼睛，屬於一個十歲的女孩，艾莉莎．葛梅思。她的爸爸在派對上偷拍了這張照片，小女孩當時忙著拆禮物，根本不知道會被拍照。米拉曾經想像過那樣一個場景，爸爸叫她轉過來，要拍下她吃驚的照片。艾莉莎轉了過去，根本沒有時間表現出驚訝的模樣，她的臉上出現了永恆的那一剎那，一種肉眼無法參透的東西，那是微笑的神奇開端，在這個表情出現之後，微笑才會綻放並溢滿雙唇、或者如上升之星一般照亮雙眼。

所以，當米拉向艾莉莎．葛梅思的父母索取他們女兒的近照，給了她這張特別的照片時，她也不覺得有什麼好驚訝的，這當然絕對不是一張最適合的照片，因爲艾莉莎的表情並不自然，在經過一段時日之後，她的臉可能會產生變化，如果想要於日後再重建影像，這樣的照片幾乎是無法使用。其他參與這起調查的同事對此頗有微詞，但是米拉不介意，因爲照片裡有些東西——某種能量，那正是他們應該要找到的目標，他們要尋覓的並不是人群中的某張臉，不是茫茫人海中的某個孩子，而是那個女孩，眼裡有光芒的女孩，但願沒有人在這段時間裡想要將其徹底毀滅……

米拉及時抓住了她，就在繩子吊著她全身之前，緊緊抓住了她的雙腳，她奮力大踢又掙扎，想要大叫，米拉喊出了她的名字。

「艾莉莎。」她的語氣裡帶著無限溫柔。

女孩認出了自己。

她早已忘記了自己是誰，多年的囚徒生活抹消了她的身分，每天一點一滴地褪逝。後來她終於相信那男人是她的家人，因爲除了這個地方之外，世界早已遺忘了她，外面的世界絕對不可能來拯救她。

艾莉莎凝望著米拉的雙眼，仍是滿臉驚懼。她終於平靜下來，安心讓米拉救她出去。

3

六隻手臂，五個名字。

由於發生了這起離奇事件，整個挖掘大隊離開了森林裡的現場，加入了圍在公路旁邊待命的警方特勤小組。雖然點心和剛煮好的咖啡擺放得井然有序，但的確和現場狀況格格不入，而在那個寒冷的二月凌晨，卻居然也沒有任何一個人想碰那些食物。

史坦從口袋裡拿出了一盒薄荷錠，他搖了搖之後，才把幾顆薄荷錠送進他的嘴巴，而不是直接倒進去，他說，薄荷錠有助於思考，「這怎麼可能呢？」他一直在問自己，倒不是眞的在詢問別人的意見。

「幹……」波里斯喃喃唸著，還一邊搖頭，但是他的音量太小，根本沒有人聽到他在說什麼。

戈蘭發現到羅莎正仔細看著值勤公務車裡的一處污跡。他懂，因爲她的女兒跟這些受害者一樣年紀。這是當你發現未成年受害案件時、第一個想到的事情，你有自己的小孩，你會捫心自問，要是這種事情發生在……但這個句子你沒辦法再接下去了，因爲光只是想到這種事，都是難以令人承受的椎心之痛。

首席檢察官羅契開口了，「他要讓我們每次都只能找到一小塊屍體。」

「所以那就是我們的工作囉？收集屍塊？」波里斯的語氣裡有點不快，他是有行動力的男人，他可不想讓自己的角色淪爲掘墓者而已，他要找到的是犯案者，其他人也有一致想法，火速點頭表示贊同。

羅契向他們保證，「當務之急一定是逮捕歸案，但是，令人肝腸寸斷的尋屍過程，也是難免的事。」

「佈局細膩縝密。」

每個人都看著戈蘭，思忖著他的話。

「拉布拉多犬聞到手臂的氣味，開始掘洞；這也是『計畫』的一部分，我們這位兇嫌早就盯上了這兩個帶狗的小男孩，他知道他們會帶牠進森林，所以他才會在那裡佈置小墓園。想法很簡單，他完成了自己的『工作』，接著要準備給大家看。」

「你是說，我們抓不到這傢伙嗎？」波里斯不可置信，而且一臉惱怒。

「你比我還清楚事情究竟是什麼狀況……」

「但是他眞的還會繼續犯案嗎？所以他還會殺人……」這次不肯放棄的是羅莎，「目前他逍遙法外，所以還會再動手了。」

她希望有人可以反駁她，但是戈蘭並沒有回應，而且，這些慘絕人寰的命案讓他聯想到的是兇手再次犯案的冷酷期待，雖然他心裡是這麼想，但他無法將這種殘忍思維轉譯爲人類所能忍受的語彙。因爲——他們大家都知道——如果他持續犯案，才可能有機會將他逮捕。

首席檢察官羅契繼續開口說道：「如果我們找到這些小女孩的屍體，起碼可以給家屬辦喪禮，讓他們可以好好下葬哀悼。」

羅契就跟以往一樣，以盡量圓滑的態度來處理，這是他未來對媒體發言時的一場預演，利用軟化新聞來增強個人的正面形象。先花時間悼念哀痛，然後是調查與發現罪魁禍首。

但戈蘭知道這樣的操作不會有什麼效果，記者看到所有的枝微末節都會前仆後繼而來，急著要把整起事件剝光直至見骨爲止，而且還會拿最下流的細節加油添醋。最重要的是，警方自那一刻起就會被攻擊得體無完膚。他們的每一個手勢、每一個字詞，都馬上出現承諾與鄭重保證的價值。羅契自以爲可以讓這些拿筆吃飯的人無法近身，只要每次餵一點他們想聽的東西就可以了，戈蘭讓這個首席檢察官繼續沉醉在不堪一擊的主導美夢裡。

羅契說：「我覺得得要在媒體幫他取名之前，給這傢伙一個名字……」

戈蘭也同意，但是他的理由和這位首席檢察官並不相同，所有提供警方辦案成果的犯罪學家，都有自己的一套方法，卡維拉博士也不例外。他判斷罪犯特徵的首要方法，就是讓一個稀淡又充滿不確定性的輪廓、轉化成一個更具有人性的形象。因爲，面對這樣兇殘又無跡可尋的惡魔，我們總是忘記這個該被譴責的對象，其實跟受害者一樣，也是個人，他通常也有正常的生活，有工作甚至還有家庭。爲了要支持他自己的論點，卡維拉博士幾乎每次都會告訴他的大學學生，連續殺人犯被逮捕的時候，他的鄰居和家人都會震驚不已。

「我們把他們叫做『殺人魔』，因爲我們覺得他距離我們很遙遠，也因爲我們希望他們『有所不同』，」戈蘭在課堂上這麼說，「其實他們各方面都跟我們相同，但是，一個跟我們一樣的人，卻具有幹下這些事情的能耐，我們很難去接受這種說法。此外，我們會這麼想的原因之一，也是爲了要同時寬恕自己的天性。人類學家稱其爲『罪犯非人化』，這通常也是辨識連續殺人犯最困難之處，因爲只要是人都有弱點，都有可能被逮捕，他們也沒那麼可怖。」

也正因爲如此，戈蘭總是在講堂牆上貼出一張小孩的黑白照片，那是個肥嘟嘟又無助的小寶寶。他的學生天天看到這照片，都開始喜歡起這孩子，等到約莫是學期中的時候，就會有學生鼓起勇氣問他那個人是誰，他反而會考學生，讓他們好好猜一猜，答案五花八門又天馬行空，當答案揭曉的時候，學生的反應總是讓他覺得很有趣，那個小孩是阿道夫·希特勒。

經過一次世界大戰之後，納粹運動的領導人成爲集體想像的一隻巨獸，經過數年的時間，這些國家在與未來願景絕緣的爭鬥當中、以勝利的姿態出現，這也正是無人知曉這位納粹元首幼時照片的原因，一個惡魔也曾是個孩子？他除了憎恨之外，怎麼可能還有其他的感受？又或者，他跟後來成爲納粹受害者的那些同一時代的人，居然曾經過著相似的生活？

「對許多人來說，把希特勒人性化，也就等於在某方面去進行『解釋』，」戈蘭在班上這麼告訴他的學生，「但是社會堅持罪大惡極的邪魔是不能被解釋的，沒有辦法去理解的，如果你想要這麼做，也就意味著你希望找到某些理由。」

在特勤小組的公務車裡頭，波里斯提出了建議，依照某個舊案，這個殘臂墓園的發起人應該要被叫作「亞伯特」，大家以微笑表示支持，就這麼定下來了。

從那一刻開始，小組成員就會以那個名字來指稱這個殺人犯，而且亞伯特的面孔也會隨著時間而漸漸浮現，鼻子、兩隻眼睛、他自己的生活面貌。每一個人都會在他身上灌注自己的想像，而不是只把他當成一個稍縱即逝的影子。

「亞伯特，嗯？」在會議進入尾聲的時候，羅契還在評估這個名字的媒體價值，他在唇間來回咀嚼品味，想要找出這名字的特色，似乎是可行的了。

但是，還是有其他事情讓這位首席檢察官坐立難安，他告訴戈蘭：

「我老實跟你說，我同意波里斯的說法，他媽的！我可不會讓我的人馬去撿屍塊，還讓那個瘋子把我們逼得像一堆白痴！」

戈蘭知道羅契提到「他的」人馬時，其實說的是他自己，他是那種害怕一無所獲的人，而且，要是他們無法順利逮捕兇嫌、而招來國家級警力效率不彰的批評時，他也會很擔心。

現在的問題是第六號手臂。

「我目前不會把這個第六位受害者的消息散布出去。」

戈蘭覺得很不安，「但我們要怎麼知道她的身分？」

「我什麼都想到了，不要擔心……」

在米拉・瓦茲奎茲的警察生涯中，已經營救出了八十九位的失蹤人口，她不但獲得了三枚勳章，而且溢美之聲不斷，她被大家當成是此一領域的專家，就連其他的警察單位也會經常請她提供協助。

帕布羅和艾莉莎被同時救出來的那一場清晨行動，成了轟動一時的成功救援，但米拉卻是沉默以對，因爲她其實很懊惱，她想要坦承自己犯下的所有錯誤，當時在沒有增援的狀況下，卻貿然進入那間棕褐色的房子，輕忽了周遭環境以及可能暗藏的陷阱，還讓嫌犯拿走了她的槍，甚至被他拿著槍抵住了頸背，讓她自己和人質雙雙陷入危險，而且到了最後，也無法阻止音樂老師自戕。

但是長官對於這些事隻字未提，在記者會上拍攝例行性照片的時候，他們反而一直大力誇讚她的各種長處，似乎可以流芳百世。

米拉從來不會出現在這些照片裡頭，官方說法是爲了將來的其他調查案件，她更想要讓自己可以隱姓埋名，但眞相其實是她討厭人家拍她的照片，她甚至沒有辦法忍受在鏡子裡看到自己的影像，原因倒不是因爲她長得醜，其實她很漂亮。但是她現在三十二歲，接踵而來的訓練，早已消抹了她所有的女性特質，一切的曲線、溫柔的蛛絲馬跡都看不到了，身爲女性，彷彿是一種必須被消滅的罪惡，雖然她經常身著男裝，但是她卻一點也不男性化，性認同的意涵對她來說根本不重要，而且這正是她所需要的形象。她的服飾毫無特色，稱不上太緊的牛仔褲、破舊的球鞋、加上皮外套，那些雖然也算是衣服，但功能也僅止於此，就是保暖和蔽體罷了，她不會花時間去挑衣服，買下來就已經足夠，許多件都長得一模一樣，她一點也不在意，這就是她所需要的風格。

無形之中，更顯得無形。

也許，這也是她可以和管區男警官共用更衣室的原因。

米拉思索著整天的行程，她瞪著打開的置物櫃，整整十分鐘。她是得做些事情，但是她此時的心緒卻飄到別的地方，大腿上的刺傷痛楚把她喚了回來，傷口又再次裂開；她想要用衛生紙和膠帶止血，但是沒有用。傷口四周的皮瓣太短，她沒有辦法用針線好好處理，也許這次她真的得要去找醫生，但是她不想去醫院，太多問題了，所以她決定要使用更緊一點的繃帶，希望可以先止血，然後再試試新的針法。但是她得先塗上抗生素，以免造成感染，有個線民偶爾會告訴她火車站最近出現了哪些流浪漢，從這個人身上可以拿到假處方。

車站。

好奇怪，米拉心想。對於這個世界的其他人而言，那只是一個你會經過的地方，但是對某些人來說，卻是終站，他們在此停留，而且從此再也不會離開。車站有點像是步入地獄之前的地帶，失落的靈魂在此集結，希望有人過來、把他們帶走。

每天平均會有二十個到二十五個人失蹤，米拉非常清楚這個統計數字，突然之間，這些人毫無預警憑空消失，連個行李箱也不帶，彷彿溶化得無影無蹤。

米拉也知道，他們絕大多數都是社會適應不良，靠著吸毒和詐騙過活，總會留下犯罪紀錄的污點，老是在監獄進進出出。但是也有些人——奇怪的少數族群——在他們人生的某些時點、下定決心要永遠消失。就像是去超級市場買東西的媽媽，卻再也不曾回家，又或者是坐上火車的兒子或弟弟，卻從來不曾到達他們的目的地。

米拉心想，每個人都有自己的路線，一條引領我們回家，找到親愛的人和最牽掛的事物的路線。通常這條道路都一模一樣；我們還是小孩子的時候學習摸索，而我們大家終其一生都會緊緊追隨。但是，有時候這條路斷了，有時候卻會在別的地方開始，或者，在經過一連串的蜿蜒曲折之後，它又回到原來的斷裂之處，再不然，就是一直懸垂在那裡了。

不過，有時候，它卻在黑暗中消失不見。

她也知道這些消失的人有一半以上會回去，娓娓將故事道來，但也有些人無話可說，恢復和之前一樣的生活，其他人就更不幸了；他們所剩下的只是一具靜默的軀殼，再來，他們就成了那些再也沒有下落的人。

在這些人當中，總會出現個孩子。

有些父母會用盡一生的時間、想要搞清楚究竟怎麼了，他們是哪裡做錯，究竟是什麼樣的疏忽造成了這齣沉默的悲劇，他們的小朋友發生了什麼事，是誰把他們的孩子帶走，究竟是什麼原因。也有父母會苦問蒼天，到底他們是犯了什麼罪，而必須受到這種懲罰。那些在餘生尋覓解答而折磨著自己的人，又或是那些渴求追索問題的人，都會這麼說：「至少讓我知道人是死是活。」有些人最後眞的是希望如此，因爲他們只求能放聲泣淚，他們的唯一希望，並不是放棄，而是不再有所期待，因爲，懷抱希望，等於是一種凌遲。

不過米拉並不相信「解放眞相」這種事，當她第一次找到失蹤人口的時候，她就完全明白這個道理，把帕布羅和艾莉莎送回家之後的那個下午，她又再次出現了相同的感受。

小男孩的社區裡有著喜極而泣的淚水，歡慶的汽車喇叭聲，還有車隊遊街。

但是艾莉莎就不是如此；時間的確過得太久了。

米拉把艾莉莎救出來之後，把她帶到了社工照顧的醫療機構，他們給她食物和乾淨的衣服，米拉心想，基於某些原因，那些衣服總是會大個一兩號，也許是因爲在那些被遺忘的歲月當中，他們這些人註定是身形枯槁，而且都剛好是在即將要完全消失在這個世界之前被找到。

艾莉莎從頭到尾都不發一語，她任由他們照顧，爲她所準備的一切也默默接受。就算是米拉告訴她要帶她回家的時候，她也是什麼都沒說。

米拉望著自己的置物櫃，這位年輕女警官忍不住想到艾莉莎．葛梅思父母在門口看到女兒被帶回來的表情。他們毫無心理準備，甚至還有一點點尷尬。也許他們以爲她會帶回來的是一個十歲的孩子，而不是這個已經長大成人、早已和他們毫無共通之處的女孩。

艾莉莎本來是一個聰明又極爲早慧的小女孩，她很早就學會說話，她第一個說出的單字是「梅」，也就是她泰迪熊的名字。不過，她的媽媽也記得她說出口的最後一個字：「明天」；因爲她在準備去朋友家夜宿的時候，在門廊跟她說的就是「明天見」，但是，那個明天到來的時間也太長了，而女孩的昨天也是個漫漫長日，完全沒有任何結束的徵兆。

在艾莉莎父母的心目中，她一直是個十歲的女孩，房間裡塞滿洋娃娃，火爐旁邊還有一堆聖誕節禮物。在他們的記憶中，這副景象就如同照片一般永存不凋，彷彿被下了禁錮的魔咒。

而雖然艾莉莎已經回來了，但是他們還在等待那個走失的小女孩，仍然無法解除內心的焦慮。

在含淚的擁抱、可想而知的情感潰堤之後，葛梅思太太帶他們進去屋內，送上了茶和餅乾。她對待女兒的方式，就像是大家在招待客人一樣，也許她心裡偷偷想著的是，女兒會在拜訪結束之後離開，讓她和她的丈夫可以找回令人自在的被剝削感。

米拉經常把悲傷做出這樣的比喻，它就像是你想要丟棄的老舊櫃子，但終究是讓它留在原來的地方，經過了一陣子之後，它散發出在房間揮散不去的氣味，隨著時間流逝，你也習慣了，最後，那種氣味也變成你自己的一部分。

艾莉莎回來了，她的父母當然想要拋卻所有的悲傷，而且將這些年來加諸在他們身上的憐憫悉數返還，他們再也沒有悲傷的理由，從此之後，開始有個陌生人在家裡走動的窒悶感受，如果想要對其他人訴說，需要多大的勇氣？

客套了一個小時之後，米拉開口道別，而且她覺得自己彷彿發現到艾莉莎媽媽的臉正在求救，這個女人無聲喊叫著，「我該做些什麼？」一想到這種陌生的現實狀況，她嚇壞了。

米拉也有自己必須好好面對的眞相：找到艾莉莎．葛梅思純粹是運氣好，要不是因爲綁架她的人想要壯大這個「家族」、抓了帕布利托，不然也不會有人知道發生了這件事，而艾莉莎很可能會繼續待在那個她專屬的孤獨空間，對監禁她的人產生癡迷，一開始只是當個女兒，再來會是個忠心不二的新娘。

米拉關起置物櫃，心裡想的是同一件事，*忘了，把它都忘了*，她對自己說，*那才是唯一的解藥*。

整個管區空無一人，她想要回家了，她會先沖個澡，開一瓶波特酒，在火爐鐵架上烤栗子，然後，她會坐下來，望著起居室窗戶外頭的樹。也許，要是夠幸運的話，她可以提早在沙發上入睡。

但正當她要準備以一個尋常的寂寞夜晚、犒賞自己的時候，她的同事卻出現在更衣室。

莫理胡警佐要找她。

在那個二月的傍晚，明亮濕氣籠罩著街道。戈蘭下了計程車，他自己不開車，連駕照都沒有；他總是請別人帶他去自己的目的地。他並不是沒嘗試過開車，而且技術也相當好，但是習慣放任自己在開車時、進入深度思考狀態的人，其實最好還是不要開車，所以，最後戈蘭還是放棄了。

付錢給司機之後，他走到人行道上，第二件事就是從外套裡拿出今天的第三根香菸。他點了菸之後，又抽出了兩根、馬上丟掉。這是他之前養成的習慣，只要想戒菸的時候，他就會這麼做，這是一種妥協，欺瞞自己其實並不需要尼古丁。

他站在街上，看到了自己從商店櫥窗中所反射出來的影像，他停下腳步，端詳了自己好一會兒，不修邊幅的鬍鬚，形塑出他日漸疲憊的臉龐，還有他的眼鏡和雜亂的頭髮，他知道自己沒花什麼精神打理自己，但是，眼前這個人之所以會變成這樣，是因為他早就已經棄守了自己。

大家都說，戈蘭最令人印象深刻的部分，是他那令人不解的漫長沉默。

還有他的雙眼，又大，又有穿透力。

現在幾乎是晚餐時間，他緩步爬上階梯，走進了自己的公寓，專注聆聽。幾秒鐘過了之後，正當他開始習慣全新的寂靜，他聽到熟悉又溫暖的聲響，那是湯米，他正在自己的房間玩耍。戈蘭走近過去，但是只在門口觀看，兒子正在忙，他不敢打斷。

湯米今年九歲，有頭棕色的頭髮，他喜歡紅色、籃球，還有冰淇淋，就連冬天也不會放過吃冰。他有個最好的朋友，叫做巴斯欽，他會和好友一起在學校的花園裡玩起充滿想像力的「非洲狩獵之旅」，他們兩個都是童軍，夏天的時候會相偕去露營，最近他們倒是沒有什麼新鮮的話題。

湯米酷似他媽媽，但是他有一個部分完全遺傳自爸爸。

一雙又大、又有穿透力的雙眼。

當他發現戈蘭出現的時候，他轉頭向爸爸微笑說道：「你回來晚了。」

「我知道，抱歉，」戈蘭的語氣戰戰兢兢，「魯娜太太離開很久了嗎？」

「她半小時之前去接她的兒子了。」

戈蘭很不高興：魯娜太太當他們的保姆已經有好幾年，她早就知道他不喜歡留湯米一個人在家，這種小小的不便，有時卻會讓生活裡的事物難以順利進行，戈蘭發現要靠自己解決一切，確實有其困難；因爲那個掌握神奇力量的人，在她臨走之前忘記留下魔咒之書。

他得要找魯娜太太好好談一談，也許態度會有些強硬，他要告訴她，晚上得要等到他回家之後才能離開。湯米知道他在想些什麼，臉色暗沉了下來。所以戈蘭想要趕快轉移他的注意力，開口問道，「你餓了嗎？」

「我吃了蘋果和一些餅乾，也喝了一杯水。」

戈蘭搖頭，笑了，「那不能算晚餐。」

「那是我的點心啦，可是我現在想要吃別的了……」

「義大利麵好嗎？」

湯米拍手表示同意，戈蘭拍了一下他的頭。

他們一起煮麵，然後擺好餐桌；兩個人各司其職，而且做起事來也不需要開口詢問對方，他的兒子學得很快，讓戈蘭引以爲傲。

最後的幾個月對他們來說，並不好受。

他們逐步化解了生活的各項難題，戈蘭試著修補所有的碎片，而且以井然有序的方式，彌補他不在的時間。規律的三餐，精確的作息時間，培養出來的各種習慣。就這一點看來，一切都和以前一樣，沒有絲毫改變，他也向湯米再三保證確是如此。

他們一起學著要如何與空虛一起過日子，但是如果父子其中一人想要討論這件事情，他們也會好好聊一聊。

他們唯一絕口不再提起的是她的名字，因爲，在他們的字典裡，那個名字已經道別離開了，他們會運用其他的方法、其他的表現方式稱呼她。眞的很奇怪，這個要爲自己的連續殺人犯取名的男人，居然再也沒有辦法喊出曾經是妻子的人的名字，而且還坐視自己的兒子「去人格化」自己的媽媽。當戈蘭每個晚上爲孩子講故事的時候，這個女人很可能成了童話故事裡的某個角色。

湯米是唯一能讓戈蘭還願意停泊世界的錨。若非如此，戈蘭只消一會兒的時間，立刻就會墜入日復一日在探索的深淵之中。

晚餐之後，戈蘭躲進了自己的書房，湯米也跟進去。這是另外一個儀式，戈蘭坐在自己吱嘎作響的老舊椅子裡，兒子則把肚子貼在地毯上，重新開始他充滿想像力的對話內容。

戈蘭正在研究自己的藏書，犯罪學、罪犯人類學，以及法醫學等類的書籍，美觀地展列在書架上，每一本都有錦緞書脊和金色書扣，其他的就比較低調，裝訂方式也比較樸素。這些書籍裡藏有答案，但是困難之處在於找到問題，這也正是他一直告訴學生的事情。這些書裡充斥著令人作嘔的照片，全部都是受傷的人體，有被虐打的、殉教的、燒傷的，還有被肢解的；全部都殘忍地被封凍在這些閃亮的書頁裡，另外，還加註了精準的標題。人命，已被貶爲一種冷冰冰的學科。

所以，不久之前，戈蘭還不准湯米碰自己的藏書，他擔心兒子會受到好奇心所左右，只要一打開其中一本書，他就會發現生命原來是如此暴烈。不過，有一次湯米卻不守規矩，他發現兒子說謊，他那時候就跟現在一樣、正迅速翻著爸爸的書。戈蘭還記得兒子對著一個年輕女孩的照片依戀不捨，她在冬天被人從河裡打撈起來，全身赤裸，皮膚發紫，雙眼呆滯。

但是湯米並不覺得有什麼不對勁，戈蘭盤腿坐在他後頭，不但沒有對他大吼大叫，反而開口問道：

「你知道這是什麼嗎？」

湯米靜靜思索了很久之後，才開口回答，他認眞地一一列出他觀察到的所有事物。消瘦的雙手，已經結霜的頭髮，空洞無神的雙眼，到了最後，他開始想像這名女子是以什麼工作維生，還有她的朋友，以及她住在哪裡。後來戈蘭才意識到湯米注意到照片裡的一切，但獨獨漏了一件事：死亡。

小孩看不到死亡，因爲他們的生命只持續一天，從早上起床開始，到上床就寢爲止。

也就是從那一刻開始，戈蘭了解到無論他多麼努力，也沒有辦法讓他的兒子遠離邪惡世界。就好像在多年之前，他也沒有辦法挽救兒子的媽媽對他的所作所爲。

莫理胡警佐跟米拉的其他上司很不一樣，他對於榮勳這種事情不屑一顧，或者，對於自己的照片出現在報紙上也毫無興趣，所以米拉本來已經準備要進去挨罵了。

莫理胡的態度和心情陰晴不定，難以捉摸，他的情緒最多維持不超過幾秒鐘，所以他可能在某一時刻生氣或大發雷霆，但是之後馬上就轉爲笑臉，人好得不得了。而且，爲了不要浪費時間，他會同時做出各種手勢，比方說，如果他得要安慰你，他會把一隻手放在你的肩膀上，但同時又一路送你到門口，又或者，他會一邊講電話，同時用話筒搔抓著太陽穴。

但，這一次他卻不疾不徐。

他讓米拉站在他的書桌旁邊，並沒有請她坐下來。然後他注視著她，把雙腳從桌底下伸出來，雙手交握。

「妳知不知道今天出了什麼事……」

她早有心理準備他會這麼說，「我知道，我犯了錯——」

「妳救了三個人。」

這番話讓她愣了好久。

「三個？」

莫理胡把身體靠在椅背，眼光朝下，看著桌前的一張紙。

「他們在音樂老師的房子裡找到了筆記，顯然他正準備要對另外一個下手……」

警官交給米拉一張從日記裡影印出來的紙張，在月份和日期的下方，有一個名字。

「普莉西亞？」她問道。

「是普莉西亞。」莫理胡也跟著再次重複。

「她是誰？」

「某個幸運的小女孩。」

他說的就是這麼多了，因爲他知道的也只有這些。沒有姓氏、地址，也沒有照片。什麼都沒有，只有那個名字，普莉西亞。

「所以妳就不要再自責了，」米拉還來不及回答，莫理胡卻繼續說話，又補上一記，「我看到妳今天在記者會上的樣子，看起來妳好像是個局外人。」

「本來就無關。」

「我的天啊，瓦茲奎茲！妳知道自己救出來的人應該要多感激你嗎？就更不用說他們的家人了！」

你沒有看到艾莉莎・葛梅思媽媽的臉，米拉想說卻說不出口，她卻只是點點頭，莫理胡看著她，搖頭。

「自從妳到了這裡之後，我從來沒有聽過任何抱怨妳的話。」

「這是好事還是壞事？」

「如果妳自己都搞不清楚，問題就大條了，小女孩……所以我決定要讓妳享受幾天和特勤小組工作的日子。」

米拉不想，「爲什麼？我自己有任務在身，而且那也是我唯一有興趣的工作，我已經習慣這樣處理事情，我這樣還得要配合某人調整自己的工作方法，我要怎麼解釋——」

「準備走了，去打包。」莫理胡打斷她的話，完全不理會她的連聲抱怨。

「爲什麼這麼急？」

「今天傍晚就要出發。」

「這是不是一種懲罰？」

「那不是懲罰，也不是休假；他們需要專家的意見，而妳眞的很搶手。」

米拉的臉上開始凝聚嚴肅的表情。

「是什麼樣的事情？」

「五起孩童綁架案。」

米拉聽到了新聞報導，「爲什麼是我？」她開口問道。

「因爲看起來還有第六起，但是他們還不知道那是誰……」

她還想要知道是不是有其他的理由，但是莫理胡顯然決定要結束談話。粗魯的態度又再度上身，他舉起檔案夾，指向門邊。

「妳的車票也在這裡頭。」

米拉拿起那一疊文件，走向門邊，當她離開房間的時候，腦海裡不斷重複著那個名字，普莉西亞。

4

一九六七年，《破曉風笛手》，一九六八年，《不解神祕》，一九六九年是《鴿鎷鼓鎷》，是電影《More》的原聲帶，一九七一年是《干預》，但是之前應該還有另外一張……一九七〇年，他非常確定，但是他不記得電影名稱，但是封面卻記得很清楚，有母牛的那個，幹，到底是叫什麼來著？

他想，我一定要弄來一把槍。

油表已經空很久了，警示燈不再閃爍，已經成了持續發亮的紅燈。

但是他不想停下來。

他到目前爲止已經整整開了五個小時的車，距離將近有六百公里。不過，雖然他與今晚所發生的事情之間，已經相隔了如此可觀的距離，卻也沒辦法讓他更加好受，他的手臂因爲開車已經開始僵麻，頸部的緊繃肌肉開始疼痛。

他轉頭看了自己的後方一會兒。

不要再想了……不要再想了……

他一直在想著熟悉、讓人覺得安心的事物，好讓自己不會胡思亂想。剛才的十分鐘裡，他的心思都放在平克．佛洛伊德的全套作品集上頭，而在更早之前的四個小時當中，他想的是自己喜歡的電影名稱、他支持的曲棍球隊最近三季出賽的球員、他的老同學的名字，甚至還有老師。他連柏格小姐都想到了，她變得怎麼樣了？他倒是很想再見這位老師一次，只要不要想到那個東西就好，現在他心裡盤旋的都是那張封面有隻母牛的蠢專輯。

但現在，他又想到了那個東西。

一定要想辦法驅散才行，他的心裡有個角落禁錮著它，整個夜晚已經關了它好幾次，現在得再把它趕回去。要不然的話，一想到那個令人絕望的處境，雖然時間並不會太長，但他又會開始冒汗，偶爾還會哭出來。恐懼再度湧現，讓他的胃緊得受不了。

《原子心之母》！

就是這個專輯名稱！他開心了好一會兒，但那畢竟只是短暫的快感，就他目前的狀況看來，實在沒什麼值得開心的事。

他又轉頭回去，盯著後面。

好，又來了：*我一定要弄來一把槍*。

他腳下地毯的阿摩尼亞氣味，偶爾會突然冒升起來，提醒他事情已經不在他的掌控範圍之內，他大腿的肌肉開始疼痛，小腿開始失去知覺。

幾乎整夜都在吹打著公路的暴風，如今已經被群山所阻隔下來。他可以看到地平線的綠色閃光，此時收音機裡又傳出一次天氣預報的聲音，很快就要破曉。一個小時之前，他才經過收費站，上了這條公路，他甚至沒有停車付錢，因爲他當下的目的就是繼續走，走得越遠越好。

他收到的那封信有指示，照做就是。

他的心思飄到別的地方，但也不過只有幾分鐘的時間，但那個東西註定還是會回到他的記憶當中。

前一天他大約是在早上十一點鐘，到達了莫迪亞尼飯店。他整個下午都在忙著自己的推銷工作。到了晚上，他依照原定計畫，和幾個客戶在飯店的小餐館裡共進晚餐。十點剛過，他就回到了自己的房間。

關上門之後，他對著鏡子扯鬆了領帶，就在這個時候，他出現在自己的鏡像裡，他整個人都在冒汗，眼裡都是血絲，這是執念所呈現出來的眞實面貌，當慾望掌控他的時候，他就會變成這個樣子。

他看著自己，對於自己在整個下午可以完全掩藏自己的眞正想法、卻不曾讓同事發現，也感到震驚不已。他跟他們聊天，仔細聽著他們的愚蠢內容，談高爾夫球，談需索無度的女人，他也會因爲那些讓人不舒服的性笑話而跟著大笑。但是，現在他已經在別的地方，當他回到了房間，領結鬆開的時候，他享受著那一剎那的美好。他會讓那股窒息喉嚨的緊酸感揚升，讓它們結爲汗滴、喘息，以及危險不安的表情，在臉上爆裂開來。

這是面具之下的眞貌。

在這個沒有其他人的房間裡，他終於可以釋放出自己積壓在胸膛和褲子裡的那股衝動，他害怕它可能會突然脹裂而不可收拾，但這還沒有發生過，他一直把自己控制得很好。

因爲他馬上就要離開了。

一如往常，他向自己發誓，這是最後一次了，但也一如往常，這個承諾總是會在事情發生之前和之後，重複出現。而且，一如往常，他會完全否認，但又會再來一次。

他大概是在午夜時分，也就是他興奮感的高潮點，離開了飯店，他開始閒晃：因爲時間還很早。他趁著那個下午工作之間的空檔，確定每一件事都會依照計畫進行，所以不會有任何的閃失。他計畫的時間長達兩個月，就是要好好打扮他的「蝴蝶」。

對於任何一種愉悅來說，等待，都是必要的分期償付，而且，他也樂在其中，他逐一確定所有的細節，因爲任何一個部分曝光，都可能讓全盤破局。不過，這種事不會發生在他的身上，而且他也從來不曾發生過這種狀況。但是現在手臂墓園被發現了，他得要採取額外的預防措施，附近有大批員警，每個人似乎都在警戒狀態。不過，他很擅長低調隱身，他沒有什麼好怕的，只是需要放鬆而已。他很快就會在車道上看到蝴蝶，這是他們前一天早就談好的地點。

他總是很擔心他們會突然變卦，出了一些狀況什麼的，他會很難過，那種痛苦不堪的悲傷需要好幾天的時間才會消散，更可怕的是，你完全無法掩蓋。但是他不斷告訴自己，這一次如同以往，一切都會完美至極。

蝴蝶會翩翩到來。

他會很快把她帶上車，以一般的笑話歡迎她，這種幽默感有助於事情圓滿進行，一切看起來都會很美好，也可以讓害怕所產生的疑慮消失不見。他要帶她前去的兩人世界，早在下午就已經精心挑選好了，轉進一條小路，從那裡可以看到湖景。

各式各樣的蝴蝶，都有非常強烈的氣味。口香糖、運動鞋，還有汗水，他好喜歡，現在那氣味已經是他車子裡的一部分。

即使到了現在，他還是可以嗅聞到那氣味，還混雜了尿臊味。他又拭去了淚水，自那一刻開始，好多事情都接踵而來，整個局面急轉直下，從刺激與歡愉變成了恐懼和災難。

他看著自己的後方。

我一定要弄來一把槍。

但是，他在那個時候卻忘記了這件事，深吸了一口骯髒的空氣之後，他整個人又陷入了接下來事件的記憶當中……

他坐在車子裡，正等著蝴蝶到來，模糊的月影偶爾會在雲間浮現。爲了要解除自己的焦慮，他又把計畫在心中演練了一遍，一開始的時候先聊天，但大多數的時候，他會好好聆聽，因爲他知道，蝴蝶們總是需要她們在別的地方所找不到的東西：關心。他扮演的角色完美無缺。耐心聽著他的小獵物所說的話，她會向他打開心房，顯得她更加纖弱，這樣還可以降低她的警戒心，讓他可以長驅直入，推進到更深層的領地裡。

貼近靈魂的裂口。

他總是可以說出恰如其分的話，每次都會，這也是他之所以成爲她們的征服者的原因。教導某人認識她們自己的慾望，何其美妙，好好解釋該怎麼做，示範給她們看，很重要，要成爲她們的學堂，她們的訓練基地，教她們一堂什麼是愉悅的課。

當他籌劃著這可以打開所有親密入口的神妙課堂之際，他在後視鏡裡瞄到了讓他分神的東西。

就在那一刻，他看到了。

比影子還要更輕飄的東西，一種其實可能無法眞正看見的東西，因爲它直接從你的想像國度裡現身，他一度以爲那是海市蜃樓，是幻象。

接下來，重拳落在車窗上。

一陣尖銳的開門聲，那個人的手鑽進細縫中，抓住他的喉嚨，緊緊勒住，完全沒有時間反應。一陣冷風灌進車子裡面，顯然他現在想起來了，我忘了鎖門，鎖門！但就算他記得上鎖，也無法阻止這個人。

這個人出奇壯碩，而且還想只用一隻手就把他拖出車外。這個人用黑色的覆頭巾蓋住自己的臉，當男人把他抓在半空中的時候，他想到那隻蝴蝶：花了好大工夫才引來的珍貴獵物，現在卻不見了。

而這一次他卻成了別人的獵物。

這個人鬆手放開了他的頸項，隨即把他強制壓到地上，接著失去對他的興趣，轉而回到自己的車裡。他準備要去拿武器收拾我！雖然那戴著滑雪面罩的男人距離他不過幾步之遙，而且馬上就可以解決他，但是基於強烈的求生本能，他必須要讓自己逃離那濕冷的地面。

空氣中充滿著他汽車的腐霉氣味，他心想，當人們想要逃離死亡的時候，就會做出這些毫無意義的事。有些人被槍管抵住的時候會伸出雙手，而結果就是他們的手掌被子彈打穿。還有些人為了要躲避槍火，會從建築物的窗戶一躍而下……他們都想要逃離無可避免的結果，但是卻讓自己顯得荒唐不堪。

他並沒有想到自己也跟那群人一樣，他一直很篤定，他可以用尊嚴的方式面對死亡。但是，就在那個晚上，他發現自己像條蟲一樣在蠕動，他只是想求得平安無事，但他跛行的距離也不過只有幾碼而已。

接著，他失去了知覺。

他臉上挨了兩記重拳，那個戴著面罩的男人又回身進逼而來，用死氣沉沉的黑暗雙眼緊緊盯著他。那個人沒有帶任何武器過來，他向車子的方向點點頭，只開口說道：「離開，不准停下來，亞歷山大。」

這個戴面罩的男人知道他叫什麼名字。

起初他的震驚程度不過一般而已，但後來再度想起來的時候，這其實是讓他最覺得害怕的事情。

離開這裡。起初他不相信，他從地上站了起來，搖搖晃晃地走向車子，他想要加快腳步，以免那個男人改變心意，他很快就坐到駕駛座上，他的眼神仍然迷濛，雙手顫抖不已，沒辦法發動引擎。終於，他的漫長夜駕啓程，遠離那裡，離得越遠越好……

他心想，我一定要弄來一把槍，他又變得實際了起來。

油箱快沒有油了，他看到加油站的標示，不知道這是否算是今晚任務的一部分。

不准停下來。

他的心裡想的只有兩個問題，爲什麼那個戴面罩的男人會放他走？在他失去意識的時候，又發生了什麼事？

在半夜一點鐘的時候，謎底揭曉，在那個時候，他的思緒清明了好一會兒，他聽到了那個噪音。

有個東西摩擦著車體，還伴隨著一種規律的金屬敲擊聲——噹、噹、噹——刺耳，而且停不下來。他應該要檢查一下車子；遲早車輪會整個飛出去，我就沒辦法控制車子，立刻就會撞上護欄！最後並沒有發生這種事情，因爲那個噪音並非是機械故障，但，他卻是之後才知道眞相……

此時出現了一個路標：最近的加油站還不到八公里，他想要開過去，但是得要快一點。

他想回頭，這個想法已經在他心裡盤旋了無數次。

但是他現在注意的並不是那條他正要駛離的道路，或是追隨其後的其他車輛。

不，他早在抵達之前，很久很久之前，他的目光就停駐在那裡了。

緊追在後的東西，並非出現在路上，距離其實近得多，那也正是聲音的來源，他無法擺脫的那個東西。

在他行李廂裡面的東西。

那東西緊緊吸引著他的目光，雖然他努力不要去想裡面究竟是什麼，但是當亞歷山大·柏曼回頭正視的時候，已經太晚了，車道邊的警察正向他示意停車。

5

米拉下了火車，她神情機警，雙眼因爲整夜沒有闔眼而異常腫脹。她走過火車站的屋頂下方，這棟建築物裡有雄偉的十九世紀主廳，另外還加上龐大的購物中心，一切乾淨明亮又井然有序。但是，幾分鐘之後，米拉馬上察覺出隱身在這裡的所有黑暗角落，那是她會去找尋失蹤小孩、買賣和窩藏人口的地方。

但她此時出現，卻不是因爲這些原因。

兩名同事正在鐵路警察的辦公室裡等她。其中一個是年約四十歲的壯碩女子，有著橄欖的膚色和超大的臀部，她身上的牛仔褲顯得太緊了一點。另外一個男的大約三十八歲，又高又壯，她不禁聯想到自己家鄉裡的那些年輕小夥子，中學的時候，米拉還跟其中幾個約會過，她還記得，當初他們試探她的身體時有多麼笨拙。

那男人對她展露微笑，但是他的同事卻只是挑眉瞪著她，米拉走過去，準備迎接這彼此介紹的儀式。莎拉．羅莎只是喃喃唸出自己的名字與職銜，不過，這個男人卻伸出自己的手，朗聲說道：「嗨，我是特警克勞斯．波里斯。」接著他想要幫忙提她的帆布袋：「請讓我來。」

「謝謝，不用，我自己來就行了。」米拉回答。

但是他還是很堅持，「沒關係。」

他的語調，再加上他對她微笑的堅決態度，等於告訴了米拉一件事，波里斯特警一定多少喜歡向女人獻殷懃，證明他自己可以向可及範圍內的所有女性施展魅力，當他一看見她靠近，立刻就決定出手一試，她再清楚不過。

波里斯建議出發前先喝杯咖啡，但是莎拉．羅莎卻瞪了他一眼。他提出抗議：「怎麼了？我說錯什麼了嗎？」

「我們時間不多，你還記得吧？」那女人毫不留情地反嗆回去。「我們的同事遠道而來，我只是想——」

米拉不想惹毛莎拉．羅莎，因爲她似乎並不怎麼喜歡米拉要和他們一起共事。

他們走到停車場取車，波里斯坐在駕駛座上，羅莎坐在他的旁邊，米拉帶著自己的帆布袋一起進了後座，他們隨即進入車陣當中，駛向河岸邊的道路。

對於必須要護駕新同事，莎拉．羅莎似乎感到很不開心，但是波里斯卻一點也不介意。

「我們要去哪裡？」米拉怯生生地問道。

波里斯透過後照鏡看著她，「到總部去，首席檢察官羅契得先跟妳談一談，他會給妳指示。」

米拉強調，「我之前從來沒有處理過連續殺人犯的相關案件。」

「抓人的又不是妳，」羅莎尖酸回她，「那是我們要管的事情，妳的任務就只是找到第六個小孩的名字，希望妳有先好好讀過檔案資料了……」

米拉其實沒有注意到她同事的驕傲聲調，她花了一整夜看信封裡的資料，那些被埋起來的手臂的照片、受害者年紀以及死亡順序等零碎的法醫資料。

「森林裡出了什麼事？」她問道。

「有史以來的最大案！」波里斯一邊回答，雙手還跟著舞動，離開了方向盤好一會兒，興奮地就像個小男孩。「從來沒有看過那種景象，如果妳問我，我告訴妳，這是他媽的轟動大頭條，所以羅契才緊張得皮皮剉。」

波里斯的粗話讓莎拉·羅莎很不高興，米拉也是。其實，她之前從來沒有見過這位首席檢察官，但是她已經知道他的手下對他並沒有太高的評價。當然，波里斯比較直接，但是他如果敢在羅莎面前肆無忌憚，那就表示她雖然不想說出口、但卻也同意他的說法。米拉心想，事情不妙了。她決定要自己去評斷羅契這個人、以及他的辦案方法，而不是隨著她接下來可能會聽到的其他評語而跟著搖擺不定。

羅莎重複著同一個問題，只有米拉注意到羅莎是在跟她說話。

「那些血是妳的嗎？」

莎拉·羅莎轉頭面向米拉的座位，指著下方，米拉看著自己的大腿，她的褲子上有著血污；傷疤又裂開了，她用手蓋著，慌張地開口解釋。

「我慢跑的時候摔倒了。」

「趕快包紮好，妳的血千萬不要污染了我們的採樣。」

這一番責難讓米拉突然覺得很尷尬，不只是因爲波里斯透過鏡子望著她。她希望羅莎能夠就此收口，但是她的訓話還沒有結束。

「有一次，某個負責性侵案現場的菜鳥，居然在受害者的廁所裡尿尿，我們花了六個月的時間去追查這條鬼影，我們以爲這個殺人犯忘了沖馬桶。」

波里斯因爲這段歷史，開始哈哈大笑，但是米拉卻想要轉換話題。「你們爲什麼要找我來？只要看看過去一個月的失蹤人口紀錄，不就能知道那女孩是誰嗎？」

「這就不用問我們了……」羅莎的語氣裡帶著惱怒。

米拉心想，骯髒的工作，她被找過來的理由顯然再清楚不過了，羅契想要把這個工作交給小組之外的人，最好跟他沒什麼關係的人，如果這第六具屍體仍然追查不出姓名，還有其他的代罪羔羊。

黛比、安妮卡、薩賓娜、梅莉莎、卡洛琳娜。

「其他五個女孩的家人呢？」米拉問道。

「他們也會到總部去，準備做DNA比對。」

米拉現在想到那些可憐的父母們，他們被迫要接受DNA樂透測試，才能確定他們的親生子女被殘忍地殺害、肢解，他們的生活很快就會產生變化。

「關於這個惡魔呢？還知道些什麼？」她開口發問，希望可以讓自己不要再想到那些父母。

「我們不會把他叫做惡魔，」波里斯說道，「這樣會造成去人格化。」他一邊說話，還一邊和羅莎交換了意味深長的眼神，「卡維拉博士不喜歡這樣。」

「卡維拉博士？」米拉也跟著重複。

「妳也會見到他。」

米拉越來越焦慮，她對於此案所知有限，比起其他同事，她顯然居於下風，而這些人大有機會可以好好嘲弄她一番。不過，她這次還是保持沉默，並沒有爲自己提出任何辯護。

但是羅莎卻沒有想要讓她清靜下來的意思，而且毫不留情繼續施壓：「我說親愛的，妳要是搞不清楚，也不要覺得太意外。我相信妳在自己的工作崗位上很稱職，但是這次不一樣，因爲處理連續殺人犯有不同的法則，受害者的情況也是如此。他們什麼都沒有做，但是卻必須承受一切。在絕大多數的時候，他們唯一犯下的罪，也只不過就是在不當的時間點、出現在不該出現的地方，又或者是在離家的時候，穿上了一件特殊顏色的衣服、比別人看起來更特殊。或者，在我們的這起案件中，他們所犯的罪，不過就剛好是個小女孩、白種人，而且年紀是在九到十三歲之間……妳不要誤會了，但我想妳不懂這些事情，我沒有針對妳個人的意思。」

是啊，當然啦，我想也是。米拉心想，從她們見面的那一刻開始，羅莎所做的一切都是針對她個人而來。

「我會盡快好好學習。」米拉回道。

羅莎回頭看著她，臉色嚴峻：「妳有小孩嗎？」

米拉愣了一會兒，「沒有。爲什麼要問這個？這跟辦案有關係嗎？」

「因爲當妳找到第六個女孩的父母時，妳必須要告訴他們，『爲什麼』他們的漂亮女兒會被如此對待，但是，妳對他們一無所知，妳不知道他們爲了拉拔和栽培女兒所做出的犧牲，女兒發高燒時的失眠夜晚，爲她唸書、確保她的未來所攢下的錢，陪她玩耍或是做功課的時間。」羅莎的語氣越來越憤怒，「妳也絕對不知道有三名受害者塗了同一種亮光指甲油，或者其中一個女孩的手肘上有舊傷疤，因爲她在五歲騎車時曾經摔傷，又或者，妳不知道她們每一個都稚嫩可愛，純眞歲月的夢想和期待卻永遠被褻瀆了！妳不會知道這些事情，因爲妳從來沒有當過母親！」

「『荷莉』。」米拉回答得很唐突。

「什麼？」莎拉．羅莎看著她，一臉不解。

「那個指甲油的品牌叫做『荷莉』。亮亮的那種，有珊瑚色點。那是一個月之前、某本青少女雜誌隨刊附贈的免費商品，所以才會有三個女孩都塗了這種指甲油；因爲它很受歡迎。還有，其中一名受害者戴著魅力手鐲。」

「我們倒是沒找到什麼手鐲。」波里斯說道，他開始有興趣了。

米拉從檔案中抽出了一張照片，「第二號受害者，安妮卡，她靠近腕部的皮膚比較蒼白，也就是說她曾經戴過些什麼東西，可能是殺人犯已經把它取下，也有可能是在她被綁架或是掙扎的時候弄掉了。她們全部都慣用右手，只有一個例外：因爲她的食指側邊有墨漬，她是左撇子。」

波里斯覺得她很厲害，而羅莎則是說不出話來，米拉成了一條滔滔不絕的長河。「還有最後一件事情：第六號，我們還不知道姓名的那一位，她認識第一個失蹤的女孩，黛比。」

「妳到底是怎麼知道的？」羅莎問道。

米拉從檔案夾中抽出了一張又一張的手臂照片，「她們兩個在食指尖都有個小紅點，她們是歃血爲盟的結拜姊妹。」

這個全國警政的行爲科學部門，處理的都是重案。羅契擔任最高長官，已經有八年的時間，辦案風格與方法也不斷求新求變。他也爲諸如像是卡維拉博士之類的民間專家、打開了協同辦案的大門。大家都一致公認，以卡維拉的著作和研究看來，他是最具有創新性的當代犯罪學專家。

在這個調查小組當中，史坦探員是負責情報的警官，他年紀最長，同時也最資深。他的職務內容包括了收集日後得以建檔的資料，並且追蹤與其他案件的關連性，他可說是這個團隊裡的「記憶體」。

莎拉．羅莎是負責後勤的警官，同時也是電腦專家。她花許多時間去研究最新科技，而且也曾經受過策劃警方行動的特訓。

最後是波里斯，負責訊問的警官。以最適切的方式訊問相關人士、並且讓嫌犯俯首認罪，正是他的職責所在。要達成目標的各種技巧，他都非常在行，而且，他通常都能夠順利完成任務。

羅契負責下令，但其實他算不上是團隊領導者：眞正導引調查方向的是卡維拉博士的直覺力。這位首席檢察官什麼都不是，充其量就是個政客，而且他通常是以自己的仕途來做出各種決定。他喜歡在大庭廣衆下現身，而且只要是調查結果順利，他一定會積極搶功。不過，要是無法破案，他會把責任切割給整個團隊，也就是他所稱呼的「羅契小組」。這種行事方式很難讓人喜歡他，而且經常招來下屬的鄙視。

許多部門的總部都在這棟位於市中心的建築物裡，現在，大家都聚集在六樓的會議室裡頭。米拉坐在後排，她已經先進了盥洗室，再次處理好腿部的傷口，用兩層膏藥把它緊緊蓋住。接著，她又換上了另外一條長得一模一樣的牛仔褲。

她環顧四周之後，把自己的袋子放在地上。她很快就認出那個瘦長的男人正是首席檢察官羅契。他正眉飛色舞地和一個姿態低調的男人談話，那男人有種令人好奇的氛圍，一種灰暗的光。米拉很確定，只要到了會議室外頭的眞實世界當中，這個男人就會像鬼魅一樣消失無蹤。但是，他在這裡出現，卻別具意義，他一定就是波里斯和羅莎在車子裡提到的卡維拉博士。

這個男人身上有某種特質，讓你會立刻忘記了他皺巴巴的衣服和一頭亂髮。

因爲他的雙眼，又大，又有穿透力。

就在他繼續跟羅契說話的時候，他的雙眼移向了米拉，以極爲挑釁的方式迎向她的目光。她很彆扭地避開了，過了一會兒之後，他繼續如此，並且挑了個距離她不遠的位置坐了下來。自此之後，他就完全對她置之不理，幾分鐘之後，會議也正式開始。

羅契走上講台，講話的時候還帶著肅穆的手勢，好像是在跟一大群聽衆發表談話，但是現在全場觀衆也不過就只有五個人。

「我剛才聽取了科學鑑識報告：亞伯特沒有留下任何的線索，他很清楚自己的犯行，在那小小的手臂墓園裡，他沒有留下任何的蛛絲馬跡，也沒有指紋。只留下六個等待我們尋獲的小女孩，六具屍體……還有其中一人的姓名。」

檢察官接著請戈蘭發言，但是戈蘭並沒有隨著他登上講台，他只是留在原地，交疊著雙臂，還把他的腳伸出前排的椅子下方。

「亞伯特從一開始就知道事情要怎麼進行，甚至連最小的細節也都在他的預料之中。他主控了整場的表演，而六這個數字，剛好是連續殺人事件公式裡的一個整數。」

「六六六，禽獸的數字。」米拉不加思索地打斷了他的話，大家都回頭看著她，臉上出現了責難的表情。

「不要用這種陳腔濫調來看事情。」戈蘭開口了，米拉好想鑽到地洞裡去。「當我們提到某個整數的時候，其實是表示這個行爲人已經完成了一次、甚至是多次的完整系列犯案。」

米拉微微皺了眉頭，戈蘭以爲她聽不懂，又繼續詳加解釋：「如果有兇嫌以類似手法殺害了三個人，我們就會稱其爲連續殺人犯。」

「兩具屍體只能算是多次殺人犯。」波里斯跟著補充。

「所以六個受害人算是兩個系列。」

「算是某種慣例嗎？」米拉問道。

「不是。它的意思是如果你殺到第三個，從此就不會罷休。」羅莎開腔，爲這個討論做出了小結。

「人性天生的抑制力開始鬆懈，罪惡感也逐漸消失，到了這個階段，你是以無意識的方式在殺人。」戈蘭總結，而且轉而面向其他人。「但是爲什麼我們對於第六號屍體一無所知？」

羅契在此時插嘴，「我們現在有了新發現，剛剛我才從我們優秀的同事口中得知一條很重要的線索，她發現這具無名屍和我們的一號受害人黛比．高登之間有關連。」羅契講話的模樣，彷彿米拉的想法其實都歸功於他自己，「瓦茲奎茲警官，可否請您向我們說明您依據偵辦直覺所發現的結果？」

米拉發現自己又再度身處在大家的焦點之中。她低頭看了看自己的筆記，想要在開口說話之前、先好好整理自己的思緒，就在這個時候，羅契也向她點頭示意，請她起身。

米拉站了起來。「黛比．高登和第六號受害人彼此認識。當然，這只是我個人的假設，但是這可以解釋爲什麼她們兩個人在食指上都出現了一模一樣的記號……」

「到底是什麼？」戈蘭很好奇。

「嗯，用針刺破指尖之後，然後彼此碰觸、讓血液互相交融的一種儀式：兄弟或姊妹結拜的青少年版本，通常這麼做是爲了要讓友誼更富有神聖性。」

米拉曾經和自己的好友葛拉西亞玩過這個；但她們使用的是生鏽的鐵釘，因爲對她們來說，用針刺破手指實在太像小女生了。記憶迅速湧回她的心中，葛拉西亞一直是她的好玩伴，兩個人都知道彼此的祕密，甚至還曾經交過同一個男朋友，不過那男孩什麼都不知道，她們讓他誤以爲自己是三人遊戲中最聰明的那一個，他可以和這兩個女孩約會，但是卻不會讓她們察覺有什麼異狀。後來葛拉西亞怎麼樣了？她已經好多年沒有聽到這女孩的消息，雖然她們曾經立下友誼永存的誓約，但是她們很早就失去聯繫，再也沒有機會看到彼此，怎麼會這麼容易就把她給忘了？

「如果狀況相符，那麼第六號受害者應該和黛比同齡。」她做出了結論。

波里斯說道：「根據巴爾氏體的測試結果，第六隻手臂符合此一推論：受害著的年齡爲十二歲。」他等不及要看到米拉給他肯定的眼光。

「黛比．高登念的是管理嚴格的住宿學校，所以她的拜把姊妹不可能是同學，因爲並沒有其他學生失蹤。」

「所以一定是在學校外頭認識了她。」波里斯繼續插話。

米拉點點頭，「黛比念這間寄宿學校有八個月的時間，她離家這麼遠一定很是寂寞，我想她和其他女同學的關係也有問題，所以，我推測她應該是在其他的環境當中認識了拜把姊妹。」

羅契開口，「我要妳繼續調查下去，到學校裡去檢查一下那女孩的房間：裡面可能會有些線索。」

「要是狀況許可，我也想和黛比的父母聊一聊。」

「當然，覺得該做的就放手去做。」

就在此時，有人敲門，三聲輕敲，打斷了首席檢察官，之後馬上就出現一個穿著白襯衫的矮小男人，雖然沒有人開口請他進來，他卻兀自走進會議室。他有一頭短硬如刺的頭髮，還有著難得一見的杏眼。

「啊，張先生。」羅契開口表示歡迎。

他是負責這個案件的法醫，米拉幾乎立刻就發現到他其實並不算是眞正的東方人，他的名字是里奧納多．佛羅斯，但是大家都一直喊他張先生。

這矮個子的男人站在羅契身邊，馬上打開手中的檔案，其實他早就已經對於內容瞭若指掌、成竹在胸，也沒有必要把它逐一唸出，但是，把這些文件拿在手上，可能會爲他帶來安全感。

「在座的各位，雖然我知道對某些人來說，了解某些細節會有困難，但還是請大家仔細聽好張博士所發現的成果。」首席檢察官說道。

理解有困難的那個人，指的就是米拉，她自己心裡有數。

張先生從襯衫口袋裡取出眼鏡，將它戴上，清了清喉嚨之後開始說話，「殘骸雖然已經遭到土埋，但是保存狀況卻非常良好。」

這也證明了從佈置手臂墓園開始、一直到被發現，已經過了好長的一段時間，所以這位病理學家解釋得非常詳細。但是，當張先生最後要說明這六個小女孩是怎麼被殺害的時候，他卻單刀直入。

「他切下這些小孩的手臂，造成她們死亡。」

損傷是他們自己的語彙，而且他們也用這個字詞來進行溝通，米拉非常清楚。當這名法醫翻到了檔案裡的手臂放大照頁面時，她立刻就注意到切痕附近的紅色斑暈、以及骨頭的斷裂處。血液滲漏到組織裡的狀況爲何，是判斷損傷是否爲致命傷的第一個指標。如果血液從破損的血管中慢慢流出，那就表示心泵機制不會發生作用，血液不會殘留在周遭的組織。但就另外一方面來看，如果兇手是在受害者還活著的狀況下，發動這樣的攻擊，那麼心臟將會把血液推向受傷的組織，奮力讓它結疤。在這些小女孩的案例之中，這一套人體求生機制一直到手臂不見之後、才完全停止。

張先生繼續說道：「損傷出現在上臂二頭肌的一半處，骨頭沒有碎裂，切口很乾淨，兇手使用的一定是裁板鋸：我們目前還沒有發現傷口邊緣有任何金屬的銼屑。從這些受害人血管及肌腱的整齊切口看來，我會把它叫做外科手術型技法，因爲流血過多，而導致死亡。」接著他又補充：「這種死法，眞是慘不忍睹。」

一聽到這樣的詞彙，米拉忍不住垂下了雙眼，表示尊重之意，不過她很快就發現當場也只有她自己一個人這麼做。

張先生繼續說下去：「我其實會這麼講：他根本就是直接殺了這些小女孩——除非有必要，不然他是沒有興趣讓她們多活一分一秒，而且他下手也毫不遲疑，所有受害人被殺害的手法都完全相同，但是有一個除外……」

他的話語懸在空中，他的聽衆馬上就要聽到如冰雨一般的話語襲身。

「什麼意思？」戈蘭開口問道。

張法醫推了推落在鼻尖的眼鏡，望著這位犯罪學專家。「因爲其中一位受害人的狀況更淒慘。」

會議室裡出現了一陣肅然的沉默。

「根據毒物檢測結果，死者血液與組織中有雞尾酒式藥物的殘留反應，在這個案例中有：類似心達寧的抗心律不整藥物、ACE抑制劑和作爲某種阻斷劑的愛平諾……」

戈蘭．卡維拉已經明瞭了一切，他說：「他讓她的心跳變慢，同時也降低了她的血壓。」

「爲什麼？」史坦發問，他根本搞不懂。

張法醫的唇間露出了類似苦笑的扭曲表情，「他之所以要減緩流血速度，是因爲想要她一點一滴地慢慢死去……他想要好好欣賞這場死亡秀。」

羅契問道：「是哪一個小孩？」不過，顯然大家心中都早就有了答案。

「第六號受害者。」

這一次米拉不必是什麼連續殺人犯專家，也很清楚知道發生了什麼狀況，法醫明確指出兇手已經改變了殺人手法，也就是說，他對於自己的所作所爲，已經越來越有自信，他正在玩一種新遊戲，而且自得其樂。

「他之所以會改變手法，是因爲他對結果很滿意，他越來越厲害。」戈蘭做出了結論，「就我們目前發現的事證看來，他樂在其中。」

米拉的身體突然出現奇怪的感覺，每次當她處理失蹤人口案件、馬上就要找到解答的時候，頸底就會產生一陣讓人警覺的酥癢感，這實在很難解釋，只要這種感覺出現，她的心底就會浮現出意外的眞相。這種感知持續的時間通常會比較久，但是這次在她能夠確切掌握之前，就已經消失了，張法醫開口說了幾句話，她的這種感覺也立刻無影無蹤。

「還有一件事……」法醫轉向米拉說話，雖然他還不認識她，但她是這間會議室裡唯一的陌生人，而且他一定也早就知道她爲什麼會出現在這裡的原因。「失蹤小女孩的父母們就在隔壁房間。」

交通警察辦公室位於群山之間，亞歷山大．柏曼從窗戶看了出去，整個停車場一覽無遺。他的車子就停在那裡的第五排，但是從這個地方望出去，卻似乎是在很遙遠的地方。

此時太陽已高掛在天空裡，讓汽車的鈑金顯得閃閃發亮。經過了昨晚的風暴之後，他已經無法想像還有這樣的白晝，這樣的一天彷如晚春，幾乎有種炎熱的感覺。微風從開啓的窗戶中吹拂進來，帶來平和的氣息，他產生一種詭異的滿足感。

清晨，他被路檢攔下的時候，他不生氣，也沒有陷入恐慌。他只是坐在自己的車子裡，兩腿之間的濕氣令人不安。

警察就站在警車旁邊，他從駕駛座上看得很清楚，其中一位正拿著信封、裡面是他的文件，那警察仔細瀏覽之後，向另外一名員警口述資料、透過無線電傳輸出去。

他心想，他們馬上就會走過來，命令我打開後車廂。

警察請他停車，態度非常客氣，他問了他開霧燈的事，而且對他在這種惡劣天候之中、被迫要開這麼久的車，流露同情之意。

「你不是這裡的人。」警察唸出了車牌號碼。

「對，不是本地人。」亞歷山大回答，「我從別的地方過來的。」

對話就此結束，他一度想要和盤托出，但是他卻改變心意，時機還沒到。接著那名警官走向同事，亞歷山大．柏曼不知道接下來會發生什麼事，但是他一直緊抓著方向盤的手，終於能夠在此時放鬆，手部的血液又開始流動，恢復了正常血色。

同時他也又想起了他的那些蝴蝶。如此脆弱，對於他們所施展的咒語一無所悉，當他爲了她們而讓時間暫停下來，讓她們了解自身魔力的祕密之時，其他人卻只是在虛擲她們的美麗，他在呵護著這種美感，她們究竟爲什麼要對他提出控訴？

當他看到警察回到他的窗前，這些想法立刻消失無蹤，而且暫時放鬆的緊張感又再度出現。他想，他們搞得太久了。警察走過來的時候，一手放在與腰帶同高的臀部位置，柏曼知道這個姿勢代表的意思是什麼。當警察最後走過來的時候，所說的話卻出乎他意料之外。

「麻煩你跟我們到總部一趟，柏曼先生，你的文件裡找不到行照。」

他心想，好奇怪，我確定自己放在那裡的。但就在那個時候，他一切都明瞭了：那個男人在他失去意識的時候，把它拿走了……所以他的車子被查扣之後，他們就把他關在這裡，他也就在這間小小的等候室裡，享受這微風帶來的額外暖意。他們並不知道，這個人根本不擔心行政裁罰的要脅，他們躲在自己的辦公室裡，在毫無所悉的狀況下，對於他覺得早已不重要的事情、做出最後決定。這樣一個男人，早已失去一切，還有什麼能夠動搖他重要事項的優先排序？當下他認爲最要緊的事，就是希望微風的拂弄永遠不要停歇。

値此同時，他的雙眼仍然緊盯著停車場，還有警察來來去去的動靜。他的車子還在那邊，看得一清二楚，車子裡的祕密還鎖在後車廂裡，沒有任何人注意到異象。

他思索著自己的絕異處境，也同時發現一小群警察正喝完晨間咖啡、走了回來，三男兩女，都穿著制服。其中一個人似乎在說著什麼故事，一邊走路還一邊搖晃著雙臂，當他說完之後，引來其他人一陣大笑。亞歷山大連一個字都沒有聽到，但是笑聲具有感染性，他發現自己也在微笑，但，他笑不了多久。這一群警察正靠近他的車子，裡面最高的一個突然停下腳步，其他人則繼續前進，他發現了異樣。

亞歷山大立刻注意到他臉上所出現的表情。

他心想，氣味，他一定是聞到了那股氣味。

該名員警並沒有告知其他同事，卻開始四處巡望，他嗅聞著空氣，想要找出那股曾經讓他出現短暫警覺感的微弱痕跡。當他再度發現到的時候，他轉向自己身旁的那一台車，他走了幾步，然後整個人僵在那個被鎖住的後車廂之前、動也不動。

亞歷山大．柏曼，目睹了這整個場景，他鬆了一口氣，他充滿了感謝。感謝帶引他來到這裡的偶發事件，感謝那股微風恩准了他的祈求，而他終究不需要是打開那該死的後車廂的人，他更是充滿了感激。

微風的挑逗逐漸歇手。亞歷山大從窗戶旁的座位站起身，拿起了口袋裡的電話。

該打電話的時候，到了。

6

黛比、安妮卡、薩賓娜、梅莉莎、卡洛琳娜。

當米拉透過玻璃、望著這五名受害者家屬的時候，她在心裡默默地唸著這幾個名字，她們的家人早已聚集在法醫研究所的停屍間。這是一棟有著大型窗戶的哥德式建築，四周幾乎都是公園綠地。

有兩位家長還沒到，我們還沒辦法找到的爸爸和媽媽，這個想法一直縈繞在米拉的心頭，揮之不去。

他們得要給第六號手臂的主人起個名字，她所受到的折磨最爲不堪，因爲亞伯特在她身體裡注入了雞尾酒式的各種藥物，讓死亡緩緩到來，痛苦難耐。

他想要好好欣賞這場死亡秀。

她又再次想到音樂老師的那個案子，她救出帕布羅和艾莉莎，但是莫理胡警官告訴她，其實你救了三個孩子，另外一個是在那男人日記裡發現的筆記，那名字叫做……

普莉西亞。

她的上司沒有錯：那個小女孩很幸運。普莉西亞和那第六名受害者之間的殘酷關連，米拉現在懂了。

普莉西亞之前早已被她的死刑執行人所挑中，但是她並沒有成爲他的囊中之物，的確是因爲運氣夠好。她現在人在哪裡？日子過得怎麼樣？在她的某個內心深處，是否知道自己逃過了一場那樣的恐怖劫難？

從米拉踏進了音樂教師房子的那一剎那開始，她就已經成功救出了普莉西亞，所以這小女孩永遠不會知道，她也永遠不會知道獲得重生的這份贈禮，一定得要好好珍惜。

普莉西亞，就和黛比、安妮卡、薩賓娜、梅莉莎、卡洛琳娜一樣，都註定有著類似的命運，但是遭遇的結果卻大不相同。

普莉西亞就像第六號一樣，是個沒有面孔的受害者。

張法醫還是認爲，第六號小女孩的身分遲早會水落石出，終究只是時間的問題，但是一想到她已經永遠消失，就想要有其他的選擇，也是難上加難。

但是現在她必須要讓思緒保持清晰，當她看著那一片隔著那五個小女孩父母的玻璃時，她心想，換我上場了，她仔細端詳著這個人類水族館，那些靜默、哀痛逾恆的生物的連續動作，她馬上就要到那裡找黛比·高登的父母談話，而且她帶過去的消息，將會讓他們無法走出悲傷。

停屍間的走廊深長陰暗，它位於這棟建築物的地下室裡，走下幾個階梯，或是搭乘一台不常使用的電梯，即可到達這裡。天花板的兩側有狹窄的窗戶，因此可以透進些微光照，牆面上所鑲貼的白釉瓷磚無法反射光線，這很可能正是當初爲什麼會使用這種材質的原因。所以，就算是在白晝，那裡也還是一片昏暗，天花板上的日光燈管總是亮著，它們持續發出的嗡嗚聲，塡補了這個空間裡如幽冥般的沉默。

米拉仍然凝視著這些飽受折磨的父母，她內心思忖著，居然要在這麼可怕的地方、面臨痛失愛女的噩耗，這裡除了普通的塑膠椅和一桌子充滿笑臉的過期雜誌之外，沒有任何東西能夠好好撫慰他們。

黛比、安妮卡、薩賓娜、梅莉莎、卡洛琳娜。

「好好注意看，」戈蘭·卡維拉站在她背後開口說話，「發現什麼了嗎？」

起初他在眾人面前羞辱她，但是現在他看起來卻很親切。

米拉又持續觀察了好一會兒，「我看到他們所受到的折磨。」

「再仔細看看，還有別的。」

「我看到了那些死去的孩子，她們雖然不在那裡，但是她們的面容都來自於父母，所以，我看到了受害者的臉孔。」

「我還看到了五個核心家庭，每一個的社會背景都各不相同，收入、生活方式都不一樣。我發現這些父母都只有一個小孩，雖然理由各不相同。我還看到了早就超過四十歲的那些媽媽，因爲生物性因素，想要再度懷孕已經完全無望……以上，就是我的觀察。」戈蘭轉向她，「這些父母才是他要的受害人。他仔細研究過他們，然後挑中了他們，他們都只有一個女兒，他不會讓他們有絲毫機會能夠療傷平復、或是忘卻喪親之痛。在他們的餘生當中，他們都必須記得他對他們所做的一切。他奪走了他們的未來，也因而讓他們悲痛倍增。他剝奪了他們以經年的漫長等待或是以等死的方式、去忘卻痛苦的機會……他就是這樣得到了滿足，這是他虐待慾的獎賞，愉悅的來源。」

米拉把頭別了過去，犯罪專家的話是對的：這些人所遭受的殘酷暴行中，出現了某種對稱性。

「其實是一種模式。」戈蘭說道，糾正了她的想法。

米拉又再次想到了第六號女孩，還沒有追悼她的人出現。她也應該跟其他人享有同樣的權利、得到這樣的淚水。折磨的過程具有一種功能，它可以讓生者和死者之間的事物建立新的連結關係，它是一種代表著字詞的語言，整個狀況的語彙也因而改變，這也正是玻璃另外一方的父母們正在做的事情，以他們的痛苦，一點一滴地開始進行重建，生命的吉光片羽永不復存。他們一起編織自己破碎的記憶，將過往的白色麻紗、與現在的細絲緊緊纏繞在一起。

米拉鼓起勇氣，穿過了絲線，這些父母立刻把眼光移向到她的身上，一陣沉默。

她走向了黛比．高登的媽媽，丈夫坐在她的身邊，一首扶著她的肩膀。當她接近其他人的時候，她的腳步聲聽起來好殘忍。

「高登先生，高登太太，我們得要談一談……」

米拉揮揮手指了個方向，然後帶引他們到第二個小房間，裡面有咖啡機和零食販賣機，牆邊有個破舊的沙發，桌子旁邊是藍色的塑膠椅，垃圾桶裡都是塑膠杯。

米拉請高登夫婦坐在沙發上，然後她自己拉了椅子。她伸長雙腿，大腿傷口產生一陣劇痛，不再那麼痛：她已經好多了。

她鼓起勇氣，開始進行自我介紹，然後她談到調查過程，但是並沒有提到他們已知部分的細節，她希望可以讓他們自在一點之後，然後再向他們提出自己想問的問題。

高登夫婦一直緊緊盯著她，從來沒有移開他們的眼光，彷彿她具有終結惡夢的權力。他們兩個都是好看優雅的人，都是律師，也就是以超高時薪計算報酬的工作。米拉可以想像在他們的絕美房子裡，往來的都是穿金戴銀、精挑細選的朋友，他們賺錢賺得夠多，才能送獨生女去念私立名校。這對夫婦在他們的專業領域一定都是狠角色，他們在自身的工作領域中可以處理最棘手的狀況，也會讓他們的對手被打得滿地找牙，他們不會被任何逆境所擊倒。但是，這兩個人面對如此的悲劇，卻是毫無任何準備。

當她一敘述完整個案情之後，她立刻切入正題：「高登先生，高登太太，不知道兩位是否知道黛比在寄宿學校之外，還有其他的知心好友？」

這對夫婦互看了一眼，他們似乎尋找的不是答案，而是想知道之所以提出這個問題的可能原因，但是他們找不到。

「就我們所知是沒有。」黛比的爸爸開口說道。

不過，米拉對於這個平淡無奇的答案很不滿意，「你確定黛比和你講電話的時候，從來沒有提到過同學以外的朋友嗎？」

正當高登太太在仔細回想的時候，米拉也在打量著她的外貌：扁平的腹部，結實的雙腿，她立刻就明白了，只生一個小孩是深思熟慮之後的結果，這個女人的身體是禁不起第二胎的，但現在說這個也未免太晚：她已經年近半百，再也沒有機會生兒育女，戈蘭是對的，亞伯特特別挑過了下手的對象。

「沒有……不過她最近在電話裡頭聽起來開心多了。」

「我猜想她應該曾經問過你，是不是可以帶朋友回家……」

她刺到痛處了，但是如果她想要知道眞相，勢必如此，她的聲音裡流露出一絲歉疚感。高登先生說道：「沒錯：她在學校裡格格不入，她說她很想念我們和史汀……」米拉一臉困惑地看著他，高登先生繼續解釋：「她的小狗……黛比想要回家，回到以前的學校，嗯，其實她也沒有眞的提過這個，也許她是怕我們失望，但是……從她的聲音裡確實可以聽得出來。」

米拉知道接下來會發生什麼事：這對父母會不斷自責，當女兒求著他們讓她回家的時候，他們卻沒有傾聽女兒的心聲，但是高登夫婦卻在女兒的面前、表現出他們的企圖，他們希望有些東西可以透過基因遺傳下去。他們的行爲並沒有什麼可議之處；他們希望給獨生女最好的東西。基本上，他們的行爲跟其他的父母都一樣，而且，要是沒有發生這樣的事情，搞不好黛比在將來會感謝他們，但悲傷的是，這一天對他們來說，永遠不會到來了。

「高登先生，高登太太，很抱歉我一定得問，我知道這對你們來說很痛苦，但是我還是要請兩位回想一下和黛比的談話內容：她在學校外頭認識的人，很可能是破案的關鍵，拜託你們，請仔細回想，要是又想起了什麼……」

他們兩個同時點點頭，答應米拉一定會仔細回想。米拉瞄到了大門玻璃後面的一個人形：莎拉·羅莎，她正努力想把米拉叫出來。米拉向高登夫婦道歉之後離開，當她和莎拉·羅莎在走廊上面對面之際，莎拉只說出了幾個字。

「趕快準備一下，我們準備出發，有個小女孩的屍體找到了。」

特警史坦還是穿外套打領帶，他喜歡咖啡色、淡褐色，或是藍色的西裝，以及細條紋的襯衫。米拉推測，應該是他的妻子喜歡讓老公穿著筆挺的衣服，他看起來很體面，用了一點髮油將頭髮後梳，每天早上都會刮鬍子，而且臉部的肌膚不只是光滑，簡直就是柔軟；聞起來的味道極好。他是一個行事精準的角色，絕對不會改變自己的生活習慣，整潔的外表，比時髦更來得重要。

而且，就他的工作內容看來，他擔任資訊收集者的角色也十分稱職。

在開車前往發現屍體的處所時，史坦丟了薄荷錠到嘴巴裡，接著就開始報告他所知道的一切。

「他們所逮捕的人，名字叫做亞歷山大·柏曼，現年四十歲，從事業務代表工作──賣的是紡織業的機械零件，顯然他的事業相當成功，他已婚，生活一直很低調，大家對他的評價不錯，而且在他所居住的地方也算知名人士，他的工作帶給他不錯的收入：嚴格說來不算有錢，但確實過得去。」

「還有，他人很乾淨，」羅莎補充道，「你絕對想不到的那一種。」

他們到達了交通警察的辦公室。發現屍體的警察正坐在某間辦公室裡的老舊沙發上，整個人仍然處於極度驚嚇當中。

當局已經把這裡交給了重案小組全權處理，他們必須靠戈蘭的協助、以及在米拉的關切注視下辦案，但米拉的角色只是清查當下或其他有助於她或是工作的種種線索而已，也無法過度進行干涉。羅契待在辦公室裡頭，讓他的人馬去進行重建現場工作。

米拉注意到莎拉・羅莎一直和她保持著距離。她對此覺得很開心——雖然這位女警不斷注意著她，隨時準備要抓她的小辮子，這一點米拉倒是毋庸置疑。

有位年輕警察帶領他們走到事發地點，他強作鎭定，勉力解釋現場的一切都保持完整，但是小組的所有成員都知道，這很可能是他第一次面對這樣的大場面，身爲一個地方省區的小警察，遇到這種可怕重案的機會並不太多。

他在沿途上把事情的細節解釋得非常清楚，也許他事前已經先演練過了這套說詞、以免出錯，所以一切聽起來簡直像是書面聲明：「我們已確悉在昨日凌晨時分，亞歷山大・柏曼抵達了某間村落的旅館，距離此處甚爲遙遠。」

「有四百哩遠。」史坦進一步提出說明。

「顯然他一整夜都在開車，油箱幾乎全空了。」小警察也跟著補充。

「他在飯店裡有沒有和誰見面？」波里斯問道。

「他有和客戶共進晚餐，然後就回到房間休息……這是和他在一起的人的供詞，但是我們還在進行確認。」

羅莎迅速把它記在筆記本裡頭，米拉從羅莎的肩膀後方瞄到了筆記的內容：收集飯店客人在同一時段的證詞。

戈蘭插了進來：「我想柏曼什麼都沒說吧。」

「嫌犯亞歷山大．柏曼需要有律師陪同在場，才願意開口說話。」

他們到了停車場，戈蘭發現柏曼車子旁邊已經圍起了白布條、掩蓋命案現場。但是，這只是衆多虛矯預防手法裡的其中一種，騷亂不安，通常是對重罪反應的某種假象，戈蘭．卡維拉很早就學到了這一點。死亡，尤其是暴力手段致死，會讓人產生詭異的迷戀，屍體會引發我們的好奇心，死亡非常誘人。

他們在抵達犯罪現場之前，已經先穿上了塑膠鞋套、以及套住自己頭髮的護帽，還有一定要戴上的消毒手套。然後互傳著一小瓶樟腦油，每個人都取出了一點點，塗抹在鼻孔下方、驅走所有的不快氣味。

這是一種早已經過反覆驗證的儀式，不需要任何言語，但這也是一種找尋絕對專注力的方法，當米拉從波里斯手上接過那瓶子，她覺得自己也是這獨特交流儀式裡的一員。

那位帶引他們走在前頭的小交警，此時已經信心盡失，開始面露遲疑，他隨即離開了。米拉在跨入陌生世界的疆界之前，發現戈蘭正以關切的眼神看著她，她點點頭，他似乎安心了。

第一步總是最爲艱難，米拉絕對不會輕言忘了自己的第一次。

在這個方圓不過只有幾平方公尺的區域內，探照燈冰冷的人工燈光讓陽光也變了顏色，那裡是另外一個宇宙，實際的法則與已知世界完全不同，高度、寬度，以及深度所組成的三度象限之外，這裡還要多加一個象限：虛空，每一個犯罪學專家都知道，犯罪現場的虛空象限，正是你可以尋求答案的地方，在受害者與殺人犯的面貌塡入這些空間之後，犯罪得以重建，暴力行爲有了意義，更能參透未知的部分。犯罪現場的第一印象，永遠至爲重要。

米拉的第一印象是氣味。

雖然她已經塗上了樟腦油，但是那股氣味還是撲鼻而來。死亡的味道既令人作嘔，但也甜美可人。修辭上來說，這很矛盾，它一開始彷彿對你的胃打了一拳，但之後你會發現，這種氣味的深美，讓你完全無法招架。

小組成員很快就圍在柏曼的車子旁邊，每個人都選定了自己的觀察定位，他們的雙眼已經建佈出細密的格網，一英寸平方之大的區塊都不會放過。

行李廂已經打開了，現場就跟那位警官剛發現屍體的時候一模一樣。戈蘭彎身進去，米拉也是。

行李廂裡幾乎空無一物，只有一個黑色的大塑膠袋，而唯一可辨識的卻只是一個人形輪廓。袋身依形體捆紮得很完美，澆鑄出臉部的特徵、形狀也栩栩再現，屍體的嘴巴張得大大的，哭喊得無聲無息，空氣彷彿被這黑暗的煉獄吮噬得一乾二淨。

這簡直就像是裹屍袋一樣。

安妮卡、黛比、薩賓娜、梅莉莎、卡洛琳娜……到底是誰？或者是第六號？

他們可以看到眼窩，還有後仰的頭部。這具屍體並沒有放棄死前的掙扎；她的肢體反而呈現出一種僵直的姿態，彷彿是突然被強光照射一樣。而在這座肉身雕像中，顯然有個東西不見了，手臂，左邊的手臂。

戈蘭開口說道：「好，開始進行分析。」

這位犯罪學專家的方法之一，就是不斷地提問，有些問題很簡單，有些顯然並不重要；所有的問題都是爲了要找尋一個答案，即便是在當下這個狀況，所有的意見都會被一一納入考量。

「第一個問題是關於方位。」他開始了，「好，告訴我，爲什麼我們會在這裡？」

「我先來，」波里斯站在駕駛座邊，率先說話，「我們會在這裡，是因爲找不到駕駛的行照。」

戈蘭看著小組成員，問道：「大家覺得呢？這樣的解釋理由夠充分嗎？」

「路障，」莎拉．羅莎說道，「由於持續發生小女孩失蹤案件，所以各地都設下了重重路障，這樣就有機會逮到人，而且眞是如此……運氣好。」

戈蘭搖搖頭：他不相信運氣這檔子事。

「他爲什麼要冒險開著這台會讓自己遭殃的載屍車？」

「也許他就只是想逃跑而已，」史坦開口，「或者他害怕我們會找上他，他想要讓線索離他越遠越好。」

「我同意這可能是爲了想阻斷我們的追查行動，」波里斯說道，「但整個失敗了。」

「我們要弄清楚他的計畫究竟是什麼，這也正是我們在行李廂裡找到屍體的原因。但是第一個問題很特殊，而且我們還沒有找到答案：爲什麼我們會在這裡？我們大家爲什麼會聚集在這台車的旁邊？檢查這具屍體？打從一開始，我們就理所當然認爲這個男人厲害得很，也許比我們都更聰明，他耍了我們好幾次，在全民進入警戒狀態的時候，還是會想辦法綁架小女孩……好，大家眞的覺得是因爲丟了一本愚蠢的行照、而讓他露出馬腳？」

每個人一想到這個，都陷入了沉默。

犯罪學專家轉向那位交通警察，他在這個時候早就站得遠遠的，不發一語，發白的臉色一如他制服下的襯衫。

「警察先生，你剛才告訴我們柏曼需要律師在場，對嗎？」

「是的。」

「也許當值律師可以幫忙，不過現在我得要和嫌犯談一談，等到我們結束這裡的工作的時候，讓他自己來告訴大家，我們的分析結果大錯特錯。」

「你還需要我給你指示嗎？」

那個男人正等著卡維拉下令讓他離開，結果也如他所願。

「柏曼可能早就已經準備好了一套說詞，我們最好是趁其不備，在他把說詞背起來之前，抓出他的前後矛盾之處。」

「希望他趁現在被關起來的時候，可以好好摸摸自己的良心。」

當那位交警說出這番話的時候，小組成員露出不可置信的表情，彼此互望。

「你是說，你們就讓他一個人在裡面？」

他顯得很侷促不安，「我們依據警察執行實務，把他一個人關起來，爲什麼你們要問這個問題呢？是發生什麼——」

他已經沒有時間把話說完，波里斯是第一個跑過去的人——他縱身一躍，跳出了封鎖線之外，史坦和莎拉．羅莎也隨後跟上，他們離開時很快就脫下了鞋套，以免快速奔跑時滑倒。

米拉就和這位年輕的交警一樣，顯然都不知道出了什麼事。戈蘭也緊追在後，還一邊回頭大喊，「他是危險嫌犯，應該要有人看著他！」

就在這個時候，米拉和交警才明瞭這位犯罪學專家所說的危險是什麼。

一會兒之後，他們已經到了監禁這個男人的小房間門口，波里斯拿出自己的證件之後，負責看管的警察慌忙打開了監視孔，但是，透過那個小小的細縫望過去，卻看不到亞歷山大．柏曼。

米拉心想，他一定躲在囚室裡的死角。

當警衛準備打開大鎖之際，交警還在拚命安撫大家─但其實最重要的是讓他自己安心──他再次強調一切流程都遵循相關條文，伯曼的手銬、皮帶、領帶，甚至是鞋帶都已經事先取下，他身上沒有任何可以自戕的工具。

但是當鐵門被猛力推開的那一剎那，卻證明了這個警察大錯特錯。

那男人躺在囚室裡的一角，是個死角。

他靠在牆上，雙手無力垂落膝間，雙腿張開。他的嘴巴浸滿了鮮血，屍體周圍有個黑色的血池。

他以一種顛覆傳統的方式、結束了自己的生命。

亞歷山大．柏曼用牙齒咬開了腕部的肉，靜待血液汩汩流出，慢慢嚥下最後一口氣。

7

他們會把她帶回家。

他們雖然沒有把這個承諾說出口，但他們已經準備要把這小女孩的屍體帶回去。

他們會為她伸張正義。

在柏曼自殺之後，想要完成這個許諾是更加困難，但無論如何，他們都還是會好好努力。

所以，那一具屍體也已經在法醫研究所裡了。

張法醫已經先準備好從天花板懸吊而下的顯微鏡，與金屬解剖台成九十度方向，接著他打開錄音機。

他一開始先取出手術刀，接著循著一條非常筆直的線，迅速劃開塑膠袋，他放下解剖器具，以手指小心翼翼地拉起他所切出的兩片袋蓋。

房間裡的唯一光線，來自於手術台上方大燈的眩光，而四周全是黑暗的裂隙，戈蘭和米拉站在地獄的邊界，小組的其他成員都不覺得自己得要參加這個儀式。

法醫和這兩位客人都穿上防護隔離衣，戴上手套以及口罩，以免相關跡證遭到污染。

大體與塑膠袋已經緊密貼合在一起，張法醫使用食鹽水、緩緩地塗在袋緣，讓兩者能夠順利分離開來。一次只能一點點，需要極大的耐心。

馬上就要出現了……米拉很快就看到綠色的燈芯絨裙子、白色上衣，以及羊毛背心，接著她又看到外套的法蘭絨布。

正當張法醫持續進行之際，新的細節也一一浮現。他現在要處理的是胸部的部分，也就是喪失左臂的地方。外套的那個部分其實並沒有沾染什麼血跡，只不過就是切除左肩的痕跡，而那裡還留著突出來的殘肢。

「兇手在殺人的時候，她身上並不是穿著這些，這些都是事後才給屍體套上的衣服。」法醫說道。

「事後」這個字詞消失在解剖室的回聲當中，墜入了包圍著他們的黑暗隙縫當中，彷彿像一顆小石頭在深不見底的水塘面上、漂彈之後消失。

張法醫接著處理右臂，從露出的部分可以看出腕部有個手鐲，上面應該還有個鑰匙狀的垂飾。

接下來到了脖子的部分。法醫在這裡稍作暫停，用小毛巾擦拭了一下前額，米拉現在才注意到這位病理學專家一直都在冒汗。他要處理的是整個解剖當中最複雜的部分，取下黏附在面部的塑膠袋的時候，臉上的表皮很可能也會被一起拔除。

米拉以前也曾經看過其他的驗屍過程，但那些法醫對於準備相驗的大體、通常不會如此小心翼翼，他們把屍體切開之後就草草縫合。不過，此時她卻察覺到張法醫的祈願，他希望這對父母能夠在最後一次、好好看看自己的寶貝女兒，所以他才會如此謹慎。她對這位法醫的尊敬之意，不禁油然而生。

最後，經過漫長無盡的等待之後，法醫終於將小女孩臉部的黑色塑膠袋完全清除乾淨，米拉馬上就認出來了。

黛比．高登，十二歲，第一位失蹤的小女孩。

她的雙眼瞪得大大的，嘴巴也還是張開的狀態，彷彿她急著想要說些什麼話。

她還戴著一個白荷花的髮夾，他梳過她的頭髮，眞是太奇怪了。米拉馬上想到，對一具屍體展現憐憫之情、遠比對一個活生生的孩子容易多了！但是，隨後她有了新的推論，他之所以如此呵護著她，還有其他的原因。

他要讓我們看到一個漂漂亮亮的她。

她的直覺讓她冒起一股怒氣，但是她也知道，此時此刻的這種情緒不應該是屬於她的，應該是別人的才對。她很快就得過去那裡，面對那深沉陰暗的感受，告知那一對已經崩潰的父母，他們的生命，眞的已經結束了。

張法醫和戈蘭彼此交換眼神，他們的對手究竟是哪一種類型的兇嫌？對小孩的興趣是基於生物性原因？抑或是刻意挑選目標？換言之，這個小女孩有沒有遭受性侵？答案馬上揭曉。

解剖室裡的每一個人都陷入天人交戰，他們一方面希望小女孩能夠逃過這最後的磨難，但一方面又希望結果不是這樣。因爲小女孩如果曾經被性侵，兇手留下生物性特徵的機會也將因而大增，他們也更容易能夠找到兇手。

性侵案件有非常嚴格的作業程序，張法醫自然也沒有違反的必要，相驗即將展開。

通常會先從大體衣著上是否有記號或是身分證明開始，接著搜尋衣服上是否有可疑的污痕，或者有無留下任何的衣類纖維或是毛髮。到了這個階段，病理學家才會開始進行指縫異物刮取，其中包括了利用某種牙籤、收集受害者指甲裡可能留下的兇手皮屑——只要受害者曾經大力抵抗——或是，足以辨識出殺害地點的泥土或是各種纖維。

但是，結果是沒有。這整個屍體，除了被切除的左臂之外，幾乎可說是完美無缺，她的衣服也相當乾淨。

看起來好像是有人先好好把她整理過後、再把她放入袋中。

第三個階段是最具侵入性的部分，而且還包含了婦科手觸檢查。

經過幾分鐘之後，張法醫面向戈蘭和米拉，平靜說道：「他根本沒有碰她。」

米拉點點頭，在她離開解剖室之前，她彎身靠近黛比的屍體，從她的手腕上取下掛著小鑰匙的手環，這個東西，透露了這個小女孩並沒有被強暴，很可能是她可以給高登夫婦的唯一禮物。

當她開口向張法醫和戈蘭告別之後，她馬上就想把那套防護隔離衣給脫下來，因爲她在那一刻覺得好污穢。當她經過更衣室的時候，她在那巨大的瓷盆之前停下腳步，她打開熱水，放下雙手，開始用力搓揉。

她還在拚命地搓洗，看著前方鏡中裡的自己。當她走進更衣室的時候，想到穿著綠裙藍上衣、還戴著髮夾的小黛比。米拉還想像著她靠著自己的獨臂、坐在牆邊的長椅上，小女孩看著米拉，雙腳搖晃著。她嘴巴張得大大的，然後又合了起來，好像想要和米拉說話，但是一個字都沒有說。米拉也想要問她結拜姊妹的事情，那個他們只知道是第六號的女孩。

她從自己的幻象裡醒了過來。

熱水繼續從水龍頭裡汩汩流出，大漩渦狀的蒸氣緩緩升起，幾乎覆蓋住鏡面的全部範圍。

米拉在那個時候，才驚覺自己的痛。

她往下看，本能地把手從滾燙的熱水中抽出來，手背的肌膚已經紅腫，而手指也出現水泡，米拉立刻用毛巾擦拭，然後開始在急救箱裡找繃帶。

沒有誰一定得要知道她發生了什麼事。

當她睜開自己的雙眼，她想起來的第一件事情是手上的燙傷。她馬上就關起了門閂，對於這個包圍著她的房間，突然有了感覺。前方鑲有鏡子的大衣櫥，它左邊有小櫃子，還有裝了下方百葉窗的窗戶、可以透進些許的藍色光線。米拉之前是和衣而眠，因為這間噁心的汽車旅館房間裡的床單和毯子髒污不堪。

她為什麼會醒來？可能是因為有人在敲門，或者也可能是她在做夢而已。

門口又響起了敲門聲，她起身走過去，把門打開了約略幾公分。

「哪位？」當她看到波里斯的臉時，還是問了這個沒有意義的問題。

「我過來接妳，一個小時之後，他們就要開始搜索柏曼的房子，其他人都在那裡等我們……所以我想了想，就帶早餐過來了。」他搖了搖鼻子下方的一個紙袋，裡面裝的很像是可頌麵包和咖啡。

米拉迅速瞄了一下自己的模樣，現在這樣不算是可以見人，不過也許這反而是件好事：這可能讓她同事的荷爾蒙發揮不了作用，所以，她還是請波里斯進到房間裡來。

波里斯走了幾步之後，進到房間四處張望著，當米拉走到放臉盆的角落、潑洗自己的臉時，波里斯顯得很困惑，這個舉動對米拉來說有更重要的意義，可以讓她掩藏自己貼了繃帶的雙手。

「這地方比我印象裡還要糟糕，」他聞著房間裡的氣味，「而且味道都一樣。」

「我想是殺蟲劑吧。」

「在我剛加入這個小組，還沒有找到自己公寓的時候，我住在這裡幾乎快一個月……你知道這裡的每一把鑰匙都可以打開所有的房間？經常有住房客人白住不付錢就跑了，所以旅館老闆已經懶得一直頻頻換鎖，到了半夜的時候，妳還是用大衣櫥抵著門比較好。」

米拉透過臉盆上方的鏡子看著他，「多謝忠告。」

「不不，我說認真的，要是妳想找個好一點的地方住，我可以幫妳。」

米拉用揶揄的表情看著他，「警官大人，你不會剛好是請我去住你家吧？」

波里斯覺得很不好意思，很快就退縮回去，「不，我不是這個意思，我只是四處打聽，看看有沒有女同事的公寓可以分個地方給妳，就這樣而已。」

「希望我不要在這裡待太久，久到要找公寓。」她一邊聳肩一邊說道。把臉擦乾淨之後，她看到他帶過來的紙袋，幾乎是立刻從他的手上搶下來，然後盤腿坐在床上逐一檢查裡面的食物。咖啡和可頌麵包，正好是她想要的東西。

波里斯對於她突如其來的動作毫無防備，但注意到她的手上有著繃帶，他什麼都沒有說，反而只是害羞問道：「很餓？」

她嘴裡塞滿了東西回他，「我已經兩天沒吃東西了，要不是你今天早上過來，我想我連走出這道門的力氣都沒有。」

米拉知道自己不應該說出那樣的話，聽起來太像是給他的一種鼓勵。但是她也找不出其他的方式表示感謝，而且，她也眞的是餓壞了，波里斯對著她微笑，笑容裡盡是驕傲。

「妳都還習慣嗎？」他開口問道。

「我很能隨遇而安的，所以沒問題。」

她心想，除了你的同事莎拉．羅莎很討厭我之外，一切都沒問題。

「妳馬上就觀察到結拜姊妹這件事，我個人覺得妳很厲害……」

「運氣啦。我剛好想到自己青少年時期的經驗，你十二歲的時候一定也做過蠢事吧？對不對？」

她注意到這位同事露出了困窘的模樣，很努力想要擠出答案卻沒有辦法，她忍不住笑了出來。

「我在開玩笑，波里斯。」

「哦，我知道。」他臉紅了。

米拉吞下最後一口，舔著自己的手指，馬上又拿出袋裡的第二個可頌麵包，其實那應該是波里斯的早餐，但是看到她餓壞的一張臉，他實在沒有勇氣說出任何一個字。

「波里斯，我問你……爲什麼你們要叫他亞伯特？」

「這故事可有意思了，」他一邊開口說道，一邊小心翼翼地移到她的旁邊，「五年前我們遇到非常奇怪的案件，有個連續殺人犯專門綁架婦女，強暴她們之後，把她們給勒死，而我們找到的屍體都沒有右腳。」

「都是右腳？」

「沒錯。大家都沒有頭緒，因爲這個傢伙的手法準確俐落，完全沒有留下絲毫線索，他就只是切除受害者的右腳，而且他完全是隨機犯案……所以當我們已經發現到第五具屍體的時候，卻還是沒有辦法讓他停手，就在這個時候，卡維拉博士有一個想法……」

米拉在這個時候也剛好解決完第二個可頌麵包，開始準備喝咖啡，「什麼樣的想法？」

「他請我們去找所有和腳有關的過往案件資料，就算是犯行再怎麼輕微，都不可以放過。」

米拉的表情看來十分迷惑。

接著她把三包糖放進聚苯乙烯的杯子裡，波里斯看到之後，露出了嫌惡的表情，他本來想對此發表一點意見，但是卻還擇繼續把故事說下去：「這一開始對我來說也是很不可思議，但我們開始搜查之後，確實出現了一點曙光，之前在那附近有個竊賊，專門偷鞋店外擺設的女鞋，妳知道，店家爲了怕被偷，每種款式尺寸都只放一隻鞋子，而且通常是放右腳的鞋子，讓客人可以更方便試穿。」

米拉停住不動，手裡的咖啡凝在半空中，她思忖了一會兒，那種辦案直覺所帶來的獨創快感，讓她神情愉悅，「所以你們守在鞋店，抓到了小偷……」

「亞伯特．芬利，三十八歲的工程師，已婚，有兩名幼子，在鄉間有間小房子，還有台度假用的露營車。」

「一個普通人。」

「他家車庫裡放了個冰箱，我們在冰箱裡找到用保鮮膜仔細裹好的五隻女性右腳，他喜歡讓她們穿上他偷來的鞋子，他有某種戀足癖。」

「右腳，左臂，所以就有了亞伯特！」

「沒錯！」波里斯一邊說話，一邊把他的手放到了她的肩膀上、表示讚許。米拉突然逃開，從床上跳起來，這位年輕的警官很受傷。

「抱歉。」米拉說道。

「沒關係。」

才不是這樣，米拉不相信他的話，但是她想要假裝事情就是這樣了。她背對他，再次走向臉盆的方向，「我馬上就好，然後我們可以準備出發了。」

波里斯起身走向門口，「好，我在外頭等妳。」

米拉看著他離開房間，接著她看著鏡中的自己，問著自己，天啊，什麼時候才會結束？究竟要到什麼時候，才可以讓別人碰我？

前往柏曼家中的路途上，他們幾乎沒有什麼交談。其實，當她一上車的時候，發現到他早就打開收音機，她馬上了解到這是在宣示某種意圖，告訴她這將是一趟什麼樣的旅程。波里斯受傷了，在這個小組裡，她很可能又多了一個敵人。

他們花了一個半小時到達。亞歷山大．柏曼住在某個靜謐的住宅區裡，小小的別墅旁有群樹環繞。

他們已經對前方的街道進行封鎖，線外聚集了看熱鬧的人、鄰居，還有記者。米拉看著他們，心裡想著紙包不住火了。他們在路上已經聽到電台播出找到小黛比屍體的新聞，而且，柏曼的名字也隨之曝光。

媒體如此興奮難耐的理由其實很簡單，殘臂墓園的事件已經成爲警方的公關災難，但是他們現在終於爲這個惡夢找到一個名字。

米拉也在其他地方見識過這種場面，媒體緊緊抓住新聞不放，接著柏曼生活中的所有面向都會慘遭蹂躪、而且無一倖免。他選擇自殺，就等於是承認犯行，基於這個理由，媒體將會堅持自己的版本，他們會把他塑造成惡魔的角色，毫無反駁的餘地，他們的口徑一致，迫使大家要全盤接受。他們會無情地把他撕成碎片，就像是大家以爲他對小女孩的所作所爲一樣，但是，大家卻看不到這種類似行爲的諷刺性，他們會從這整起事件中抽出大量血汁，只是爲了要讓頭條新聞嗆辣有味、更加可口誘人，完全沒有絲毫的尊重與公平對待。就算有人大無畏地點出這個問題，他們也會在「媒體自由」這個方便好用的概念之下、找到藉口去隱藏自身的變態色慾。

米拉和波里斯穿過那一小群人，進入了執法警官所圍起的封鎖區域，而且很快地走過車道、到了房子的前門處，一路上當然無法避開相機的刺目閃光。就在那個時候，米拉發現戈蘭正在窗戶的另一邊看著她，她心裡有種怪異的罪惡感，因爲他看著她和波里斯一起走進來，但她馬上就覺得自己很蠢，居然會出現這種想法。

戈蘭轉身關心屋內的動靜，不久之後，米拉也進到屋內。

史坦和莎拉．羅莎在其他員警的協助之下，已經到達現場好一會兒了，兩個人忙進忙出，就好像是工蟻一樣，翻找全部的東西，他們小心翼翼地搜查家具和牆面，只要有助於解開謎團的東西，他們都不會放過。

米拉依然沒有辦法參加搜查的工作，而且，莎拉・羅莎臉上立刻露出嚴峻的表情，明白告訴她只有旁觀的份。所以她也只是站著東看西看，把手放在口袋裡面，也不需要爲自己纏滿繃帶的雙手解釋些什麼。

那些照片，吸引了她的目光。

以典雅胡桃木和銀製相框所裱製的數十幅照片，精美地陳列在餐桌與五斗櫃上，顯現出柏曼夫婦所擁有的幸福時光，但到了現在，這樣的生活似乎已經遙不可及。米拉注意到他們兩個人經常四處旅遊，有許多在世界各地的遊玩照片。但是，越是最近的照片，他們的臉孔也益發顯得蒼老，臉上的表情似乎也黯淡許多。這些照片裡藏了故事，米拉很確定，但是她卻說不上來究竟是什麼。當她走進這間房子的時候，便產生一種詭異的感受，那樣的感覺現在更加清晰可辨。

現場應該要有個東西才是。

警察來來去去，其間出現了另外一名旁觀者，米拉認出了她是照片中的女人：薇若妮卡・柏曼，也就是嫌犯的太太。米拉馬上就發現這個女人生性驕傲，當這些陌生人突然闖入，未經她的允許、褻瀆著這些物件與回憶的私密性之際，她卻保持著一種優雅而疏離的態度。她雖然很順從，但是態度上卻不是那麼認命，她已經答應要和首席檢察官羅契好好合作，她信心十足，她先生和這些令人毛骨悚然的指控毫無瓜葛。

米拉還在端詳著她，但當她轉身的時候，發現了另外一個讓她吃驚不已的景象。

在一整面的牆上，掛滿了蝴蝶標本。

這些標本都以玻璃裱框，罕見的和美麗的品種都有，還有的是外來種，其名稱都記載在青銅板上來源地標註的旁邊，而最美麗的標本是來自於非洲和日本。

「它們之所以如此美麗，是因爲它們死了。」

開口說話的是戈蘭。他穿著黑色上衣和毛料長褲，襯衫領口有一部分卡在套頭毛衣頸領的位置，他走過來，站在她背後，想以更好的角度觀看這面蝴蝶之牆。

「當我們看著這種東西的時候，我們會忘記最重要、也是再清楚不過的事實……這些蝴蝶再也無法飛舞。」

「的確很不尋常，」米拉同意這種說法，「但它卻如此誘人……」

「對某些人來說，這正是死亡所產生的效果，也是連續殺人犯之所以存在的原因。」

戈蘭輕輕打了個手勢，這個動作可以把所有的小組成員立刻召集過來。顯見他們就算是全神貫注在自己的工作，也還是會注意著戈蘭的動靜，等待他的指令或是動作。

米拉非常確定他們極其信賴他的辦案直覺，戈蘭是他們的領導人。其實這一點非常奇怪，因爲他根本不是警官，而且，至少就她所認識的「條子」來說，他們一直都難以信任民間專家。這個小組應該要自稱爲「卡維拉小組」，而不是「羅契小組」，才算是更加名符其實，尤其羅契一如往常根本不在現場，只有等到可將柏曼定罪的鐵證出現，他才會登場。

史坦、波里斯，還有羅莎都依循慣例，站在這位犯罪學專家的旁邊。米拉和他們保持著一步之遙：她怕自己被排拒在外，所以乾脆先把自己孤立起來。

戈蘭的音量放得很低，而且馬上就找到了自己接下來的理想音量，可能是因爲他不想要驚擾到薇若妮卡．柏曼。

「好，我們找到了什麼？」

史坦是第一個開口回答的人，他搖搖頭，「這間房子裡沒有任何東西、可以證明柏曼和第六號小女孩有關。」

「他太太似乎對於一切都毫不知情，我問了她幾個問題，但我不覺得她在撒謊。」波里斯也補充道。

「我們的手下也帶著嗅屍犬搜查花園，」輪到羅莎發言，「但到目前爲止，一無所獲。」

「我們必須要還原柏曼在過去六個星期當中的一切行動。」戈蘭開口說道，每個人也都同意他的說法，但是他們也都知道，這幾乎是不可能的任務。

「史坦，還有其他發現嗎？」

「他的銀行帳戶裡沒有異常異動。去年他所支付的最大一筆帳單，是爲妻子所準備的人工授精療程，這倒是讓他花了不少錢。」

米拉仔細聽著史坦的話，也就了解到自己在進入屋內之前、以及後來細看照片的時候，眞正的感受是什麼，她當初以爲只是那東西沒有現身，但她錯了。

那個東西不只是缺席而已。

她注意到這間房子裡沒有小孩，裡面有著昂貴但卻毫無人味的家具，這是一間爲了註定孤單的兩個人所打造的房子，這也正是史坦警官提到人工授精療程的時候，似乎出現了矛盾之處的原因，因爲在這樣的空間裡，你甚至無法感受到有人正期待天賜子女的百般焦慮。

史坦也迅速描述柏曼個人生活的梗概，作爲觀察結論。「他不吸毒，也沒有酗酒，不抽菸。他有健身房的會員卡，也有錄影帶出租店的會員卡，但是他只會租和昆蟲有關的紀錄片。他會到當地的路德派教堂，每兩個月一次會去安養院當志工。」

「好一個聖人。」波里斯的話充滿了譏諷。

戈蘭轉向薇若妮卡・柏曼，注意她是否聽到了最後的評語。接著他又看著羅莎，「還有沒有其他的發現？」

「我已經檢查過他家裡和辦公室的硬碟，而且也復原了所有的刪除檔案，但毫無特殊之處，都只有工作、工作、工作，這個男的是個工作狂。」

米拉注意到戈蘭突然分神，但他很快就回神過來，繼續專心和羅莎談話，「他的網路使用習慣呢？」

「我打電話給他的網路伺服器廠商，他們給了我他在過去半年中的瀏覽網頁清單，但也是什麼都沒有……，他似乎對於自然、旅遊，以及動物主題的網站特別有興趣。他也會在網路上買古董，還有，在拍賣網站上大部分買的都是收藏型的蝴蝶標本。」當羅莎結束了自己的報告之後，戈蘭再度雙手交疊，逐一凝望著自己的同事，他也看了米拉一會兒，她終於覺得自己也是裡面的一員。

「好，大家有什麼想法？」

「我覺得自己被閃瞎了，」波里斯突然開口說話，而且還用一隻手擋住自己的眼睛，誇張地強調這個字眼，「他實在太『乾淨』了。」其他人也跟著點頭稱是。

米拉不知道他的意思是什麼，但是她也不打算開口發問。戈蘭的一隻手輕滑過前額，又揉了揉自己疲倦的雙眼，他的臉上又再度出現了分心的表情……有個想法把他帶到了別的地方，大約持續了一兩秒鐘左右，也就是說，這位犯罪學專家正在把某些東西進行歸檔、留待未來參考之用。「嫌犯的首要動機是什麼？」

「每一個人都有祕密。」認真的波里斯提出了解答。

「確是如此。」戈蘭繼續說道，「我們大家都有弱點，一生中至少會出現一次，我們每一個人也都有祕密，或大或小，但就是難以承認……我們還是來看看這個男人：好丈夫、虔誠信徒、優秀員工的典範，」他一邊說道，還一邊用手指頭計數著每一個字詞，「他是個慈善家、熱愛健康體魄、他只租紀錄片，他沒有任何的缺點，他還收集蝴蝶……你相信世界上有這樣的人嗎？」

不，沒有辦法。這一次的回答理所當然。

「所以，爲什麼這樣的一個男人，會把小女孩的屍體放在他車子的行李廂裡頭？」

史坦插話：「他準備要毀屍滅跡。」

戈蘭同意他的說法：「他對我們大家下咒，這一切的完美，只是爲了讓我們無法注意其他的地方……此時此刻，我們還忽略了哪些地方？」

「我們現在該做什麼？」羅莎問道。

「一切從頭開始，在各位已經偵查過的範圍當中，就可以找到答案。再次逐一清查，要去除所有覆蓋其上的美麗糖衣，千萬不要被美好生活的眩光所欺瞞：那種耀眼亮光之所以存在，是爲了要讓我們分神、擾亂我們的思考，所以你們要……」

戈蘭又開始神遊了，他的注意力在別的地方。這一次大家都注意到了，他的腦袋裡終於有些東西開始成形、而且繼續發展下去。

這位犯罪學專家開始環顧四周，米拉也緊緊跟隨著他的目光，在虛空世界裡，他的雙眼並非全然迷惘無措，她注意到他正在看某一個東西……

小小的LED閃燈斷斷續續地在發亮，自成一種顯眼的韻律，吸引了大家的目光。

戈蘭大聲問道：「有誰聽過了電話答錄機裡的留言嗎？」

整個空間瞬間凝結，他們看著這台電話，它的紅眼正向每一個人眨眼，因爲那個發著亮光的疏失，大家的罪惡感也油然而生。戈蘭完全沒有理會他們，逕自走過去，按下了啓動那台小型數位錄音機的開關。

一會兒之後，一個死人的聲音幽幽回魂。

這是亞歷山大．柏曼最後一次回家。

「呃……是我……呃……我時間不多……但是我要告訴妳，我很抱歉……這一切都眞的很抱歉……我應該早就告訴妳的……可是我沒有……原諒我好嗎……都是我的錯……」

這一段話結束了，整個空間陷入死寂。每一個人都無可避免地望向薇若妮卡．柏曼，她無動於衷，彷如雕像。

戈蘭．卡維拉是唯一有所動作的人，他走向她，緊抓著她的肩膀，把她交給一位女警、並且把她帶到另外的房間。

輪到史坦和大家說話，「好，女士先生們，看起來我們已經有自白了。」

8

她想把她取名爲普莉西亞。

她想採用戈蘭．卡維拉的辦案方法，爲那些在逃的嫌犯取個名字，賦予他們活生生的人性，讓他們顯得更加眞實，而非只是瞬間飄散無蹤的影子。所以米拉也會爲第六號受害者取名字，給她一個比較好運的名字——那個小女孩現在應該待在某個地方，但誰知道在哪裡——她會像其他小女孩一樣繼續過日子，完全不知道自己逃過了什麼樣的劫難。

在返回汽車旅館的路上，米拉做出了這個決定，這次是由別的警官負責載她回去，波里斯這次並沒有幫她。米拉沒有責怪的意思，畢竟今天早上她拒絕了他，而且如此突兀。

爲第六個女孩取名爲普莉西亞，並不只是因爲要賦予她人性而已，其實還有另外一個理由，米拉沒辦法一直用數字稱呼這個女孩，她現在覺得，她是唯一還把這女孩放在心裡的人，因爲大家聽過柏曼的電話留言之後，都覺得找尋這女孩已經不再那麼重要了。

他們在車子裡找到一具屍體，還有，從各方面看來、電話答錄機的帶子都像是嫌犯的自白，不需要再花什麼工夫了，他們現在得要完成的工作，是找到這位業務代表和其他受害者的關係，再來是動機，但也許已經有了答案……

受害者不是小孩，而是她們的家人……

她和戈蘭當初在停屍間大片玻璃的後方、端詳著小女孩父母的時候，戈蘭給了她一個這樣的說法。這些父母不約而同地都只有獨生女，一個早已年過四十的母親，生理上早已無法再次懷孕……*他們才是他的眞正受害者，他研究過他們，他選擇了他們，然後：獨生女。就連讓他們克*

服悲傷、忘卻痛失愛女的機會也沒有，他們此生都會牢牢記住他對他們的所作所為。

亞歷山大．柏曼膝下無子，他曾經努力過，但是卻失敗了。也許這正是他將盛怒發洩在這些可憐家庭身上的原因，也許他把他們當成了自己不孕命運的復仇對象。

米拉心想，那不是復仇，而是別的東西……她沒有放棄，但是她不知道這種感覺從何而來。

車子停在汽車旅館附近，米拉下了車，向這位充當她司機的警官道別。他向她點頭示意，但頭還沒回抬起來，就已經將車子掉頭駛離，把她一個人留在偌大的碎石空地中央，她的後方有排樹林，還有些旅館的房間錯落其間。天氣很冷，唯一的光線是顯示尚有空房和付費電視的霓虹燈。米拉走向自己的房間，所有的窗戶都是漆黑無光。

她是唯一的房客。

她走過門房的辦公室，裡面是閃爍電視機螢幕發出的冷青色暗光，聲音已經被轉為無聲，門房也不在裡頭。米拉心想，也許他去上廁所了，她的腳步沒有停歇，幸好她把鎖匙放在身上，不然得要等門房回來才行。

她身上的紙袋裡有自己的晚餐，一瓶氣泡飲料、兩個起司烤三明治，還有一管藥膏，這是為了她等一下處理手上燙傷所做的準備。呼吸凝結在冷冽空氣之中，於是她加快速度，因為她真的餓壞了，腳步在沙地上所發出的聲音，填補了夜裡的一切靜默。她的旅館房間，就是這整排房子的最後一間。

她一邊走著，一邊想著這個名字，普莉西亞，她也記得張法醫所說的話，第六號的遭遇更加悲慘……

這些話一直縈繞在米拉的心頭。

第六號小女孩比其他受害者承受了更多的苦——他減緩了她失血的速度，好讓她可以慢慢死去……他想要好好欣賞這場死亡秀……——不，還有其他的東西。為什麼嫌犯要改變他的犯案手法？當米拉和張法醫一起開會的時候，頸背底處出現了一股搔癢感。

房間還有幾公尺就到了，她只注意著那股令人激動的感受，很確定這次就可以知道它究竟從何而來，此時，她踩到地上的小坑洞，幾乎害她摔倒。

也就是在這個時候，她聽到那個聲音。

她背後的短促聲響立刻將她的思緒一掃而空，沙地上有腳步聲，有另外一個人正在「模仿」她的步履，他踏出的每一步都與她盡量完全合拍，以免引起她的注意。當她快摔倒的時候，跟蹤者也亂了原來的節奏，因而造成行跡敗露。

米拉沒有因此而亂了方寸，她維持著原來的速度，跟蹤者又再次亂了步伐，她估計這個人與她有兩公尺的距離，值此同時，她也在思索其他的解決方案，動手拔自己背後的槍並不恰當——要是這個人身上也有武器，他絕對有充分的時間先動手開槍。她心想，那個門房，空蕩蕩的房間裡，電視卻還開著，他一定早就被殺害，現在輪到我了。不過，現在距離房門並不遠，她必須要下定決心，而且也勢必如此，她沒有其他選擇了。

她在口袋裡四處翻找自己的鑰匙，快步登上了門廊的三個階梯，鑰匙轉了好幾下之後，才終於打開房門，她心臟怦怦跳個不停，迅速溜進了房間裡。她拔出了自己的槍，另外一隻手打開了燈光開關，床頭燈亮了。米拉動也不動，背脊緊緊貼著牆面，豎起耳朵仔細聆聽，她心想，他沒有打算攻擊我，接著，她聽到門廊階梯上出現離去的腳步聲。

波里斯曾經告訴她，汽車旅館經常有房客白住不付錢、直接就帶走鑰匙，老闆根本就懶得換了，所以，所有的房間全都是萬用鑰匙。跟蹤者也知道這件事嗎？他可能也有一把跟我一樣的鑰匙。她心想，要是他想要越雷池一步，她會從他的背後攻其不備。

米拉跪下來，沿著髒污的地毯一路爬行到窗戶邊，她緊緊貼著牆，把手抬高打開窗戶，氣溫極低，所以窗戶的鉸鏈卡住了。她花了一番工夫才打開其中一扇窗。米拉站起身跳出去，她站在外頭，又回到黑暗世界。

前方是森林，高聳的樹頂以一種充滿律動的方式同時搖擺著身姿。汽車旅館的後方有塊水泥地、通接所有的房間。米拉小心翼翼地移動，盡量貼著地面，而且四周出現的所有動靜與聲響也都不放過。她很快就到了自己隔壁那間、及其鄰近的房間，她停下來，鑽進這兩個房間之中的狹窄細縫。

在這個時候，她大可以傾身、偷看下門房那間房間的動靜，但是這樣做可能會有風險。她雙手緊緊抓牢著手槍，暫時忘卻燙傷的疼痛。她快數一二三，同時也做了三次深呼吸，然後舉高手槍、躍進角落的位置。但是，沒有人。這絕對不是她的憑空想像，她很確定有人在跟蹤她，這個傢伙善於在目標背後潛行，深諳如何掩藏自己的腳步聲響。

好一個掠食者。

米拉想要在廣場上找到敵人的蛛絲馬跡，但是他似乎已經隨風而逝，沒入汽車旅館周邊柔軟枝頭的反覆曲奏之中。

「抱歉打擾……」

米拉跳縮退後，她看著這個男人，但是卻沒有舉起自己的槍，因爲她被他的那幾個字嚇到了。她花了好幾秒鐘才回神發現那是門房。他發現自己嚇到人，又重複了一次「抱歉打擾」，這次是眞的充滿歉意。

「有什麼事嗎？」米拉開口問道，一邊努力要讓自己的心跳速度回復正常。

「有一通找妳的電話……」

那男人指了指自己的工作小間，米拉等不及他帶路，就逕自朝那個方向走去。

「我是米拉．瓦茲奎茲。」她拿起了話筒說話。

「嗨，我是史坦……卡維拉博士要找妳。」

「找我？」她開口反問，除了驚訝之外，還有一絲驕傲。

「對，我們已經打電話給那位載妳回去的警官，他馬上會去接妳。」

「知道了。」史坦並沒有多說什麼，讓米拉很困惑，所以她大膽追問，「出了什麼事情？」

「亞歷山大．柏曼還有我們不知道的祕密。」

波里斯想要專心開車，但還是想分神把衛星導航器設定完成，米拉雙眼直視前方，不發一語。卡維拉坐在後座，身上穿著皺巴巴的外套，正在閉目養神。他們要到薇若妮卡．柏曼的姊姊家裡，那裡現在是她逃離記者的避難所。

戈蘭心中早有結論，柏曼想要掩蓋某些事情，一切都是從那通答錄機留言而來，「呃……是我……呃……我時間不多……但是我要告訴妳，我很抱歉……這一切都眞的很抱歉……我應該早就告訴妳的……可是我沒有……原諒我好嗎……都是我的錯……」

他們從通話紀錄中發現，柏曼是在交通警察辦公室裡打這通電話，差不多就是在小黛比屍體被發現的時候。

戈蘭覺得很奇怪，如果有人發生了像亞歷山大．柏曼一樣的狀況──行李廂裡藏了屍體，還想要逃得越遠越好──爲什麼還要打這通電話給自己的太太？

連續殺人犯是不會道歉的，就算他們眞的這麼做，也只是因爲他們想要塑造不同的形象，那是他們欺瞞天性裡的一部分。他們的目的是爲了要混淆視聽，讓自己的四周產生煙幕彈。但是，柏曼似乎並非如此，他的聲音聽起來很焦急，他得要完成某件事情，否則一切就太遲了。

亞歷山大・柏曼希望太太原諒他什麼事情？

戈蘭確定這一定與他太太有關，因爲他們有夫妻關係。

「卡維拉博士，可以請你再說一遍嗎……」

戈蘭睜開雙眼，看到米拉在座位上轉頭過來看他，等著他的答案。

「薇若妮卡・柏曼可能發現到什麼事情，所以引發她和老公之間的爭執，我猜他也是因此希望太太可以原諒他。」

「這一點爲什麼對我們這麼重要？」

「我其實不知道是不是眞的很重要……但是，像他一樣的男人，要不是藏有其他的動機，爲什麼要浪費時間去解決一場不過是婚姻裡的小小紛爭？」

「那不然可能是什麼呢？」

「也許連他自己的太太都不是很清楚。」

「他之所以打那通電話，也許是希望狀況不要失控，不要讓她繼續追查眞相，也可能是要告訴我們……」

「對，我的意思是……薇若妮卡・柏曼到目前爲止，都表現出非常合作的態度，如果她認爲那個資訊和罪行無關，她沒有隱匿不報的理由，除非，那件事和他們兩個人有關。」

米拉現在已經相當了解整個狀況。卡維拉博士的辦案直覺顯然會讓偵查方向有所改變。但首先必須要確定才行，這也正是他還沒有向羅契報告的原因。

他們希望可以在與薇若妮卡・柏曼晤談的過程中抽絲剝繭，找到重要的線索。波里斯是訊問特殊案件證人與相關人士的專家，他會和她輕鬆地閒話家常，但是戈蘭決定只讓他和米拉去見柏曼太太。波里斯接受了此一要求，彷彿這道命令是來自於上級，而不是出於一位民間專家之口。不過，他對米拉的敵意與日俱增，他也不知道爲什麼她也得要在場。

米拉很清楚這種緊張關係，其實，就連她自己也不太明瞭爲什麼戈蘭屬意她出馬。波里斯的唯一工作，就是教導她如何引導會話而已，而就在他忙著搞定衛星導航器、搜尋目的地之前，他的任務早就已經大功告成。

米拉想起當史坦和羅莎敘述著亞歷山大．柏曼的生活樣貌時，波里斯曾經做出這樣的評語，**我覺得自己被閃瞎了，他實在太「乾淨」了。**

這種完美的程度難以令人置信，似乎好像是爲某人早就準備好了。

米拉在心裡向自己重複低語，**我們大家都有祕密，就連我也是。**

她的爸爸在她小時候曾經告訴過她，一定會有不能讓別人知道的事情，「我們都會用手指頭挖鼻孔，只要四下無人，就有可能會挖鼻孔，而我們大家都幹過這種事。」

那麼亞歷山大．柏曼的祕密呢？

他太太知道些什麼？

第六名小女孩叫什麼名字？

他們到達的時候，幾乎是已近清晨。這個村莊座落於教堂後的堤岸曲處、俯瞰著整條河流。薇若妮卡．柏曼的姊姊住在酒吧樓上的某間公寓，莎拉．羅莎已經事先打電話給薇若妮卡、告訴她即將有訪客到來。她沒有開口拒絕，也完全沒有避談的意思，這當然並不令人意外。她也被特別告知這並不是偵訊，不過，薇若妮卡．柏曼對於特警羅莎的預防措施並不在意，她可能還比較希望好好接受一次拷問。

當她開門迎接米拉和戈蘭的時候，已經快早上七點鐘了，她穿著晨袍和拖鞋，一派輕鬆。她請客人到客廳，天花板上有顯眼的樑柱，廳內還擺設一些手工雕刻家具，隨後她又奉上剛煮好的咖啡。米拉不疾不徐地品嚐著咖啡，她想要慢慢來，讓她在開口發問之前、可以讓薇若妮卡完全解除心防。波里斯已經事先警告過她：在某些狀況下，只不過是一個字出錯，就可能造成對方結束話題、拒絕繼續合作。

「柏曼太太，接下來的時間可能會很難熬，這麼早來拜訪，我們也是覺得很失禮。」

「沒關係，我一向早起。」

「我們想要更深入了解柏曼先生，這麼做不只是爲了要釐清他的涉案程度，而且也要請您相信我，這整起事件眞的是疑雲重重。您可以多告訴我們一點他的事情嗎……」

薇若妮卡臉上的肌肉動都沒動一下，但是她的雙眼卻顯得專注多了。她隨即開口了：

「亞歷山大和我是在念中學的時候認識的，他比我大兩歲，那時候還是曲棍球校隊。他的表現不算是頂尖，但是大家都很喜歡他。我們一開始出去的時候都是大夥一起玩，就只是朋友；也沒有任何火花，我們也從來沒想過，將來會產生什麼機緣讓我們在一起。我老實跟你說，我不覺得他曾經把我『當成』可能的女朋友人選……我也沒想過這個人會變成我的男朋友。」

「所以是後來發生的囉……」

「沒錯，很奇怪不是嗎？高中畢業之後，我就沒有他的消息，而且我們多年都沒有見過對方了。我們共同的朋友告訴我，他去念大學了，接著，有一天他突然又重新出現在我的生活裡：他打電話給我，告訴我他在電話簿裡找到我的電話。後來我從普通朋友那邊知道，其實他畢業回來之後，就四處打聽我的消息，想知道我現在過得怎麼樣……」

戈蘭專心聽著她的話，覺得薇若妮卡．柏曼不只是耽溺在回憶愁緒裡而已，就某方面來說，她的故事有某種特定目的，似乎處心積慮想要把他引導到某個地方，過往時光的遙遠之處，而他們將可以在那裡找到答案。

「也就是從那個時候，你們又開始見面了……」米拉說道。戈蘭注意到這位警官的表現相當令人滿意，她遵從波里斯的指導，並沒有開口問薇若妮卡．柏曼任何問題，反而是說出一些可以讓對方繼續下去的字句，所以這整場對話比較像是閒聊、而不是偵訊。

「我們就是從那時候又開始見面，」薇若妮卡．柏曼重複了米拉的話，「亞歷山大開始催促我要嫁給他，最後我就答應了。」

戈蘭的注意力在她的最後一個句子上，聽起來有違事實，就像是整段談話結束之後、急急忙忙加上的一句得意謊言，希望沒有人會發現。他也記得他見到這名女子的第一印象：薇若妮卡不算漂亮，其實，漂亮這個字詞可能根本不能放在她的身上，她就是一個平庸無奇的女人而已。但是亞歷山大．柏曼長得很英俊，他有淺藍色的眼珠，還有施展某種魅力的深沉微笑，要說他花了好大一番工夫才讓她願意下嫁，這位犯罪專家根本是難以置信。

米拉又重新主導對話：「但是最近的關係不是很順遂……」

薇若妮卡停頓了下來，戈蘭心想，這沉默時間也未免太長了一點，也許米拉投餌的速度太快。

「我們是有問題。」她最後終於鬆口。

「妳之前想要有小孩……」

「我接受荷爾蒙治療好一段時間了，之後又嘗試過人工授精手術。」

「我想你們兩個人一定很想要小孩……」

「比較急的是亞歷山大……」

她的語氣充滿戒心，這可能正是這對夫婦摩擦更加嚴重的原因。

他們快要達成目標了，戈蘭對這個結果很滿意。他之所以希望由米拉和柏曼太太好好談一談，因爲他確信女性在場、是可以產生相互憐惜的理想之道，而且那位女性要是有任何的抗拒，也會因而迎刃而解。他當然也大可以選擇莎拉．羅莎，而且這樣也不會讓波里斯覺得不舒服，但是米拉更爲適任。這一點不但讓他留下深刻印象，也證明了他當初的決定是對的。

薇若妮卡．柏曼所坐的地方可以放置她的咖啡杯，那裡和沙發之間隔了個小桌子，這位女警就斜靠在桌旁，如此一來，她與戈蘭眼光交會的時候，也不會被柏曼太太所發現。戈蘭稍微點點頭：這表示旁敲側擊的時段已經結束，應該要準備火力全開。

「柏曼太太，爲什麼妳先生在電話答錄機裡留言，希望妳可以原諒他？」

薇若妮卡把頭別了過去，想要掩藏淚水，這顆淚滴很可能會讓她的感情防線徹底潰堤。

「柏曼太太，我們絕對會爲妳保守祕密。我可以坦白告訴妳：沒有任何一個警察、律師，或是法官可以強迫妳回答這個問題，因爲它與偵查無關，但是這對我們來說很重要，因爲妳先生很可能是無辜的……」

聽到最後一句話，薇若妮卡．柏曼轉過頭正視著她，「無辜？亞歷山大才沒有殺人……但他還是犯了錯！」

她語氣裡出現了突如其來的盛怒，連聲音都跟著變了。戈蘭知道已經等到他要的東西，米拉也了解到這一點：薇若妮卡．柏曼自己也希望這樣，她一直在等待他們造訪，等待這一連串的問題、以對話內容中無所不在的溫和言詞作爲掩藏。他們之前已經猜到她會主導話題，但是這個女人卻早就把故事準備好、精確引導出這個結果，她終究是會說出口的。

「我懷疑亞歷山大另結新歡，一個做太太的人，一定時常注意可能會發生這種事情，到時候才可以決定是否要原諒先生。太太遲早會知道的，所以有一天我開始翻他的東西，我其實也不知道自己在找什麼，我也無法預料萬一眞的找到證據時，自己會作何反應。」

「妳找到了什麼？」

「證據。亞歷山大藏了一個電子日誌，跟他工作常用的那個一模一樣。爲什麼要買兩個一樣的東西，然後只用第一個、卻偷偷藏著第二個？因此我也發現了他情婦的名字：他特別記下了他倆所有的約會！我當面向他對質：他一概否認，而且馬上就讓第二個電子日誌消失不見。但是我才不會善罷甘休：我一路跟蹤他，到了那女人的房子，那地方髒死了，但是我也不敢再追下去，一到門口我就停住了，其實我也不想看到她的臉。」

亞歷山大．柏曼說不出口的祕密究竟是什麼？戈蘭思忖著，一個情婦？爲了此等小事卻大費周章？

幸好他沒有在一開始就通知羅契，不然，現在應該忙著處理結案的這位首席檢察官，恐怕會不停地奚落他。就在這個時候，薇若妮卡．柏曼開始喋喋不休，對先生的牢騷要是沒有發洩完，她是不會讓他們繼續下去的，在屍體被發現之後，她先生堅決的自衛態度，充其量也只不過是某個詭詐的假象，那種方法可以讓他遠離被指控的壓力、不會被醜聞濺染全身。現在她也找到了解放自己的勇氣來源、從維持婚姻完整性的盟約裡跳脫出來，她也得要準備挖洞，好好埋葬亞歷山大．柏曼，讓他從此永遠無法翻身。

戈蘭希望米拉可以看到他正在示意、讓這段談話盡快結束。這位犯罪專家此時注意到她臉上突然出現了變化，一種介於吃驚和遲疑之間的表情。

從多年的工作經驗中，戈蘭學到了如何去辨識別人面孔上的恐懼表現，他知道有某個東西讓她整個人心神不寧。

一個名字。

他聽到她問薇若妮卡．柏曼，「妳先生情婦的名字，可以再告訴我一次嗎？」

「我跟妳說過了，那賤人叫做普莉西亞。」

9

那絕對不只是巧合而已。

爲了要讓大家能夠專心聆聽她的說法，米拉開始仔細回想，自己上次經手的音樂教師案當中、最引人注意的部分。一當她提到莫理胡警佐告訴她——「惡魔」日記裡找到的名字——正叫做普莉西亞的時候，莎拉．羅莎的眼光飄向天空，而史坦也隨之呼應搖了搖頭。

他們不相信她，這倒也不令人意外。但是米拉認爲兩者之間必有關連，她的腦海裡就是揮之不去，只有戈蘭任由著她，沒有人知道這位犯罪學專家的目的究竟爲何，但是米拉希望不計代價探索這個詭譎的巧合機運。薇若妮卡．柏曼自承曾經跟蹤先生到了情婦的住處，現在他們也正要前往那個地方，裡頭很可能潛藏了其他的可怖事件，甚至也許會找到失蹤小孩的屍體。

還有，第六號謎團的解答。

米拉想要告訴其他人，「我把第六號叫做普莉西亞……」但是她沒有辦法，在這種時候，這樣近乎是褻瀆，彷彿這個小女孩殺手——亞歷山大．柏曼，親自挑選了這個名字一樣。

這棟小房子，是城鎮郊外地區的標準建築結構，位於傳統的猶太區，建於六〇年代新興工業區的鄰近地帶。這些房子原來是暗灰色的建物，經年累月之後，旁邊的鋼架已將其鋪染上一層紅灰，幾乎毫無商業價值可言，亟待修整。有些短居人口會住在這裡，主要都是移民，還有失業人口，以及靠政府津貼過活的人。

「爲什麼會有人住在這種地方？」波里斯不禁開口問道，他環顧四周，流露出嫌惡的表情。

他們要尋訪的門牌號碼，位於這個街區的最底處。那是一間地下室公寓，需要利用外頭的樓梯才能進去。鐵製的大門，和街面同高的三扇窗戶，不但有鐵窗保護，裡面也用木板封住了。

史坦想要透過窗戶觀察裡面的動靜，整個人彎成一種滑稽的姿勢，他的雙手合爲杯狀、貼在雙眼旁邊，屁股向後突起，以免弄髒自己的褲子。

「這裡什麼都看不到。」

波里斯、史坦，以及羅莎彼此點點頭，在入口周邊各自就定位，史坦以手勢示意戈蘭和米拉向後退。

波里斯繼續前進，那裡沒有電鈴，所以只能敲門。他用手掌大力拍門，發出的噪音充滿了威脅感，但是波里斯卻依然小心翼翼地保持著平和的聲調。

「警察，開門，這位太太，麻煩配合一下。」

這是一種會讓對方受不了的心理施壓技巧：假裝有耐心地進行告知，同時又催促他們要加快腳步。但是，在這個狀況下卻不適用，因爲房子裡似乎空無一人。

「好，這樣的話，我們現在就進去。」羅莎開口了，她最急著要查明狀況。

「我們要等羅契取得搜索令的電話。」波里斯一邊回答，一邊看著裡面，「我們應該不會等太久……」

「他媽的羅契和搜索票會把事情搞砸！」羅莎怒氣沖沖回道，「誰知道裡面會出什麼事！」

戈蘭開口：「沒錯，我們進去吧。」

大家都同意這項決定，米拉知道在這個小組的心目中，他的分量遠遠超越了羅契。

他們各自在門邊就定位，波里斯拿出了一套螺絲起子來開鎖，不久之後，門鎖應聲開啓，他一手緊握著槍，另外一隻手則推開鐵門。

當整個房子一映入眼簾，他們覺得根本沒有人住在這裡。

先是走廊，狹窄，一片空蕩蕩，日照根本沒有辦法穿透進來。羅莎以手電筒向前指了指，大家看到了三道門，前兩道門在左側，最後一道在走廊的盡頭。

第三道門緊閉著。

他們在這棟公寓裡繼續前進，波里斯在前頭，羅莎跟在他的後面，然後是史坦和戈蘭，米拉殿後。除了這位犯罪學專家之外，大家都帶著武器。米拉是唯一「附屬」於這個小組的人，所以她無法像大家一樣，但她還是在牛仔褲後面藏了槍，手指也放在臀部附近，隨時準備拔槍，這也是她之所以殿後的原因。

波里斯想找牆上的電源開關，「沒有電燈。」

他舉起手電筒，仔細檢視第一個房間，裡面空無一物，他注意到牆上有塊從屋基生出的潮濕污斑，如癌症一般侵蝕著灰泥，天花板上密佈著暖氣和污水管線，地上積了一池污水。

「臭死了！」史坦大喊。

沒有人可以住在這樣的房子裡頭。

「這種地方怎麼能算是愛巢？」羅莎說道。

「那這地方究竟算什麼？」波里斯也很納悶。

他們走到了第二個房間的入口。這道門被生鏽的鉸鏈固定住，但留下了一點點的縫隙：攻擊者大有可能藏身其後。波里斯把門大力踢開，但是裡面沒有人，這間房間其實和第一間長得一模一樣。地板上的瓷磚已經消失不見，露出了覆蓋屋基的水泥，裡面也沒有任何家具，只有一張沙發的鋼架而已，他們繼續前進。

接著是最後一個房間，走廊盡頭的那一間，大門深鎖。

波里斯舉起了左手的大拇指和食指，讓大家注意著他的雙眼。史坦和羅莎點頭，已經了解他手勢的意思，分別站到了房門的兩側。接著這位年輕警官退後一步，把腳抬起來，在門把的高度、用力把門踹開。破門之後，這三位警官立刻進入攻擊位置，同時用手電筒照亮所有的屋角，還是沒有人。

戈蘭擠過去，戴著橡膠手套的手開始在牆上摸索，找到開關。快閃兩下之後，天花板上的日光燈管亮起，滿佈灰塵的光線也照亮整個房間，這裡跟其他房間很不一樣，首先，它很乾淨，牆上沒有任何的反潮污斑，因爲到處都貼滿了塑膠防水壁紙，地板上的瓷磚完好無缺，這一間沒有窗戶，但是過了幾秒鐘之後，空調也馬上開啓。電線的走法並非埋於牆內，可見是後來才加添了電源。塑膠溝槽裡的電線連接到了戈蘭方才打開的電源開關，同時也連接到了右方牆面的一處插頭，那裡放置了書桌和一張辦公椅，桌上有台個人電腦，電源並未開啓。

左方有張皮製的老舊搖椅靠在牆邊，那是房內唯一的家具。

「如此看來，這是亞歷山大．柏曼唯一有興趣的房間。」史坦發表完意見之後，面向戈蘭。

羅莎在門口巡了一會兒，隨即走向那台電腦：「我想這裡一定可以找到我們要的答案。」

但是戈蘭卻阻止她，出手把她拉了回來。「不行，我們要遵守程序，現在我們得先離開，以免改變了空氣中的濕度。」他又轉向史坦：「打電話給克列普，請他和自己的工作人員一起過來採集指紋，我來跟羅莎說。」

米拉仔細端詳著這位犯罪專家眼中閃耀的光亮，她有強烈的預感，他正逐步接近某個重要的東西。

他用手指頭撫滑著自己的頭，彷彿是在梳理著自己早就消失的頭髮。他唯一的頭髮束於頸後，一條長至背部的馬尾。他整條前臂撐開了一隻紅綠相間的蛇，顎口剛好出現在他的手上。他的另外一隻手臂也有類似的刺青，襯衫下的胸膛也還有一隻，而他的臉上還有各式各樣的穿洞。這就是克列普，那位科學鑑識專家。

米拉覺得他的外表眞是有魅力，一點也不像其他六十歲的人，她心想：龐克變老的時候，就是這種模樣。但不過就在一年之前，克列普簡直就是一個標準的中年男子，行事極爲嚴厲，而且相當無趣。但不過一天的時間，就發生了改變。但大家都很確定這個男人並沒有失去理性，所以也沒有人對他的嶄新外表多所置喙，克列普仍然穩居業界中的第一把交椅。

克列普先謝謝戈蘭保留著現場的原始濕度，之後馬上就開始進行工作。他和自己的人馬在房間裡待了約一個小時的時間，所有人都在臉上戴著口罩，以免讓自己聞到採集指紋的物質的氣味，隨後他離開這間地下室，和這位犯罪專家，以及剛剛加入陣容的羅契進行會晤。

「克列普，最近還好吧？」首席檢察官打了招呼。

「手臂墓園的案子快把我逼瘋了，」克列普開口說道，「你打電話給我們的時候，大家還在分析那些殘臂，找尋可用的指紋。」

戈蘭自己知道，想從人體肌膚採下指紋，無疑是這世界上最困難的工作，原因來自於各種可能的污染源，或是受試者在受檢時流汗所致，又或者，如果對象是一具屍體，就像是這些殘臂一樣，腐敗的過程也會增加難度。

「我試過用碘燻法，克洛米克特轉換檢測紙，甚至肌電圖。」

「那是什麼？」這位犯罪學專家開口問道。

「從人體肌膚上採指紋的最新科技：電磁造影……這個混帳亞伯特狡猾得很，完全沒有留下任何指紋。」克列普說道。米拉發現他是目前唯一以名字稱呼殺人犯的人，因爲其他人都已經認定兇嫌就是亞歷山大・柏曼。

「所以這裡有什麼新發現？克列普？」羅契開口問道，那些對他無用的資訊，他根本聽不進去。

這位專家脫去了自己的手套，眼光依然沒有抬起來，開始敘述目前的工作成果：「我們使用了茚三酮❶指紋試劑，但是結果不如雷射一樣清晰，所以我又使用了氯化鋅加強效果。我們在電燈開關旁的壁紙以及桌布上，收集到部分指紋。電腦部分就比較困難：指紋互相交疊，我們需要瞬間黏著劑，但我們得先把鍵盤帶到常壓室，然後——」

「等一下，我們可沒有時間去找另外一個鍵盤，而且我們現在就得要開始分析電腦，」羅契插話進來，急著想要知道答案。「所以，指紋都是同一個人的嗎……」

「對，都是亞歷山大・柏曼的指紋。」

大家都被最後一句話嚇到了，只有一個人除外；因為他早已知道答案，而且打從他們一進到這間地下室房子的時候，他就發現了這件事。

「就此狀況看來，『普莉西亞』根本不存在。」卡維拉說道。

他說出這句話的時候，並沒有看著米拉，她雖然很驕傲，但是卻有著一股酸楚。

「還有一件事……」克列普繼續說了下去，「那張搖椅。」

「什麼？」米拉從沉默中回復過來，開口問道。

克列普看著她的表情，彷彿是發現新大陸一樣，接下來他注意到她纏滿繃帶的雙手，突然出現了一種關切的表情。米拉忍不住心想，這實在很荒謬，克列普看她的樣子，彷彿是他做了些什麼，理應要那樣看著她，不過米拉的態度還是很鎮定自若。

❶ 一種有機化學物，被廣泛應用於檢測氨基酸，與其反應時試劑會呈深藍或紫色。

「搖椅上沒有任何指紋。」

「很奇怪嗎？」米拉問道。

「我不知道，」克列普說，「我只能說到處都有指紋，但是那裡就是沒有。」

「不過，反正什麼東西上頭都有柏曼的指紋：所以那不重要吧？」羅契插嘴，「已經足以把他定罪了……還有，如果你們眞想知道的話，我越來越不喜歡這傢伙了。」

米拉思索著，他應該要很愛柏曼才對，因爲這男人解決了他所有的問題。

「所以我們要拿這搖椅怎麼辦？開始分析嗎？」

「別管那該死的椅子了，讓我的手下研究一下電腦。」

當他說出「我的手下」之時，小組成員都盡量忍著不要看著彼此，以免大笑出來。有時候，羅契冷酷堅決的音調，其實比克列普的外表更充滿了自我矛盾。

這位首席檢察官準備走向在街尾等候的派車，但臨走之前不忘向他的人馬打氣，「大家要堅持下去，我就靠你們了。」

當車子駛遠之後，戈蘭面向其他人，「好，我們來看看電腦裡有什麼。」

這個房間的主導權，又回到了他們身上；被塑膠紙包貼的牆面，讓這個房間看起來像是個巨大的子宮。亞歷山大・柏曼巢穴的大門，將只會爲他們而開，至少，他們是這麼希望的。大家都戴上了橡膠手套，莎拉・羅莎坐在這台終端機前面：是她上場的時候了。

在打開這台個人電腦的電源之前，她先把某個小工具連接到其中一個USB連接埠插槽，史坦打開了錄音機，把它放在鍵盤的旁邊。羅莎解釋了這個步驟：「我把柏曼的電腦連接到了外部的記憶裝置，要是這台個人電腦當了，可以馬上把整個硬碟的資料複製出來。」

其他人站在她背後，沉默不語。

她打開了電腦。

大家所熟悉的碟槽啓動聲響起之後，出現了第一個電子訊號，一切看起來都很正常。這台個人電腦慢慢地甦醒過來，這台的型號很老舊，早就已經停產。在電腦桌面的影像出現之後，操作系統的資料也很快地一一出現。什麼重要的東西都沒有：只是個藍色的螢幕，還有極其普通的程式圖示。

「看起來就跟我家裡的電腦一樣。」波里斯居然敢在這種時候開玩笑，但大家都沒有回應。

「好……我們來看看柏曼先生的文件夾裡有哪些東西。」

「沒有文字檔……奇怪了。」戈蘭發現。

史坦說道：「也許他每一次犯案結束之後，就會把一切毀屍滅跡。」

「如果是這樣的話，我一定會想辦法把它們找回來。」羅莎信心十足。她把一張光碟放入插槽當中，立刻上傳了一些軟體，能夠救回已刪除的檔案。

電腦的記憶體從來就不可能完全淨空，而且，要移除某些特定資料，也幾乎是不可能的事情，它們全都是無法抹消的印記。米拉記得有人告訴過她，每一台電腦裡的矽晶片的運作方式，都有點像是人腦。就算我們看起來什麼事情都忘光光了，但我們腦袋裡總有一小群細胞保留著原始資料，而且我們也有可能會回想起來，就算不是以影像的方式呈現，也可能會是一種直覺。我們未必得記住小時候第一次被燒傷的經驗，重要的是意識，其所形成的背景事件就算完全消失，但只要我們每次一碰觸到熱呼呼的東西，依然烙印在我們心裡的意識就會再度出現。米拉低頭看著自己包著繃帶的雙手，顯然那一筆傷痕累累的過往資料，也被儲存在她自己心底的某個地方。

「什麼都沒有。」

羅莎不爽的語氣把她拉回到現實當中，這台電腦裡眞的是空無一物。

不過戈蘭並不死心，「有網頁瀏覽器。」

「但是電腦沒有辦法連上網路。」波里斯提醒大家。

莎拉．羅莎已經知道這位犯罪學專家的想法，她拿出了自己的手機，看著螢幕：「有訊號……他可以靠手機上網。」

她馬上打開了瀏覽器，逐一檢查瀏覽紀錄的位址，從頭到尾都只有一個。

「柏曼就是搞這個東西！」

出現了一組序號，這個位址是一組數碼。

http://4589278497.89474525.com

「這很可能是限制存取的伺服器位置。」羅莎說道。

「什麼意思？」波里斯問道。

「你沒有辦法透過搜尋引擎找到它，而且要有金鑰才能進去，這個金鑰很可能就在電腦裡面，但如果不是，我們可能會有永遠被拒絕而無法進入的風險。」

「那麼，我們小心爲上，完全照著柏曼的方法來……」戈蘭還沒有說完就面向史坦：「我們有他的手機吧？」

「有，和他的家用電腦一起放在車上。」

「麻煩過去拿……」

當史坦回來的時候，他發現大家陷入一片沉默，心焦等待的表情根本藏不住。他把柏曼的手機交給了羅莎，她隨即將其連上電腦，把它打開，伺服器花了一會兒時間才辨識出來，它在處理資料，之後很快就開始下載了。

「顯然進去不費吹灰之力。」

所有的眼睛都盯著螢幕，他們等待的影像如果順利出現，可能要花好幾分鐘的時間。米拉心想，什麼東西都是有可能的。此時出現了一道強烈的張力、將小組成員緊緊連結在一起，彷彿有種能量在某人的身體爆發，又傳遞到了下一個人身上，她可以聞到空氣裡的這股氣味。

此時螢幕畫面開始融為成一種整齊排列的畫素形狀，橫越過整個螢幕，彷彿像是小小的拼圖片塊。但這並不是他們所預期見到的景象，先前整個房間裡的充沛活力幾乎馬上陷入委頓，熱情也消失殆盡。

螢幕一片空白。

「一定是有防火牆，」羅莎說道，「對方把我們當成了入侵者。」

「妳有隱藏發話地點的訊號吧？」波里斯的口氣充滿焦慮。

「我當然有！」她厲聲怒喝，「你把我當白痴嗎？很可能是有組數碼什麼的……」

「是像登入名稱和密碼之類的東西嗎？」戈蘭問道，他想要知道更多的詳情。

「有點像是那樣的東西，」羅莎回答得不是很專心。「我們有了位址和直接連線，登入名稱和密碼的功能就顯得太過時了：它們會留下紀錄，總會有人因此可以找到你。想要進入這種網站的人都希望不要讓人知道真正的身分。」

米拉一句話都沒有說，而這段對話讓她很緊張，她一直在深呼吸，緊握著拳頭、直到手指發出了劈啪聲。有些東西還無法完全相符，但她不懂那究竟是什麼。戈蘭轉向她看了好一會兒，彷彿她凝視的眼光刺痛了他，米拉假裝沒有看到。

值此同時，房間裡的氣氛開始火爆起來，波里斯的挫敗感完全爆發在莎拉．羅莎身上。

「要是妳覺得這個網站可能會關閉，爲什麼不用平行連線？」

「那你剛才爲什麼不說？」

「爲什麼？要是發生那種狀況的話會怎麼樣？」戈蘭問道。

「那樣的系統要是關閉的話，就完全沒有辦法攻破了！」

「我們可以弄一組新的數碼，用另外一個來試試看。」莎拉．羅莎說道。

「眞的啊？有幾千幾百萬種組合哪！」波里斯的話語裡充滿嘲笑。

「你給我閉嘴！什麼事都要怪在我頭上？」

米拉默默注意著這兩個人奇怪的對話。

「要是有誰知道要怎麼進行下去，或者想要提什麼建議，之前就應該要說出來！」

「可是每次我們才一開口，妳就馬上給我們兇回去！」

「波里斯，不要吵我！我也要告訴你——」

「這是什麼？」

戈蘭的話一說出口，彷彿成了這兩個仇敵之間的一堵牆。米拉本來以爲他的聲調會帶有警示或不耐的意味，但其實並沒有，最後，他們兩個還是因此安靜了下來。

這位犯罪學專家指著自己前面的某一個地方，順著他伸長的手臂，大家又再次注意電腦螢幕。

不再是一片漆黑了。

在螢幕上半部的左手邊，出現了某些字。

——是ㄋㄇ？

「哦！我的天啊！」波里斯大叫。

「好，這是什麼？有人可以跟我說嗎？」戈蘭開口問道。

羅莎又坐回電腦螢幕前面，雙手伸到了鍵盤處，「我們進去了。」她說。

其他人聚在她的旁邊，想要看得更清楚。

那句話下方的游標仍然在閃動，靜靜等待著回答，但這次並不是他等的那個人了。

——是ㄋ？

「隨便哪個人跟我講一下這是怎麼回事？」戈蘭現在失去了耐心。

羅莎馬上向他解釋，「那是一道『門』。」

「意思是？」

「某種進入的方法，我們好像在很複雜的系統裡面。這是一種對話視窗：就像是在聊天……那邊有另外一個人。」

「他們想要和我們講話……」波里斯補充道。

「或者其實是要跟亞歷山大．柏曼說話。」米拉糾正他。

「那我們還等什麼？趕快回答啊！」史坦緊張說道。

卡維拉看著波里斯：他是溝通專家。這位年輕警官點點頭，到了莎拉．羅莎的後方，如此一來，他可以告訴她該寫些什麼話。

「告訴他們你在這裡。」

她寫道：

——對，是我。

他們等了好一會兒，另外一行字終於出現在電腦螢幕前。

——ㄅ知道ㄋ在哪，我很擔心。

波里斯向莎拉．羅莎仔細口述著接下來的答覆內容。但是他建議跟對方一樣，都用小寫就好，他向大家解釋，有些人對於大寫字母會產生被威脅的感受，他們當然希望對方可以放輕鬆。

——我一直ㄏ忙，ㄋ好嗎？

——我被問好多事，我都說零蛋。

之前問過問題？什麼問題？在場的每一個人，尤其是戈蘭，馬上察覺對方涉及了某些可疑的事件。

「也許他被警方偵訊，但覺得留置他並不合適。」羅莎說道。

「或者他們沒有充分證據也不一定。」史坦也支持她的這種說法。

他們的心裡逐漸浮現出柏曼共犯的模樣。米拉回想起在汽車旅館時所發生的事，有個人在沙地上跟蹤她，她從來沒有跟任何人提起過，她怕別人以為那只是出於她的想像而已。

——誰問ㄋ問題？

一陣停頓。

——他們。

——他們誰？

沒有回答。波里斯想要先繞過這道難題，改問其他的事情，

——你說了什麼？

——我告訴他們你說的故事，可以的。

這些字詞不只是讓人看不懂而已，文法錯誤也讓戈蘭很困惑。

「這很可能是一種辨識的暗號，」他解釋道，「他也可能在等我們打出某些錯字，如果我們

沒有，他可能會結束談話。」

「你說得沒錯。那我們就重複這些話語，然後再把你自己的錯字插進去。」

就在這個時候，螢幕上出現了更多的話。

——ㄋ說ㄉ我都準備好了，我等不及了，你告訴我什麼石候好？

這段內容讓他們完全搞不清楚方向。波里思告訴莎拉．羅莎該如何回答，他們很快就會知道「什麼」「時」候，但是目前最好請他再複述一次整體計畫，要確定對方知道內容。

米拉心想，這真是一個絕妙的計畫；他們現在佔了上風，有機會可以知道對方是誰，一會兒之後，答覆出現了：

——計畫是：半夜離開，醬子沒有人會看到我。兩點到街尾，躲在樹林裡，等，車燈亮三次，我就會出現。

沒有人知道現在是什麼狀況，波里斯看著大家，希望有人可以提出一些建議，他看著卡維拉的雙眼：「你怎麼看？卡維拉博士？」

這位犯罪學專家正在思索，「我不知道……有些事情我搞不懂，我其實也不知道該怎麼著手。」

「我跟你的感覺一樣，」波里斯說道，「那個跟我們說話的傢伙簡直……如果不是白痴，就是心理有問題。」

戈蘭靠向了波里斯：「你必須想辦法讓他現身。」

「怎麼做？」

「我不知道……告訴他，你比他安全多了，你現在想要把整個計畫取消。告訴他『他們』也尾隨在你背後，然後請他要給你一些證明……也就是說：叫他找個安全的電話號碼、打電話給你！」

羅莎趕忙把問題打了出來，但經過了一段很長的時間之後，對話框裡還是沒有出現任何答覆，只有游標一直在閃動。

開始有東西出現在螢幕上頭了。

——我不能講電話，他們會聽到。

態勢很清楚：他如果不是非常狡猾，不然就是他眞的很怕被監控。

「堅持下去，我們先旁敲側擊。先知道『他們』究竟是誰。」戈蘭說道。

「現在來問他，『他們』人在哪裡？」

這次的答案倒是出現得很快。

——他們很靠近。

「問他有多靠近。」戈蘭堅持到底。

——他們在我旁邊。

「他媽的這是什麼意思？」波里斯悶哼了一聲，他把雙手擱在自己的脖子上，露出了憤怒的姿態。

羅莎向後靠在椅背上搖頭，沮喪不已。如果「他們」是如此接近，而且還一直監視著他，那麼在他打字的時候，他們怎麼能夠視而不見呢？

「因爲他跟我們看到的東西不一樣。」

發言的是米拉，大家轉過去看她的時候，並沒有把她當成開口說話的幽魂，她覺得很開心。其實，她的這句話反而引發了大家的注意力。

「妳的意思是？」卡維拉問道。

「我們以爲對方一定跟我們一樣都是空白螢幕，但是，我想他的對話框應該是藏在有其他內容的網頁裡：可能是動畫、某種文字或是影像……這也就是爲什麼就算他們如此接近他，『他們』卻不知道他正在與我們進行溝通……」

「她說得沒錯！」史坦大呼。

房間裡又再度充滿了不確定性的刺激感，戈蘭轉向莎拉．羅莎：「我們可以看到他的螢幕嗎？」

「當然可以。」羅莎回道，「我會傳給他一個辨識信號，當他的電腦把它回送過來的時候，我們就有了他登入的網路位址。」她一邊解釋，同時間也拿出了自己的筆記型電腦，建立第二個網際網路連線。

過了一會兒之後，主螢幕上又出現了一些字：

——ㄋ還在ㄇ？

波里斯看著戈蘭：「現在要怎麼回覆好？」

「慢慢來，不要引起他的疑心就好。」

波里斯打完字，又等了好幾秒鐘，因爲這個人幾乎就在眼前，他要逮到這個人。

值此同時，莎拉．羅莎正忙著複製對方的網路位址，「好，有了……」她說道。

她把資料插入網址列裡，按下了傳送鍵。

幾秒鐘過後，出來了一個網頁。

她說不出話來。究竟是出於吃驚還是恐懼，恐怕也難以分辨了。

螢幕上有熊與長頸鹿共舞，一群河馬拍擊著古巴小鼓，擊節有聲，還有隻黑猩猩彈奏著夏威夷四弦吉他，整室充滿了音樂，就當整座叢林生氣勃勃地呈現在他們面前時，有隻亮彩色的蝴蝶正歡迎他們光臨網站。

它的名字叫做普莉西亞。

大家看得目瞪口呆，無法置信，接著波里斯望著主螢幕，那個問題仍然閃個不停：

——ㄋ還在ㄇ？

這位警官在此時勉力擠出了幾個字：

「幹……是個小孩。」

10

大家在搜尋引擎裡最常輸入的字詞，就是性，其次是上帝。每當戈蘭想起這件事，他就不禁懷疑爲什麼有人會想在茫茫網海裡到處找上帝。第三個字詞，其實是由兩個字所組成：小甜甜，布蘭妮，並列第三的是死亡。

性、上帝、死亡和小甜甜布蘭妮。

戈蘭第一次把他太太的名字輸入到搜尋引擎，也不過是三個月前的事情而已，他不知道自己爲什麼想要這麼做，純粹是出於直覺。他不確定自己是否可以在網路上找到她，其實，目前也沒有找到任何蛛絲馬跡。這應該算是可以找到她的最後一個地方了，他怎麼會對她知道的這麼少？而就從那一刻起，某些事物開始讓他徹底崩潰。

他知道自己爲什麼要追蹤她的下落。

其實，他也不知道她現在人在什麼地方，說眞的，他一點也不在意。他眞正想知道的是她是否幸福快樂。因爲那正是讓他之所以憤怒的原因：她離開了他和湯米，然後在別的地方快活，怎麼有人可以只爲了歡愉私慾、卻這樣深深傷害別人？顯然他們做得出來。她不但眞的這麼做了，更糟糕的是她也不打算回來好好修補，她曾經選擇共度一生的男人，如今身上滿是傷口與淚水，她卻不肯爲他療傷。當你看著前方、直直前進，總有些時刻，你聽到了某種聲響——可能是一陣哭泣——然後你稍微轉頭，想知道一切是否安然無恙，又或者那些被我們拋下的人、以及我們自己，是否發生了什麼變化？每一個人都有過那樣的時刻，但是她爲什麼沒有？因爲她根本不想一試？死寂的夜裡，連一通不出聲的電話也沒有，更不要說沒有隻字片語的空白卡片了。戈蘭多次站在湯米學校的外頭，希望可以當場發現她正偷偷地看著兒子的動靜，但是什麼都沒有，她甚至沒有回來看看他是否安然無恙，對於這個曾經要與他共度一生的人，戈蘭不禁充滿了疑惑。

究竟，是什麼原因，讓他和薇若妮卡．柏曼如此不同？

這個女人一直被矇騙，她的先生已經習慣她去築起那美好假象，好讓她可以照護著他的一切資產：他的名字、房子、財富、所有的一切。因爲，他所追求的東西，終究還是在別的地方。但是柏曼太太和戈蘭並不一樣，她發現到那吞噬自己美好生活的地獄，也嗅聞到它的腐敗氣味，但是她什麼都沒有說出口，她雖然沒有參與，但也加入了這一場騙局，她是沉默氛圍裡的共犯、也是這場表演當中的伴侶，無論如何，好歹都還算是一位妻子。

從另一方面看來，戈蘭卻從來沒想到自己的妻子會拋棄他。沒有線索，沒有徵兆，也沒有惡化的跡象可以讓人事後恍然大悟、而且說道：「對！事態這麼明顯，我像個白痴居然沒有注意到。」如果他可以早點知道自己是個無法讓人忍受的老公，該有多好，這樣他就可以把問題歸咎在自己身上、他的疏忽，以及漫不經心。他多麼希望可以找出自己的原因：至少他以前應該是有一些吧。但是沒有，只有沉默，以及不確定感。他讓其他人看到了整起事件的最殘酷版本：她離家出走，結束一切，因爲戈蘭知道，大家想看的就是他所提供的故事，有人想看到的是這個可憐的先生，還有人想看到的是，這個男人一定是做了什麼事情而把她逼走。而他自己也立刻在這些角色裡找到了認同，甚至還可以任意轉換不同的角色，因爲各種苦痛其實都沒什麼不一樣。

那麼她呢？她僞裝了多久？誰知道醞釀這個想法直至成熟花了多久時間？誰知道這個計畫之所以豐實，來自多少不可告人的美夢？還有，當她每個晚上睡在他旁邊時，枕下又藏了多少念頭？每天惺惺作態爲人妻、爲人母，卻編織著那樣的慾念，一直到那些幻想成爲了一種計畫、方案，一種密謀。誰知道她何時確定或是知道自己的美夢能夠成眞？蟲蛹的身體裡藏匿著完全變態的祕密，她同時也懷抱著祕密、與他和湯米一起生活，靜悄悄地準備未來的改變。

她現在人在哪裡？在另一個平行的宇宙，裡面也有戈蘭日日所見的浮世男女，也有要打掃的房屋、要照顧的丈夫和小孩，一模一樣的無趣世界，但是卻將他和湯米完全拋諸在後，她的人生有新的色彩、新的朋友、新的面孔，以及新的名字。她在這個世界裡要尋找什麼？戈蘭心想，基本上，我們大家都在平行宇宙裡找尋答案，就像是運用網路遍尋性、上帝、死亡和小甜甜布蘭妮的那些人一樣。

從另一方面看來，亞歷山大．柏曼卻是在網路上找尋小孩。

一瞬間，謎底揭曉。在柏曼的電腦上打開「普莉西亞蝴蝶」網站、從而確認了管理整個系統的國際伺服器，一切眞相大白。

那是一個戀童癖網站，許多國家都有分站。

米拉是對的；「她」的音樂教師也是那個網站的會員。

網路犯罪的特勤小組找到了近百名的訂閱者，第一階段的逮捕行動已經完成，幾個小時之後，其他人也會一一落網。這一群訂閱者雖然爲數不多，但卻經過精挑細選，全部都是完全不會令人起疑的有錢專業人士，因而也樂意付出大把鈔票來維持自己的匿名性。

亞歷山大．柏曼，正是其中一個。

戈蘭在回家的路上，再次想到了那位被親友認爲行事溫和、臉上總是掛著微笑、高尙正直的柏曼，好個完美無瑕的面具。誰知道他爲什麼想到柏曼的時候、卻聯想起自己的妻子？又或者他早有了答案，但是卻不想承認？無論如何，只要一開始想起這些事情，他就會把這些思緒放在一邊，轉而把全部心力放在湯米身上。所以他早就在電話裡面答應孩子會早早回家。兒子知道消息之後興奮異常，問他可不可以訂披薩吃，戈蘭滿口答應，他知道這小小的讓步足以讓兒子一直很開心。小孩子總是可以從周遭所發生的事情當中、找到某種滿足感。

所以，戈蘭訂了有青椒的披薩，還爲湯米多加了雙份的莫札瑞拉起司。他們一起打電話訂披薩，因爲這份工作是一種兩人共享的儀式，湯米負責撥電話號碼，戈蘭開口點餐，然後他們會拿出特別專門吃披薩的大盤子，湯米喝的是果汁，戈蘭則會犒賞自己一瓶啤酒。把東西拿上桌之前，他們會把玻璃杯先放進冰箱裡，好讓杯壁結出霧霜，冰涼的程度配上飲料，剛剛好。

但是戈蘭卻還是心神不寧，他的腦海裡依然想著那個完美的組織。特殊網路犯罪小組的警官找到了一筆資料庫，內含三千多筆小孩的姓名，而且還有他們的地址以及照片。這個網路使用的是假網址，吸引無辜的小孩自投羅網……那就像是戈蘭和湯米在晚餐後收看的衛星頻道節目一樣。當他的兒子緊緊依偎著他，全神貫注地看著兩個叢林夥伴的時候，戈蘭一直望著他。

他心想，*我要好好保護他*。

但是，這種想法卻在他的心裡產生了深沉的恐懼感，一種陰鬱的死結，他怕自己做得不夠，或者，本來就不可能足夠，因爲就算他和湯米努力維持一切，但單親家庭還是不夠的。如果柏曼空白電腦螢幕的另外一端，出現的不是那個不知名的孩子，而是湯米呢？他有辦法注意到有人想要侵入他兒子的心靈以及生活嗎？

當湯米在做回家功課的時候，戈蘭也在書房裡繼續埋首研讀資料，還不到七點鐘，所以他開始再次翻閱柏曼的檔案，試圖找出對於其他可能有利偵查的蛛絲馬跡。

首先是地下室的皮製搖椅，克列普發現上面完全沒有指紋。

每個地方都有，但獨獨那裡沒有……原因何在？

他認爲那一定也是事出有因。不過，一當他想要釐清某個概念的時候，他的心思就會飄散到別的地方，他兒子所處的危險環境。

戈蘭自己是個犯罪學專家，他知道惡行的成因，但是他卻總是像個學者一樣，從遠處進行觀察。他從來不曾想過，這同一個惡人也可能會把自己消瘦的手指、伸到他的面前，不過，現在這個想法卻盤旋不去。

什麼時候你變成了「惡魔」？

基本上，他禁止大家使用這個字詞，但此時又回到了他的腦海最深處，因爲他希望知道事情是如何發生的，釐清全局之前，得要先跨越界線。

柏曼隸屬於一個完美的組織，它有著緊密的層級與位階體系。這位業務代表還是個大學生的時候，早已加入，在那個時候，網路還不算是什麼獵場，需要花許多工夫才能避人耳目，這也是他們之所以建議後續的入會者、必須要爲自己建立健全典範生活模式的原因，如此一來，才能掩藏住他們的天性和慾望。融入，消失；是整套策略的兩組關鍵字。

早從大學時代，柏曼已經對於接下來的步驟瞭若指掌。首先，他要找到一個多年不見的老同學。薇若妮卡，對男生來說，當然也包括他自己，一個稱不上漂亮的女孩——假裝對她產生興趣。他讓她誤以爲他早已深愛她多年，只是怯藏心中而已。正如他所預料的一樣，她很快就答應嫁給他。第一年的婚姻生活就如其他的夫妻一般，起落交織，他經常出差，但其實他是趁出差之便，與其他的同好相會、或者是呵護培育著自己的小獵物。

隨著網路時代來臨，事情也變得更加容易，戀童癖馬上開始運用這偉大的工具，網路除了可以讓他們以匿名的方式進行活動之外，更能夠撒下天羅地網、玩弄著他們的受害者。

但是，亞歷山大·柏曼的完美僞裝計畫畢竟功虧一簣，因爲薇若妮卡無法爲他添得一兒半女。他漏了這一塊，如果連這樣的細節都注意到的話，任何人都不會對他起疑心：因爲，身爲人父，絕對不會對其他人的小孩感興趣。

這位犯罪學專家吞下了如鯁在喉的怒氣，檔案在這幾個小時之內也越變越厚，他闔上資料夾，再也不想碰它。其實他只想上床，讓睡意好好放鬆自己。

除了柏曼之外，還有誰可能是亞伯特？雖然他們還沒找到柏曼與殘臂墓園、以及六名失蹤小女孩之間的關連，也還沒有發現其他的屍體，但除了柏曼之外，再也沒有人比他更適合穿上兇嫌的外衣。

不過，戈蘭越想越多，更加覺得他不是兇手。

在八點鐘的時候，羅契就要在爆滿的記者會上，正式宣佈已經抓到罪犯。戈蘭知道，在他找到柏曼的祕密之前，現在極盡折磨著他的這個想法將馬上會在他的腦海裡嗡嗡作響，它徘徊不去，模糊難辨，整個下午都盤據在他腦海裡的某個角落，然而它在陰暗之處藏匿，卻依然振動不止，他還是看到了它，繼續存在著，直到現在，戈蘭終於能夠待在自己安靜的房間裡，全神貫注好好思考。

你認爲柏曼無罪？

哦，我當然覺得他有罪：這個男人是戀童癖，但是他並沒有殺害第六名小女孩，他與此事毫無關連……

爲什麼你可以這麼肯定？

如果亞歷山大．柏曼眞的是亞伯特的話，我們在他的後車廂應該會找到最後一個小女孩——也就是第六號——而不是第一個的黛比，她的屍體理應之前就開始腐爛了……

就在他搞清楚這個推論的時候，他看了看自己的手錶：距離八點鐘的記者會，只剩下幾分鐘。

他必須要出手阻止羅契。

當柏曼案件的發展已經開始在新聞圈傳開之時，這位首席檢察官馬上召來了主要媒體，官方說法是他不希望記者掌握的是二手消息，而且可能還是被惡意過濾過的祕密消息來源。其實，他擔心的是整起事件會被慢慢導引到其他各種不同的方向，讓他無法大出風頭。

對於要如何操作類似這樣的事件，羅契深諳此道，讓媒體等候的時間要拿捏得恰如其分，何況，讓他們坐立難安，羅契也可以從中得到某種樂趣。所以，他總是會延遲個五分鐘，再正式開始記者會，也要讓大家知道他身爲整個小組的領導人，總是能掌握事況的最新發展。

這位檢察官喜歡在自己的辦公室裡、聽著隔壁記者室的竊竊私語：那彷彿是種可以餵養自尊的能量，他會在那個時候，靜靜地坐在自己的座位，雙腳擱在從先前首席檢察官那裡所接收的桌子上。羅契擔任他的副座已經有很長的一段時間——他心想，也未免太久了一點，對於八年前的鬥爭交火，他一點都不後悔。

多線電話的顯示燈一直不斷亮起，但是他並沒有打算要接電話：他反而希望能夠提升緊張不安的氣氛。

有人敲門。

「請進。」羅契說道。

當米拉一走進辦公室的時候，她發現這位首席檢察官臉上有一抹自滿的微笑，她實在不知道爲什麼他要見她。

「瓦茲奎茲警官，對於妳在這次偵查中所提供的寶貴協助，我想好好表達我個人的謝意。」

這番精心佈局的辭令，其實目的只是要把她弄走。如果米拉聽不懂的話，可能會反而覺得不好意思。「長官，我覺得自己沒什麼貢獻。」

羅契拿起了一把拆信刀，開始用刀尖清理起自己的指甲，接著他漫不經心地繼續說道：「不不，眞的幫了很大的忙。」

「我們還不知道第六號女孩的身分。」

「一定會水落石出，其他事情也都是這樣。」

「長官，我懇請您讓我完成任務，至少再給我個幾天，我一定可以查出個結果……」

羅契扔下拆信刀，擱在桌上的雙腳也放下來，他臉上堆著最燦爛的微笑，走向了米拉，並且抬起了她仍然包紮著繃帶的右手，大力握手，完全沒有注意到這個舉動會讓她疼痛難耐。「我已經和你的長官談過了，莫理胡警佐跟我保證，妳協助此案有功，可以得到獎章。」

接著他把她送到了門口。

「一路平安，警官，偶爾還是要想念我們一下。」

米拉點點頭，因爲這個時候也不需要再多說什麼了。幾秒鐘之後，她自己已經站在外頭，看著他關上了辦公室的門。

她想要找戈蘭．卡維拉談談這件事，因爲她很確定戈蘭一定不知道她突然被解職，但是，他已經回家了。幾個小時之前她聽到他在講電話，答應要回去吃晚餐。根據他講話時所使用的語氣，電話那頭的人應該不超過八、九歲，他們兩個人要訂披薩。

米拉了解到戈蘭有個兒子，也許他的生活裡還有個女人，這對父子所準備的愉悅之夜，她也會共同參與，一股嫉妒的痛楚油然而生，米拉自己也不知道爲什麼會這樣。

她在門口交出了自己的徽章，拿到了一個信封，裡面放著送她回家的火車票。在這個時候，不會有人送她到火車站，米拉得要自己叫計程車到汽車旅館、拿回自己的行李，她希望長官可以讓她核銷這筆車費。

不過，當米拉站在街頭，她發現自己其實也不趕時間，她環顧四周，大口呼吸著空氣，突然讓她一陣清醒，心情平和。這整座城市彷彿浸淫在一個冰冷飄忽的異常氣泡裡，天氣馬上就要變了，稀薄的空氣裡有著暴風雪來臨前的預兆，如若不然，萬物將會維持現在的面貌，靜凝不移。

米拉拿出了信封裡的車票，距離搭車的時間還有三個小時。但是，她現在想的是別的事情，她還有事情得要完成，這段時間夠嗎？除了馬上動身之外，也沒有其他的方法可以知道答案，而且，她要是還存有這樣的疑問，也沒有辦法安心離開這裡。

三個小時，勢必如此。

她花錢租了一台車，開了約一個小時左右之後，迎向她的是映襯在天空之下、輪廓鮮明的山頂，有著斜式屋頂的木屋，從煙囪竄出的灰煙、有著樹脂的氣味。庭院裡堆著木材，窗戶裡透出了舒適的赭黃色燈光。

她沿著一一五號公路前進，從第二十五號出口開了出去。她正準備前往黛比．高登所就讀的寄宿學校，她想要看看這小女孩的房間。雖然現在對於首席檢察官羅契而言，她其實已經毫無利用價值，但是她很有信心，一定可以找到某些線索，找到第六號小女孩的下落，以及她的姓名。那是一種表示憐憫的小小舉措，大家還不知道除了那五名小女孩之外、還有別人，沒有人有機會可以好好哀悼這第六名受害者，米拉也知道，要是沒有名字，他們也無計可施。這個小女孩會變成墓碑上的空白印記，一串死者名單末尾的沉默停頓，她也只不過是冰冷的死亡人數統計表上、添記的新數字，但米拉絕對不可能坐視這一切。

其實，她之所以不遠千里而來，是因爲還有另一個盤旋不去的想法，她頸背的搔癢感。

九點剛過，這位女警已經到達了目的地。這間寄宿學校，位於山丘上一點二公里處的美麗村莊，此時的街道空無一人，學校興建的位置在村莊外頭，四周被一個漂亮的公園所圍繞，還有馬術學校、網球場，以及籃網球場。

米拉沿路開過去，最後把車停在學校外頭。過了一會兒之後，她找到學校的辦公室，想知道自己是不是可以看看黛比的房間，但希望不要造成任何人的麻煩。助理徵詢過長官的意見之後，表示沒有問題。幸運的是，黛比的媽媽在和米拉聊過之後，就在她前往學校的路上，已經先打過電話告知校方。助理給了她一張「訪客」的通行證，告訴她要怎麼到黛比的房間。

米拉一直往前走，到了走廊盡頭、出現學生房間的那一側才止步。找到黛比的房間並不難，因為同學在她的門口貼滿了彩色的緞帶和留言，上面寫著思念永不止息，絕對不會忘了她，這一句更是無法免俗，「妳會永存在我們的心中。」

她又想到了黛比，那個打電話回家、懇求家人讓她回家的小女孩，有著那個年紀的孤絕感，害羞又敏銳，很可能就是在那樣的地方、因為同學的關係而痛苦不堪。所以米拉看到這些字條時覺得很不舒服，來不及的虛偽情感告白。她心想，當她還在這裡，或是有人在妳們面前把她帶走的時候，妳們大有機會可以注意到她的，不是嗎？

米拉聽到走廊盡頭傳來了尖叫笑鬧聲，她順著早已熄滅的悼念殘燭前行，進入了庇護黛比的房間。

她把門關上之後，馬上就隔絕了所有的聲響、陷入沉寂。她把手伸出去，打開一盞燈光，房間很小，有扇窗戶可以直接遠眺公園，牆邊有張小小的書桌，上頭的書櫃裡全都是書，黛比熱愛閱讀。右手邊是浴室，門是關著的，米拉決定最後再一探究竟。床上有好幾個玩偶，它們冰冷又無能的眼睛仔細盯著這位女警，讓她覺得自己像是入侵者。房間裡到處貼滿了黛比居家活動、老同學、女生朋友以及小狗史汀的海報與照片，她把這些東西全帶來了，才能讓她鼓起勇氣、走進這間與世隔絕的寄宿學校。

米拉發現，黛比要是能夠長大成人，未來很可能是個大美女。等到她的同學發現這一點的時候也太遲了，她們會心生遺憾，無法早點看到隱身在醜小鴉裡的天鵝。不過，此時此刻，她最好還是先忘了這件事。

她讓自己的思緒回到了目睹驗屍現場的那一剎那，張法醫去除了黏附在她臉上的塑膠袋，純白百合的髮夾出現在她的髮際。兇手梳理過她的頭髮，米拉也記得自己當時心裡在想些什麼，他之所以要好好打扮她，就是爲了他們。

但是，不不不，她的美麗是爲了亞歷山大・柏曼。

她注意到牆面有個地方，出現了異常的空白，她走過去，發現那裡有好幾個地方的灰泥都已經剝落，似乎那裡以前貼了些東西，但現在全都不見了。有其他人窺視並碰觸了黛比的世界，她的東西與記憶。也許是她的媽媽取下了這些照片；她之後會再做確認。

當米拉的腦袋裡還想著這些事情的時候，卻被一陣聲響嚇到了，那聲音來自外頭，但並非從走廊而來，而是浴室門的後方。

她出於本能，立刻將手放到了腰帶的位置找槍。她拔槍之後將其舉高，走到了浴室的門口。又有聲音了，這次更清楚，沒錯，裡面有人。那個人沒有注意到米拉也在那裡，那個人就跟她一樣，以爲現在是進入黛比房間的最佳時機，無人打擾，還可以拿走一些東西……是不是什麼線索呢？她的心臟怦怦亂跳，她不打算進去，只要靜靜等待就好。

突然之間，門打開了。米拉的手指頭已經在手槍的保險栓上頭，幸好，她沒有進一步動作。那個小女孩張開了雙臂，充滿恐懼，手裡抓著的東西也摔落地面。

「妳是誰？」

那女孩結結巴巴說道：「我、我是黛比的朋友。」

她說謊，米拉清楚得很。她把槍放回去，看著女孩掉在地上的東西。一瓶香水、幾罐洗髮精，還有一頂寬邊紅帽。

「我來拿我借給她的東西，」但這聽起來比較像是藉口，「之前也有其他人過來……」

米拉認出那頂紅帽也曾經出現在牆上的某張照片裡，黛比戴過那頂帽子。她也知道自己目睹的是一場劫奪、很可能已經有數天之久，這正是黛比某些同學的傑作。要是有人從牆上取走了照片，也並不意外。

「好，」她的態度十分乾脆，「現在給我離開這裡。」

那小女孩遲疑了一會兒，接著撿起了掉落的東西、跑出房外。米拉任由她去了，黛比也會喜歡她這麼做的，這些東西對她媽媽來說完全沒有用處，這位母親會在餘生不斷自責，爲什麼當初要把女兒送到這裡來。與其他的父母相比，高登太太算是「幸運」了——要是在這樣的刑案中、有什麼運氣可言的話——她至少還有女兒的屍體可以宣洩哀痛。

米拉開始翻找文件和書籍，她想要找到一個名字，而且一定得要找到，當然，如果有黛比日記的話，就更容易入手。她相信這女孩一定有什麼東西可以傾訴自己的低潮，而且，就跟所有十二歲的女孩一樣，一定是放在某個祕密之處，但是，那個地方距離她的內心世界並不會太遠，一個只要有需要、就可以盡快取放的地方。我們在什麼時候最需要找到最親密的撫慰？當然是夜晚。米拉在床邊彎下身，在地毯底下四處摸索，終於找到了東西。

有著銀製小兔的錫盒，被小小的扣鎖封住了。

米拉把盒子放在床上，四處張望，想找到藏鑰匙的地方。她突然想到驗屍時黛比右手腕鐲子上的吊飾，上頭有個小小的鎖匙。

她已經把那鎖匙給了黛比的媽媽，現在也沒有時間把它拿回來了，所以米拉決定要硬把它打開。她拿出原子筆當成槓桿、撬開扣鎖上的圓環，接著她打開了盒蓋，裡面有薰香瓶、乾燥花，以及香木，還有個染血的安全圖釘，一定是在歃血為盟的姊妹結拜儀式中的用品，繡花手帕，被咬掉耳朵的橡膠熊，生日蠟燭，這是青少年回憶的藏寶庫。

但是卻沒有日記。

米拉自言自語，真奇怪，從盒子的大小、以及裡頭東西乏善可陳的狀況看來，應該是還有其他東西才是，何況，黛比也覺得有必要用扣鎖好好保護它。又或者，其實根本沒有什麼日記。

一無所獲讓她好生失望，米拉看了看自己的手錶：趕不上火車了。她也可以繼續待在那裡，尋找黛比密友的可能線索。其實，就在她找尋這女孩遺物之前，那股悸動感又再次浮現，出現了好幾次、但她依然無法掌握的那股感覺。

頸背的搔癢感。

如果沒有先搞清楚這感覺究竟是什麼，她無法離開那個地方。但是她需要某人或是某個東西幫忙，讓她稍縱即逝的思緒找到一個方向。雖然時間已晚，米拉還是做出了一個困難但必要的決定。

她打了戈蘭·卡維拉的電話號碼。

「卡維拉博士，我是米拉……」

犯罪學專家顯然相當吃驚，沉默了好幾秒鐘。

「需要我幫什麼忙嗎？米拉？」

他聽起來是不是生氣了？沒有，那只是她自己的感覺而已。米拉開始告訴他自己現在本來應該在火車上了，但是她現在卻在黛比·高登寄宿學校的房間裡面。她想要告訴戈蘭整個故事，而他只是靜靜聆聽，不發一語。

戈蘭此時正看著櫥櫃，手裡拿著一杯滾燙冒煙的咖啡，但是米拉當然不可能知道這些。這位犯罪學專家還沒有入睡，因爲他先前連絡羅契，希望阻止他這場在媒體前的自殺性行爲，但是他沒有成功。

「我們可能對亞歷山大・柏曼的案子太操之過急了。」

米拉注意到卡維拉的聲音很微弱，彷彿是奮力從肺腑深處吐納出的話語。

「我也是這麼想，」她說道，「你怎麼發現的？」

「因爲他後車廂放的是黛比的屍體，爲什麼不是最後一個小孩？」

米拉想起了史坦對此一詭異情節的解釋：「也許柏曼藏匿屍體的時候犯了錯，某些步驟出錯，讓他露出馬腳，所以只好把她移到更安全的藏匿處。」

戈蘭聽著，覺得很疑惑，電話的另外一頭正計算著他停頓的時間。

「怎麼了？我說錯話了嗎？」

「沒有，但是妳說這一段話的時候，自己也不是很確定。」

米拉想了一會兒，「你說得沒錯。」她也認了。

「我們漏了某些東西，又或者，有某一件事和其他的一切都不相符。」

米拉知道一個好警察仰賴的是感知力，官方報告裡絕對不會提到這種東西：它們所認定的重要部分叫做「事實」。但既然戈蘭自己切入了這個話題，米拉就直言說出了自己出現過兩次的激動感受，「第一次是在法醫報告的時候，它好像是個有問題的音符，但是我沒辦法抓住它，幾乎是立刻就消失不見。」

在她頸背的搔癢感。

她聽到戈蘭在屋裡移動椅子的聲音，所以她也坐了下來，接著他開始說話：「我們來假設看看，如果先把柏曼排除……」

「沒問題。」

「試想有個人在背後操控全局，這樣說好了，這個人出現在某處，把缺了手臂的小女孩放進了柏曼的後車廂……」

「柏曼當然會這麼說，因爲他可以洗刷自己的嫌疑。」米拉說道。

「我可不這麼認爲，」戈蘭的回答很堅定，「柏曼是戀童癖，他什麼都洗刷不了，他知道自己完蛋了，他之所以自殺，是因爲知道自己無路可退，同時也是想要掩護自己所屬的組織。」

米拉想起來那位音樂教師也是以自殺作結。

「所以我們要怎麼辦？」

「回到我們一開始建檔的亞伯特，那個毫無特徵與人格特質的傢伙。」

米拉第一次眞正覺得對這個案件有了參與感。團隊合作對她來說是種陌生的經驗，而她也擔心和卡維拉一起共事，她認識他的時間並不算長，但是卻已經了解到可以信任他。

「我們假設這些小女孩的綁架案、以及殘臂墓園事件，都有其原因，聽起來也許很荒謬，但確實存在。如果我們想要提出解釋，就必須了解我們這個兇嫌，知道得越多，了解得也會更清楚，懂嗎？」

「是……但我的角色究竟是什麼？」她問道。

戈蘭的聲音低沉，但是卻充滿了活力。「他是個掠食者，對吧？所以告訴我，他怎麼找獵物……」

米拉打開了隨身的筆記本。在電話的另一頭，他聽到了她在翻閱紙頁的聲響，她開始唸出自己寫下的受害者筆記：「黛比，十二歲，她的同學還記得看到她下課的時候離開，但到了宿舍晚點名的時候才發現她不在。」

戈蘭深啜了一口咖啡之後說道：「現在告訴我第二個……」

「安妮卡，十歲，起初大家以爲她在森林裡失蹤……三號是薩賓娜，她是年紀最小的一個：九歲。事發時間是週六傍晚，她和自己的爸爸媽媽到遊樂場去。」

「就在她父母的面前，嫌犯把她硬生生從旋轉木馬區上拉走。也就是在這個時候，全國陷入了警戒，我們的工作小組被召集進來，同時，也出現了第四起小女孩失蹤案。」

「梅莉莎，年紀最大的受害人：十三歲。她的父母下達了晚上不准出門的禁令，但是生日那天她卻不聽話，要跟朋友去保齡球館慶生。」

「她所有的朋友都到了，只有梅莉莎自己沒有現身。」這位犯罪學專家記得很清楚。

「卡洛琳娜是從自己的床上被帶走，也就是說他潛進了住家裡……再來是第六號受害人。」

「等等，現在先鎖定其他人。」

戈蘭覺得和這位女警格外合得來，他已經很久都不曾出現這種感覺了。

「米拉，現在請妳告訴我：亞柏特的犯案手法。」

「一開始他綁架的是不住在家裡、群性不高的小女孩，所以沒有人會發現異狀，他有充分的時間可以……」

「可以做什麼？」

「做個實驗：他想要確定自己能夠得逞，而且時間掌控權在他的手上，他可以從容棄屍，然後自己消失得無影無蹤。」

「到了安妮卡的時候，他已經更泰然自若，但即便如此，他還是決定要在森林裡下手綁架，以免被人看到……他對薩賓娜呢？」

「他是在衆人面前把她帶走；事發地點在遊樂場。」

「爲什麼？」戈蘭插口問道。

「原因和之後的受害者一樣，梅莉莎被綁架時，大家已經陷入警戒狀態，又或者像是卡洛琳娜，在自家被帶走。」

「動機爲何？」

「他覺得自己很厲害，變得更有信心。」

「很好，」戈蘭說道，「繼續下去……現在告訴我結拜姊妹的事，從頭開始說起。」

「那是很小的時候才會做的事，用安全圖釘把食指戳個小洞，然後在兩個人的指尖碰在一起的同時，也會一起唱著某首兒歌。」

「爲什麼亞伯特要挑她？」戈蘭提出了問題，「這太不合情理了，當局已經進入警戒狀態，大家都已經在找尋黛比的消息，而他居然回去綁架她的朋友！爲什麼要冒這種風險？爲什麼？」

米拉知道這位犯罪學專家已經知道了些什麼，所以就算她其實才是那個正滔滔不絕的人，他也還是扮演著導引談話的角色，「我想是因爲挑戰……」

米拉所說出的最後一個字，開啓了戈蘭腦袋裡某扇關起的門，他從椅子上站起來、走入了廚房。

「繼續……」

「他想要展示某些東西，比方說，他是最狡猾的人之類的。」

「最重要的是，他非常自我中心，是一個有著自戀人格失調問題的男人……我們現在來談談第六號受害人。」

「我們對她一無所知。」

「不管怎樣，都還是說說看，就從我們已經掌握的東西開始……」

米拉放下了筆記本，現在她也只好被迫即興演出了。「好，我看看……因爲她和黛比是好朋友，所以年紀相仿，應該是十二歲左右。巴爾氏體測試❷也已經證實了這一點。」

「好……再來呢？」

「根據驗屍結果，她的死法和別人很不一樣。」

「意思是什麼？給我點提示……」

她想要從筆記本裡找答案。「他砍下了她的手臂，這一點與其他受害者相同，但是她的血液與組織裡卻出現了雞尾酒式多重藥物反應。」

戈蘭請她重複張法醫的藥檢清單，類似心達寧的抗心律不整藥物、ACE抑制劑和作爲某種阻斷劑的愛平諾。

他不是很相信這個結論。

「其實我對這個結果不是很確定。」米拉說道。戈蘭．卡維拉愣了好一會兒，他懷疑這個女人有讀心術。

「張法醫在會議中表示，亞伯特此舉是爲了要減緩她的心跳，降低她的血壓，」米拉指出，「張法醫也提出補充，他的目的是爲了要減緩失血的速度，讓她不會死得那麼快。」

減緩失血的速度，讓她不會死得那麼快。

「好，很好，現在告訴我她父母的事……」

「什麼父母？」米拉問道，希望可以弄清楚戈蘭的問題。

「我才不管妳他媽的筆記本裡有沒有寫這個東西！我要知道的是妳的想法！媽的！」

他怎麼知道筆記本？米拉陷入疑惑，反應有些顫抖，「其他做DNA比對測試的受害者父母都已經出現，但是第六號小女孩的父母卻還沒有現身。由於他們還沒有向警方通報失蹤人口，所以我們也不知道他們的身分。」

「爲什麼不報案？也許他們還不知道？」

「不可能。」

減緩失血的速度。

「也許她根本就沒有父母！也許她只有孤零零一個人！可能全世界就是他媽的沒有人在乎她！」戈蘭已經動怒了。

「不，她有家人，就跟其他人一樣。記得嗎？獨生女，媽媽的年紀已經超過了四十歲，夫妻兩人決定只生一個。他不會改變這一點，因爲這些父母才是他眞正的受害者：他們很可能再也沒機會生小孩了，他挑選下手的是整個家庭，而不是針對這些小女孩。」

「好，」戈蘭的語氣很滿意，「還有呢？」

米拉思索了一會兒。「他想要挑戰我們。他喜歡提出挑戰，就像是那個可憐的結拜姊妹一樣，眞是個難解的謎……他在測試我們。」

讓她不會死得那麼快。

「如果她也有父母，而且也知道女兒失蹤的話，爲什麼不報案？」戈蘭的目光在廚房地板上四處游移，但卻繼續對她施壓，他知道他們已經很接近某個東西了，解答可能近在眼前。

「因爲他們很害怕。」

❷ 正常女性的細胞核內有一深色小點，稱爲「巴爾氏體」，男性則無。

米拉的話語照亮了整個房間裡的黑暗角落，此時她的頸背處又蠢蠢欲動，一陣搔癢感……

「怕什麼？」

他們需要以語言的形式呈現出這個概念，讓他們可以牢牢抓住，確保它不會消失無蹤。

「她的父母怕亞伯特會傷害她……」

「如果她已經死掉的話，何必呢？」

減緩失血的速度，讓她不會死得那麼快。

戈蘭突然停住，屈身跪下來，米拉則站起身。

「他不是要讓她慢慢死去……他是在止血。」

他們同時找到了答案。

「哦，天啊……」米拉喃喃說道。

「對……她還活著。」

11

小女孩張開了雙眼。

她做了一次深呼吸，彷彿是從地獄水界再次浮出一般，那裡有許多細小而看不見的手、一直要把她拉回去，但是她努力掙扎，不要再沉落下去，同時也要讓自己保持清醒。

疼痛出現了燒灼感，但是她卻因而清醒多了，她正努力回想自己現在人在何處。她完全失去方向感，整個人平躺著，她知道，自己一定是在發燒，而且也沒有辦法移動身體。目前只有兩種感覺、能夠穿透她半睡眠狀態的迷霧，濕氣與岩塊的氣味，就像是山洞的味道一樣，另外一個是不斷重複、死氣沉沉的滴水聲。

發生了什麼事？

記憶一次湧現，包圍著她，讓她想要大哭一場。淚水開始從臉頰上滑落下來，浸潤了她乾燥的雙唇，也就是在這個時候，她才發現到自己口乾舌燥。

他們本來要在這個週末去湖邊玩的，她自己、爸爸，還有媽媽。在那種時候，她心裡想的全都是郊遊的事。她爸爸會教她怎麼釣魚，她得要先在花園裡找蚯蚓，並且把牠們放到錫罐裡，牠們動個不停，都還活著，但是她一點也不在乎，又或者，她覺得這種枝微末節也不是很重要，因爲她本來就認爲蚯蚓不會有任何感覺，她也從來不曾想到蚯蚓被抓起來的時候、會是什麼狀況，但是她現在覺得牠們好可憐，她自己也是，而且她做過這種壞事，心裡好慚愧，她衷心希望不管是誰把她拖離到這裡來，他都會比自己好過一些。

她對於自己所發生的事，其實記得的並不多。

她早早起來，準備上學，時間比平常還早，因爲當天是週四，而她爸爸每週四必須去見客戶，所以沒有辦法帶她上學。她爸爸從事銷售美髮產品工作，週末常客增加是預期中事，所以他要在週四補足噴霧、洗髮精，以及化妝品等貨品，所以她得要自己去上學。從九歲開始，她已經可以自己上學。她還記得爸爸帶著她，走了一小段路到公車站。她牽著爸爸的手，仔細聆聽爸爸告訴她的注意事項，像是過馬路之前要先看兩側，千萬不要遲到，因爲司機不會等人，還有，不要和陌生人說話，因爲可能很危險。經年累月之後，她已經將這些指示深深內化在自己的心裡，她已經不再需要父親在她的腦海裡重複叮嚀，她自己早已經成了專家。

那個週四的早晨，有別的事情讓她雀躍不已，並不是因爲那即將到來的湖畔之旅，而是有別的原因。她的手指頭上有一小塊貼布，在廁所的時候，她把手放在熱水裡、掀起了一角，她看著自己的指尖，既驕傲又痛苦。

她現在有結拜姊妹了。

她好想趕快再看到她，但是要到傍晚才行，因爲她們念的是不同的學校。姊妹倆會在固定的地方見面，彼此交換最新的訊息，因爲她們好幾天才能見一次。接著她們會一起玩耍、準備各種計畫，在道別之前，她們會鄭重立下誓約、要當一輩子的好朋友。

是啊，會是多麼美好的一天。

她把代數課本放進了自己的帆布背包，那是她最喜歡的科目，所以她的成績表現也同樣優異。十一點的時候，她有體操課，所以她從抽屜裡拿出一件緊身衣，把運動鞋和白襪放在一只袋裡。在她整理床鋪的時候，媽媽叫她下樓準備吃早餐，他們一家人吃早餐總是匆匆忙忙，這個早晨也不例外。她爸爸通常只喝一杯咖啡，站在早餐桌前順便看報紙，通常他一手拿著報紙放在面前，另外一手則拿著咖啡杯、不時啜飲，而媽媽則早就開始打電話給同事，一邊還忙著煎蛋，但完全不會遺漏任何的談話內容。胡迪尼則是躲在自己的籃子裡，打從她下樓開始，根本就不屑瞄她一眼。她祖父說，這隻貓就和他一樣，也有低血壓的問題，所以在一大早的時候、需要些時間才能行動自如。現在看到胡迪尼一大早的冷漠態度，她已經不再會有受傷的感覺，人貓之間已經達成尊重彼此空間的默契，而且也只能這樣下去了。

吃完早餐之後，她把用過的盤子放在水槽裡，然後走到廚房和爸爸媽媽吻別，接著，她就離開這棟房子。

走在寒風中，她的臉頰上還殘留著爸爸雙唇咖啡的潮濕印記。天光燦爛，微蔽著太陽的些許薄雲並無大礙，氣象報告說這種天氣可以維持到週末，「去釣魚再好不過了。」她爸爸這麼說的。她心裡牢記著爸爸的允諾，走在人行道上，朝公車站的方向走去。總共要走三百二十九步，她早就算過了，偶爾她會重數一次。那個早上，她又開始計算著自己的步伐，就在要踏出第三百一十步的時候，有個人叫住她。

她轉過頭去，看到了他。那男人帶著微笑走過來，他的臉看起來很陌生。但是，她聽到他喊出了她的名字，她的第一個念頭是，「如果他認識我，就不可能是壞人。」當他走近她的時候，她想要好好看清楚他的臉、好認出他究竟是誰，他加快腳步想要趕上她，她也就停下來等他。他的頭髮……好奇怪，好像她小時候玩的洋娃娃，不像是眞的。等到她發現那男人戴的是假髮的時候，已經來不及了，她甚至沒看到旁邊停著一台白色卡車。他把她抓起來，同時打開車門、把她塞進車裡，她想要大叫，但是那男人一手摀住她的嘴，他的假髮滑了下來，他馬上又拿一條濕手帕掩住她的臉，好久好久。接著，突然流出而無法止息的淚水、眼前出現的黑點以及紅色斑塊，奪走了彩色世界，最後，一片漆黑。

這個男人是誰？他爲什麼要綁架她？爲什麼要帶她來這裡？他現在人呢？

這些問題快速浮現，但依然還是沒有答案。昨天早上那個小女孩所見的景象已經消失不見，她再次驚覺自己原來在洞穴裡——那隻吞沒她的怪獸的潮濕腹腔。而此時令人放鬆的疲倦感也再度來襲，她心想，不管怎麼樣，只要不必再想著這些事情，怎麼樣都好。她閉上了雙眼，再次墜入了她身邊那黑影重重的海洋。

她甚至沒有發現，其中一個黑影正緊盯著她不放。

12

夜裡大雪紛飛，彷彿悄聲靜落塵世。

氣溫略微上升，街上吹動著微微涼風，雖然好天氣遲遲不來，延緩了一切的進度，但是這個工作小組卻又開始忙亂不已。

終於，他們有了目標，現在有個方法可以彌補惡人所犯下的罪行，雖然只有一部分，也算不無小補。他們要找到第六號小女孩，而且把她救出來，同時，這也是爲了拯救他們自己。

「只要她還活著的話。」戈蘭不時重複著這句話，多少澆熄了其他同仁的熱情。

出現這個重大發現之後，張法醫被羅契罵得狗血淋頭，因爲他之前的報告結果並非如此。媒體還不知道兇嫌已經綁架了第六個小女孩，但想必這位首席檢察官一定會找出藉口來應付媒體，他也需要代罪羔羊。

值此同時，羅契也召集了一群醫學專家——他們各自擅長的領域各不相同——但都只需要回答一個最根本的問題。

「在這種狀況下，一個小孩還可以活多久？」

大家的答案並不一致。比較樂觀的專家表示，只要有合適的治療、而且沒有發生感染的話，她應該還可以活個十到二十天。而悲觀者認爲雖然受害者年紀尚輕，但是慘遭此等截肢對待，生命倒數的計量單位將是以小時計算，這個女孩其實很可能早就沒命了。

羅契對此結論並不滿意，雖然他已經知道亞歷山大・柏曼與這些小女孩的失蹤案無關，但是羅契決定還是要繼續對外宣稱他才是主嫌。戈蘭對於檢座的官方說法沒有意見，事實不是重點，羅契之前已經昭告天下柏曼的罪行，現在也不可能請他把話收回去，戈蘭知道羅契丟不起這個臉。

不過，這位犯罪學專家卻很確定，眞正的兇手多少算是「特意挑選」過這個人。

亞伯特立刻又成爲了他們的焦點。

「他知道柏曼是個戀童癖，」當大家都還在戰情室的時候，戈蘭提出了觀察，「我們有時候太輕敵了。」

亞伯特的檔案此時又多了一個新的重點。當張法醫描述尋獲殘臂的傷口時，曾經使用了「手術級」這個字詞、來描述兇嫌動手殺人之精準程度。此外，使用藥物以減緩第六號小女孩的血壓，也證實了此人的專業醫療能力，他們當初早就已經猜到了七、八分，現在，他可能還留著小女孩活口，更讓他們認定亞伯特極爲嫻熟急救技術與救護療程。

戈蘭思索著，「他很可能是個醫生，或者曾經當過醫生。」

「我會去研究一下相關的專業名錄，他可能已經被除名了。」史坦突然說道。

很好的開始。

「他要怎麼取得那些讓她維生的藥物？」

「問得好，波里斯，我們要清查藥局，私人藥局與公立醫院都要，看看有誰要這些藥。」

「他可能幾個月前就準備好了。」羅莎說道。

「尤其是抗生素：他可能需要這些東西預防感染……還有別的嗎？」

顯然也沒有了，現在的問題只是要找到小女孩的下落，以及是生是死。

戰情室裡的每個人都看著米拉，她是專家，可以爲他們工作賦予意義的諮詢顧問。

「我們要找到方法、和這個家庭進行溝通。」

每個人互相張望，史坦終於開口，「爲什麼？我們現在居於優勢，亞伯特還不清楚我們已經知道了這件事。」

「一個在老早之前就展開精心佈局的人，居然會猜不到我們接下來的行動？」

「如果我們的假設是正確的，他的確爲我們留了活口。」

卡維拉插話進來，支持她的觀點。他的新理論，成了給米拉的一份大禮。

「他是掌控賽局的人，這小女孩是最後的獎品，現在是一場看誰比較聰明的競賽。」

「所以他不會殺她？」波里斯問道。

「他不會，但我們可能會是兇手。」

這番話很難讓人一時聽懂，但這正是這項挑戰的關鍵。

「如果我們花了太多時間找這女孩，她會性命垂危，如果我們激怒了他，她也是性命垂危，如果我們不照規矩來，她很有可能會小命不保。」

「規矩？什麼規矩？」羅莎的聲音裡藏不住焦慮。

「他自己定下的規矩，可惜我們什麼都還不知道，完全看不清楚亞伯特的思考軌跡，但是他自己卻是瞭若指掌。就這個狀況看來，我們的每一步行動，都有可能被他認定爲在破壞遊戲規則。」

史坦若有所思地點點頭，「所以，直接找到這第六號女孩的家人，有點像是和他在鬥智了。」

「沒錯。」米拉說道，「亞伯特也希望我們現在要馬上這麼做，他早就算到這一步。因爲他確定我們一定會失敗，因爲這對父母心懷恐懼，不敢將事情公諸於世，不然他們早就報案了。他想要向我們展現的是，他的說服力遠遠超越了我們的一切努力。弔詭的是，他想在整起事件當中、成爲衆人的『英雄』，他彷彿是要告訴他們，『我是唯一能夠拯救你們小孩的人，除了我之外，也沒有別人可以相信了』……大家知道他讓這對父母承受多少的心理壓力嗎？要是我們能夠成功說服他們主動連絡，我方將可攻下一城。」

「但這也會產生觸怒他的風險。」莎拉・羅莎提出了抗議，她似乎並不同意這種觀點。

「我們必須要冒這個險，但我想他不至於會因此傷害這個女孩，他會懲罰我們，偶爾會讓我們搞不清楚方向，他現在還不會動手殺她：首先他要向我們炫耀的是目前的進度。」

米拉這麼快就能掌握偵查的運作方式，讓戈蘭覺得這女孩相當了不起，她很懂得如何訂定嚴謹的行動準則。不過，雖然其他人終於聽進她的話，但是想讓所有同事全盤接受她，絕非易事。他們一開始就認定她是局外人，根本不需要她，他們的想法當然不可能立刻改變。

就在這個時候，羅契已經覺得忍無可忍，決定要出手干預：「就照瓦茲奎茲警官的建議：我們立刻散布第六號小女孩被綁架的消息，同時也要正式向她的家人喊話。天啊！帶種一點好不好！我已經受不了坐以待斃，好像眞的都是這隻禽獸在作主！」

首席檢察官的新作風讓大家嚇了一跳，但是戈蘭卻不覺得意外。羅契自己雖然沒有發現，但是他只是在運用這個連續殺人犯的角色轉換技巧而已。接下來，就是責任歸屬；要是他們沒有找到這小孩的下落，純粹就成了這對父母的問題，因爲他們不信任偵查單位、遲遲不願現身。

他的話裡也存在了些許事實：出手一試、靜待事件發展的時刻也到了。

「庸醫的話你們都聽到了吧！第六號小女孩最多只有十天的時間！」接著羅契看著小組裡的成員，一個接著一個，以嚴肅的口吻宣佈：「我已經決定了：立刻重新啓用特勤工作室。」

在晚餐時分的新聞時段，某位著名演員的臉孔出現在電視螢幕上頭，他有張親切的臉，觀衆感同身受的程度也能恰如其分，他之所以雀屏中選、替他們向第六號女孩的父母喊話，不是沒有道理。這完全是羅契的主意，但米拉覺得這種做法很正確，因為它阻止那些浪費大家時間的人、還有撒謊強迫症的人，不要再一直打螢幕上出現的那支電話。

值此同時，對於這尚有一絲生機的第六名小女孩，一般大衆也多少產生了恐懼與希望交雜的感受，工作小組也再次進駐特勤工作室。

它位於某棟不知名建物的四樓公寓，位置距離市中心不遠。那幾乎算是全國警政署的第二間辦公室，他們主要處理的是行政事項、帳冊，以及還沒有數位化進入資料庫的過期紙本檔案。

這間公寓之前也曾經作為證人保護計畫之用，讓需要躲藏的人有一處棲身之所。它的位置剛好位於兩棟一模一樣的公寓之間，所以它裡面完全沒有窗戶，空調隨時開啓，唯一進入這個地方的通道也只有前門而已。屋牆非常厚實，而且還有各式各樣的保全措施。雖然這棟公寓早已不再作為保護證人之用，但是這些保全設備還是會全面啓動，除此之外，這裡還有一道防彈大門。

自從重罪偵查小組成立之後，戈蘭就一直很想要這個地方，羅契要取悅他也並非難事：只要想起來有這麼一個多年荒廢不用的安全處所即可。當案件持續進行偵查的時候，這位犯罪學專家希望大家可以住在一起、並肩作戰。如此一來，彼此的想法可以更容易交流，也能夠立即分享與處理。被迫住在同一個屋簷下，也可以激發群體合作，繼而鼓勵大家團結一致。卡維拉博士借用了「新經濟」的方法，以共同分享的空間以及「平行式」的功能分布，建立了這一套工作環境，它與警界流行的垂直式分工完全不同，因為那樣的組織與官階息息相關，通常會引發衝突和競爭。但從另外一方面來看，在特勤工作室裡，這種差異性卻被徹底抹消，可以醞釀各種解決方案，每一個人都必須貢獻心力，大家也都必須仔細傾聽和考量別人的想法。

當米拉一跨進去的時候，心裡想到的第一件事，是連續殺人犯原來是在這裡被抓到的，逮捕行動的發生地點並不在眞實世界，而是在這裡，牆與牆之間的空間。

整間工作室的重點當然就是追捕嫌犯，但是他們也要努力去了解，令人髮指的罪行背後、令人費解的種種脈絡，以及病態心靈的某種扭曲形態。

米拉知道，這只是偵查新方向的一個前兆。

史坦帶著老婆爲他準備的塑膠皮背袋走在前頭，然後側身讓其他人進來。波里斯揹的是自己的帆布後背包，再來是羅莎，最後墊底的是米拉。

在防彈大門的後方，設有防彈玻璃小亭，以前是駐警所在的位置。裡面有已經失效的監視器系統、幾張旋轉椅，以及放置武器的架子，裡面空無一物。第二道安全防護是電子門，隔開了通道與屋內的其他區域，以往警衛必須要啓動這套系統，但現在卻是門戶大開。

米拉發現裡面的通風不佳，還有著潮氣和菸味，空調一直發著低沉聲響，想要入睡並不容易；他們可能需要準備一些耳塞。

長長的走廊將這棟公寓一分爲二，牆面上貼著前一個案件的文件與照片。

一個年輕好看的女孩面孔。

從其他人彼此交換的眼光看來，米拉知道這個案子結得並不漂亮，而且從那之後，應該就再也沒有人踏進過這間屋子。

沒有人開口，沒有人向她解釋發生了什麼事，只有波里斯發飆，「幹，至少他們可以把她的臉拿下來吧！」

房間裡放著的都是老舊的辦公室家具，相形之下，衣櫥和櫥櫃的風格反而顯得創意十足。廚房裡，一張書桌將就成了餐桌，冰箱是舊機種，使用的還是氟氯碳化物冷媒，這個冰箱是臭氧層的殺手，可能是某個具有環保意識的人把插頭拔了、還把冰箱門打開來，但是卻忘了清理已經爛黑的中國菜。公共空間裡有幾張沙發和電視，還有個地方可以讓筆記型電腦與周邊設備隨插隨用。咖啡機放在某個角落，到處都有髒兮兮的菸灰和各種垃圾，尤其是某間速食連鎖店的紙杯特別多。浴室只有一間，又小又臭，有人在淋浴處旁放了一個檔案櫃，裡面放著半瓶的沐浴乳和洗髮精，還有五卷衛生紙。另外還有兩個房間關起了門，是專作爲偵訊之用。

在公寓的後頭是客房區，牆邊倚放著三套上下鋪，兩張行軍床，每張床旁邊都配了一張椅子，讓大家放置行李箱與個人用品。顯然大家都得要睡在這裡，米拉等別人先挑床位，她最後一個進去，剩下的，就是她的了，她最後選了一張行軍床，距離羅莎最遠的地方。

波里斯是唯一挑選上鋪的人，「史坦會打呼。」他走過米拉旁邊的時候，悄聲提醒她，他的語氣促狹，臉上的一抹微笑帶著輕鬆的自信。

米拉心想，也許他對她的怒意已經消退了吧，太好了，接下來的共同生活，也不會那麼難熬了。她念大學的時候，曾經有過室友，不過最後和她們的互動卻總是十分彆扭，雖然大家都是女生，雖然很快就滋長出姊妹情誼，但她總是保持一貫冷漠，無法打破與其他人之間的距離。一開始的時候，她的確不知該如何自處，不過，她很快就發現，「生存氣泡」可以保護自己，這個區塊只有她可以進入，徹底隔絕了各種聲響與噪音，旁人的閒言閒語，當然也不例外。

戈蘭的東西早已放在另外一張行軍床上，他正在客廳裡等候大家，波里斯將那裡稱之爲：思考室。

大家默默走進去，戈蘭正背對著他們，忙著在壁板上寫字：**熟悉醫療急救技術與加護治療；很可能是醫生。**

牆上釘著那五個小女孩的照片，殘臂墓園與柏曼車子的現場蒐證照片，還有案情資料，米拉瞄到角落有個盒子，裡面曾是那美麗少女的臉龐；犯罪學家已迅速將舊案的照片撕了下來，換上新的受害者照片。

房間的中央，已經有五張椅子、排成了一個圓圈。

思考室。

戈蘭發現米拉望著幾乎沒什麼家具的空間，立刻開口解釋：「這樣可以幫助我們專心，我們必須要全心全意集中在現有的線索。目前一切都已經就緒，但這都是依照我自己的安排，我也一直強調，如果各位不喜歡，隨時可以變換，東西愛放哪裡都可以。在這間房間裡，只要想到任何事情，都請大家隨意。這些椅子特別禮讓給各位使用，而咖啡和廁所是大家的特別獎勵，我們要有點成績，不要辜負了這番美意。」

「太好了，」米拉說道，「那我們要做什麼？」

戈蘭再次拍了拍雙掌，指著一塊白板，上面已經寫下了這位連續殺人犯的各項特質。「我們要了解亞伯特的人格，只要一發現他的新特點，就把它寫下來……各位可以進入這些連續殺人犯的腦袋裡，揣摩他們的行事之道嗎？」

「沒錯，當然可以。」

「好，別想了：根本不可能，我們就是沒辦法。我們的這位亞伯特，對於自己的行爲都有深入的解釋，他整個人的心理架構十分完整，這種建構過程需要長時間的經驗、創傷，以及幻想，所以我們不應該繼續推測他的下一步，反而應該要強迫自己去思考他會如何進行自己的計畫，希望這種方式可以追查到他。」

米拉心想，不管怎麼樣，連續殺人犯線索的偵查方向，早就因爲柏曼的關係而被迫中斷了。

「他會讓我們找到另外一具屍體。」

「史坦，我跟你想的一樣。不過，我們目前少了一些東西，你不覺得嗎？」

「什麼東西？」波里斯和其他人一樣，還是搞不懂這位犯罪學專家的說法，但是戈蘭．卡維拉從來不會給人單刀直入的解答，他喜歡讓他們思考到一定程度之後、讓他們自行建構其他的部分。

「連續殺人犯活躍在一個充滿符號的世界裡，他的足徑深奧難解，他多年前的內心深處，是一切的起點，如今他在眞實世界裡尋索，被綁架的小孩只是到達某地、達成某一目標的手段而已。」

「他追求的是愉悅。」米拉說道。

戈蘭看著她，「沒錯。亞伯特在找尋某種補償，不只是他的所作所爲，更是針對他整個人的因果報應。他的天性召喚了這種慾望，他只是順其自然，而且，他也想要告訴我們一些事情……」

缺少的就是這個，某種信號。有時候，它所帶給這些人的啓發，將會超越對亞伯特個人世界的摸索結果。

莎拉．羅莎開口道：「第一具屍體還是沒有線索。」

「這個觀察很敏銳，」戈蘭很同意，「根據連續殺人犯的文獻——包括了電影版本也一樣——大家都知道他們喜歡『追蹤』自己的行跡，留下某些給偵查人員的線索……但是亞伯特沒有。」

「他可能也有，但是我們沒發現。」

「也許是我們還沒有辦法辨識出這些信號，」戈蘭也承認，「我們可能所知有限，所以這個時候也應該要來重建各個階段了……」

這位犯罪學專家習慣以五個階段、來說明連續殺人犯的行爲。一開始的假設是，這個連續殺人犯並非天性如此，而是因爲被動接收了不斷累積的經驗、醞釀出虐殺的人格特質，繼而漸漸演變成眞正的暴力行爲。

此一過程的第一階段是「幻想」。

「亞伯特的幻想是什麼？」史坦開口問道，同時把無數的薄荷錠倒進了嘴巴裡頭，「什麼能讓他著迷？」

「他著迷的是挑戰。」米拉說道。

「也許他被人低估，或者自以爲被人小看了，現在他想要向我們證明，他強過任何人……也比我們還厲害。」

「但是亞伯特不只如此：他的每一步都計畫周詳，準確預測了我們的反應。他在『掌控』一切。他要告訴我們的就是這個；他很清楚自己，但是他也很了解我們。」戈蘭說道，「這個階段結束。」

「第二個階段是『組織』或『計畫』。當幻想成熟之後，他就會進入到執行階段，一開始一定得要選定被害人。」

「我們已經知道他挑選的不是小孩、而是家庭。那些只希望生一個小孩的父母，才是他眞正的目標，他想要處罰他們的自私行爲……受害者的象徵意義並不明確，小女孩的背景各有不同，雖然年齡相差不大，但也不是同一個年紀。外表上也沒有像是金髮或是雀斑之類的任何共同特徵。」

「所以他根本沒碰這些小女孩，」波里斯說道，「他對她們沒有那種興趣。」

「爲什麼都是女孩，小男孩也可以啊？」米拉問道。

沒有人可以回答這個問題。戈蘭點點頭，陷入了深思。

「我也覺得奇怪，但問題是我們不知道他的幻想起源爲何，而眞正的原因經常比我們想像的還要更加平凡無趣，很可能他在念書的時候被某個小女生羞辱過，誰知道呢……知道了答案，當然可以滿足我們的好奇心，但是目前線索不多，我們只能就現有的資料著手。」

米拉覺得這位犯罪學專家在生她的氣，他好像因爲她依然一知半解而很不高興。

第三個階段是「欺瞞」。

「這些受害人爲什麼會被拐走？亞伯特究竟使出什麼樣的綁架招數？」

「黛比，在校外。安妮卡，在平常騎登山車的森林裡。」

「他把薩賓娜從旋轉木馬上拉下來，就在衆目睽睽之下。」史坦說道。

「因爲大家都只會看著自己的小孩，」羅莎的聲音裡多了一點尖銳，「大家才不管別人死活，事實就是如此。」

「不管怎麼樣，他還是在一大群人面前下手，技巧非常高超，眞是個禽獸！」

戈蘭點頭向史坦示意冷靜；他可不希望史坦因爲怒氣而失了理智。

「他綁架前兩個小孩的時候，都是在偏僻的地方，這像是某種彩排預演，等到他出現信心，開始對薩賓娜下手。」

「挑戰難度也跟著提升。」

「我們不要忘了，那時候根本沒有人注意他：是從薩賓娜案件之後，才發現了失蹤人口案的關連性，恐慌也跟著開始……」

「沒錯，但是亞伯特也的確是從薩賓娜的父母面前、帶走了這個小女孩。他讓她消失的方法好像變魔術一樣，羅莎說大家不在乎，其實我不是很相信……他一定也騙過了現場的其他民衆。」

「說得好，史坦，這就是我們要開始研究的部分。」戈蘭說道，「亞伯特是怎麼辦到的？」

「我知道：他是隱形人！」

波里斯的玩笑讓大家不禁莞爾，但是這話對戈蘭來說，卻含有幾分眞實性。

「也就是說，他看起來像個普通人，具有絕佳的僞裝技巧：當他把薩賓娜從旋轉木馬上拉下來的時候，他和其他的爸爸沒什麼兩樣，這樣把人拖走花了多久時間？四秒鐘？」

「他馬上就逃走了，混跡在人群裡頭。」

「小女孩沒有哭出來？沒有反抗？」波里斯相當不以爲然。

「你知道有多少七歲小孩如果不坐在旋轉木馬上就會大吵大鬧？」

「就算她哭出來好了，大家也都習以爲常。」戈蘭接口，把話題繼續引導下去。

「再來是梅莉莎……」

「當時已經處於高度警戒狀態，她的父母不准她晚上出去玩，但是她還是溜出門，準備要和朋友一起打保齡球。」

史坦從椅子上站起來，走向牆邊，上面有著梅莉莎學校紀念冊的照片。雖然她是年紀最大的受害者，但是稚氣的外表還存留著小孩子的特徵，她長得也不是很高。很快她就會進入青春期，身體會變得出奇柔軟，男孩們終將會注意到她。現在，紀念冊照片旁的標題裡，只有稱讚她的運動天分，以及擔任學生報總編輯的貢獻。她的願望是當一名記者，如今永遠不會有機會實現。

「亞伯特老早就等著她了，這禽獸……」

米拉看著史坦：這位特警似乎也因爲自己的話而生氣了。

「但是，他卻在卡洛琳娜的家裡，把她從床上帶走。」

「一切都在算計中……」

戈蘭走到白板處，拿起了筆，快速寫下重點。

「頭兩起綁架案，對他來說簡直輕而易舉。每天都有幾十個小孩離家出走，原因可能是因爲考試考壞了，或是因爲父母不順他的意而吵架，所以這兩起失蹤案之間根本不會產生關連……第三起就顯然是個綁架案了，所以出現了警訊……而在第四起案件中，他早就知道梅莉莎非常想要和朋友一起出去慶生……最後，是第五起案件，他花了許多時間研究這個家庭的地區和生活習慣，所以他可以潛入他們的房子裡，卻完全不會引人注意……我們可以推導出什麼結論？」

「他所使用的欺敵形式非常複雜，鎖定的重點其實是放在受害者的守護者身上：也就是她們的父母，或者，法治的力量。」米拉說道，「不需要演什麼戲去贏取小女孩的信任；硬把她們拖走就是了。」

米拉還記得泰德．邦迪這個案子。他貼著假貼布，讓被誘騙學生產生信賴感，他們會誤以爲這男人脆弱不堪。接著他開口請他們幫忙搬重物，還誘騙他們進到他的福斯金龜車，等到他們發現自己那一側的車門居然沒有把手的時候，都已經太遲了……

戈蘭寫完之後，宣佈進入第四階段：「殺人」。

「連續殺人犯每次動手的時候，都會重複某種儀式，他的技巧會越來越精熟，但大致上差不多，這是他的正字標記，而每一次的儀式都會有一個特殊象徵符號。」

「我們現在有了六隻殘臂和一具屍體，他都是截肢殺人，不過我們知道最後一個除外。」莎拉．羅莎補充道。

波里斯拿起了驗屍報告，「張法醫說，他一綁架他們之後，就立刻動手殺人。」

「爲什麼這麼倉促？」史坦問道。

「因爲他對這些小女孩沒有興趣，留活口也沒有什麼意義。」

「他沒把她們當成活生生的人，」米拉插嘴道，「對亞伯特來說，她們只不過是個東西罷了。」

就連第六號也一樣，他們心裡想的是同一件事，但是卻沒有人膽敢說出口。顯然亞伯特根本不在意她是否深受折磨，她只要好好活到他目標達成的那一天就可以了。

最後一個階段是「佈置遺體」。

「首先是殘臂墓園，接著亞伯特又把屍體放在一個戀童癖的後車廂，他想要告訴我們什麼事情吧？」

戈蘭看著大家的表情，興味十足。

「他想說的是，他和亞歷山大·柏曼不一樣，」莎拉·羅莎說道，「事實上，他很可能想告訴我們的是，他小時候也是暴力的受害者，他好像在說：『我之所以變成今天這個樣子，都是因爲某人逼我成了惡魔。』」

史坦搖頭，「他喜歡向我們下挑戰，給我們看表演，但是今天報紙頭版處理的只有柏曼而已，我很懷疑他想要與別人共享榮光。他選擇戀童癖的原因並非出於報復，一定有其他的動機……」

「還有件事我也覺得很好奇……」戈蘭回想起當初目睹的驗屍過程，「他好好整理過黛比·高登的屍體，還幫她穿上她自己的衣服。」

米拉心想，他好好打扮她，都是爲了柏曼。

「我們不知道是否每個受害者都是這樣，也不知道這算不算是儀式的一部分，但這的確很奇怪……」

卡維拉博士所指的怪異，就是連續殺人犯通常會從受害者身上取走某些東西，雖然米拉不是專家，但是她也很清楚這一點。某種戀物癖，或是紀念品，才能私下好好回味。對於他們來說，擁有某個物品，已經等於擁有了那個人。

「他沒有從黛比．高登身上拿走任何東西。」

當戈蘭說出這些話的時候，米拉立刻想起黛比手鐲上的東西，可以打開錫盒的鑰匙吊飾。

「他媽的畜生……」米拉失態大叫，她又再次成爲衆人注目的焦點。

「妳是不是有事情要告訴我們？」

米拉抬頭看著戈蘭，「我在黛比寄宿學校房間的時候，在她的地毯下面發現一個藏起來的小錫盒：我以爲裡面會放著日記本，但是卻沒有。」

「那又怎樣？」羅莎反問的態度很不屑。

「盒子上有個扣鎖，鑰匙在黛比的手腕上，我以爲只有她可以打開它，也是很自然的事，根本沒有日記這個東西……但是我錯了，日記本來應該放在那裡的。」

波里斯跳起來了，「沒錯！這個畜生去過了黛比的房間！」

「爲什麼他要冒這個險？」莎拉．羅莎反駁，她不想承認米拉說對了。

「因爲他就是喜歡冒險，這讓他興奮難耐。」戈蘭提出了解釋。

「但還有另外一個原因，」米拉補充道，現在的她對於自己的理論，越來越有自信，「我發現牆上有些照片不見了：那很可能是黛比與第六號小女孩的合照，他用盡千方百計、就是要讓我們沒辦法找到她！」

「所以他把日記也帶走了……還再次把盒子的扣鎖關好……爲什麼？」史坦陷入了疑惑。

但是波里斯的腦袋卻很清楚，「你還沒搞懂嗎？日記消失，但盒子扣得好好的，而且鑰匙還在黛比的手腕上……他是要告訴我們：『只有我可以拿走它。』」

「他爲什麼要讓我們知道？」

「因爲他要留給我們某些東西……特別爲我們所準備的！」

也就是他們正在尋找的「信號」。

這間思考室再度有了成果。

犯罪學專家轉向了米拉：「妳到過那裡，一定在房間裡看到些什麼東西……」

米拉想要集中心神，但是完全想不起來。

「一定有！」戈蘭繼續向她施壓，「我們很確定。」

「房間裡的每一個角落我都檢查過了，但我沒有注意到有什麼東西。」

「絕對有，怎麼可能沒看到！」

但是米拉搖搖頭，史坦決定他們要回去進行更仔細的搜查，波里斯打電話告知學校他們已經在路上了，同一時間莎拉也告訴克列普盡快和他們會合、準備採集指紋。

就在那個時候，米拉的小聖主顯靈。

「我知道我爲什麼沒找到了，」她說道，此時她已找回全部的自信，泰然自若的態度與之前相去不遠，「因爲這個房間早就跟原來不一樣了。」

當他們到達學校的時候，黛比的同學們都已經聚集在禮堂裡，平常這裡都是拿來作爲集會或是畢業典禮之用，牆上有著精雕的桃花心木作爲壁飾，爲學校聲譽奉獻多年的師長玉照鑲在金黃畫框中，他們嚴峻的臉龐俯視著整個現場，畫像緊緊禁錮住他們的表情、凝結不動。

開口說話的是米拉。她希望自己的態度可以盡量保持和善，因爲這些小孩都已經嚇壞了，女校長想必已經對她們痛斥一番。而且，從她們臉上若隱若現的驚懼表情看來，她們不是很相信米拉的保證。

「我們知道有些同學在黛比過世後，曾經到過她的房間。我想，妳們之所以會這麼做，主要都是因爲希望可以保有朋友的回憶，畢竟她死得這麼慘。」

就在米拉說話的同時，她看到了那個在黛比浴室、手上裝滿東西的學生。要是沒有發生那件事，她現在也絕對不會在這個地方講話。

莎拉．羅莎在角落默默觀察，她很篤定米拉只是白費氣力，但是波里斯和史坦卻很相信她，而戈蘭只是靜靜等待著。

「我眞的很不想開這個口請大家幫忙，但因爲我知道妳們都很喜歡黛比，所以，我想請大家把東西還回來，馬上。」

米拉的語氣很堅定。

「什麼東西都要記得帶過來，就算是不重要的小東西也可能對我們很有用。在這些東西裡頭，有我們之前沒注意到的偵查線索，我也知道大家都希望殺害黛比的兇手可以早點落網。同時，應該沒有人想要因爲湮滅證據而被起訴吧，我相信大家都知道該做些什麼事。」

米拉對這些年輕小女孩使出了從所未有的殺手鐧，藉以強調他們行動的重要性。這也算是爲黛比的小小復仇，她的一生幾乎都沒有被大家好好重視過，但是在她死掉之後，卻只是因爲某些無情的劫奪行爲、突然成爲衆人的聚焦中心。

米拉靜靜等待，估算著停頓時間的長度，讓每一個人都有機會可以好好思索。沉默是她進行說服的最佳利器，她也很清楚，隨著每一秒鐘逐漸消逝，她們也會越來越不安。她發現有些女孩開始互相使眼色，沒有人想要當第一個，這很正常。然後，有兩個女孩彼此打出手勢，幾乎是同一時間離開了隊伍。另外有五個女孩也跟著照做，而其他人在定位維持不動。

米拉靜待一分鐘之後，仔細看著其他女孩的臉孔，想要知道裡面是否藏了隻違逆群衆的貪婪兀鷹，一無所獲。她衷心希望離開的那七個剛好都是罪魁禍首。

「好，其他人解散。」

這些女孩都立刻跑開了，米拉轉而看著她的同事，也發現戈蘭的雙眼依然無動於衷，但是突然之間他卸下心防：跟她眨眼。她很想給他一個微笑，但是沒有辦法，因爲大家的眼光都在她的身上。

大約在十五分鐘之後，這七個女孩又回到了禮堂。每個人都帶回來了一些東西。她們把東西放在長桌上，那裡通常是舉行典禮時、穿著斗篷的老師所坐的地方，她們靜待米拉和其他人逐一檢查。

大部分的東西都是衣服和配件，還有像是洋娃娃或是玩偶之類的小孩東西。還有粉紅色的MP3播放器、太陽眼鏡、一些香水、沐浴鹽、瓢蟲狀的化妝包、黛比的紅帽和一台電玩。

「不是我弄壞的……」

米拉看著那胖嘟嘟的小女孩，她是裡面年紀最小的一個，最多不超過八歲。她有一頭金色的長髮，紮成了辮子，湛藍色眼睛裡的淚水幾乎已經要奪眶而出，這位女警對她微笑，想要安撫她，又仔細看了看那台機座。她拿起來之後交給了波里斯。

「這是什麼？」

他把它放在手裡、來回研究。

「看起來不像是個電玩……」

他把它打開了。

螢幕上開始閃起一個紅燈，發出了規律的聲響。

「我說過那壞掉了，都沒有辦法玩遊戲。」小胖妹急著解釋。

米拉發現波里斯的臉霎時發白。

「我知道這是什麼了……幹。」

小胖妹聽到波里斯的粗口，不可置信地把眼睛睜得大大的，居然有人敢褻瀆這種肅穆的地方，她倒是覺得很好玩。

但是波里斯根本沒有注意到她的反應，他的心思都在手裡的這個東西上頭。

「那是全球定位系統接受器，在某個地方，某個人正在對我們發射訊號……」

13

向第六位小女孩家屬的呼籲喊話，目前還是一無所獲。

大部分的來電都是表達同情之意，其實，這種電話幾乎簡直讓專線處於癱瘓狀態。某位膝下有五名孫兒的阿嬤打了七次電話，要求提供「可憐小女孩的新聞」。由於這種電話一直湧入，一位值勤警官極爲客氣地請她不要再打電話，對方卻是以你去死吧作爲回應。

史坦把這些事情告訴戈蘭，他說：「如果你想要告訴這些人，他們幫不上什麼忙，他們會說你這個人眞冷血。」

他們的人現在都在值勤公務車裡頭，追蹤著全球定位系統的訊號。

前方是由霹靂小組的防彈車所開道，這次的主秀由它們擔綱，因爲羅契之前爲這些車子添加了一點點的彩裝。

大家還是不知道亞伯特想帶他們去哪裡，這很可能是個陷阱，但是戈蘭卻抱持完全不同的想法。

「他要給我們看某個東西，驕傲到不行的東西。」

全球定位的訊號已經縮小範圍到方圓數公里而已，但是這樣的距離還沒有辦法找到發射器，他們必須要親自深入敵陣。

大家都已經可以感受到値勤公務車裡的緊張氣氛，戈蘭和史坦簡單交換了幾句話，波里斯先是仔細檢查自己的槍枝，隨後又檢查防彈背心是否緊貼著胸骨。米拉望向窗外，這個地方靠近快速道路的連接點，位處許多橋樑與柏油路交錯的複雜路網。

全球定位接收器目前在霹靂小組隊長手上，但是莎拉・羅莎可以透過電腦螢幕、看到前方開道同事們所看到的景象。

無線電傳來聲音：「我們現在逐漸接近當中，訊號似乎來自於前方一公里處。完畢。」

他們都前傾細看。

「會是什麼樣的地方？」羅莎開口問道。

米拉看到一幢巨大的紅磚建築物，好幾棟房區以十字形狀互通排列，這是一九三〇年代流行的復古哥德風格，冷冽簡純，當時典型的教堂建築，單側建有鐘塔，裡頭則座落著教堂。

防彈車排成單列，駛入一條被百般蹂躪的道路，前往建物的中心地帶。相關人員在抵達之前，已經準備好攻堅行動。

米拉和其他人一起下車，抬頭看著這面雄偉堂皇的建物立面、早已因爲漫漫時光而變得晦暗不明，門上有幾個以淺浮雕鐫刻出的拉丁文。

「幫助陷於苦難的孤兒，讓他們保有純眞，不受塵世污染。」戈蘭幫她翻譯。

這裡曾經是孤兒院，但早已關閉。

隊長點點頭，攻堅小組分散開來，準備從側翼進入主建築。

他們等了約一分鐘之後，米拉和其他人會同隊長，一同進入大門。

第一個地方很大，前頭有兩道互連的樓梯、通往上方樓層，高聳的窗戶讓進入的光線一片霧茫。這個地方的唯一主人是幾隻鴿子，此刻牠們被外來者嚇得拍翅高飛在空中，地面上也投射出飛翔的影跡。霹靂小組成員搜索著房間、一個接著一個，警靴的聲響迴盪在整棟建築物裡。

「淨空！」當每個房間檢查完畢之後，他們會彼此傳呼口號。

身處於這樣的非眞實氛圍當中，米拉開始環顧四周。這次又是寄宿學校，也是亞伯特計畫裡的一部分，但是這間卻和黛比．高登的貴族學校大不相同。

「孤兒院，他們至少在這裡有個家，還可以保證有書可以念。」史坦說道。

但是波里斯卻告訴他：「絕對不會有人收養的小孩，才會被送到這裡來：像是罪犯的孩子、父母自殺的小孩。」

他們都在等待天啓，只要能夠打破恐懼的魔咒，只要能夠告訴他們爲什麼被送來這裡，都好。腳步的回聲戛然而止，幾秒鐘之後，無線電裡出現聲音：

「長官，這裡有東西……」

全球定位系統發射器的位置在地下室，米拉和其他人都跑過去，穿過置滿大鐵鍋的學校廚房，再來是大餐廳，裡面有許多鋪蓋著藍色塑膠布的桌椅。她走下狹窄的迴旋梯，進入一個寬敞但卻低矮的房間，光線只能從通風口裡透進來。地板是大理石材質，斜向著一道中央走廊，那裡出現了排水設備，沿著牆面的溝管也是由大理石所製成。

「這裡一定是洗衣間。」史坦說道。

特勤小組人員在水盆附近拉起了封鎖線、圍出了安全距離，好讓現場不至於受到破壞。其中有個人脫下了頭盔，跪在地上嘔吐，沒有人想要多看一眼。

波里斯是第一個衝進封鎖線裡的人，但是他突然馬上止步，用手摀住了嘴巴，莎拉．羅莎把頭別了過去，史坦只說了幾個字：「願上帝寬恕我們……」

卡維拉博士還是面無表情，接下來是米拉。

安妮卡。

屍體陷在泥水裡好幾公分深的地方。

她的皮膚已經呈現屍白色，而且全身也已經有了屍體腐化的初期徵狀，而且她全身赤裸。她的右手緊緊抓著全球定位系統發射器，那東西依然持續發射著訊號，在這塊死亡之地上，出現了一道詭異的光。

安妮卡的左臂也被截除，她的殘屍也因而扭曲變形，但最讓他們不安的部分，還不是這個，也不是屍體的腐敗狀態，更不是因為無意目睹到這可怖的畫面。他們之所以有這麼激烈的反應，是因爲這眞的太異常了。

屍體在微笑。

14

他是提摩西神父。看起來約莫三十五歲，有著一頭柔軟的側分金髮，現在整個人正顫抖個不停。

這裡只有一個人住，就是他。

他住的地方是小教堂隔壁的神職人員宿舍；也就是整個房區裡唯一還使用中的建物，其他的地方早在多年前已廢棄不用。

「我還在這裡，是因為教堂還有禮拜。」這位年輕神父解釋道，不過，現在他所主持的彌撒，也只有他一個人參加而已。「根本沒有人。這種市郊邊緣的位置太遠了，而且，快速道路也隔絕了我們與外界的連結。」

他在那裡不過只有六個月的時間。自從洛福神父退休之後，他就繼續接手這個地方，顯然他對於這裡面所發生的事一無所知。

「我從來沒有進去過，」他自己也承認，「為什麼要到那裡去呢？」

莎拉．羅莎和米拉向他解釋為什麼有這次突擊行動，以及裡面所發現的東西。當他們知道有提摩西神父這個人存在的時候，戈蘭希望由這兩位女性出面和他聊一聊。羅莎假裝在筆記本上寫東西，但顯然她一點也不在乎神父所說的話。米拉則是向他再三保證，絕對不會有人懷疑他與此一事件有關，他也不需要為此而感到自責。

「真是個可憐又不幸的孩子。」這位神父嘆道，淚水不止，他徹底崩潰了。

「等你準備好了，我們想要請你跟我們一起到洗衣間。」莎拉．羅莎說道，這些話又讓他陷入了深深的悲傷。

「爲什麼？」

「因爲我們有些方位的問題想請教你：這個地方跟迷宮一樣。」

「但是我跟妳說過了，我幾乎根本沒去過那裡，而且我不覺得——」

米拉打斷了他：「只要幾分鐘就好，而且我們會把屍體移走。」

她很篤定告訴他這一點之後，就可以讓他安心，因爲她知道，提摩西神父不希望一具受苦的童屍成爲他揮之不去的記憶，畢竟他之後還要繼續生活在這陰暗的地方。

「我照辦就是了。」他終於點頭答應。

他跟她們走到了門口，再次表示會遵守承諾、一定會在現場。

在回去的路上，羅莎走在米拉前頭，總是刻意維持超前幾步的距離，藉以強調她們之間的差異性。如果是在其他時候，米拉會對這種挑釁行爲趁機反擊，但是她現在是團隊裡的一分子，如果她想要讓自己的工作好好收尾，就必須要尊重不同的行事規則。

米拉心裡碎碎唸著，*之後我再好好對付妳*。

不過，當她心裡想著這個念頭的時候，卻突然發現到她覺得結案是理所當然之事，就某方面來說，這種想法，的確可以讓他們把恐懼拋諸其後。

她心想，*這是人性的一部分*，你還是要繼續過自己的生活。死者終將入土，隨著時間過去，一切也將會逐漸消融淡逝。在歷經某種無可避免的自我保存過程之後，去蕪存菁，剩下的部分，也就只是靈魂中模糊的記憶。

對每一個人來說，都是如此，但她除外。因爲那個傍晚所發生的事，讓她永遠無法磨滅那段記憶。

犯罪現場很可能會找到許多資訊，包括了事件的動態以及殺人犯的人格特質。在第一具屍體的案例中，柏曼的車子不應該被當成一個眞正的犯罪現場，但是在第二起案例中，卻可以看到很多亞伯特的部分。

雖然莎拉．羅莎不想讓米拉與會，但是她還是爲自己在團隊中贏得了一席之地——發現了黛比屍體之後，她第一次加入了團體會議——現在波里斯和史坦也把她當成自己人。

他們下令讓霹靂小組先行離開，戈蘭和他的人馬再度掌控了洗衣室。四個角落都安置了腳架，探照燈的光線，封住了整個現場。它們的電源是由發電機所提供，因爲建築物裡沒有任何的電源。

他們還沒有任何發現，不過，張法醫已經開始研究屍體，他帶來個小箱子，裡面有套奇怪的工具組，有試管、化學試劑，以及顯微鏡。現在他正在採集泡著屍體的泥水作爲樣本，克列普也馬上會趕過來採集指紋。

在把整個現場交給科學辨識專家之前，他們還有一個半小時的時間。

「顯然我們現在看到的不是主要犯罪現場，」戈蘭開口說話。他的意思是，這裡是第二現場，因爲小孩死亡的地點一定是在別的地方。就連續殺人犯的案例而言，受害者被發現的地方、遠比被殺害的地點來得更加重要，因爲殺人這種行爲，嫌犯只會專門保留給自己，而之後的一切，反而才是他經驗分享的方式，殺人犯藉由屍體，和偵查人員建立起某種溝通管道。

就這一點來看，亞伯特絕非等閒之輩。

「我們要好好研究現場，了解它內含的訊息，以及它所象徵的是什麼樣的人？誰要先開始？我先提醒各位，所有的意見都很歡迎，心裡有任何想法都請直說無妨。」

沒有人想要打頭陣。他們的腦海裡累積了太多的謎團。

「也許我們的亞伯特小時候在這裡度過童年，也許這正是他恨意與復仇的來源，我們應該要仔細翻閱檔案資料。」

「老實說，米拉，我覺得亞伯特要給我們的，並不是他的個人資訊。」

「爲什麼？」

「我想他不想被抓到……至少不是現在，畢竟現在只找到了第二具屍體。」

「我可能猜錯了。但連續殺人犯不也有時候希望被警察抓到嗎？因爲他們自己無法停手？」

「眞是鬼扯淡。」莎拉．羅莎不改其傲慢態度。

戈蘭也隨之補充，「連續殺人犯經常希望最後可以被人抓到，的確是事實。但這不是因爲他無法自我控制，而是因爲他希望能夠在大庭廣衆下現身。尤其當他具有自戀型人格的時候，他更希望可以讓大家知道他的傑作。而只要他的眞實身分依然成謎，也就絕對沒有辦法達成此一目標。」

米拉點點頭，但還是有幾分存疑，戈蘭察覺到她的反應，轉而面向其他人。

「如何去重建犯罪現場以及連續殺人犯整合性行爲之間的關係，可能才是我們現在要注意的重點。」

這是爲米拉所上的一課，但是她沒有生氣，因爲這等於是把她放在跟別人一樣的位置，而且從波里斯和史坦的反應看來，他們也眞心希望她可以跟上大家的程度。

最年長的警官開始說話，他並沒有直視著米拉，以免讓她太難堪。

「就犯罪現場的狀況看來，我們可以把連續殺人犯分成兩大範疇：『非整合式』與『整合式』。」

波里斯繼續接力：「可想而知，第一種人的各方面都一團糟，與人類互動的經驗很失敗，離群索居，智商低於正常人，教育程度不高，所找的工作也不需要什麼特殊技能，性功能通常有問題，就此看來，他的行事粗率潦草，技巧也並不高明。」

戈蘭接著補充：「通常他小時候是個極爲頑劣的孩子。因此，許多犯罪學專家認爲，他會把自己童年時期所受到的苦痛折磨、同樣加諸到他的受害者身上。所以他平常會隱藏憤怒與敵意，但這些感受未必會外顯出來，平常來往的朋友也不會察覺。」

「這種類型的連續殺人犯，下手時也不會預先計畫：自然而然就發生了。」羅莎開口說道，她不喜歡被摒除在外。

戈蘭解釋得更加詳細：「由於犯罪時缺乏整合力，所以兇手在準備的時候會充滿了焦慮，因此他習慣在靠近自己熟悉的地方採取行動，也就是讓他可以覺得輕鬆自在的地方。他之所以會犯錯，正是因爲這種焦慮、以及不會在異地犯案的習慣。舉例來說，他所留下的線索，經常可以洩露出他的祕密。」

「一般說來，他的受害者只是恰巧在不當的時間、出現在不當的地方。而他之所以動手殺人，是因爲這是他唯一知道要如何與其他人建立關係的方法。」史坦做出了結論。

「整合型罪犯的行爲呢？」米拉問道。

「好，首先，他非常狡猾，」戈蘭說道，「由於他精熟如何僞裝，所以要辨認出他的身分可說是非常困難：他看起來像是個安分守己的普通人，智商很高，工作表現良好，他通常在自己所處的社群當中、擁有很高的地位。童年時期也沒有什麼特別的創傷經驗，他的家人都很愛他，性能力表現正常，與異性相處也沒有任何問題，他想殺人，純粹是因爲讓自己開心。」

最後一句話讓米拉全身顫抖。但因爲這些話而不寒而慄的人，其實不只米拉一個人，張法醫本來埋首於自己的顯微鏡之間，如今也抬起頭來，看著他們。爲什麼有人可以從加諸別人身上的痛苦而引發快感？張法醫可能也是百思不得其解。

「他是掠食者，他精挑細選出自己的受害者。一般來說，他下手尋找的地方都離自宅相當遙遠。他很精明，也非常會算計，能夠預知偵查的發展方向，所以也能夠猜到偵查人員的各項行動。這也正是爲什麼難以讓他落網的原因：他從經驗中不斷學習。整合型的連續殺人犯會先跟蹤、等待，最後才動手殺人。他的佈局時間可能會花個好幾天，甚至是好幾個禮拜。他小心挑選受害者，不容有一絲閃失。他會好好觀察，潛入他們的生活當中，收集資訊，仔細記錄他們的生活習慣，他會想盡辦法認識他們，假裝有某種行爲習慣或是喜好、贏得受害者的信任。想要掌控他們，他喜歡使用言語而不是肢體暴力，他的任務，可以說是一種引誘。」

米拉轉頭看著被他精心佈置過的兇案現場，開口說道：「他的犯罪現場總是乾乾淨淨，因爲他的座右銘是『控制』。」

戈蘭點點頭，「經你這麼一說，亞伯特的模樣似乎已經出來了。」

波里斯和史坦對她一笑，莎拉・羅莎則是盡量避免眼光接觸，還假裝在看手錶，這樣浪費時間實在沒有必要，她發出了悶哼聲。

「各位，我們有新發現……」

這個小團體裡的沉默者開口說話了：他走了過來，拿著剛從顯微鏡下方取出的載玻片。

「張法醫，究竟是什麼？」戈蘭態度很焦急。

但這位專家卻想要好好品嚐這一刻的滋味，他的雙眼因爲這小小的勝利而發出烈光。

「當我看到這具屍體的時候，我不知道她爲什麼是浸在兩公寸深的水裡……」

「我們在洗衣室啊。」波里斯說道，彷彿這是天經地義的答案。

「對，但是這裡的供水系統和電力一樣，已經多年沒有使用。」

答案揭曉之後，大家都非常震驚，尤其是戈蘭。

「所以那液體是？」

「聽好了，博士……那是淚水。」

15

人類是世界上唯一會哭也會笑的物種。

米拉知道自己的這個特點，但另一方面，她卻不知道人類會分泌三種淚水，基本型淚水，可以持續滋潤人類的眼球，異物入侵眼睛時則會產生反射型淚水，還有心理型淚水，與痛苦或情感有關。這三種淚水都含有不同的化學成分，含有高濃度的錳以及某種荷爾蒙、激乳素。

在自然現象的世界當中，每一件事都可以被換算成某種公式。但是，因爲痛苦而流出的淚水，爲什麼在生理學上會與其他類型的淚水有所不同，我們卻無法提出解釋。

米拉的淚水裡沒有激乳素。

這是她無法言說的祕密。

她其實不太會面對痛苦，又或者應該這麼說，去理解別人、進而不會覺得在人群中感到孤單的必要同理心，對米拉來說很難。

她一直是這樣的嗎？或者是有什麼事件，有什麼人奪走了她的這個能力？

在她父親過世的時候，她第一次發現了這件事，那年她十四歲。是她發現了爸爸的屍體，某個下午，在起居室裡的沙發上，已經毫無生命跡象。他看起來好像是睡著了，當大家問她爲什麼不立刻找人幫忙、卻只是坐在他旁邊快一個小時的時候，她都是給別人這樣的故事版本。其實，米拉當場馬上就知道，做什麼都來不及了。但是，更讓她自己吃驚的是，當她目睹死亡的時候，情感上居然無法感受到任何波動。她的父親——她一生中最重要的男人，教導了她所有的事情，是她的典範——從此再也不在人世，但是她也沒有因此而痛苦心碎。

喪禮上她哭了，但卻不是因爲她深植在靈魂深處、無處可逃的悲傷，而只是盡一個女兒的本分，她花了好大的工夫，才擠出了那些帶著鹹味的淚滴。

「有個障礙，」她說，「讓我梗住哭不出來，那是因爲壓力，我現在深受打擊，別人一定也是這樣。」她什麼都試過了，甚至不斷回憶過往折磨自己，至少可以產生罪惡感，但還是沒有。她完全無法解釋自己的狀況，接著她把自己完全封閉起來，完全沉默不語。她媽媽也是，幾經嘗試之後，終於從綿長無盡的個人悲痛中走了出來。

整個世界都以爲米拉深受打擊，崩潰了，但是她待在自己的房間裡，想知道的卻是她爲什麼一心只想要趕快回到自己的正常生活裡，同時也把那個男人從此深埋心底。

隨著時間過去，事態並沒有改變。喪親之痛從來不曾發生在她的身上。還有其他的場合可以讓她學習哀悼，祖母、同學、其他親戚，狀況亦然。米拉沒有任何的感受，只是很希望死亡之事可以盡快結束。

她可以告訴誰呢？大家會把她當成一個冷血的惡魔，根本不配當個人。只有她的母親在臨終之前，發現了米拉臉上突然出現了短暫的冷漠表情，她的母親彷彿突然感到一陣寒意，馬上把手從女兒的手裡抽了出來。

哀悼家人的場合一個接著一個結束，她開始假裝模仿從所未有的詭異感受，也變得更加容易了。到了需要與人接觸的年紀時，她遇到了問題，尤其是在異性關係上。「如果我沒有辦法對某個男孩產生同理心，根本沒有辦法和他發展關係。」她不斷重複告訴自己，米拉之所以能夠開始解釋自己的狀況，是因爲她在字典裡找到「同理心」的定義：「將情感投身到某人身上，進而對他產生認同。」

也就是從那時候開始，她開始看心理醫生。有些醫生並沒有給她任何答案，有些則告訴她療程既漫長又困難，他們要花許多心力才能找出她的「情感根源」，研究她的情緒流動究竟是在哪裡被阻斷。

他們都一致同意：必須要移除那個障礙。

他們分析她已經有好幾年的時間，但是完全沒有結果。她經常換醫生，而且如果她沒有遇到這個醫生，她本來還會一直換下去。這是米拉遇過最憤世嫉俗的醫生，而且要不是他把話講得這麼坦白，她也不會這麼感謝他：「才沒有悲傷這種事，它就跟其他的人類情緒一樣，根本不存在。那只是一種化學反應，愛情也只是腦內啡的問題而已，只要讓我注射一管必托生麻醉劑，我就可以讓你所有的情感需求都消失不見，人類充其量也不過是血肉之軀做成的機器罷了。」

她終於放下了心中的包袱，雖然不是盡如人意，但也算釋懷了。她無計可施：她的身體進入了「防禦」模式，就好像是某些電子儀器突然遇到強力電流的時候、必須要保護自身電路一樣。那個醫生也告訴她，有些人在某些時候會感覺到極度悲傷，遠遠超過了人類在一生中所能承受的程度，在那樣的狀況下，就算能活下去，也會變得逐漸麻木無感。

米拉不知道自己的無感是否算是運氣好，但也因爲這項特質而成就了今日的她，尋找失蹤小孩下落的警官。能夠治癒別人的痛苦，也算是對她無法感同身受的某種補償，對她的詛咒，卻突然變成了某種天賦。

她救了那些孩子，她讓他們平安返家，他們深深感謝她。有些孩子很討她的喜歡，他們也會找她，問她自己所發生的事。

「要不是妳想到了我……」他們都會這麼問她。

她當然不會說出眞正的答案，在她找尋每一個小孩的時候，她都會一視同仁地「想到」那個孩子，對於發生在他們身上的事情，她感到很憤怒——就像是第六號小孩一樣——但她絕對不會有任何「憐憫」之心。

她坦然接受了自己的命運，但她也不禁自問：

她能夠去愛一個人嗎？

米拉找不到解答，所以她很久之前就開始放空心靈，她不會有愛人、丈夫或是男友，或是小孩，就連寵物也一樣。這是她的祕密，她一無所有，不可能有任何損失，也沒有任何人可以拿走她的東西，這也是她深入那些失蹤人口精神狀態的唯一方法。

她可以爲自己營造出同樣的空虛感，就像是他們所在的環境一樣。

一直到有一天，她從某個戀童癖手中救出了一個小男孩，他本來只是想綁架他、褻玩一整個週末就好，三天之後，他就會放走小男孩。在他的變態想法中，他自己只不過是「借用他」而已，他根本不在乎自己對於這個小男孩的家庭與其一生、造成了什麼樣的衝擊，他堅持沒有傷害他，也成了爲他自己辯護的藉口。

其他的一切呢？綁架所帶來的驚嚇，他又要怎麼說？監禁呢？還有暴力？

爲他的犯行找理由，雖然可能會很牽強，但其實一點都不難。他自己也是這麼認爲，因爲他沒有辦法想像受害者的感受。最後米拉發現：她跟這個男人一模一樣。

也就是從那天開始，米拉下定決心，自己的靈魂不需要因爲別人的基本行事原則而自我剝削，雖然她的身上找不到同情心，但至少可以假裝流露憐憫之情。

米拉在團隊小組與卡維拉博士面前撒了謊。其實，她非常清楚連續殺人犯的特點，或者，至少也知道他們行爲模式當中的某個面向。

虐待狂。

連續殺人犯的行爲底層，幾乎總是有著虐待狂成分的印記。受害者是被折磨利用的「物件」，他們可以讓他產生優越感。

連續殺人犯向受害者施虐，以便從中得到愉悅感。

通常這類兇手沒有辦法和別人建立成熟的整體關係，在他們的眼中，人已經被降格為物件，他與外界的唯一溝通方式，就是暴力。

米拉自言自語著，我不希望同樣的事情再度發生在我身上。她一想到自己和這些兇手居然有著共通之處，都無法產生憐憫之心，不禁對自己充滿了憎惡。

當安妮卡的屍體被發現、她和羅莎從提摩西神父的住所離開之時，米拉已經向自己提出承諾，這個小女孩的遭遇，永遠不會在她的記憶裡被抹消。所以，就在當天任務進入尾聲，其他人準備回去工作室，進行總結並整理偵查報告的時候，她請了幾個小時的假。

這件事情她已經做過好幾次了，她跑去藥局，買了消毒水、貼布、脫脂棉、一捲消毒繃帶、幾根針，以及手術縫線。

還有一把剃刀。

她很清楚自己要做什麼，回到了汽車旅館的房間裡。米拉還沒有退房，而且還一直付房錢，就是為了心裡惦記的這件事。她拉起了窗簾，只留下兩張床邊的一盞燈，她坐下來，把小紙袋裡的東西都倒到了床上。

她割開了自己的牛仔褲。

她在自己的手心倒入一些消毒水，開始搓揉，接著又把一撮脫脂棉以消毒水浸濕、輕塗著右腿的內側皮膚。更上面一點的地方是已經痊癒的傷口，那是她之前笨手笨腳的傑作。不過，這次她不會再搞砸了，一定會好好處理妥當。她用嘴唇撕開了剃刀的包裝紙，然後緊緊抓在指間。她閉起了雙眼，把手往下移，她數到三，以刀撫觸著大腿內側的肌膚，她感覺到刀鋒正滑進了肉裡，順勢切開了一個溫熱的洞。

當疼痛爆發開來，她也發出了無聲的嚎嗚，劇痛從傷口傳遍全身，在頭部達到了頂點，瞬間滌淨了死亡的影像。

「安妮卡，獻給妳。」米拉在心裡默唸。

最後，她終於大哭了出來。

淚滴裡的微笑。

那是犯罪現場裡的象徵圖像。第二號小孩裸體陳屍在洗衣間裡，而此一象徵圖像的重要性絕對無可輕忽。

「也許他想要在淚池裡淨化屍體。」羅契問道。

不過，一如往常，這種簡單的解釋方法並沒有辦法說服戈蘭．卡維拉。到目前為止，亞伯特的犯案手法極為細膩，不可能出現這種窠臼，他認為自己超越了史上所有的連續殺人犯。

米拉從汽車旅館回到工作室時，已經是九點鐘，她的雙眼紅腫，右腿微跛，當她一進去，立刻可以感受到裡面的疲憊氣氛。她馬上到客房躺下來休息，行軍床沒有整理，衣服也沒有脫就入睡了。大約在十一點鐘的時候，戈蘭在走廊講手機的聲音把她吵醒，她動也不動，假裝還睡著。她猜電話那頭的人並不是他太太，可能是護士或保姆，他還叫她「魯娜太太」。戈蘭問她湯米的事——原來那是他小孩的名字——有沒有吃飯和寫功課，有沒有鬧脾氣，當魯娜太太回報近況的時候，戈蘭嘟噥了好幾次。最後他答應明天會回去一趟看湯米、至少會待好幾個小時，這段談話也隨之結束。

米拉弓背背對著門口，一動也不動。但是當戈蘭又開始說話的時候，她覺得他似乎站在客房的門口看著她，她可以看到他的影子投射在自己前方的牆面上。如果她回過頭去，會發生什麼事？他們兩人的眼神將在黑暗中交會，也許一開始會有其他的尷尬，然後，沉默的對話。這眞的是米拉內心所渴求的嗎？這個男人有奇特的吸引力，但是眞正的魅力是什麼，她也說不上來。最後她轉過頭去，但是戈蘭早就已經不在那裡了。

米拉……米拉……

波里斯的聲音彷如喃喃低語一般，滑入她的夢境裡，那個充滿著黑色樹影與無盡長路的夢。米拉睜開眼睛，看到他正在她的行軍床旁邊，他沒有碰觸她，只是輕喊她的名字喚她起床，不過他的臉上帶著微笑。

「現在幾點鐘？我是不是睡太久了？」

「不，現在才早上六點……我要準備出去，卡維拉想叫我去找以前孤兒院的院童談一談，不知道妳想不想一起來……」

波里斯臉上的尷尬神情告訴了米拉，這絕非他自己的意思。

「好，我馬上過去。」

這位年輕人點了點頭，他不需要多費口舌勸她同行，他非常感激。

大約十五分鐘之後，他們在房子外頭的停車場會合。波里斯已經發動好車子的引擎，人也在外頭等著，他靠在車邊，嘴裡叼著菸。他穿著一件長度幾乎及膝的破舊風衣，而米拉還是平常那件皮衣。當她整裝出發的時候，並沒有料到這樣的打扮會讓人覺得這麼冷。太陽躲在建築物後面，露出的陽光已經讓街角的髒雪看起來有了暖意，但是這個狀況也不會持續太久，因爲天氣預報顯示下午又會出現暴風雪。

「妳應該要多穿一點的，怎麼會不知道呢？」波里斯開口說道，打量著她的衣服，十分焦慮，「每年的這個時候，這裡快冷死了。」

車裡溫暖舒適，儀表板上放了塑膠杯和紙袋。

「熱呼呼的可頌麵包和咖啡？」

「都是給妳的！」他回答，他當然記得她那個早上有多餓。

這次的款待是爲了示好，米拉默默接受沒有多說話。她嘴裡塞滿了食物，開口問道：「我們究竟是要去哪裡？」

「要去找一些以前住在孤兒院的人，聽聽他們的說法。戈蘭現在也認爲，洗衣間裡看到屍體，絕對不只是給我們看的驚悚表演而已。」

「也許他在召喚著過去的某個東西。」

「如果眞的是這樣的話，那也是很久以前的歷史了。早在二十八年前左右，類似這樣的地方都已經關閉，因爲那時候修改了法律，全面廢除孤兒院。」

波里斯的語調裡有些傷感，他馬上解釋道：「我待過那樣的地方，妳大概不知道吧？我那時候十歲，我從小就不知道爸爸是誰，媽媽也沒有辦法一個人撫養我，所以我就被送過去了一段時間。」

米拉聽到他說出這樣私密的事情，整個人愣住不知該說些什麼好，波里斯也猜到了。

「什麼都不用說，我沒事。其實，連我自己也不知道爲什麼要告訴妳。」

「眞抱歉，但我不太擅長與人溝通，很多人以爲我很冷酷。」

「我可不這麼覺得。」

波里斯注視著前方的路，由於柏油路上依然有著積冰，所以車行速度逐漸減緩。路上行人個個走得急促匆忙。空氣中泛著陣陣白煙。

「史坦準備要追查十二名院童下落，天知道他人現在在哪裡。我們只要負責他們的一半就好，剩下的由他和羅莎去搞定。」

「只有十二個院童？」

「在這個地區而已。我不知道博士心裡究竟在想什麼，不過既然他覺得我們可以找到蛛絲馬跡……」

那個早上他們拜訪了四名以前住在那裡的院童，他們都已經超過二十八歲，多數都有著類似的犯罪紀錄。孤兒院、感化院、監獄、有條件假釋、再度入獄、保釋。其中只有一個人打算洗手不幹，這一切都要歸功於他的教會：他成爲當地新教徒社區裡的其中一名牧師，另外兩個遊手好閒，還有一個因爲販毒而居家監禁中。但是，米拉和波里斯都注意到同一件事，不論是他們當中的哪一個人，一提到孤兒院的過往歲月時，總是突然出現不安的情緒。這些人都知道牢籠的模樣，而且是眞正的牢籠，他們永遠不會忘記待過那樣的地方。

「你注意到他們的臉了嗎？」在拜訪完第四位前院童之後，米拉開口問她的同事。「你覺得那裡是不是有出過什麼事？」

「那裡跟其他孤兒院一樣，相信我。但是我想這可能和個人的童年經驗有關。當你長大成人，痛苦經驗會逐漸褪淡，就算是最慘痛的也一樣。不過，如果在當時的那個年紀，記憶已經深深烙在你的身上，就會揮之不去。」

每當米拉和波里斯向他們提起洗衣間屍體的事情時——當然，他們謹守法律規範——所有的受訪者都只是搖搖頭，那幅可怖的象徵性畫面對他們來說，完全沒有任何意義。

接近中午時分，他們到了一家咖啡館，囫圇吞下幾個鮪魚三明治和兩三杯卡布奇諾。

天空陰沉沉，氣象播報員沒有說錯：很快就又要開始下雪了。

他們要趕在天氣還沒有完全轉壞、而讓他們回不去之前，繼續去找其他兩名院童，他們決定從住得最遠的那一位開始。

「他的名字叫做費德赫，住處大約離這裡三十公里遠。」

波里斯心情很好，米拉很想趁此機會多問問他戈蘭的事。這個男人撩起了她的好奇心：要說他沒有私生活，沒有伴侶，沒有小孩，似乎不太可能，而他的太太，更是個謎團，尤其前一晚米拉還聽到了電話內容。這個女人在哪裡？為什麼她沒有在家裡照顧湯米？還是「魯娜太太」已經取代了她的位置？波里斯也許可以一一為她解答，但是，米拉一直不知道要如何切入這個話題，最後她還是放棄了。

當他們到達費德赫的住處時，已經接近下午兩點鐘。他們本來想事先打電話表示要到訪，但傳來的卻是電話公司的語音，這支電話已經停用。

「看起來我們這位朋友過得不是很好。」波里斯說道。

看到他的住所，更加證明了這一點。這間房子——如果可以被叫做房子的話——位於某個堆放著橡膠的工地中間，周邊都是車體殘骸。有隻紅毛狗對著他們狂叫，表示歡迎之意，牠彷彿與周遭其他東西一樣，也正在慢慢鏽蝕中。不久之後，有個年約四十歲的男人出現在門口，雖然天氣寒冷，他只穿了一間髒兮兮的T恤和牛仔褲。

「請問是費德赫先生嗎？」

「是……你哪位？」

波里斯只是揚起手，給他看到了手中的證件：「談一談好嗎？」

費德赫似乎不是很樂意接待這兩位訪客，但他還是示意讓他們進來。

這個男人有個大肚腩，手指早已被尼古丁燻得發黃，整個家如其人，又髒又亂。他把冷茶倒入了不搭嘎的玻璃杯裡，點菸，坐在吱嘎作聲的折疊椅上，沙發則留給了他們兩個。

「能找到我算是你們運氣好，通常這時候我在工作……」

「今天怎麼了？」米拉問道。

那男人望向窗外：「下雪了，沒有人這時候要找苦力，而且接下來好多天也一樣，損失可大了。」

米拉和波里斯把茶杯握在手中，但沒有人喝，費德赫似乎沒有敵意。

「你怎麼不打算換工作？」米拉大膽開口問道，假裝對他的工作有興趣，先建立聊天的話題。

費德赫悶哼兩聲。「有啊！妳怎麼以為我沒有！但那些工作也有夠爛，跟我的老婆沒兩樣。那賤貨想過好日子，他媽的每天唸我是個廢物，現在她也不過是個小服務生，跟兩個跟她一樣的賤貨一起住公寓，我看過，這一切都是她教會的安排，他們告訴她，就算是像她這樣一個一無是處的人，天堂裡也給她留了個位置，妳覺得這算什麼？」

米拉記得沿路上所經過的這種新教會不下十幾個，它們全部都裝了霓虹燈招牌，上面有教區名稱以及宣教的標語。不過幾年的時間，這種教會如雨後春筍一般在這個地區出現，歡迎各種改宗的教徒，像是被大型工廠解雇的員工、單親媽媽，以及對傳統信仰感到失望的人們。這些宗派雖然看起來各有殊異，但是他們在某些方面卻一模一樣：無條件支持造物主論、恐懼同性戀、反墮胎、堅持人人有權持有槍枝、完全支持死刑。

米拉心想，如果告訴他這些教會裡的某位牧師也是以前的院友，不知道他會作何反應，但她應該是沒有機會知道答案。

「你們到這裡來的時候，我以爲你們跟他們一樣，也是要來傳教的。上個月那賤貨也找了兩個人來，想叫我入教！」他大笑，露出了兩排蛀蝕的爛牙。

米拉想要轉移他的婚姻話題，隨口問道：「費德赫先生，從事現在的勞力工作之前，你還做過什麼工作？」

「說出來妳也不會相信……」他面帶微笑，望著四周一片髒亂，「我蓋過小小的洗衣間。」

兩位警官盡量忍住不要交換眼色，以免讓費德赫察覺這句話有多麼引人側目。米拉不禁發現波里斯把手輕移到臀部附近，露出了他的槍套與槍。她記得他們進來這個地方的時候，手機完全沒有訊號。他們對這個男人幾乎是一無所知，得要小心爲上。

「費德赫先生，你曾經坐過牢嗎？」

「都是輕罪，絕對不會讓好人在半夜被嚇醒。」

波里斯的心裡顯然特別注意到此一訊息，他眼光直視著費德赫，讓費德赫覺得渾身不自在。

「兩位，到底需要我幫什麼忙？」他開口說話了，完全沒有掩飾不悅的情緒。

「就我們所知，你的童年和大部分的青少年時期，都待在教會神職人員所興辦的機構。」

費德赫面露疑色看著波里斯：他就和其他人一樣，不知道這些條子想要誘導他說出什麼。

「一生中最好的時光。」他在騙人。

波里斯說出了他們爲何前來的理由，費德赫提前知道了還沒有公佈的消息，似乎覺得很開心。

「如果我告訴報社這件事，可以拿到一大筆錢是吧？」這是他唯一的反應。

波里斯看著他，「你試試看，我一定逮捕你。」

費德赫臉上的笑容消失了。警官又順勢傾身向前，這是一種偵訊的技巧，米拉也知道。一般人在說話的時候，除非有特別的情感或是親密關係，不然，一定會謹守著某條看不見的界線。但是，現在這個狀況下，偵訊者節節進逼對方，就是要侵入他的私人空間，讓他覺得渾身不舒服。

「費德赫先生，我知道你覺得招待這兩個條子很好玩，你很可能在他們的茶裡吐了口水，他們兩個坐著像白痴一樣、拿著水杯卻不敢喝，光看他們的臉就夠好笑了。」

費德赫一句話都沒有說，米拉看著波里斯：她不知道在這個狀況下，這個舉動是否妥當，不過他們很快就會知道答案。波里斯靜靜把茶放到了桌上，繼續緊緊注視著那男人的雙眼。

「現在我們想知道你在孤兒院的生活……」

費德赫目光低垂，聲音如同低語一般：「我幾乎等於是在那裡出生的，從來不知道我父母是誰，我媽媽才剛把我生下來，我就被帶到那裡去了。洛福神父幫我取了名字，他說這也是他某個朋友的名字，他年紀輕輕時就死於戰爭。這個瘋狂神父可能以爲這名字給別人帶來了厄運，給我就會帶來好運！」

外頭的狗又開始狂吠，費德赫突然中斷下來，回吼過去；「閉嘴！寇奇！」然後他又轉向自己的客人。「以前我有更多的狗，這地方以前是垃圾場，當我買下來的時候，他們跟我保證這裡的排水問題已經整理好了，但是偶爾還是會出現垃圾、大便，各式各樣的髒東西都有，特別是在下雨天的時候。這些狗吃了這些髒東西，肚子腫了起來，過幾天之後就嗝屁。寇奇是我唯一剩下的狗，不過我想牠遲早也會這樣掛了。」

費德赫開始繞圈子，他不想回到那個形塑他命運的地方。他提起了死狗，等於想和警官打商量饒了他，但是他們並不放手。

米拉開口發問的時候，盡力表現出眞誠的樣子：「費德赫先生，想請你幫個忙。」

「沒問題，說吧。」

「我想請問的是，『淚滴裡的微笑』這樣的景象，你會想到什麼？」

「這是不是像心理學家搞的東西？對吧？一種自由聯想？」

「可以這麼說。」米拉同意。

費德赫開始思索答案，他陷入悲傷，開始看著天花板，一手搔著下巴。也許他想要表現出熱心幫忙的模樣，也或許他了解到他們沒辦法以「記憶力不佳」的理由將他起訴，或許他也只是在愚弄他們。但是最後他開口說話了：「比利．摩爾。」

「他是誰？你的朋友嗎？」

「哦，那個小孩超棒的！他到院裡的時候是七歲，整個人總是很快樂，笑嘻嘻的。他馬上就變成大家的開心果……那時候他們準備要關閉孤兒院：只剩下我們十六個人。」

「整間孤兒院只有你們這些人？」

「連神父也走了，唯一留下來的是洛福神父……我是裡面年紀最大的一個，十五歲左右……比利的故事眞讓人心酸：他的父母親上吊，而且是他發現屍體的，他沒有大叫或是找人幫忙，反而是自己爬上一張椅子，抱住他們，解開繩子，把他們從天花板上放下來。」

「這種體驗會變成跟隨一生的印記。」

「比利可沒有。他總是很開心，遇到最壞的狀況也能應付自如，對他來說，一切都是遊戲，我們從來沒這樣想過，這個地方對我們來說就是監獄，但是有了比利，你就不會這麼想了。他有種活力，我也不知道該怎麼說……有兩件事他很著迷，一個是他媽的溜冰鞋，他喜歡在空蕩蕩的走廊上溜來溜去，還有足球。但是他不喜歡踢足球，他喜歡站在邊線，發表像是廣播電台一樣的評論……『我是比利．摩爾……現在正在墨西哥市的阿茲特克球場，爲您做世界盃總決賽的現場轉播……』他過生日的時候，我們大家捐了點錢，買給他一台錄音機，他眞的很神：他可以花好幾個小時的時間錄這些東西，而且還一直重聽！」

費德赫正滔滔不絕，現在的內容有些離題了，米拉想把話題拉回來。「可以談一談孤兒院最後幾個月的狀況嗎？」

「我跟妳說過，他們要關院，所以我們這些小孩只有兩個選擇：如果沒有被收養，就是要去其他的機構，像是照護之家之類的地方。但是我們是屬於乙級的孤兒，沒有人會想收養我們，但是比利的狀況卻大不相同，大家要排隊領養他！每個人馬上就會愛上他，都想要這個孩子！」

「最後呢？比利找到了好家庭嗎？」

「小姐，比利死了。」

他的語調裡充滿了失望之情，聽起來彷彿是他自己遭逢的厄運一樣。也許就某種狀況來說，也確是如此，這個小男孩對於其他的院童來說，代表了某種救贖，他理應是最後可以成功逃脫的那個人。

「發生了什麼事？」波里斯問道。

「腦膜炎。」

那男人抽了抽鼻子，眼裡泛著光，轉而面向窗戶，他不希望這兩個陌生人看到他脆弱的模樣。米拉知道，只要他們一離開這個地方，關於比利的種種回憶將彷如屋裡的老靈魂一般、在費德赫的身旁飄蕩不去。但這個人的淚水卻贏得了他們的信任：米拉看到波里斯的手已經從槍套上移開，費德赫是不會傷害人的。

「只有比利得了腦膜炎，但是爲了怕引發傳染，他們立刻淨空那個地方……運氣不錯，是吧？」他勉力擠出微笑，「他們要讓我們逃過一劫，眞的這麼幹，那個鬼地方提前六個月就關閉了。」

當他們準備要離開的時候，波里斯又追問了一個問題，「有沒有再看到其他的院友？」

「沒有，不過幾年前我遇過洛福神父。」

「他現在退休了。」

「我倒是希望他早點掛了。」

「爲什麼？」米拉問道，她想到的是最壞的狀況。「他做過什麼傷害你的事情嗎？」

「沒有。但如果你在那種地方度過童年，那段記憶只會讓你深惡痛絕。」

波里斯也深表認同，他不由自主地點點頭。

費德赫並沒有送他們到門口，他只是靠在桌邊，拿起了波里斯動也沒動的冷茶，他把玻璃杯放到了嘴邊，一口氣喝光光。

然後他又再次看著這兩位警官，態度倨傲：「慢走。」

這是一張老舊的團體照——孤兒院關閉前的院童合照——拍攝地點是在洛福神父的辦公室。十六名院童圍著老神父一起拍照，但只有一個小孩對著鏡頭微笑。

他有著明亮的雙眼，亂蓬蓬的頭髮，掉了顆門牙，綠色套頭毛衣上有塊清晰可見的油亮斑漬，看起來好像是塊光榮的徽章。

淚滴裡的微笑。

比利．摩爾永遠安息在這張照片裡，同時也長眠於孤兒院教堂旁邊的小型墓園裡，裡面不只葬了他一個人，但是他的墓卻是裡面最精緻的一個，墓上有個石雕天使、展開雙翼守護著他。

卡維拉在聽取過米拉和波里斯的報告之後，請史坦去把有關比利死因的所有文件都找出來。

這位警官秉持一向的工作熱忱，完成了交辦事項，當他們逐一審視各項文件時，馬上發現了某個十分令人起疑的巧合之處。

「類似像腦膜炎這樣具有傳染性的疾病，理應要通知衛生當局，但是接獲洛福神父報告的醫生，卻與開立死亡證明的醫生是同一人，兩份文件的日期還是同一天。」

戈蘭想要好好釐清整個狀況：「最近的醫院也在二十哩之外，醫生可能爲了省麻煩而沒有親自確認。」

「他相信神父的話，」波里斯補充道，「因爲他們通常不會說謊……」

「倒也未必如此。」米拉心想。

卡維拉的決定很果斷：「我們開棺驗屍。」

一顆顆小而堅實的白雪開始飄落，彷彿是爲了迎接即將到來的積雪。天色馬上就要轉暗，他們得要盡快展開行動。

張法醫的掘墓人員正在趕工，還動用了一台小山貓、挖掘冰凍的硬土。小組成員靜靜等待，不發一語。

首席檢察官羅契已經獲悉事件的最新發展，而且盡量小心不要走漏風聲，否則媒體馬上就會見獵心喜。費德赫也可能沒有多加注意、就對媒體胡亂說出自己的臆測，此外，羅契也一直這麼認爲：「媒體不知道的事情，就會瞎編一通。」

所以，在有人想要塡補空白的官方說法、而開始胡說八道之前，他們一定要加快腳步，否則很難否認這一切。

一陣悶響。山貓終於挖到東西。

張法醫的人馬爬進洞裡，開始徒手挖掘。棺盒上有塊延緩腐爛速度的塑膠布，工作人員剪開它之後，露出了白色小棺的棺蓋。

「全爛了。」這位法醫迅速瞄了一眼之後說道，「如果把它掀開，得要冒著一切全毀的風險，而且這場雪也會破壞現場。」張法醫向戈蘭進一步補充，他正等著戈蘭做出最後決定。

「好……打開。」

沒有人料想得到這位犯罪學專家想要在現場驗屍。張法醫的人馬以桿架支撐，拉起了大塊防水布，它宛如一把巨傘，保護這整個現場。

法醫穿上了雨衣，背後戴著燈，在石雕天使的注目之下，鑽進了墓洞裡。他的前方有位技師拿著氬氧焰，切融棺木的鉎焊區域，他們隨後開始移開棺蓋。

*你怎麼能這樣叫醒一個死了十八年的孩子？*米拉心想，比利·摩爾可能需要的是儀式或是祝禱，但是卻沒有人有意願或時間可以幫忙。

張法醫一開棺，馬上出現了比利的屍骸，上面還有第一次領聖餐禮的制服殘塊，棺材的某個角落放了雙生鏽的溜冰鞋，還有一台老舊的錄音機。

米拉記得費德赫所說的故事：*有兩件事他很著迷，一個是他媽的溜冰鞋，他喜歡在空蕩蕩的走廊溜來溜去，還有足球。但是他不喜歡踢足球，他喜歡站在邊線，發表像是廣播電台一樣的評論。*

那是比利僅有的財產。

張法醫以手術刀慢慢去除了西裝布料的各個部分，他的姿勢雖然古怪，但是動作卻迅速精實，他仔細檢查了殘骸的狀態，然後轉向小組的成員說道：「他有多處骨折。我不能百分之百確定是怎麼發生的……但我認爲這孩子的死因絕非是因爲腦膜炎。」

16

莎拉．羅莎把提摩西神父帶到了公務車上，戈蘭和其他人正等著他，這位神父看起來還是很緊張不安。

「我們要請你幫個忙，」史坦先開了口，「我們現在急著要找洛福神父。」

「我跟你們說過了：他已經退休，我不知道他現在的下落。六個月前我到這裡來的時候，和他見面的時間也不過幾個小時，交接時間也綽綽有餘了。他向我交代了事情，給了我一些文件和鑰匙，之後就離開了。」

波里斯向史坦說道：「我看直接連絡教廷好了，你知道他們怎麼安排退休的神職人員嗎？」

「我聽說好像是安養院之類的地方。」

「通常是這樣，不過呢……」

開口的是提摩西神父，大家轉頭看著他。

「怎樣？」史坦問道。

「我好像想起來了，洛福神父想要搬去和他姊姊一起住……對，他跟我說她跟他年紀差不多大，而且終生未婚。」

這位神父似乎因爲終於幫上忙而顯得愉悅多了，先前他不肯幫忙的事，如今也願意接手了。

「如果你們需要的話，我可以去問教廷。現在想想，找到洛福神父也不是太難的事，而且我也可能想起來其他的事情。」

這位年輕神父現在看起來冷靜多了。

戈蘭說道：「這真是幫了很大的忙，我們也可以因此避免引人注目，我想教廷也不會介意才是。」

「沒錯。」提摩西神父也同意。

當神父離開公務車之後，莎拉．羅莎露出了氣惱的表情，針對戈蘭而來：「如果我們都認爲比利並非意外死亡，爲什麼不直接發佈洛福神父的逮捕令就好了？他顯然和這件事脫離不了關係！」

「對，但是他不必爲這起小男孩的謀殺案負責。」

米拉一聽到「謀殺」，心中不禁一震，這是戈蘭第一次使用這個字詞。比利全身骨折，可能是外力引發死亡，但並沒有證據顯示一定有人涉案。

「你怎麼能確定那個神父無罪？」羅莎緊追不放。

「洛福神父只是掩蓋眞相而已。比利得了腦膜炎，是他編造出來的說法，大家因爲怕被傳染，所以也就沒有人膽敢深究下去，就連外界也一樣：不會有人在意這些孤兒，妳也看到了，不是嗎？」

「而且，反正孤兒院馬上就要關了。」米拉補充道。

「洛福神父是唯一知道眞相的人，所以我們必須要好好問一問他。但是我擔心一旦發出逮捕令……嗯，既然他年事已高，可能會下定決心要把眞相帶進自己的墳墓裡。」

「所以我們該怎麼辦？」波里斯非常焦急，「只能枯等著神父跟我們連絡嗎？」

「當然不是。」這位犯罪學專家回道，他隨後開始研究史坦從當地戶政機構帶回來的孤兒院配置圖，向波里斯和羅莎點出了某個位置。

「你們要去東邊的這棟閣樓，了解嗎？檔案室在這裡，孤兒院關院前、所有男院童的檔案都有，但我們顯然只需要注意最後的十六個院童即可。」

戈蘭交給他們那張有著比利．摩爾微笑的團體照，他把照片翻過去，背面是照片中所有男童的簽名。

「比對他們的姓名：我們需要找到那個失蹤檔案的院童姓名……」

波里斯和羅莎看著他，兩人都充滿了疑惑。

「你怎麼知道有個檔案不見了？」

「因爲比利．摩爾是被他的同學殺死的。」

在那張比利．摩爾微笑的團體照片中，羅納德．迪米斯是站在左邊數來的第三個。他當時八歲，也就是說，在比利進入孤兒院之前，他曾經也是大家的開心果。

對小孩來說，嫉妒心這個理由，已經足以咒死一個人。

當他和其他人一起離開孤兒院的時候，主管機關已經無法得知他的下落。有人收養他嗎？不太可能，他應該最後到了照護之家，這眞是個謎團，他們幾乎可以確定，這個資訊缺口的背後，隱藏的正是洛福神父的手。

找到神父，已經是當務之急了。

提摩西神父已經向他們確認教廷正密切注意此事：「他的姊姊已經過世，而且他也主動要求解職。」所以他已經離開神職工作，也許那是因爲他掩護殺人犯的罪惡感在作祟，或者，他發現了惡魔居然也能巧妙隱身在小孩的面目之下、令人如此難以承受。

諸多假設令這個小組左右爲難。

「我實在不知道是要發動世紀大搜索找人呢？還是要求求各位給我個什麼答覆都好？」

羅契辦公室的石膏板牆面震盪著他的回聲，但是戈蘭冷靜不改其色的態度，卻讓這位焦慮的首席檢察官碰了壁。

「他們都在問我第六個小孩的事：說我們做得還不夠！」

「除非亞伯特給我們線索，不然我們沒有辦法找到他，我已經請克列普馬上過來，他說犯罪現場還是一樣未留任何痕跡。」

「至少你可以告訴我羅納德・迪米斯和亞伯特是同一個人吧！」

「我們已經在亞歷山大・柏曼身上犯過同樣的錯，目前我不想匆促下定論。」

羅契通常不會接受別人指導辦案方向，但是這次他讓步了。

「但我們不能等著這個神經病牽著我們的鼻子走，就算那小女孩還活著，我們也永遠救不了她！」

「只有一個人可以救她，就是亞伯特。」

「你眞覺得他會把人交出來嗎？哪有那麼簡單？」

「我只能說，到了某個時候，他可能會自己犯錯。」

「幹！外頭那些人只是等著看我笑話，我卻只能在這裡等這種事情發生？我要的是結果！卡維拉博士！」

戈蘭已經很習慣羅契發飆，他們未必會聽命於他，但是他卻要靠他們去對抗全世界。這是當上首席檢察官的副作用：位置坐得太高，總是有人等著要把你拉下來。

「我剛才已經聽到一大堆狗屁，現在居然還不能管事。」

戈蘭知道要如何保持耐心，但是他也知道羅契不是每次都吃這套，所以他先發制人，讓他可以冷靜下來。

「你知道有件事快把我給逼瘋了嗎？」

「只要別讓我再陷在死局裡，什麼都好，說吧。」

「有件事我到現在都還沒有開口……眼淚。」

「然後？」

「第二個女孩屍體周圍至少有五公升的淚水。不過，淚水是鹹的，所以它們通常馬上就乾了，但是這個淚池卻沒有，我在想原因——」

「為什麼？可以問吧？」

「那是人工淚液：完全仿製了人類淚滴的化學成分，但那畢竟是假的，所以不會乾涸……你知道要怎麼製造人工淚液嗎？」

「不知道。」

「重點來了：亞伯特知道，而且他也成功了，他花了好些時間去精心佈置，你知道這是什麼意思嗎？」

「跟我說就是了。」

羅契坐回了自己的扶手椅，眼睛空望著前方。

「你覺得可能還會有什麼狀況？」

「老實說，恐怕最糟糕的還在後頭。」

米拉走到了法醫研究所的地下室。她以前買過一些足球明星的小塑像——至少他們賣給她的時候是這麼說的。那微小的姿態是告別儀式的一部分。在停屍間裡，張法醫重新整理縫合了比利·摩爾的大體，準備再次安葬在石雕天使所俯視的地方。

他已經完成驗屍工作，而且也將骨折部位照了X光，這些片子已經放在光板上，一旁站著的是波里斯，米拉看到他，倒也不覺得意外。

倒是他看見米拉，覺得有必要解釋自己爲什麼會出現，「我來看看有沒有最新發展。」

「有消息嗎？」米拉問道，她順著他的話題，以免讓他心覺尷尬，波里斯之所以會在那裡，必然有他的個人理由。

張法醫放下手中的工作，回答米拉的問題。

「他是從高處落下，依照屍骸骨折的嚴重程度與數目看來，我們應該可以推斷他幾乎是立刻死亡。」

「幾乎」這個字詞包含了一線希望，同時，也可能是劇烈難忍的痛苦。

「顯然沒辦法知道比利是自己跳樓，或者是被人推下去……」

「顯然是如此。」

米拉發現椅子上有份葬儀社資料的小冊子，這當然不可能是警方所提供的服務，想必是波里斯的主意：自己出錢，好讓小比利有個體面的葬禮。櫃架上放了比利的溜冰鞋，已經擦得十分亮潔，當然還有那台錄音機，小男孩永不離手的生日禮物。

「也許張法醫已經知道死亡地點在哪了。」波里斯說道。

張法醫走了過去，那裡有一些寄宿學校的放大照片。

「自由落體會隨著自身速度而增加重量：這是地心引力的作用，最後，看起來會像是被一隻看不見的手壓碎在地面上。所以，如果我們研判死者的年紀——這可從骨骼鈣化程度得知——再加上骨折的程度，我們可以估算墜落的高度。就此一個案看來，至少有四十呎（約十二公尺）以上。因此，我們再把建築物的平均高度與地面的傾斜角度納入考量，幾乎可以百分之百斷定這孩子是從鐘塔上摔下來，就是在這裡……看到了嗎？」

張法醫明確指出了照片裡的事發地點，但還是摻雜了「幾乎」這個字詞。就在這個時候，一位助理出現在門口。

「佛羅斯博士，有人找你……」

米拉一時會意不過來，沒辦法把這位法醫與他的眞實姓名聯想在一起。他的下屬當然不敢喊他張某某。

「抱歉，我得先離開。」張法醫留下了他們兩個人。

「我也要走了。」米拉說道，波里斯點點頭。

當她準備離開，經過了放著比利溜冰鞋和錄音機的櫃架，她把自己帶來的足球明星小塑像放上去，波里斯突然發現了一件事情。

「他的聲音還在裡頭……」

「什麼？」米拉問道，她不得其解。

波里斯面朝那台錄音機，向米拉示意，他繼續重複道：「比利的聲音，他假裝播報新聞……」

他笑了，但卻是個悲涼的微笑。

「有聽過嗎？」

波里斯點點頭，「有，但只有一點點，我沒辦法聽下去……」

「我懂……」米拉沒有多說什麼。

「錄音帶的狀況很好。妳知道嗎？那個什麼東西產生的酸性物質……」他說不上來那是什麼東西，「……所以腐化分解的過程對它完全沒有造成影響，張法醫說這種狀況很少見，可能是要看他入土的土壤質性而定。裡面沒有電池，所以我把自己的裝進去。」

米拉假裝露出驚訝的臉色，好讓波里斯不要那麼緊張。「所以錄音機還可以用？」

「當然，那是日本貨！」

他們兩個都笑了。

「要不要和我一起聽完整捲帶子？」

但現在是波里斯想聽，她沒有辦法拒絕他。

「好，那就打開吧。」

波里斯走過去按下了播放鍵，在冰冷的停屍間裡，比利．摩爾的聲音又再次復活了。

「……我們現在正在著名的溫布里球場！足球聽衆們！歷史會好好記住今天這場比賽：英格蘭對戰德國！」

他的聲音很活潑，句子經常打結，會出現斷斷氣音聲。他的話裡藏著笑意，米拉覺得自己彷佛眞的看到了比利，青春洋溢又無憂無慮，想要把他個人的歡樂散播給全世界。

米拉和波里斯和這個小男孩一起露出了微笑。

「雖然已經是深秋，但是天氣還算溫暖，氣象預報說不會下雨。兩隊已經站成一列，在場中聽著兩國的國歌……梯台上已經被球迷給塞爆！各位，眞是太壯觀了！我們馬上就要看到一場精彩對決的足球比賽，但我們先看看今天的參賽陣容——天主，我心懷愧疚，衷心想要懺悔我罪，因爲此等罪惡，我甘受您的處罰，而且我還冒犯了至善、值得至愛的您。」

米拉和波里斯互相望著對方，完全不知道這是什麼狀況。這個融疊在原始錄音上的聲音微弱得多了。

「是在禱告。」

「但那不是比利……」

「……我請求您的聖助，但求從此不再冒犯您，並且遠離罪惡淵藪，求主寬恕。」

「可以了。」

出現了一個男人的聲音。

「你要告訴我什麼？」

「我最近說了好多髒話，而且三天前我還從儲藏室裡偷了餅乾。但是強納森和我一起吃光光……還有……還有我抄別人的數學作業。」

「沒有別的事情嗎？」

「這一定是洛福神父。」米拉說道。

「……」

「小羅，仔細想想。」

這個名字凝凍了室內的沉默，羅納德·迪米斯也在此歸返童年。

「其實……有別的事情……」

「你要不要跟我說？」

「……不要。」

「……我不知道。」

「如果你不跟我說，我要怎麼赦免你的罪？」

「你知道比利出了什麼事對吧？小羅？」

「上帝把他帶走了。」

「不是上帝，小羅，你知道是誰。」

「他摔下來，從鐘塔上摔下來。」

「但是你跟他在一起……」

「……對。」

「是誰說要去那裡？」

「……有人把他的溜冰鞋藏在塔樓裡。」

「是你嗎？」

「……對。」

「然後你又把他推下去？」

「……」

「只要你說眞話，沒有人會處罰你，我保證。」

「他告訴我這麼做的。」

「他是誰？比利嗎。是比利叫你把他推下去的嗎？」

「不是。」

「那是其他的小朋友？」

「不是。」

「那究竟是誰？」

「……」

「小羅。」

「嗯。」

「快跟我說，你說的那個人根本不存在，對吧？只是你的幻想而已……」

「不是。」

「這裡沒有別人，只有我和你的同學而已。」

「他只找我一個人。」

「好好聽我說，小羅，我希望聽到你告訴我，對於比利發生的事，覺得很歉疚。」

「……對於比利發生的事，我覺得很歉疚。」

「我希望你是眞心的……不管怎麼樣，這是我們和上帝之間的祕密。」

「好。」

「不可以跟任何人說。」

「好。」

「以聖父、聖子及聖神之名，我赦免你的罪，阿門。」

「阿門。」

17

「我們正在找尋一個名叫羅納德．迪米斯的人，」羅契在一堆鎂光燈與麥克風之間，向底下擠成一團的記者宣佈了這個消息，「他的年紀大約三十六歲，棕髮，棕眼，淡膚色。」

他拿出了一張照片，那是依照他和同事們擺出的姿勢、所模擬出來的成人小羅圖像，閃光燈已經停歇了，他還是高舉著照片不放。

「我們認為此人與失蹤小女孩綁架案有關。在過去三十年當中，任何認識他、知道他下落，或是與他連絡過的人，都麻煩要立刻連絡警方，謝謝。」

當最後一個字說完的時候，記者們紛紛提出問題與要求。「羅契先生……檢座……我有問題……」

羅契完全沒有理會他們，逕自從後門離開。

這個舉動勢在必行，大家的確應該要提高警戒。

波里斯和米拉發現錄音帶的祕密之後，接下來的兩個小時陷入了沸騰當中，現在的態勢已經非常明朗。

洛福神父利用比利的錄音機、錄下了小羅的告解內容。然後他將錄音機與比利一起下葬，彷彿有人埋下了種子，知道它遲早會開花結果，他也希望將來眞相能夠救贖每一個人。其中包括了在純眞歲月犯下可怕罪行的那個人、他的受害人，以及那個將此一災難埋葬於六呎之下的那個人。

「……不管怎麼樣，這是我們和上帝之間的祕密。」

戈蘭開口說道：「亞伯特怎麼會知道這件事？只有洛福神父和小羅知道這個祕密，所以，唯一可能的解釋就是，小羅和亞伯特是同一個人。」

關於亞歷山大・柏曼的判斷結果，可能也應該要從這個脈絡來進行研讀。這位犯罪學專家已經不記得究竟是誰提到過，這個連續殺人犯專挑戀童癖，很可能是因爲自己在童年有過受創經驗。提出來的人可能是莎拉・羅莎，但是史坦立刻提出了駁斥，戈蘭當時也同意他的看法。如今他得要承認自己當初眞的錯了。

「戀童癖偏好下手的對象是孤兒或是街童，因爲沒有人會保護他們。」

對於自己沒有早點想到這件事，戈蘭覺得很惱火，而且，打從一開始，拼圖裡的所有塊片早已一一呈現在他面前，但是亞伯特只是老謀深算的這個想法，卻讓他陷在裡頭、走不出來。

「連續殺人犯的所作所爲，都是要向我們說故事：關於他們自己的內在衝突。」這是他自己一直告訴學生的話。

爲什麼他卻會被一個完全不同的假設所誤導？

「因爲我的傲慢，所以被他所愚弄了，我只看到他想要挑戰我們，而且我一直希望自己面對的是一個比我更厲害的對手。」

這位犯罪學專家在電視上看完了羅契的記者會之後，再一次把小組成員召集到了孤兒院的洗衣間裡，也就是安妮卡屍體被發現的地方。他想到這裡是最適合重啓調查的地方。在他快速承認認錯之後，他們對於自己究竟還是不是一個團隊、或者只算是卡維拉博士的白老鼠，已經疑慮盡消了。

他們已經移走了第二具小女孩的屍體，大理石盆裡的淚水也已經排光，現場所剩下的只是探照燈以及發電機的嗡嗡聲響，這些工具也會很快就被搬走。

戈蘭又請提摩西神父過來，他上氣不接下氣，顯然驚魂未定。雖然這裡已經沒有任何東西會讓人回想起犯罪現場，但是他還是非常不自在。

「還是沒有洛福神父的消息，」這位年輕神父開口道，「我想他眞的是——」

「洛福神父一定早就死了，」戈蘭突然打斷他的話，「不然，在羅契出面之後，我們應該會有他的消息才是。」

提摩西神父看起來很驚恐，「那我還可以幫什麼忙？」

戈蘭停了一會兒，斟酌著他的用詞。接著，他面向大家說道：「我知道，這對各位來說，可能有點不尋常……但是我希望大家一起禱告。」

羅莎完全無法掩飾自己的吃驚表情，波里斯也不例外，他馬上和羅莎交換了眼色。米拉則是很迷惑，虔誠的史坦倒是反應沒有那麼強烈，他第一個開口同意戈蘭的提議。他站到中央，伸出雙臂，要讓其他人手牽手圍成圓圈。米拉第二個響應，羅莎不情願地跟在她後頭照做，波里斯最不以爲然，但是他沒有辦法拒絕卡維拉博士的要求。提摩西神父點點頭，最後終於露出了安心的表情，隨即也加入了他們。戈蘭不知道要如何禱告，也許也沒有任何的禱詞適合這種場合。但是他們還是以悲傷的聲調進行禱告。

「我們最近目睹了一些悲慘事件。在此發生的事，無可言說，我不知道上帝是否存在，但我一直衷心希望如此，我知道惡魔的確存在，因爲邪道可以大肆張揚，善行卻只能眼見爲眞，但這對於需要確切證據的我們而言，並不足夠……」戈蘭稍作停頓，「要是眞有上帝，我想問他一個問題……爲什麼比利．摩爾一定要死？羅納德．迪米斯對他的恨意從何而來？他這些年遇到了些什麼事？他怎麼學會了殺人方法？爲什麼他要選擇邪道？還有，他爲什麼不讓這一切的恐懼劃下休止符？」

這一連串問題，懸盪在他們四周的靜寂氛圍中。

「神父，你隨時可以開始了……」過了一會兒之後，一向表現完美的史坦開口了。

提摩西神父繼續接手這場小型的集會，他緊握雙手，開始吟唱聖歌。他的聲音自信悠揚，在整個空間裡迴盪、盤旋不去。米拉閉上雙眼，因著他的話語而感動不已。它們都是拉丁文，但就算對全聾的人來說，其意義也極為簡單明瞭。在反覆吟唱聲中，提摩西神父讓混亂歸於平靜，滌淨了被惡魔染指的所有事物。

這封信是直接寄給了警政單位的行為科學部門。若不是裡面的筆跡和羅納德．迪米斯小時候的作業本有某些相似之處，早就會被歸為變態說謊者的惡作劇。

這封信是用極為普通的原子筆、寫在練習本的紙頁上，寄件者根本不擔心在上頭留下指紋。顯然亞伯特已沒有必要耍花樣。

我要告訴那些追捕我的人，比利是個混蛋，是混．蛋！我殺他是對的，他會傷害我們，因為他會有家庭收留他，我們沒有，他對我做的事情更是可惡，沒．有．人來救我，沒．有．人。我一直站在你的眼前，你看不到我，然後他來了，他了解我，他教導我，是你希望我變成這種模樣，你以前都看不到我，現在你看到了嗎？這樣的結果對你來說更可怕，我變成今天這樣都是你的錯。我就是這個樣子，沒．有．人可以阻止這一切，沒．有．人。

羅納德

戈蘭把這封信影印下來，以便進一步研究。他整個晚上都會和湯米待在家裡，他真的需要好好陪兒子一個晚上，他已經好久沒有看到他了。

他走進公寓裡，馬上聽到他過來的聲音。

「爸爸，都還好嗎？」

戈蘭一把抓住他，給兒子一個大大的擁抱。

「沒什麼不好，你呢？」

「我很好。」

這句話具有神奇的魔力，當初他們兩個都被拋棄的時候，他的兒子學會講這句話。那彷彿是說戈蘭沒什麼好擔心的，因爲他「很好」，他不會想念媽媽，他們兩個都學會了不要想念這個女人。

不過，最多也不過這樣了。那個人已經被封存在這些簡單的字句裡，如今一片和諧，好，我們要記得沒有她的日子有多痛，但是現在我們可以自己過生活。

這就是所發生的一切。

戈蘭帶回來一個袋子，湯米急忙打開。

「哇！是中國菜！」

「我猜你也不想一直吃魯娜的菜。」

湯米扮出噁心的鬼臉，「不喜歡她的肉丸，她放好多薄荷在裡面，吃起來好像牙膏。」

戈蘭大笑：這小孩形容得眞傳神。

「好，你趕快去洗手。」

湯米趕忙進去浴室，回來之後他開始備餐。戈蘭早已把許多廚具都拿下來、放到了小孩可以搆到的櫥櫃裡：希望可以讓他覺得自己是全新家庭組合裡的一分子。一起做家事，也就意味著他們要照顧彼此，所以父子兩人都不可以放棄，也沒有悲傷的權利。

湯米拿了盤子，在上面排放了炸餛飩和糖醋醬，他爸爸則把廣東炒飯倒進兩個碗裡，他們也會用筷子吃飯，不過，戈蘭準備的甜點不是傳統的炸冰淇淋，而是香草巧克力捲。

他們一邊用餐，一邊聊著今天的生活點滴。湯米提到了暑假的露營計畫，戈蘭也問他學校的狀況，很得意自己的兒子居然在體操項目可以拿下高分。

「我幾乎所有的運動項目都不行。」

「那你最厲害的是什麼？」

「下棋。」

「下棋不算啦！」

「什麼意思？奧林匹克也有下棋比賽，可以不算嗎？」

湯米不是很服氣，但是他知道自己的父親從來不會說謊。其實，對他來說，了解到這一點是很辛苦的事。他第一次向戈蘭問起媽媽的事，戈蘭就一次道出所有的事情，完全沒有拐彎抹角。提到某人是否夠誠實的時候，湯米總是會說：「這可不是開玩笑的事。」他爸爸也會馬上表示同意，這種做法倒不是出於報復或是懲罰他的媽媽，但是謊言——甚至更糟糕的是，只有一半的真話——會讓這個小男孩更加焦慮，這很可能得逼著他自己去面對天大的謊言：母親離家的謊言，以及父親居然沒有勇氣告訴他眞相。

「你會教我下棋吧？」

「當然。」

許下這個愼重的承諾之後，他照料湯米上床睡覺。接著，他又開始繼續埋首苦讀研究資料，他拿出羅納德的信反覆閱讀。自從他第一次看到這封信，裡面有個段落一直讓他印象很深刻。

然後他來了，他了解我，他教導我。

「他」這個字詞故意用大寫字母標示出來，戈蘭以前曾經聽過這種怪異的人稱方式，就是在羅納德對洛福神父的告解錄音帶裡。

他只找我一個人。

這個例子顯然是人格解離，負面的我總是跟主動的那個我切割開來，而且變成了大寫的「他」。

「是『我』，但是『他』告訴我這麼做，都是『他的』錯，讓我變成了現在這個樣子。」

在這一段話裡面，每個人都成了「沒有人」，那幾個字也一樣是大寫。

小羅希望有人救他，但是每個人都忘了他的存在，而且也忘記了一件事，最終他也不過是個孩子。

米拉出外找東西果腹，她隨意想找些商店和餐廳卻一無所獲，因爲它們全部因爲天候而早早關門。最後在雜貨店裡找到了一些速食湯，米拉記得在工作室裡有微波爐，她應該可以利用它拿來加熱，但是她現在才想到，應該要先確定那台機器還能不能用。

傍晚的酷寒讓米拉的肌肉整個痲痹，已經無法走路，最後她終於回到了公寓裡，她希望自己有帶運動服和運動鞋：她一整天都沒有什麼機會運動，關節四周的乳酸不斷累積，讓她的手腳越來越不靈活。

當她準備要上樓梯的時候，她看到莎拉．羅莎站在人行道外頭，正和某個男人吵得不可開交。他想要安撫她，但是卻苦無對策。米拉心想，那一定是她的先生，她好同情這男人。米拉趕快進去裡頭，以免這個鳥身女獸看到她，而且又多了一個討厭她的理由。

她在樓梯間遇到了波里斯和史坦，他們正準備下樓。

「你們打算去哪裡？」

「我們要去總部看看尋人的最新進度。」波里斯回道，順便把一根菸放進了嘴裡。「要不要一起來？」

「不，謝了。」

波里斯看到了她手裡的湯。「那，慢用。」

米拉繼續爬樓梯，聽到他在向那位比較年長的同事訓起話來，「你應該要繼續抽菸才對。不要再吃這些東西了……」

米拉聽到了史坦的薄荷錠盒子發出的聲響，臉上泛起了微笑。

她現在一個人在工作室裡。戈蘭這個晚上回家去陪兒子了，她略感失望，她已經很習慣這裡有他，而且也覺得他的辦案方法頗值得玩味，不過，那場禱文除外，要是她媽媽還在世，看到她參加了那場儀式，鐵定是不可置信。

微波爐還可以用，湯也還可以，也或許是她太餓了，所以讓食物更添美味。米拉準備了碗和湯匙，坐在客房裡，開開心心地享受這些許的獨處時光。

她雙腿交疊，坐在行軍床上頭，左大腿的傷口有點抽緊，但是感覺好多了，她心想，一切都會漸入佳境。在喝湯的空檔，她把迪米斯信件的影本拿了出來，打算邊吃邊研究。羅納德顯然選了一個非常怪異的時點再次現身，米拉也不敢問起戈蘭這件事，因爲她覺得他也無法提供什麼建議，但是，這個想法卻困擾了她一整個下午。

那封信同時也提供給媒體公布，相當罕見。顯然卡維拉決定要好好玩弄一下這個連續殺人犯的自尊心，這樣做彷彿是在告訴他，「看到了嗎？我們在注意你！」其實卡維拉只是想要轉移他對於被囚小女孩的注意力。

「他忍耐著不殺她，可以維持多久時間？我不知道。」幾個小時前，卡維拉這麼告訴大家。

米拉盡量不要去想這件事，再次把注意力轉移到信件上頭。羅納德的信件格式讓她覺得很不舒服，她一直覺得有哪裡不對勁，但是卻說不上來，紙頁裡的文字，有種一句到底的風格，讓她無法完全掌握它的意涵。

我要告訴那些追捕我的人：

——比利是個混蛋，是**混．蛋**！我殺他是對的，他會傷害我們，因為他會有家庭收留他，我們沒有。

——他對我做的事情更是可惡！**沒．有．人**來救我！**沒．有．人**。

——我一直站在你的眼前，你看不到我。

——然後**他**來了，**他**了解我，**他**教導我。

——是你希望我變成這種模樣，你以前都看不到我，現在你看到了嗎？這樣的結果對你來說更可怕，我變成今天這樣都是你的錯。

——**沒．有．人**可以阻止這一切，**沒．有．人**。

——**羅納德**

米拉反覆推敲這些話語，一次一句。那是一種囈語，充滿了憎惡與怨懟，他是針對大家而來，無人倖免。在這個兇嫌的心裡，比利是某種重要又令人著迷的象徵，某種他永遠無法擁有的事物。

快樂。

比利雖然曾經目睹父母自殺的慘狀，但他總是很開心，雖然他是乙級孤兒，但是他很可能會被人收養，他雖然無法回報大家，但是每一個人都好愛他。

米拉越是反覆咀嚼字句，她越覺得字裡行間出現的不是告解或是挑戰，而是答案。似乎是有人正在質疑羅納德，他等不及要打破長久以來的噤聲不語，讓自己從洛福神父逼守的祕密中解放出來。

但是這些問題呢？是誰丟出的疑問？

米拉又想到了戈蘭在禱文中所說的話，善行無法張揚，而邪魔歪道卻是歷歷在目，證據。羅納德一直認爲自己殺了孤兒院的同學，是受人肯定的必要舉措，對他來說，比利象徵的是惡魔，而且誰能夠證明羅納德就不會爲善？他的邏輯完美無瑕，因爲當比利．摩爾長大成人的時候，也有可能會變成一個大壞蛋，誰又能提出保證？

米拉小時候上主日學的時候，心裡經常有一個疑問，而且，到現在依然盤據不去。

如果上帝是好人，爲什麼要讓小孩子死掉？

如果你曾經想過這個問題，福音書裡充滿的愛與正義的理想，的確與它互相矛盾。

不過，早夭的厄運，可能是上帝爲了特別保留給罪大惡極的小孩，也許祂留下的孩子以後會變成殺人犯，甚至是連續殺人犯，不管如何，這樣的行爲都是有問題的。要是有人殺死襁褓中的阿道夫．希特勒、或是傑佛瑞．達默[3]與查爾斯．曼森[4]之流的連續殺人犯，這是善舉？還是惡行？殺死他們的兇嫌也應該要被處罰或是被譴責，絕對不能被當成人類救星一樣被表揚！

她的結論是，善惡經常混淆不清，有時候善行也會淪爲工具，反之亦然。

突然之間，頸底那股熟悉的搔癢感又來了，彷彿有人從她背後暗處現身。接著，她又再次回想了一次自己最後想到的事情，就在那個瞬間，她已經知道了羅納德在信中所回答的是哪些問題。

它們都在戈蘭的禱文裡。

雖然米拉只聽過一次，但她現在卻努力要一一想起。她在筆記本裡寫了好幾次，次序弄錯只好從頭再來，終於，它們又再次回到了她的眼前。

她將其一一與信裡的字句進行比對，將這段冗長的對話重新排列組合。

我要告訴那些追捕我的人。

這些話是針對他們警方而來，那位犯罪學專家早已在靜默之中、一一拋出了問題……

——爲什麼比利．摩爾一定要死？

比利是個混蛋，是混．蛋！我殺他是對的，他會傷害我們，因爲他會有家庭收留他，我們沒有。

——羅納德．迪米斯對他的恨意從何而來？

他對我做的事情更是可惡，沒．有．人來救我，沒．有．人。

——他這些年遇到了些什麼事？

我一直站在你的眼前，你看不到我。

——他怎麼學會了殺人方法？

然後他來了，他了解我，他教導我。

——爲什麼他要選擇邪道？

是你希望我變成這種模樣，你以前都看不到我，現在你看到了嗎？這樣的結果對你來說更可怕，我變成今天這樣都是你的錯。

——還有，他爲什麼不讓這一切的恐懼劃下休止符？

我就是這個樣子，沒．有．人可以阻止這一切，沒．有．人。

此時米拉已經不知道要如何看待這個結果，也許她想要找的答案，就在信件的末尾。

羅納德

她現在要馬上去證實自己的假設推論。

❸ 外號「密爾瓦基怪物」的青少年同性戀殺人食人魔。

❹ 六〇年代後期在加州組成一個「曼森家族」殺人集團，最駭人的案件是一九六九年殘殺著名導演羅曼．波蘭斯基八個月身孕的妻子。

18

陰沉天空的深紫雲團之間，雪花紛落而下。

米拉在街頭站了四十分鐘之後，終於找到一台計程車。但是當司機知道她的目的地之後，卻搖手不想載客，他說那裡太遠了，加上現在半夜這種鬼天氣，他的回程絕對找不到客人。一直到米拉答應要給他雙倍的去程車資之後，他才改變心意。

路上已經有數公分高的積雪，撒鹽融雪的做法也顯得毫無意義，此時只有加上雪鏈才是唯一的可行之道，但是汽車排檔卻與雪鏈扞格不合。計程車裡有臭味，米拉發現乘客座位上有個沒吃完的沙威瑪，裡面還有洋蔥，暖氣排風口位置的松木味空氣芳香劑，也加進來湊一腳，這種待客之道，眞是讓人很不舒服。

當他們過了市區之後，米拉開始整理組構想法，她對於自己所抱持的理論極有信心，而且當他們越來越接近目的地的時候，這股自信也越來越強烈。她本來想打電話給卡維拉進行確認，但是她的手機幾乎已經沒電了，所以她打算等到東西找到之後、再打電話給他。

他們上了快速道路，收費站的交警回報交通狀況。

「雪太大了，很危險！」警察一一提醒著駕駛人。

有些謹愼的駕駛已經把車停在路邊，希望等到第二天早上再上路。

計程車通過了路障，繼續向替代道路前進。

快速道路很可能是以前唯一的聯外道路，但不走這一條路，也一樣還是可以到達孤兒院，幸好，這位駕駛頗熟路況。

她請他在大門口附近停下來，米拉可不希望請他留下來等、又得多付他一筆錢。她知道自己不會錯，而且她的同事馬上又會在這裡出現。

當司機看到這棟建築物的殘破模樣，他開口問米拉：「要不要我在這裡等妳把事情辦完？」

「謝謝，不用了。」

計程車司機並不堅持，只是轉頭，換檔到一檔，留下一股沙威瑪和洋蔥的些許氣味。

米拉穿過大門，走進了泥土地，雙腳陷入泥濘的雪裡。她知道警方遵從羅契的指示，已經撤除了巡邏崗哨，公務車也早就已經不在，這裡已經沒有任何偵辦的價值可言。

今晚之後，就不一樣了，她心想。

她走到了建築物的前方。不過，由於霹靂小組之前破門而入，所以現在已經更換了門鎖。她決定去找提摩西神父，但不知道他是否已經入睡。

她別無選擇，還是得要一試。

米拉走到了神父的住處，敲了幾次門之後，二樓窗戶的燈光亮起，提摩西神父在一會兒之後出現了。

「哪一位？」

「神父，我是瓦茲奎茲警官，我們之前見過面，你還記得嗎？」

他努力在大雪中仔細辨認米拉的模樣。

「是，當然記得，半夜過來有事嗎？我以爲妳這裡的工作已經結束了……」

「我知道，很抱歉，但是我得去洗衣間再確定一些事情，可以請你給我鑰匙嗎？」

「好，我下去。」

米拉已經開始覺得奇怪，不知道他爲什麼要花這麼久的時間。又過了好些時候之後，她聽到他打開門閂，嘎嘎作響。米拉終於看到了神父，他穿著破舊的開襟毛衣，肘部還有破洞，臉上有著一貫的溫和表情。

「妳在發抖。」

「別擔心，神父。」

「先進來暖暖身子，反正我也要找鑰匙，妳也知道，你們走了以後是一團亂。」

米拉跟他進到房子裡，迎面而來的暖意立刻帶來一種幸福感。

「我本來要就寢了。」

「眞是抱歉。」

「沒關係，要不要喝點茶？入睡前我都會喝一點，可以讓人很放鬆。」

「不用了，我想要盡快趕回去。」

「喝吧，對妳身體好，反正茶已經泡好，把它倒進杯裡就可以了，妳好好喝茶，我趁現在去拿鑰匙。」

他離開之後，米拉走向神父告訴她的小廚房，茶壺已經放在桌上，香味撲鼻而來，她抗拒不了誘惑，爲自己斟了一杯，而且還加了一大堆的糖。她此時想起費德赫在他垃圾堆的家裡、想要給她和波里斯喝的茶，又髒又冷，天知道他是從哪裡弄來的水泡茶。

提摩西神父回來的時候，拿著一大串鑰匙，他還是沒找到那一支。

「現在好多了，是吧？」神父露出了微笑，勸客人喝茶是對的，他好開心。

米拉也回了他一個微笑，「是啊，舒服多了。」

「好，這支應該是大門鑰匙……要我陪妳一起去嗎？」

「不用，謝了。」她馬上發現神父鬆了一口氣，「可是你得幫我一個忙。」

「請說。」

她給了神父一張紙，「要是我一個小時內沒有回來，請打這通電話找人幫忙。」

提摩西神父的臉色開始發白，「我以為早就沒事了。」

「小心為上而已，我想我不會有事，但我對這裡不熟：總是怕會有什麼意外……而且那裡也沒有電。」

等到最後一句話說出口之後，米拉才發現自己居然都沒想到這件事。現在該怎麼辦？那裡根本沒有電，探照燈的供電發電機也一定早就跟其他設備一起撤了。

「媽的！」她問道，「你有沒有手電筒？」

「警官，真抱歉……不過妳有手機，顯示面板會發光，也許可以試試看。」

她倒是沒有想到。

「謝謝提醒。」

「不客氣。」

一會兒之後，神父把大門的門閂一道又一道關上，她又回到冷颼颼的黑夜當中。

她步下斜坡，走到孤兒院的前門，鑰匙插入之後，她聽到喀嚓聲消失在遙遠的空間裡，米拉推開沉重的大門，又把它關了起來。

她進去了。

鴿群集聚在天際線的高度，激奮鼓動雙翅，歡迎她的到來。米拉的手機顯示面板發出暗弱的綠光，只能照亮前方的一小部分區域。微光周邊的黑暗世界正虎視眈眈，隨時準備要對她進逼，展開攻擊。

米拉得想一想怎麼進去洗衣間，她開始往前走。

腳步聲劃破寂靜，她的呼吸凝結在冷冽的空氣中。她立刻又回到了廚房裡，認出了大鐵鍋的廓線，接著她進入膳房，盡量小心不要碰到桌椅，但屁股還是撞倒了一張疊在最高處的椅子，這陣響聲因爲回音而顯得特別大聲，幾乎是震耳欲聾。米拉把椅子放回去的時候，剛好看到了通向低樓層的入口，她走下狹窄的迴旋梯，年久失修的梯面讓她幾乎摔倒。

她進到了洗衣間。

米拉拿起手機探照著四周環境，發現安妮卡屍體的大理石洗盆裡，有人留了一朵花。她也記得大家聚在這裡、共同禱告的那個場景。

她開始仔細研究現場。

首先她注意的是牆面的輪廓，接著又以手觸摸踢腳板，一無所獲。她不想知道手機的電池還有多久會沒電，她倒不是怕自己得再度陷於黑暗之中，而是她知道無論燈光有多麼微弱，至少都可以多爭取一點搜查的時間。一個小時之後，提摩西神父就會去找人幫忙，大家就會看到她狼狽的模樣，所以手腳得要快一點才行。

她心想，它在哪？我知道一定是在這裡的某個地方……

一陣急促猛烈的聲響，讓米拉的心臟幾乎要跳出來。幾分鐘之後，她才發現是自己的手機在響。

她把手機面板轉過來看，來電者：戈蘭。

她戴上耳機，準備接聽電話。

「爲什麼沒有人在特勤工作室裡？這一小時裡我打了不止十通電話。」

「波里斯和史坦出去了，但是莎拉・羅莎應該在才是。」

「那妳在哪裡？」

米拉雖然無法完全確定自己的假設，但也覺得沒有必要撒謊，所以直接告訴戈蘭了。

「我覺得，禱告的那個晚上，羅納德在偷聽我們說話。」

「爲什麼會這麼想？」

「我把他的信和你在禱文裡的提問進行了比對，那些內容比較像是答案……」

「了不起。」

這位犯罪學專家似乎並不意外，也許他也早就有了一樣的結論，米拉覺得自己有點蠢，居然以爲自己的結論可以讓戈蘭大吃一驚。

「可是妳還沒有回答我的問題：妳人在哪裡？」

「我在找竊聽器。」

「什麼竊聽器？」

「羅納德放在洗衣間的竊聽器。」

「妳在孤兒院裡頭？」

戈蘭的聲音突然緊張了起來。

「是啊。」

「妳現在馬上離開！」

「爲什麼？」

「米拉，那裡沒有擴音器！」

「我確定那裡——」

戈蘭打斷了她的話，「聽好，警方搜索了整個區域，要是有竊聽器的話，早就找到了！」

米拉頓時覺得自己眞是個大笨蛋，這位專家說得一點都沒錯：她怎麼會這麼笨，居然沒想到？她到底在幹什麼？

「那到底是怎麼……」她的話還沒有說完，背脊突然彷彿滑下了一顆冰涼的水滴。「他在這裡。」

「神父只是個掩蓋眞相的幌子！」

「爲什麼我之前沒有想到？」

「米拉，我的天，求妳趕快離開那裡！」

她在那一瞬間才發現自己的處境有多麼危險。她拿出佩槍，快速走向出口，那裡至少還有兩百公尺之遠。這距離足以掩護那個躲在孤兒院裡的「東西」。

米拉爬上通往膳房的迴旋梯時，心裡不禁想著，「還會是誰呢？」

當她的雙腳不聽使喚之時，答案已經呼之欲出。

「那個茶……」

此時電話線路出現干擾，她聽到戈蘭在另外一頭問她「什麼」？

「提摩西神父就是羅納德，對吧？」

干擾，噪音，越來越多的干擾。

「沒錯！在比利．摩爾死後，洛福神父在關院日期還沒有到來之前，已經先把每一個院童都送走了，但卻只留下羅納德，他擔心這小孩的本性，希望可以好好調教他。」

「他對我下藥……」

戈蘭的聲音斷斷續續，「……妳說什麼？我聽……到……」

「我覺得……」米拉想要重複，但是話卻哽在嘴裡說不出口。

她前撲倒了下去。

耳機從她耳朵裡滑出來，手機也從手中摔落，掉入桌子的下方。她因爲恐懼而心跳加速，藥物對全身所引發的作用也因此越來越快，她開始逐漸失去知覺，但是她還是盡量想聽清楚戈蘭從耳機裡傳來的聲音：「米拉！米拉……說話……麼了？」

她閉上眼睛，好怕從此就再也張不開，她告訴自己，絕對不能死在這種地方。

「腎上腺素……我需要腎上腺素……」

米拉知道現在應該要怎麼辦，她的右手裡還緊握著佩槍。她對準自己的左肩，槍管擦抵著自己的三頭肌，開槍。子彈劃破了外套的皮革，穿入了她的身體裡，槍聲響起，她也尖叫不止，但她又恢復了意識。

戈蘭大吼她的名字，這次很清晰：「米拉！」

她爬到了顯示面板的光源處，拾起手機和戈蘭講話。

「沒事。」

她站起來，繼續走路，每一次都是舉步維艱。她覺得自己彷彿在夢境裡，有人追著你，但是你卻跑不動，因爲雙腿太沉重，整個膝蓋沉滯在濃液裡、難以拔起。

傷口在搏動，但是血量不多，她已經評估過槍傷的傷口。米拉的牙齒咬得格格作響，一步接著一步，彷彿出口已經越來越近。

「如果你什麼都早就知道了，爲什麼不直接逮捕那個混蛋就好？」她對著手機大喊：「爲什麼我不知道？」

犯罪學專家的聲音依然很清楚：「抱歉，米拉，我們希望妳跟他的互動可以保持自然，以免打草驚蛇。我們一直在監控他，也在他的車子裡放了追蹤器，希望他會帶我們找到第六號小女孩……」

「但是他沒有……」

「因爲他不是亞伯特，米拉。」

「但他還是危險人物，對嗎？」

戈蘭沉默的時間也未免太久了，答案是肯定的。

「我已經通知警方，他們已經在路上，不過要花一點時間；最近的崗哨也有好幾公里。」

隨便他們吧，反正一切都太遲了，米拉心想。在這種天候之下，又加上藥物正在全身遊走，正一點一滴耗竭著氣力，她知道自己完蛋了。當那個蠢司機勸阻她不要進來的時候，她應該要聽他的話才對！而且——媽的——他說要等到她出來的時候，怎麼不答應他就好呢？她現在落入了陷阱之中，而且是自作自受。也許在她的潛意識裡，多少希望可以發生這種事，冒險的念頭，讓她抗拒不了，何況是死亡關頭！

她告訴自己要堅持下去，不，我要活下去。

羅納德——其實就是提摩西神父——目前還沒有採取任何行動。不過，米拉知道她時間不多了。

三次連續響聲，又讓她恢復了神智。

「幹！」她不禁開罵，手機電池這次眞的棄她而去。

黑暗彷如手指一般，撫觸了她的全身。

她給自己惹過多少麻煩？這種狀況以前也不是沒有發生過，比方說，音樂老師的家裡就是個例子。但是，遇到像現在這種狀況呢？答案卻連她自己也嚇了一跳。

絕無僅有。

被下了藥，受傷，全身沒有力氣，手機也沒有辦法使用，手機這件倒楣的事居然讓她想笑出來：就算有了手機還能怎麼樣？也許打電話給像是葛拉西亞之類的老友，好好問候一下：「最近好嗎？我快死了！」

伸手不見五指，是最可怕的事情。但她得要樂觀以對：如果她看不見羅納德，那麼他也看不到她才是。

他正等著我走向出口。

米拉一點都不想要待在這裡，但是，她知道自己絕對不能順性而爲，否則她必死無疑。

我要躲在這裡，等待馳援警力到來。

她當下覺得這是明智之舉，因爲她隨時可能會睡著，她身上還有槍，這讓她比較安心，因爲羅納德可能也有槍。他看起來不像是個擅長使用槍械的人，但米拉也不是，而且，提摩西神父很會演戲，裝出一副害羞焦慮的模樣，米拉覺得他可能還有其他深藏不露的部分。

她躲在大膳房裡的某張桌子下方，仔細聆聽，回聲完全沒有用：它只會放大遙遠不明的噪音以及模糊的吱嘎聲，米拉根本無從判斷，終究，她的眼瞼還是闔了起來。

米拉不斷這樣告訴自己，他看不到我，他看不到我，他知道我有武器：要是他發出了聲響，或是拿著手電筒找我，他就死定了。

她的眼前開始飄浮著各種奇妙幻色。

一定是因爲藥物的關係……她自言自語。

那些幻彩轉成了臉孔，而且在她面前活生生地出現了，這絕對不可能只是她的想像而已，突然間，空間裡出現了四面八方的眩光。

那混帳早就在這裡，還用照相機閃光燈！

米拉想要拿槍，但是這些燈光亮得令人無法逼視，又加上藥物的幻象作用扭曲了影像，讓她根本無法對準他。

她現在被關在一個巨大的萬花筒裡。

米拉奮力搖著頭，但是她已經失去了自我控制能力。一會兒之後，她四肢的肌肉感覺到一陣顫動，彷彿是種不由自主的痙攣。她忍著不要去想像死亡的誘人美好，只要閉上眼睛，一切都會終止，而且，永遠不會再醒來。

時間過了多久？半小時？十分鐘？她又還剩下多少時間？

就在這個時刻，她聽到了他的動靜。

他就在附近，而且非常靠近，也不過就是四、五公尺遠的距離而已。

接著米拉看到了他。

那不過只是幾分之一秒的時間，由於他周圍出現光暈，米拉看到了這個惡魔臉上散發的獰笑。

米拉知道他隨時可能會找到她，而且她也沒有力氣瞄準他開槍，雖然先發制人會暴露自己的位置，但她勢必如此。

他在光暈中再次短暫出現，米拉將槍對準了那個漆黑一片的方位，此舉雖然十分危險，但也別無他法。

只要羅納德再度開始吟唱，她就會扣下扳機。

那提摩西神父在小組成員面前、吟唱讚詩的動人美聲，不也正是這個聲音？就此看來，這眞是一個天大的矛盾，如此這般天賦居然會留給了一個冷血殺手，他的心底揚升的是死亡之歌，高亢而悲淒。

那樣的歌聲，本來應該是美妙動人的，但，米拉卻覺得一陣毛骨悚然。她的雙腿已經不聽使喚，手臂肌肉也一樣，她整個人癱倒在地板上。

閃光燈的眩光。

痲痹感如冰冷的毛毯一般包覆著米拉，羅納德準備要把她逼出來，他的腳步聲已經越來越清楚可辨。

又是一道閃光。

完了，他要看到我了。

他要怎麼殺她，已經不是重點，她以出奇平靜的態度，全心都在想著讚頌死亡的溢美之詞，但她最後想到了第六號小女孩。

我沒有機會知道妳是誰了……

一股微弱的氣流將她緊緊包圍。

槍托從她的掌間滑出去，出現兩隻手把她抓住，米拉感覺到自己被人拖起來，她想要開口說話，但是聲音卻卡在自己的喉嚨裡，說不出來。

她已經失去意識。

她又再次失去意識。

當她醒過來的時候，感覺到一陣快速的步伐：羅納德把她扛在肩膀上，正在爬樓梯。

一股強烈的阿摩尼亞氣味，逼使米拉從昏迷中醒來，羅納德正拿著小瓶子靠近她的鼻子，他已經綁住了她的雙手，但是此時卻希望她保持清醒。

冷風強襲著她，他們現在已經到了外頭，這是哪裡？米拉感覺到應該是在某個高處，接著她想起來張法醫給他們看的孤兒院放大照片，比利．摩爾墜樓的地點。

鐘樓，我們在鐘樓！

羅納德暫時放下了米拉，她看到他走向矮牆，俯視著牆邊。

他要把我扔下去。

羅納德又轉身回來，抓住她的雙腿，拖到牆壁嵌線的位置，米拉想要奮力踢開，但是卻沒有成功。

她開始大叫掙扎，心裡一片絕望。她的身體被拖到矮牆上，米拉頭後仰，看到了下方的裂縫，接著，透過了層層雪花，她也看到快速道路上駛來的警車，燈光閃爍不停。

羅納德傾身向前，當他開口低聲說話的時候，他熱騰騰的呼吸撲上米拉的臉，「太遲了，他們根本來不及……」

他開始把她向下推，米拉的雙手雖然被緊緊綁在後頭，但是她卻努力要抓住牆面嵌線的濕滑邊緣，她用盡全身力氣掙扎，但是也不可能僵持太久，她的唯一盟友是鐘樓地上的結冰，每當羅納德想要使勁推她最後一把，冰面總是會讓他滑倒。米拉看到他的臉因爲用力而扭曲了起來，而且因爲她的頑強抵抗也失去了耐性。羅納德開始改變技巧，他決定要把米拉的腿拉到矮牆之外，他站到了米拉前方，就在這個時刻，瀕死的求生意志讓她把所有的氣力都集中到膝蓋，她用力頂撞了他的下腹部。

羅納德踉蹌後退，彎下腰喘不過氣來，兩隻手緊緊抓著自己的鼠蹊處，米拉知道，在他回復過來之前，這是她最後一次機會了。

她現在沒有力氣，只能憑藉重力而已。

肩部的傷口如火燒般灼熱，但是米拉根本沒想著這股劇痛，她奮力站起來，如今地面的濕滑冰面反而成了她的絆腳石，但她還是逮住機會，奮力撲向他。羅納德看到她衝過來，失去重心，他揮舞著手臂，想要找東西支撐，但如今他卻已經是半個人落在嵌線邊了。

他知道自己大勢已去，伸出了一隻手想把米拉一起拖下去、墜入即將吞噬他的下方裂縫中。在最後幾次的劇烈掙扎時，米拉看到他的手指甲陷在她的皮衣邊線，最後，他以慢動作緩緩墜落，白色雪花彷彿讓這個過程停頓了下來。

黑暗，收留了他。

19

最深沉的黑暗。

睡眠與清醒之間的完美阻隔。她發燒的溫度越來越高，雙頰發紅，腿部疼痛，胃部也翻攪個不停。

她不知道這樣的日子是什麼時候開始的，也不知道何時會結束，她也不知道自己躺在那是好幾個小時？還是好幾個星期了？在那個吞噬她的巨獸腹腔中，時間是不存在的：它膨脹又收縮，彷彿一個正在緩慢消化食物的胃。沒有用，時間在這裡無法發揮任何作用。因爲有個最重要的問題，她找不到答案。

什麼時候才會結束？

對她來說，剝奪了時間感，是最可怕的懲罰，比她左臂的痛還難受，那股身體的痛有時會蔓延到她的頸部，甚至壓迫到她的太陽穴，讓她覺得自己生病了。現在，有件事她很清楚。

這是懲罰。

但是她不知道自己究竟犯了什麼罪，必須接受這種懲罰。

也許是因爲我不乖惹爸媽生氣，我常常亂發脾氣，我都不肯在餐桌上喝牛奶，然後趁他們不注意的時候偷偷倒掉。我吵著叫爸爸媽媽給我買貓，還答應大家一定會永遠照顧牠，可是我養了胡迪尼之後，我又吵著要狗，他們好生氣，告訴我不可以把貓丟掉，可我想讓爸爸媽媽知道胡迪尼根本不喜歡我。或者，是因爲我學校成績太爛了，今年上學期的成績單有一半是滿江紅，尤其是地理和美術，我得要好好加油，還是因爲我和表姊在體育館屋頂上偷抽菸？但是我又沒有抽，不，還是因爲我從賣場裡偷走了瓢蟲髮夾？我發誓我也只做過那一次。還有我很固執，尤其媽媽總是強迫我該穿什麼衣服的時候，她不知道我已經不是小女孩了，我不喜歡她幫我買的衣服，因爲我們喜歡的又不一樣……

當她清醒的時候，她一直想要找到某種解釋，找出自己遭遇的合理動機，這樣她才不會去胡思亂想那些愚蠢至極的事情。但每每當她終於找到原因，它就會像紙屋一樣崩塌，因爲她的痛苦遠遠超過了自己的罪惡感。

不過，某些時候她也會變得很憤怒，因爲她的爸爸媽媽都還不來救她。他們在等什麼？他們忘記了自己還有個女兒嗎？

接著，她馬上會覺得好後悔，她開始在心裡呼喊他們，希望自己有心電感應的能力，這是她最後能做的事情了。

也有些時候，她以爲自己已經死了。

對，我死了，他們把我埋在這裡，我動不了，因爲我躺在棺材裡，我得永遠待在這了……但是身體的苦痛卻提醒著她，她還活著，那種痛苦既是懲罰，也是種解放，它讓她不再沉睡，也把她帶回到現實裡，就跟現在一樣。

一股熱熱的液體進入了她的右臂，她感覺得到，好舒服，聞起來好像是藥的味道。有人正在照顧她，她不知道是不是該開心，因爲那意味著兩件事，第一，她並不孤單；第二，她不知道這個人是好是壞。

她學會了等待，她知道時間終將證明一切。比方說，她現在知道，疲倦不止的感受以及會突然入睡，都不是她自己可以控制的，是藥物鈍化了她的知覺。

只有那個東西出現的時候，藥物才會發揮作用。

那東西會坐在她旁邊，耐心十足地拿湯匙餵她。藥的味道很甜，也根本不用嚼嚥。然後，他會給她水喝，那東西從來不會碰她，也沒有跟她說過任何一句話。她很想要開口，但是她的雙唇卻根本沒辦法讓她說話，喉嚨也沒有辦法發出聲音。有時候，她覺得那個東西在她周邊移動，也有的時候，她覺得那東西就在附近，靜靜地看著她。

又是一陣新的劇痛，痛苦不堪的尖叫聲，從她的囚房牆面上反彈回來，她又恢復了意識。

黑暗之中，遠處出現了一道小小的光，突然跑出來的小紅點，讓她的目光集中在那上頭。那是什麼？她想要看得更清楚一點，但卻沒有辦法。她覺得手裡好像有什麼東西，之前不曾出現過的東西，摸起來粗粗的，不規則狀，好像有鱗片，好噁心，好硬，一定是死掉的小動物，它摸起來硬硬的，因為是用塑膠材質做的。那個東西被膠帶固定在她的手心裡，那些東西不是鱗片，是按鍵。

那是遙控器。

現在她都懂了。只要把手腕抬起來一點點，再把那個物體對準小紅點，隨便按個按鍵就可以了。接下來的噪音告訴她這錯不了，首先是一段空白，接下來錄影帶快速倒轉，那是錄影機運轉時的熟悉聲響，值此同時，螢幕在她面前亮起。

第一次有光線照亮了這個房間。

她的周邊是硬岩所蓋築的高牆，她躺在一個像是病床的地方，上面除了有把手之外，床頭床尾也都是金屬材質。旁邊有個點滴架，點滴插針注入了她的右臂，而左邊則是用非常緊實的繃帶、緊緊包藏在整個身體裡，動也動不了。桌上放了好幾罐嬰兒食品，還有許多的藥品，不過，電視後方仍然是深不可測的黑暗世界。

錄影帶終於停止迴帶，突然就停住不動，隨後又開始運轉，但是這次的速度比較慢。音軌的沙沙聲告訴她電影要開始了，一會兒之後，有些歡樂又尖銳的音樂響起——電影音樂有些失眞，接著螢幕上出現了模糊的色彩，有個穿著粗布衣裳和牛仔帽的小人出現了，還有一隻長腿馬，那個小人一直想騎馬，但是卻上不了馬身。他一直拚命嘗試，但是結果卻都一樣：他摔倒在地上，那隻馬哈哈大笑，這個橋段大概進行了約十分鐘左右。接著卡通就結束了，沒有片尾字幕，但是錄影帶卻繼續靜靜運轉，等到它結束的時候，又自動迴帶，重新開始。永遠是那個小人，永遠是那匹他上不去的馬，而她雖然知道那隻驕傲的馬會做出什麼樣的事，她也還是一直看著那個小人。

她心中有了希望。

那是她唯一剩下的東西，希望，一種不會被恐懼全然征服的能力。也許給她看這個卡通的人，原本是想讓她放棄希望，但是那小人雖然一直摔倒，但始終不肯放棄，她的痛苦也賜予了她勇氣。

在睡意再度襲來之前，她每次都在心裡這麼告訴他：加油，一定要騎上馬鞍！

十二月十一日

[redacted]地區
地方檢察官傑比・馬丁

此致　典獄長阿方索・柏連格

煩轉
[redacted]監獄
第四十五號監區

主旨：回覆十一月二十三日「密件」報告

柏連格先生您好：

謹此向您回覆，先前您要求針對貴所某囚犯進行深入調查，該犯目前身分僅有囚號 RK-357/9。很遺憾，我們必須告知您，迄今爲止，此犯身分仍然無進一步結果。

您曾經陳述收容人RK-357/9可能曾經犯下重罪，並且盡可能掩蓋事實眞相，我也深表同意。目前我們僅有DNA檢驗一途，得以確認假設是否爲眞。

不過，誠如您所知，我們無法強迫收容人RK-357/9接受檢驗，事實上，因爲該收容人被判刑之原因（拒絕提供警方身分證明），此舉將很可能嚴重侵犯其基本權利。

如若有「實質」或「確切」證據說明收容人RK-357/9曾爲某重案之主嫌，或是「嚴正理由視其爲危害社會之人」，則又另當別論，然目前仍不適用此等狀況。

依此觀之，取得該犯DNA之唯一方法，即爲從生物來源直接取得，且僅能就其平日例行活動、不經意喪失或自動遺留之狀況下取得。

考量收容人RK-357/9之衛生癖好，本所授權主管單位在未告知突檢的狀況下，爲取得所稱之生物性資料，允許駐警進入其囚房。

希望此一權宜之計，足以完成貴方之原定目標。

順頌時祺

副檢察官

馬修．塞瑞斯

20

R地軍醫院
二月十六日

「他們愛怎麼說都隨便啦，但是你不要理他們！妳是優秀的警察，知道嗎？」

莫理胡長官發動體內全部的吉普賽精神，對她表現出無比的支持。他從來沒有用這種語氣對她說過話，那幾乎是一種慈父式的聲調，米拉覺得自己不值得他這般呵護。就在她夜探孤兒院的消息傳開之後，她的長官馬上就打電話找她，她眞是好意外。她很確定自己一定會被長官們斥責，雖然是出於自衛，但畢竟還是她造成了羅納德．迪米斯死亡。

米拉正在某所軍醫院裡養病。這是羅契所做出的明智之舉，不要讓她待在一般醫院，以免讓她受到媒體的好奇關注，所以，她也有自己一個人的病房。當她問到這裡究竟爲什麼沒有其他病人的時候，答覆也很簡明扼要，這個地方本來是爲了要隔離那些遭受生化戰所攻擊的病人。

病床每個禮拜都會整理一次，床單洗淨之後還會好好熨燙，藥品部門若有短缺，也會立刻補齊。而所有醫療資源廢棄物的處理，都比照同一原則——雖然那種事情的發生機率極低，但就怕有人會散布基因改造病毒或細菌、造成所有人死亡。

米拉心想，*這眞是世界上最瘋狂的事*。

她手臂上的槍傷已經縫合完成，大約四十多針。幫她治療的是個和善的醫生，他幫她檢查傷勢時，並沒有提到她身上其他的傷疤，他淡淡說道：「大概很難找到比這更好的手臂槍傷位置了。」

「病毒，細菌，鬮子彈什麼事？」她挑釁問道，惹得他哈哈大笑。

另一個醫生為她做了好幾次檢查，量了她的血壓和溫度，提摩西神父給她吃下去的強力安眠藥，幾個小時之內就消退了，其他部分就靠利尿劑幫忙。

米拉有許多時間可以好好思考。

教她怎麼能不想到第六號小女孩？那女孩可沒有整間醫院供她使喚，最好的狀況是亞伯特一直給她施打鎮定劑。羅契找來的專家們集思廣益，他們認為存活的可能性不只要考慮嚴重的肢體創傷，而且也與這女孩所受到的衝擊程度和壓力有關。

米拉心想，她可能根本沒注意到自己的手臂不見了，通常被截肢者會出現這種狀況，她聽說過某些在戰事中的傷者——尤其是那些失去手腳的人，在受傷部位仍然有殘餘的感知能力，雖然很痛苦，甚至有時還會發癢，但還是會產生肢體會移動的感覺，醫生稱其為「幽靈四肢的感知能力」。

這些想法讓她輾轉難眠，病房裡寂靜逼人，更加放大這種焦慮。也許這是因為多年來她第一次發現自己希望有朋友，除了莫理胡的電話之外，沒有其他人來看她，戈蘭沒來，波里斯和史坦也沒有，更不要說是羅莎了。這只有一個可能：雖然最後決定權在羅契的身上，但是究竟還要不要把她留在隊裡，他們已經做出了決定。

米拉對於自己如此天真，不禁十分懊惱，也許，他們不信任她也是她活該自找。不過，戈蘭十分確定羅納德·迪米斯不是亞伯特，這卻是讓她唯一感到寬心的事，否則，第六號小女孩的下落將會令人一籌莫展。

她一個人被隔絕在這種地方，完全不知道案件的最新進度。米拉問了為她準備早餐的護士，不一會兒，護士拿了一份報紙給她看。

案情佔滿報紙的第六頁，被過濾後的少許訊息不斷重複並放大處理，充斥了整個版面。大家渴求最新消息，一旦大家知道有第六號小女孩的存在，整個國家又重新團結一致，鼓勵大家從事某些先前根本無法想像的活動，像是舉行守夜祈禱或是組織支援團體。還有人主動發起了名爲「一盞燭光，留給每一扇窗」的活動，這些小小的火焰是爲了要等待「奇蹟」，等到第六號小女孩回家的時候，才會一一熄滅。原本自掃門前雪的人們，如今卻因爲這場悲劇而有了全新的體驗：也就是人與人之間的接觸。大家發現自己不需要再找什麼特別的理由、也可以和彼此建立關係，因爲每個人現在都有理所當然的共通點：對生靈的憐憫之情。這也讓彼此的溝通更加順暢，大家無處不談，超市、酒吧、辦公室、地鐵，這也成了電視節目裡的唯一話題。

但是，在所有的自發性活動中，卻有一個特別受人注目，就連調查的警方也覺得汗顏。獎金。

只要能夠提供有用線索，救出第六名小女孩，即可得到一千萬歐元的賞金。由於這筆數目實在太大，也因而引發了強烈抨擊，有些人認爲這種做法玷污了大家團結一致的自發性，但也有人認爲這招的確可以奏效，因爲人類的善意外表之下，仍然是利慾薰心。

好，這個國家又再次分裂了，只是沒有人發現而已。

獎金的提供來源是洛克福特基金會。當米拉問護士誰是幕後的善心人士時，她睜大眼睛，露出了不可置信的表情。

「大家都知道是喬瑟夫．比．洛克福特啊。」

她的反應告訴了米拉一件事，她苦心追查小女孩下落，爲個人問題所深深困擾，也徹底割裂了自己與眞實世界之間的關係。

米拉回答：「抱歉，我眞的不知道。」但一想到這位富豪的命運居然與那個不知名的小女孩緊緊相繫，她不禁覺得好荒謬。這兩個人一定過著截然不同的生活，要不是亞伯特把他們連接在一起，他們兩個人可能至死都還是各過各的日子。

她想著想著也就睡著了，這次終於無夢入眠，得以滌淨白日恐懼造成的無用心緒。當她醒來回神之時，她身旁多了一個人。

米拉起身，不知道他在那裡待了多久，他開口安撫她：「我在旁邊等著，因爲不想叫醒妳，妳看起來睡得很沉。還是我應該把妳叫起來才對？」

「不不。」她說謊，他似乎已經看過了她毫無防備的模樣。米拉趕緊在戈蘭發現她的尷尬之前轉移話題：「他們還希望我繼續留院觀察，但我告訴他們我下午就可以出院了。」

戈蘭看著自己的手錶：「那妳最好要快一點：已經快傍晚了。」

米拉好意外自己居然睡了這麼久。

「有沒有最新進度？」

「我剛剛才和首席檢察官羅契開完一個很長的會。」

她心想，*難怪他到這裡來，他想要自己告訴我，我被趕出去了*。但，她錯了。

「我們發現了洛福神父。」

米拉覺得一陣反胃，她想到了最壞的狀況。

「他一年前過世，自然死亡。」

「他葬在哪裡？」

米拉提出這個問題，戈蘭知道她顯然已經猜到了所有事情。

「教堂後面，那裡還有其他的墓穴，埋著動物的屍體。」

「洛福神父管不住他。」

「事情好像確是如此。羅納德具有邊緣人格失調問題，他是準連續殺人犯，而洛福神父也很清楚這一點。在這些案例中，殺害動物是很常見的行爲，一開始都是這樣；當下手目標越來越難以產生滿足感的時候，就會改向同儕下手。羅納德也不例外，他轉而開始殺害其他人。基本上，那種經驗是他童年情感包袱的一部分。」

「我們阻止了他。」

戈蘭大搖其頭，「事實上，是亞伯特阻止了他。」

這種說法聽起來很弔詭，但卻是事實。

「但是羅契就算是心臟病發，也不會承認這種說法！」

米拉心想，戈蘭現在說著這些事情，只是要拖延告知請她離開的消息，所以她決定直接切入。

「我出局了，對吧？」

他看起來很吃驚，「爲什麼這麼說？」

「因爲我把事情搞砸了。」

「大家都會犯錯。」

「羅納德．迪米斯因我而死：所以我們永遠不會知道亞伯特是如何發現他的祕密……」

「首先，我認爲羅納德自己已經算到了這一步：他希望困擾自己多年的疑慮可以就此終結。洛福神父把他變成了一個假神父，讓他以爲自己可以成爲侍奉主與同胞的人，但是他並不愛自己的同胞，他想要殺人取樂。」

「亞伯特怎麼知道這件事？」

戈蘭的臉色猛然陰沉下來，「他一定是在羅納德的某個階段、開始與其接觸，我也想不出其他的解釋了。而且，他發現的時間比洛福神父還早。他之所以找上羅納德，是因爲兩個人有相似之處，他們因爲某個原因發現了對方，進一步還對彼此產生了認同。」

當米拉一想到命運時，不禁深深吸了一口氣。在羅納德・迪米斯的一生當中，了解他的也不過只有兩個人而已。其中一個是神父，他找不到其他方法，只能把這小孩藏起來、與世隔絕，另外一個人就跟他自己一樣，可能還已經在他面前顯露過自己的本性。

「妳可能是第二個……」

戈蘭的話把她拉回到現實裡。

「什麼？」

「妳要是沒有阻止羅納德，妳就是比利・摩爾之後的第二位受害者。」

就在這個時候，他從外套口袋中取出了信封，交給了她。

「我想，妳當然有權利看這些照片……」

米拉接了過去，打開信封。裡面都是羅納德在膳房追殺她時所拍下的照片。在其中某張照片中的一角，米拉躲在桌子底下，雙眼睜得大大的，盡是懼色。

「我實在不怎麼上相。」米拉故作輕鬆狀說道，但戈蘭發現她在顫抖。

「今天早上，羅契宣佈大家暫時休假二十四小時……或者，至少要等到我們找到下一具屍體。」

「我不需要休假，我們得要找到第六號小女孩，」米拉出聲抗議，「她可不能等！」

「我想首席檢察官也知道這件事……但我擔心他想要打出別張牌。」

「獎金。」米拉立刻就猜到了。

「它可能會帶來意外收穫。」

「還有，醫生名錄的訪查結果如何？不也曾經假設亞伯特可能是曾被解職的醫生？」

「沒什麼線索。沒有人眞的覺得應該從那裡起頭尋找，我也不覺得從他讓小女孩維生的藥物去下手會有結果，有太多方法可以取得藥物了，別忘了，他如此狡猾，計畫又如此周延。」

「就現在的狀況看起來，的確比我們厲害多了。」米拉忿恨說道。

戈蘭的態度倒是安之若素，「我過來這裡是要接妳的，不是要和妳吵架。」

「接我？卡維拉博士，你的意思是？」

「我要帶妳去吃晚餐……還有，以後叫我戈蘭就好了。」

當他們一走出醫院，米拉堅持要先回到工作室：她需要梳洗，也想要換衣服。她一直告訴自己，要不是因爲她的毛衣被子彈打爛，要不是因爲傷口血跡弄髒了其他的衣物，她本來是會以這身打扮去吃飯的。其實，這場意外的晚餐邀約讓她緊張不安，她也不希望自己渾身都是汗水與碘酒的臭味。

她和卡維拉博士早有默契——不過，現在她要改口叫他戈蘭——她可不是把這場晚餐當成出遊，而且用完餐之後，她會馬上回到工作室，繼續開始工作。但是——儘管她對第六號小女孩充滿了歉意——但對於這場邀約，她還是忍不住有些許開心。

因爲傷口的關係，她沒有辦法淋浴，所以她只能小心翼翼慢慢來，所以也把小電熱水器的熱水全用光了。

她穿上黑色的套頭毛衣，她只剩下一條牛仔褲，但屁股實在緊得不像話，可是她也別無選擇。她皮衣的左肩處因爲槍火而破損不堪，沒有辦法再穿了。不過，讓人意外的是，客房行軍床上面放了件軍綠色長大衣，上面還放了張字條寫道：「這裡的冷天氣比什麼子彈都可怕，歡迎歸隊，好友波里斯留。」

她心裡滿滿的都是感激與謝意，也許主要是因爲波里斯給她的署名是「好友」，這也讓她被排除在外的疑慮盡消。外套上還有一盒薄荷錠：那是史坦展現友誼的好意。

她已經有好幾年不曾穿過黑色以外的顏色了。但是她穿起這件綠色大衣煞是好看，連尺寸都剛剛好。當戈蘭看到她走出工作室的時候，似乎並沒有注意到她的新衣服，他總是一直處於分神狀態，可能根本不曾注意過別人的外表。

他們步行到了餐廳，散步讓人覺得好舒服，更要謝謝波里斯的外套，米拉一點都不覺得冷了。

牛排館招牌主打的是豐美多汁的阿根廷安格斯牛排，他們倆在靠窗的雙人座位坐下來。外頭是被雪覆蓋的銀白世界，霧茫茫的泛紅天空，宣告當晚會有更多的降雪。餐廳裡的人微笑談天，氣氛愉悅。

菜單上的每一道菜看起來都很可口，米拉花了一些時間才終於決定要點什麼菜，最後她選的是全熟的牛排加烤馬鈴薯、配上一大堆的迷迭香。戈蘭點的是沙朗牛排和番茄沙拉，他們兩個人都只選用了氣泡礦泉水、作爲自己的晚餐飲料。

米拉不知道他們要談些什麼：是工作還是各自的生活？後者雖然有趣，卻會讓她很不自在。但關於工作，她倒是有件事情很好奇。

「究竟出了什麼事？」

「什麼意思？」

「羅契想把我踢出去，但是後來又改變心意……爲什麼？」

戈蘭遲疑了一會兒，最後還是決定告訴她。

「我們後來決定投票。」

「投票？」她好意外。「所以是讓我留下來。」

「而且比數懸殊。」

「但是……怎麼可能？」

「就連莎拉．羅莎也投票希望妳留下來。」戈蘭說道，猜測著她的反應。

米拉有如晴天霹靂，「我最可怕的敵人！」

「妳的態度不需要這麼強硬。」

「我覺得她才是強硬的人……」

「羅莎現在自己處境很辛苦：她和先生要分居。」

米拉想要告訴他，自己前晚看到他們夫妻在工作室樓下吵架，但她決定要默不作聲，以免顯得自己漫不經心。

「很遺憾。」

「牽涉到小孩的時候，事情很難處理。」

米拉心想，他指的也許不只是莎拉．羅莎，可能戈蘭自己也包括在內。

「羅莎的女兒因此產生了飲食失調問題，所以她的父母仍然得要同住一個屋簷下，但結果如何，妳一定也猜想得到。」

「所以我就該成爲她出氣的對象？」

「妳剛進來，又是隊裡除了她之外的唯一女性，自然成爲她的最好目標。她沒有辦法對波里斯或史坦發飆，這些人都已經是多年的戰友了……」

米拉爲自己倒了一點礦泉水，然後把注意力轉移到其他同事身上。

「我想多了解其他人，才能和他們好好相處。」這些話成了她的藉口。

「好，對我來說，波里斯很簡單：妳看到什麼就是什麼了。」

「沒錯。」米拉深表同意。

「我可以告訴妳，他曾經待過軍隊，也是在那裡變成審訊專家。我經常親眼目睹他工作的情景，每一次都讓我十分驚奇，他可以潛入人們的腦海裡。」

「我不知道他這麼聰明。」

「他真的是很厲害。幾年前，他們抓到了一個殺人嫌犯，他殺害了與自己同住的阿姨和舅舅。你真應該看看這個人的樣子：冷酷，極其冷靜。五位警官輪流十八小時的嚴格訊問之後，他還是什麼事都不認，後來波里斯來了，他進到房間裡，花了二十分鐘，這個人全招了。」

「天啊！那史坦呢？」

「史坦是個好人，其實好人這個字詞，根本就是爲他量身打造的。他結婚二十六年了，有對雙胞胎兒子，兩個人都在海軍服役。」

「他看起來不太說話，我注意到他也是很虔誠的人。」

「他每個週日都會去望彌撒，而且也參加唱詩班。」

「他的西裝眞是太神奇了，簡直像是七〇年代警探片裡的人！」

戈蘭大笑，也同意這種說法。他隨之恢復嚴肅表情，補充道：「他的太太瑪麗亞已經洗腎五年，一直等不到腎臟移植，兩年前，史坦捐了自己的腎。」

驚訝，又加上敬佩，米拉已經說不出話來了。

戈蘭繼續說道：「他撥出自己一半的餘暇時間給她，讓她至少還能懷抱希望。」

「他一定很愛他太太。」

「對，我想是的……」戈蘭回道。米拉發現他的聲音裡有一絲酸楚。

此時餐點上桌，他們用餐時都不再開口，對話一片空白，卻完全不會有任何壓力，彷彿這兩個人知之甚深，已經不需要一直塡補話語之間的空白、避免產生尷尬。

「我要告訴你一件事情，」她憋到最後才說出口，「就發生在我剛到這裡來的時候，我還待在汽車旅館那裡的第二個晚上，那時還沒有搬到特勤工作室。」

「繼續說，我在聽……」

「可能不算什麼，也可能只是一種感覺，但是……我覺得有人在外頭跟蹤我。」

「妳說的『感覺』是什麼意思？」

「他在模仿我的腳步聲。」

「爲什麼有人要跟蹤妳？」

「所以我沒有跟任何人提起這件事，我也覺得很離奇，可能不過是我的幻想而已……」

戈蘭牢牢記住了這件事情，不發一語。

餐後咖啡來了，米拉看著自己的手錶。

「我還要去一個地方。」她說道。

「這麼晚了？」

「對。」

「好，那我去買單。」

米拉說要各付各的，但戈蘭堅持他要請客，因爲是他開口提出邀約。他維持一貫——而且幾乎是獨特的雜亂風格，從口袋裡掏出了鈔票、銅板、名片，還有幾個彩色氣球。

「是我兒子湯米的東西，他把氣球放進我的口袋。」

「啊，我不知道你已經……」米拉假裝什麼都不知情。

「不，不是，」他慌忙說道，垂下了雙眼，隨即又補上一句，「早就結束了。」

米拉從來沒有半夜參加過葬禮，羅納德・迪米斯是有史以來的第一個。由於考量公共安全，所以葬禮決定在這個時間舉行，對米拉而言，如果眞有人想要從死者身上找到復仇的快感，這種想法簡直就與殺戮事件本身一樣悲慘。

葬儀社人員聚集在墓穴旁忙著工作，他們沒有帶挖土機，地面冰滑，移動十分困難又吃力。他們一共有四個人，每五分鐘輪替一次，兩個人負責挖掘，另外兩個人以手電筒照亮現場，三不五時其中一人會開始咒罵這鬼天氣，一瓶「野火雞」牌的威士忌酒瓶在他們之間傳來傳去。

戈蘭和米拉默默注視著這個場景。裝載著羅納德屍體的棺木還在車子裡頭，稍遠處就是他長眠之所的石碑：沒有名字，沒有日期，只有一組序號，還有一個小小的十字架。

就在這個時候，羅納德從塔上墜落的畫面，又浮現在米拉的腦海裡。當他掉下去的時候，米拉並沒有看到他的臉上流露出恐懼或驚慌的表情，面對死亡，他似乎坦蕩無畏，也許他和亞歷山大・柏曼一樣，比較希望以這種方式解決一切，因爲他們渴望讓自己永遠消失。

「妳還好吧？」戈蘭打破沉默問道。

米拉轉頭看他，「我沒事。」

就在此時，米拉發現墓園某棵樹的後方躲了一個人，她仔細看，認出那個人是費德赫，顯然羅納德的祕密葬禮也並非那麼神祕。

那粗壯的男人穿著格子毛外套，手裡拿著啤酒，雖然他們可能多年不見了，但這樣彷彿是在爲童年好友敬上一杯。米拉心想，這也許是件好事：即使是在邪魔的葬身處，也總有憐憫的容身之地。

要不是因爲費德赫，不情不願幫了忙，他們現在也不會出現在那裡。也是因爲他的關係，讓她得以阻止這個準連續殺人犯——戈蘭是這麼叫他的。

她注視著費德赫，他捏扁啤酒罐，朝自己停在不遠處的小貨車走去，準備回到垃圾堆裡的孤單房舍，喝著倒在奇怪玻璃杯裡的冷茶，照顧那隻鐵鏽色的狗、等待這位死者在某一天現身自家門口。

米拉之所以決定要參加羅納德倉促的葬禮，也許是和戈蘭在醫院裡的一席話有關：「妳要是沒有阻止羅納德，妳就是比利．摩爾之後的第二位受害者。」

誰知道呢？也許殺死她之後，他也還會繼續犯案也說不定。

戈蘭說道：「一般人不知道，不過根據我們的統計資料，目前我們國家裡有六到八名連續殺人犯，但是卻沒有人抓得到他們。」此時，掘墓人正把木棺放進洞裡。

米拉很震驚，「怎麼會這樣？」

「因爲他們是隨機犯案，沒有固定模式可言。也或許沒有人發現這些謀殺案另有蹊蹺，也或許這些受害者不值得發動大規模搜查……也許，比方說好了，水溝裡發現了妓女的屍體，大部分的死因都是嗑藥，或是她的老鴇或客人下的毒手。請不要忘了這種職業的風險，就算有十個妓女被殺害，也還是可容忍的一般平均數字，而她們也未必都在連續殺人犯的受害者名單之列。我知道妳很難接受，但很遺憾，事實就是如此。」

疾風捲起了一陣雪塵，米拉發抖，把自己裹得更緊了一點。

「所以重點是什麼？」米拉問道。但是，這個問題與他們正在處理的案件無關，也與她選擇的職業無關，這是祝禱，承認自己無法了解某種邪魔能量的方法，也是救贖的一種悲求，但她顯然不覺得能夠找到解答。

但是戈蘭開口了，「上帝沉默不語，惡魔輕聲呢喃……」

他們倆都沒有再說任何一句話。

掘墓人開始覆蓋冰土、準備填洞，墓園裡出現圓鍬的響聲。戈蘭的手機在此時響起，他還來不及從外套口袋裡拿出來，米拉的電話也同時響起。

不須接聽電話，他們也知道，第三具女孩的屍體找到了。

21

可巴席一家人——爸爸、媽媽，還有兩個小孩，分別是十五歲的男孩與十二歲的女孩——住在著名的卡波亞托社區裡。佔地六十公頃的綠地中散布著游泳池、馬術學校、高爾夫球場，以及社區裡四十間豪宅主人專屬的俱樂部。這是優雅布爾喬亞階級的安棲之地，大部分的成員都是醫生、建築師，或是律師。

這個貴族天堂的周圍，築起了以樹籬巧妙掩蓋的兩公尺高牆，將其與外在世界徹底隔絕。這裡有全天候二十四小時的保全系統，七十個閉路電視監看著這整個區域，還有一組私人警衛保護居民的安全。

可巴席是位牙醫，高薪，車庫裡停了一台瑪莎拉蒂和賓士，山區裡還有第二間房，有遊艇，地下室裡還有令人豔羨不已的藏酒。他的妻子負責照顧兩個小孩，而且還購買許多獨一無二的豪奢品，精心打點家中裝潢。

「他們到熱帶國家度假三個禮拜，昨天晚上才回來。」當戈蘭和米拉一進到豪宅裡，史坦立刻提出報告，「這趟旅行的原因是因爲和小女孩綁架案有關，他們的女兒也差不多是這個年紀，所以他們心想，讓僕人回去度假，轉換一下氣氛也不錯。」

「他們現在人在哪裡？」

「飯店。基於安全理由，我們先把這一家人安置在那裡，那位太太需要一點抗焦慮劑，煩寧。不用猜也知道，他們嚇得不知該怎麼辦。」

聽到史坦的最後一句話，讓他們對於之後會出現的景象，也有了心理準備。

這間房子再也不是原來的房子了，它現在顯然是個「犯罪現場」。它現在已經被完全封鎖，外頭聚集著鄰居，想要了解究竟發生什麼事。

「至少媒體進不來。」戈蘭說道。

他們走過豪宅與街道之間的草坪，花園養護得很好，美麗的冬日植物裝飾著玫瑰花壇，想必一到了夏天，那裡一定能夠綻放出可巴席太太的嬌貴玫瑰。

門口已經安排了一位警官，只允許特定人士進入。克列普和張法醫已經帶著各自的人馬開始蒐證，就在戈蘭和米拉要準備進去之前，首席檢察官羅契出現在他們面前。

「你簡直無法想像……」他的聲調聽起來淒愴絕望，一手還拿著手帕摀著嘴巴。「這個案子越來越恐怖，我真希望能夠阻止這種慘案發生……天啊！她們都只是孩子！」

羅契的憤怒聽起來是真的。

「事情還嫌不夠多是吧，這些住戶已經開始抱怨這裡出現警察，還對他們的政界好友施壓，想叫我們盡快撤離！怎麼會有這種事？現在我得要打電話給那他媽的參議員，跟他保證我們動作會快一點！」

米拉看著豪宅前方聚集的那一小群人，這是他們的私密伊甸園，他們把警察當成入侵者。但是，在這座天堂的某一角，通往地獄的意外之門卻被打開了。

史坦給了米拉樟腦瓶，讓她放在鼻下嗅聞，她穿上塑膠鞋套，戴上乳膠手套，完成了進入死亡現場的儀式，門口的警官側身，讓他們進去。

度假的行李箱和紀念品袋子還放在門旁，那班讓可巴席一家人從熱帶陽光回到冰寒二月的班機，是在晚上十點鐘降落。他們馬上趕回家，準備重返熟悉的生活習慣與舒適的家，但那裡對他們來說，已經再也不是同一個地方了。僕人們也要等到第二天才會銷假回來工作，所以他們是最先親眼目睹現場的人。

空氣中瀰漫著惡臭。

「這就是可巴席一家人打開門時所聞到的味道。」戈蘭馬上開口。

「他們一定愣了一會兒，不知道這是什麼，」米拉說道，「接著把燈打開……」

在這間超大的起居室裡，科學辨識人員與法醫人員在工作時依然能夠彼此協調無礙，彷彿有位神祕隱形的舞蹈家引領著他們的一舉一動。昂貴的大理石地板無情反射著探照燈的燈光，現代家具與古董交錯有致，三張大地色的沙發，圍出了方形區塊的三條邊線，前方是一個巨大的粉色石磚火爐。

中間那個沙發上面，躺著小女孩的屍體。

她瞪大著雙眼——藍紋色的眼珠，死盯著他們。

在那張殘破的臉上，她凝定的目光，是最後殘留的生前跡痕，屍體早已開始腐化。由於少了左臂，所以造成她的身體傾斜，彷彿隨時會倒向某一邊似的，但是她卻保持著坐姿。

她穿著一件藍色印花洋裝，從車縫與剪裁可以看出是家庭洋裁，而且很可能是量身訂做，米拉也注意到她白襪上的鉤針花邊，纏束腰部的緞面腰帶上，有個珍珠鈕釦。

她穿得像個洋娃娃，破碎的洋娃娃。

米拉看著她不過幾秒鐘，就已經受不了，她低下頭，第一次仔細看著沙發之間的絲質地毯，上面有許多波斯玫瑰和色彩繽紛的波浪，她覺得地毯的花紋好像在移動，所以更趨前看個仔細。

地毯上爬滿了小蟲子，成群交疊扭動著。

米拉下意識地伸手撫摸手臂的槍傷，而且用力掐了一下。任何人看了，都會以爲她痛得要命，但恰好相反。

如往常一般，她在痛楚中尋找慰藉。

雖然持續不了多久，但這個動作已足以提供她力量、仔細看著這個可怖的現場。痙攣的刺激夠了，她不再掐著自己。此時他聽到張法醫對著戈蘭說話：「那是肉蠅的幼蟲，牠們生物週期的時間很短，喜歡待在溫暖的地方，而且極爲貪食。」

米拉知道這位法醫的意思，因爲她的失蹤人口案件經常是以這種方法來辦案，其必要的過程不只有認屍的悲傷儀式，也包括了確認遺體死亡日期的一般步驟。人死後的各個不同階段當中，會出現不同的昆蟲，尤其屍體在未受保護的狀況下更是如此。肉蠅是種胎生性蒼蠅，而且這個現場已經產出了第二代，因爲米拉聽到法醫提到屍體在那裡的時間，至少已經有一個禮拜以上的時間。

「亞伯特可以慢慢來，因爲主人不在家。」

「但我有些事情還是搞不懂……」張法醫補充道，「這畜生爲什麼要大費周章把屍體移到這裡來？七十台監視錄影機加上三十個駐衛警，全天候二十四小時的保全設施？」

22

他們推測亞伯特把小女孩移入可巴席豪宅的時間，約莫是在上個禮拜的某個時間，但那時候的電視監視器卻斷電長達三個小時。莎拉．羅莎要求卡波亞托私人駐衛警隊長提出解釋，他卻是這麼回答的：「我們剛好遇到麻煩，突波能量讓整個系統癱瘓。」

「發生這種事情的時候，你們難道不會進入警戒狀態嗎？」

「這個嘛——警官，不會……」

「我明白了。」她不再多說什麼，只是盯著這位隊長制服上的橫槓，上面的官階就和這個人的功能一樣，都是假的。這些理應保護住戶安全的警衛，充其量也只是穿著制服的猛男而已。他們所受的唯一訓練，是來自於公司雇用退休員警所開設的三個月收費課程，而他們身上的僅有配備，是連接到對講機的耳機和胡椒噴霧器，所以，亞伯特要避開他們也絕非難事。社區圍牆早已出現寬達一公尺半的大洞，但圍牆上的樹籬卻把大洞掩藏得好好的，美學造景上的神來之筆，卻讓卡波亞托唯一眞正的安全措施顯得無比荒謬。

現在要釐清的問題是，爲什麼亞伯特要選擇這樣一個特殊的地點與家庭？

羅契擔心這恐怕又是第二個亞歷山大．柏曼，所以對於任何的調查方式都沒有意見，甚至連可巴席夫婦的隱私也不例外。

波里斯被賦予重任，準備要好好盤問這位牙醫。

這個人可能根本不知道，在接下來幾個小時當中、會有什麼樣的專屬特殊待遇。被專業偵訊者逼問各種問題，與絕大多數警察局裡的訊問方式大不相同，一般警察只是藉由長時間的心理壓力和強迫嫌犯保持清醒，讓他們一再重複回答相同的問題，使其感到疲憊不堪。

波里斯鮮少會在偵訊時對人施加這種壓力，因爲他知道這會對口供造成負面效果，將會成爲優秀律師在法庭裡的攻擊重點。而且，嫌犯被逼入絕境時所提供的半自白，或是認罪協商的企圖，他也沒有興趣。

不，特警克勞斯．波里斯只想要完整的自白內容。

米拉看到他待在工作室的廚房裡，正準備要登場。終究這是一齣要顚倒看的戲，波里斯會運用種種謊言，一點一滴突破可巴席的心防。

他捲起襯衫袖子，手裡拿著一小瓶水走來走去，伸展雙腿：波里斯絕對不會像可巴席一樣坐著不動，他總是會以自己的體格威嚇對方。

在這個時候，史坦也向他提報目前找到的嫌犯相關資料。

「這個牙醫有逃稅問題，他有海外帳戶，匯入的金額有診所的未稅收入，以及每個週末在高爾夫球錦標賽中所贏得的獎金……另一方面，可巴席太太的嗜好則大不相同：每週三下午，她會和某位名律師在市中心的旅館幽會，當然，這位律師每個週末也都會和她先生一起打球……」這個訊息將會成爲審訊的關鍵，波里斯會仔細評估，會在適當時機使出這個殺手鐧，讓這位牙醫無路可退。

特勤工作室裡的偵訊室早就已經準備就緒，就在客房的旁邊。那是個狹長的房間，空氣滯悶，也沒有窗戶，只有一道門，只要波里斯進到裡面、與嫌犯共處一室的時候，他就會立刻把門鎖上，接著，他會把鑰匙放進口袋裡。這是他的標準開場：確保自己處於優勢的一個簡單動作。

霓虹燈管的光線很強烈，而且燈泡還會一直嗡嗚作響，甚爲惱人；這個聲音也是波里斯的利器之一，他會在耳朵裡預先塞放脫脂棉，降低它對自己的影響。

偵訊室與客房之間有一面假鏡牆，但這兩間房有各自的通道，所以其他人可以現場目睹偵訊的過程。最重要的是，這樣可以從側面觀察被偵訊者、但兩者絕對不會正面相迎，他必須感覺到自己的一舉一動都被人看得清清楚楚，但是卻沒有機會回視那隱形的目光。

桌子與牆面都漆成白色：單一色調所產生的效果，就是讓他無法注意其他的東西，所以必須好好思索自己的答案，他的座椅椅腳高低不一，持續搖晃將會讓他心神不寧。

米拉進去的時候，莎拉．羅莎正在準備語音應力分析儀——這種工具可以幫助他們測量被偵訊者聲音裡的壓力變化，只要人一旦說謊，喉頭的血壓就會因爲緊張而隨之下降，原本正常的振動也會減慢，電腦將會分析可巴席說話時的微振動情況，他的謊言將無所遁形。

不過，克勞斯．波里斯最重要的攻略方法——也就是他最爲擅長的一招——就是行爲觀察。

他們態度很客氣，請可巴席進入偵訊室——雖然沒有事先提醒——但他也知道是要準備協助警方進行調查。負責執行任務的警官會先把他帶離與家人同住的飯店，然後安排他坐在汽車後座，並且以繞路的方式帶他到工作室，讓他更加恐懼不安。

雖然這只是一次非正式性的談話，但是可巴席卻沒有要求律師在場，他擔心此舉會讓別人懷疑他是待罪之身，而這也符合波里斯的期待。

這位牙醫坐在房間裡，看起來緊張不安。米拉仔細研究著這個人，他穿著黃色的夏褲，那很可能是他帶去熱帶地區度假的高爾夫球服裝，現在卻是他唯一拿得出來的行頭。他上半身穿的是紫紅色的喀什米爾毛衣，頸緣露出了白色的馬球衫領。

警方告訴他待會兒將有位調查人員過來，詢問他一些問題，可巴席點點頭，雙手放在膝蓋上，顯露出防衛性十足的姿態。

值此同時，波里斯正在鏡牆的另外一邊，好整以暇地看著他，仔細端詳。

可巴席看到桌上放了一個寫著他名字的檔案，波里斯故意放在那裡的。那位牙醫絕對不會伸手去碰它，正如同他雖然知道自己被看得一清二楚，但也不會對著鏡牆的方向張望一樣。

檔案裡其實什麼東西都沒有。

「這看起來像是牙醫的候診間，對吧？」莎拉．羅莎看著玻璃鏡後的那個倒楣男人，開了個玩笑。

就在這個時候，波里斯告訴大家：「好，我們開始吧。」

一會兒之後，波里斯進入偵訊室，首先先向可巴席打招呼，鎖上門，然後為自己遲到而向他道歉。他再次重申自己所詢問的問題只是為了要釐清案情。他隨即打開桌上的檔案，假裝在讀東西。

「可巴席先生，您今年四十三歲，對嗎？」

「是。」

「您當牙醫有多久時間了？」

「我是做牙齒矯正，」他解釋道，「入行也有十五年。」

波里斯花了一些時間，假裝研讀著那些根本看不到的資料。

「可以請教你去年的收入嗎？」

他開始慢慢回答，波里斯已經先揮出第一擊：提到收入，也就等於間接提到稅款。

這位牙醫一如大家所料，對於自己的財務狀況恬不知恥地在撒謊，米拉覺得這個人實在是很嫩，因為他們對話內容的主題是關於謀殺案，如果出現任何的稅務資訊也沒有關係，並不會轉交給稅務單位。

這個人對於自己的私生活細節也不肯坦白，他居然以為自己可以信口隨便回答，波里斯讓他繼續講了好一陣子。

米拉知道波里斯在玩什麼把戲，她曾經看過其他老派的同事使用過類似的手法，但這位特警顯然是高明許多。

只要可巴席胡亂編造答案，波里斯就會馬上知道。焦慮感持續上升，會引發不自然的小動作，像是弓腰、摩擦雙手、搓揉太陽穴或是手腕，這些動作通常還會伴隨其他的生理變化，像是冒汗、聲調提高，或是不由自主的眼球運動。

但是，像波里斯一樣訓練有素的專家，當然知道這些現象只是謊言的徵兆而已，而且它們的功能充其量也不過如此，想要證明這名受試者在說謊，必須要讓他自己全部招認才行。

波里斯發現到可巴席開始信心十足，隨即展開反擊，他以迂迴的方式，切入與亞伯特和第六名小女孩失蹤案有關的問題。

兩個小時之後，接二連三的問題越來越深入，已經讓可巴席難以招架，現在這位牙醫已經放棄了找律師的念頭，他現在只想要盡快離開這裡，在這種崩潰的心理狀況之下，只要能還他自由，他恐怕什麼都會說出口，甚至可能招認自己就是亞伯特。

但，這絕對不可能。

當波里斯一發現之後，他藉口說要喝杯水，離開了偵訊室，再度回到鏡牆後方的房間，與戈蘭和其他人會面。

「他和整起事件毫無關連，」波里斯說道，「而且他一無所知。」

戈蘭點點頭。

莎拉．羅莎剛剛拿回來電腦分析的結果，以及可巴席一家人的手機通聯紀錄，也完全沒有任何的蛛絲馬跡。就算從他們的親朋好友下手，也沒有什麼可查訪的線索。

「也就是說，關鍵是那間房子。」犯罪學專家做出了結論。

如果可巴席的房子是犯罪現場——就像是孤兒院一樣——是否意味著還有某些可怕的事件尚未曝光？

史坦說道：「社區只有一塊自由建地，而最後完建的豪宅就是這一棟，它蓋好的時間大約是三個月前，所以可巴席一家人是這間房子的第一個、也是唯一的主人。」

但是戈蘭不肯放棄：「這房子裡一定有祕密。」

史坦立刻明白他的意思，隨即問道：「從哪裡開始？」

戈蘭思索了一會兒，馬上下令：「從花園開始挖起。」

首先到達現場的是尋屍犬，牠們可以嗅聞到埋於深處的人類遺骸，接著是特殊雷達偵測器，負責掃描地底有無異物，但是螢幕上並未顯示有任何可疑之處。

米拉看著多線進行的忙碌現場，她還在等張法醫告訴她小女孩與受害者父母DNA比對的結果，米拉想知道她的身分。

他們大約是在下午三點鐘開始進行挖掘，小山貓把花園裡的泥土整個都翻起來，那些鐵定花了不少心力與金錢的精美外觀設計，如今全部毀於一旦，現在則任由卡車載運出去，隨意傾倒。柴油引擎的噪音，擾亂了卡波亞托原有的寧靜氣氛，而小山貓的震力彷彿也要來湊熱鬧，一直讓可巴席的瑪莎拉蒂汽車警報器頻頻作響。

挖過花園之後，他們開始進到豪宅內繼續搜尋。另外有家專門的公司搬走起居室裡的厚重大理石板，內牆因爲裂縫而發出聲響，使用十字鍬之後，牆面又透出了光。家具的下場也同樣悲慘：一一被拆解分屍，如今也淪爲在垃圾堆裡的廢物，天花板與地基也難逃被挖掘的命運。

羅契核准這所有的拆除行動，警方可沒辦法承擔再次失敗的結果，就算是造成數百萬的損失也在所不惜。不過，可巴席一家人也不打算回來住了，他們曾經擁有的一切，如今都被驚懼所玷污，再也無法挽回。他們會賤價出售這棟房子，因爲只要一想到所發生的事情，他們原本的豪奢生活就完全走樣。

到了六點鐘左右的時候，主控全場者的緊張不安情緒，一觸即發。

「哪個人去把那他媽的警報器給關掉好嗎？」羅契對著可巴席的瑪莎拉蒂大吼。

「找不到遙控器。」波里斯回道。

「打電話給那牙醫，叫他把遙控器給我交出來！你們什麼事情都要我教嗎？」

他們站成了一個圓圈，緊張氣氛並沒有讓他們因而團結在一起，反而出現了彼此敵對的態勢，而且，無力解決亞伯特所設下的難題，更讓他們深感挫折。

「爲什麼他要把小女孩打扮得像個洋娃娃？」

這個問題簡直讓戈蘭想得快瘋了，米拉從來沒有看過他這樣。面對這項空前的挑戰，應該有些是他自己都沒有察覺到的個人因素、造成他無法好好思考。

米拉遠遠站著，垂頭喪氣地繼續等待，亞伯特的行爲模式究竟代表了什麼意義？

時間慢慢流逝，到了半夜，可巴席的車子依然響個不停，警報聲殘酷提醒著每一個人，目前一切的努力都是白費力氣而已。

地底挖掘工作依然一無所獲，整間豪宅可說是慘不忍睹，但是它卻還是沒有吐露出任何祕密。

米拉坐在房子前面的人行道上，此時波里斯拿著手機走過來。

「我要打電話，可是沒有訊號……」

米拉也看了看自己的手機，「可能就是因爲這樣，所以我還沒有接到張法醫告知DNA比對結果的電話。」

波里斯開始比手畫腳：「原來這些有錢人不是什麼都有，好歹是種安慰，妳說是吧？」

他露出微笑，把手機放回口袋裡，坐在米拉的旁邊。她還沒有機會好好謝謝他的大衣禮物，現在剛好是致意的時候。

「沒什麼。」他回答道。

就在此時，他們注意到卡波亞托的私人駐衛警正整隊圍住整間房子，形成了一條警戒線。

「發生什麼事？」

「媒體要過來了。」波里斯告訴米拉，「羅契決定下令公佈這間豪宅的照片：讓電視新聞拍個幾分鐘，盡可能呈現出我們的工作全貌。」

她看著那些假警察就定位：藍橘相間的制服看起來很可笑，量身訂做的目的也只是爲了炫示身材，他們的臉色嚴峻，還配有提高專業架勢的對講機。

米拉心想，簡單的電流短路，就讓你們的攝影機全掛了，亞伯特讓你們這些人都成了白痴！

「到了這個時候，還是沒有答案，羅契會口吐白沫吧……」

「他總是會想辦法笑得很燦爛，別擔心。」

波里斯拿出捲菸紙和一小撮菸草，開始靜靜地捲香菸。米拉深覺他有話想說，但無法直接開口，如果她保持沉默下去，恐怕也幫不上波里斯的忙。

她決定幫他這個忙：「羅契今天給大家二十四小時的假，你做了哪些事情？」

波里斯的態度很閃避：「睡覺，想案子，有時候你得要清空一下腦袋……我知道妳昨天晚上和戈蘭出去了。」

啊哈！他終於說出口了！但波里斯提起這件事的原因並非是出於嫉妒，米拉錯了，等到他繼續說下去，米拉才發現他其實另有想法。

「我覺得他過得很痛苦。」

他說的是戈蘭的妻子。而且，就他悲傷的語氣聽起來，無論這對夫婦究竟發生了什麼事，一定也間接影響到這整個團隊。

「其實我什麼都不知道，」她說，「他根本沒有跟我提到這件事，只是快結束的時候略略說了一點。」

「如果妳現在知道，會比較好……」

波里斯點燃香菸，深吸了一口、緩吐煙霧後才開始講話，因爲他腸枯思竭，不知從何說起。

「卡維拉博士的太太是個大好人，不只人漂亮，而且個性也很好，我已經記不清楚在他家吃過多少次飯了，她簡直就像是我們當中的一分子。當我們遇到棘手案件時，那些晚餐就是我們周旋在鮮血與屍體之後的唯一寬慰，生活裡的一種滿足，希望妳懂我在講什麼……」

「後來出了什麼事？」

「一年半前的事，完全沒有預警，也沒有什麼徵兆，她離家出走。」

「她離開他？」

「不只是卡維拉，她也丟下他們的獨子湯米。他是個可愛的小孩，但自此之後就跟爸爸相依爲命。」

米拉曾經猜想戈蘭是因爲分手之痛而倍感壓力，但卻從沒想過居然是這種狀況。她眞的不知道，一個母親怎麼可能會拋棄兒子？

「她爲什麼要離開？」

「沒有人知道為什麼。也許有了新歡，也許厭倦了那樣的生活，誰知道……她連張字條也沒有留下，只是打包離開，就這樣。」

「如果是我，我一定會追根究底弄清楚為什麼她要這麼做。」

「說來奇怪，他從來不曾請我幫忙去尋訪她的下落，」波里斯的聲調變了，他四處張望，確定戈蘭不在附近之後才繼續開口，「有些事情戈蘭不知道，也不應該知道……」

米拉點點頭，示意波里斯可以相信她。

「好……幾個月之後，史坦和我追蹤到她的下落，她住在海邊的一個小鎮上，我們沒有直接找上她，只是讓她看到我們在街上，希望她會走過來，和我們說說話。」

「她有嗎？」

「她很驚訝，但她只是揮揮手，低頭走開了。」

波里斯接下來的沉默無聲，米拉無法意會。他把手上的菸屁股扔了出去，其中一位私人駐衛警馬上衝過來，把它從草坪上撿起，但波里斯完全無視其憤怒的眼光。

「波里斯，為什麼要告訴我這些事情？」

「因為卡維拉博士是我的朋友，雖然我們認識沒那麼久，但妳也是我的朋友。」

波里斯一定知道了她和戈蘭都還沒有參透的某些事情，有關他們之間的事，波里斯只想保護他們兩個人。

「當戈蘭的太太離家出走之後，他還是繼續照常生活，他必須如此，尤其是為了他的小孩。我們大家也沒有任何改變，他看起來也還是一樣：犀利、準時、有效率，只是穿衣服變得邋遢，那不重要，也沒什麼好擔心的，但是自從發生『威爾森・皮克』事件之後……」

「你說的是那個歌手？」

「對，我們把那件事取了這個代號。」波里斯顯然很後悔提到這件事。他說得很簡單：「很糟糕，出了一堆狀況。有人威脅要解散整個小組，也要讓卡維拉博士走路，但是羅契很護著我們，保住大家的工作。」

米拉想要知道究竟發生什麼事，要不是可巴席的瑪莎拉蒂警報器再度響起，她知道波里斯最後一定是會告訴她的。

「幹！這噪音簡直是要轟掉腦袋！」

就在此時，米拉看到豪宅前發生的狀況，一連串景象緊緊吸引了她的目光：每個駐衛警臉上都出現了相同的驚慌表情，大家都把手放到了對講機的耳機位置，彷彿出現了什麼突如其來又難以招架的干擾。

米拉又看著那台瑪莎拉蒂，接著把手機從口袋裡拿出來，還是沒有訊號，她突然靈光一閃。她告訴波里斯，「我們還漏掉了一個地方……」

「哪裡？」

米拉指了指上頭。

「大氣層。」

不到半個小時的時間，電訊小組的專家們出現在冰冷的黑夜裡，開始仔細搜尋這個區域。每一個人都戴上耳機，手裡拿著一個小小的儀器、對準天空。他們四處走動——非常緩慢——沉靜如飄魂——盡量找出可能的無線電訊號或可疑的頻率，偌大的天空裡，彷彿藏匿著某種訊息。

眞的。

那個就是一直干擾著可巴席瑪莎拉蒂車子警報器的東西，也就是它讓手機收不到訊號，同時也讓這群駐衛警的對講機出現難以忍受的噪音。

一會兒之後，訊號轉到了接收器上頭。

大家聚集在那台機器的旁邊，想要聽清楚黑暗世界要傳達給他們的訊息。

沒有話語，只有聲響。

他們注意聆聽著斷斷續續的沙沙聲，但是其中卻有一連串清楚的聲響段落，滴滴滴、答答答、滴滴滴。

「三點，三線，然後再三點，也就是三短音、三長音、三短音。」戈蘭爲其他人進行翻譯，這是世界上最著名的無線電語言，這些簡單的聲響，毫無疑問，只有一個意義。

S.O.S（救命）

「訊號從哪裡來的？」這位犯罪學專家問道。

工程師判讀螢幕上的訊號，隨即望向街上，指了過去：「對面的房子。」

23

它就一直矗立在他們面前。

對面的這棟房子，一整天都在靜靜凝望著他們努力不懈地工作，它不過就在幾呎遠的地方，召喚著它們，一再重複著古怪的呼救聲。

那兩層樓的豪宅是屬於伊芳．葛列斯所有。那個畫家，鄰居是這麼稱呼她的。她和兩個小孩住在一起，十一歲的男孩和十六歲的女孩。她當年嫁給年輕有爲的葛列斯律師時，一度放棄了自己對於藝術的熱情，離婚後搬進了卡波亞托之後，她又重拾起畫筆。

起初大家並不怎麼接受伊芳的抽象畫，畫廊展出了她的個展，但是卻沒有賣出任何一件作品。但是伊芳對自己的天賦有信心，並沒有輕言放棄。當伊芳有個朋友請她幫忙畫全家福肖像油畫，掛在壁爐台前的時候，她找到了自己的利基點，在那群厭倦了傳統相片、卻想讓家族永存於油畫布裡的人當中，她馬上變成炙手可熱的肖像畫畫家。

摩斯密碼讓大家注意到對街的那棟房子，有名駐衛警說，伊芳．葛列斯和她的小孩已經好一陣子沒有出現了。

窗簾擋住視線，所以無法看到裡頭的情形。

在羅契下令攻入屋內之前，戈蘭曾經試過打電話給女主人，但一會兒過後，慣常寂靜的大街上出現了微弱的電話聲響，但顯然是從房子裡面傳出來，沒有人接電話。

他們也試圖連絡她的前夫，希望至少小孩會待在他那裡。當他們終於找到他的時候，他卻說自己已經多年沒有聽到子女的消息。這也不意外，他當初爲了一個二十多歲的女模拋家棄子，而且離婚後更認爲只要定期付錢把小孩餵飽、就算是盡了人父的責任。

工程師在豪宅周邊放置熱感應器，追查屋內是否還有熱源。

「要是裡面還有人活著，我們很快就會知道。」羅契說道，他對於科技效率極具信心。

値此同時，他們也確認了水電與瓦斯的狀況，但因爲帳單都是自動扣繳，所以供應一切正常，但是量表在三個月之前都已經陷入停擺：這表示這九十天以來，裡面根本沒有人打開過燈。

史坦說道：「那差不多就是可巴席豪宅完工、他們一家人搬進來的時候。」

戈蘭開口問羅莎：「請妳去查監視器攝影機的紀錄：顯然這一定是有關連。」

「希望這次系統沒有大斷電。」羅莎說道。

「我們準備攻堅。」卡維拉宣佈。

此時波里斯已經在公務車裡穿上克維拉❺防彈衣，當他看見米拉出現在車門口時，他大聲宣佈：「我要進去。」波里斯不能理解爲什麼羅契要叫霹靂小組先進去，「他們不能阻止我——我也要進去。」他說：「他們只會把事情搞砸，他們先摸黑進去，一旦攻入之後……」

「嗯，我想他們會好好處理……」米拉小心附和，不希望和他起太大的衝突。

「他們也會好好保全證據嗎？」他的問題裡充滿譏諷。

「那我也要進去。」

波里斯停了半晌，低頭看著她不發一語。

「我覺得我可以——至少，是我發現訊息來源——」

他扔給她另外一件防彈背心，讓她住嘴。

一會兒之後，他們離開公務車，與戈蘭和羅契會合，向他們仔細說明必須參與攻堅的理由。

「不可能，」羅契斬釘截鐵地說道，「這是霹靂小組的事，我冒不起這種風險。」

「檢座，聽我說……」波里斯不鬆口，而且擋在羅契前方，讓他無法逃避。「讓米拉和我先進去探勘狀況，其他人先待命，如有需要再進行攻堅。」羅契拒絕讓步，「我待過軍隊，受過專門訓練處理這種狀況，史坦在這個領域已有二十年經驗，我很有信心，要不是他少了一個臂，他一定會志願跟我一起進去，因爲他非常了解狀況。至於米拉·瓦茲奎茲警官：她曾經隻身深入一個瘋子的家裡，救出了被綁架的小男孩，還有被囚禁的女孩。」

要是波里斯知道她和這些人質曾經出了什麼事，應該不會這樣拍胸脯保證她的適任性，米拉想到這件事，心裡很難過。

「請長官試想一下：有個小女孩還活著，人不知道在哪裡，但是她也撐不了多久，每一個犯罪現場，都讓我們更加了解這個綁架者，」接著波里斯手指著伊芳·葛列斯的房子：「要是裡面有任何線索可以帶我們找到亞伯特，就必須在證據被破壞之前，自己先找到才行，唯一的方式就是派我們進去。」

「我可不這麼認爲，特警先生。」羅契回答的語氣很平靜。

波里斯跨步向前，直視著他的眼睛。

「你希望事情要搞得更複雜嗎？現在麻煩已經夠多了……」

很安全的威脅之道，米拉心想。對於波里斯膽敢以這種語氣和長官說話，她倒是十分驚訝。但是，這似乎只是他們兩個人之間的問題而已。

羅契緊盯著卡維拉：他是要等待意見？或者只是希望有人可以分擔決策的責任？

但是這位犯罪學專家不想多加計較，他只是點點頭。

---

❺ Kevlar，一種陶瓷合成纖維，是目前製作防彈衣的最佳材料，由美國杜邦公司生產。

「希望我們不會後悔。」首席檢察官故意使用了複數人稱代名詞，強迫戈蘭要分擔責任。

就在這個時候，一名工程師帶著熱感資料的顯示器走過來，「羅契先生，感應器發現二樓有東西……還活著。」

每一個人都回頭看著那間房子。

「目標仍在二樓，沒有移動跡象。」史坦透過無線電宣佈消息。

推開前門門把之前，波里斯開始在心中靜靜倒數。駐衛警隊長已經先將備份鑰匙交給了他：為了以防萬一，每間豪宅都曾經多打了一份鑰匙放在他們那裡。

米拉仔細觀察著波里斯全神貫注的模樣，這位特警將是第一位進入屋內的人，她跟隨在後，在他們後方是隨時準備介入的霹靂小組，他們都已經把槍舉高，除了克維拉防彈衣之外，還戴著附耳機的貝雷帽，右側太陽穴有麥克風和小照明燈。史坦一邊盯著熱感顯示器上出現的形體輪廓，一邊以無線電進行指揮。那個形狀上有好幾種不斷波動的顏色，顯現出身體有多重溫度，從藍色、到黃色紅色都有，想要從其判斷出形狀究竟為何，並不容易。

但是那看起來像是躺在地上的形體

有可能是已經負傷的人。不過，在他們找到真相之前，波里斯和米拉還是必須遵守安全守則，先完成詳盡的搜查工作。

在這棟豪宅外頭，已經安裝好了兩盞大型的強力反射燈，照亮了兩面正牆，但因為窗簾垂放下來，所以燈光只能微微照亮屋內，米拉正努力讓自己盡快適應這一片漆黑的世界。

「還好嗎？」波里斯低聲問她。

「沒問題。」她很肯定。

此時，戈蘭又再度站在可巴席家的草地上，點燃了一支香菸，多年來他從來不曾像此刻這麼需要它，他非常擔心，尤其是米拉。莎拉．羅莎正在他旁邊，前方有四台顯示器，觀看閉路電視監視器的紀錄資料，要是這兩間對門的房子之間有任何關連，他們馬上就會知道了。

米拉進到伊芳．葛列斯豪宅裡的時候，看到的是一片混亂。

從大門即可看到左方起居室與右方廚房的全貌。餐桌上堆滿了打開的早餐穀片包裝盒，喝了一半的橘子汁，還有臭酸牛奶的包裝盒，此外，還有喝得精光的啤酒瓶。食物儲藏間的門也敞開著，地面上散落了一些食物。

餐桌有四張椅子，但只有一張被人移動過。

水槽裡堆滿了骯髒的碗盤和瓶瓶罐罐，上面積了一層食物殘渣。米拉拿起手電筒察看冰箱：龜殼綠色的磁鐵下有張照片，年約四十多歲的金髮女子，微笑擁著一對小姊弟。

在起居室裡，大型液晶電視前方的矮桌下，幾乎都是碳酸飲料啤酒的空瓶，但啤酒罐更多一點，菸灰缸裡全是菸屁股。有人把搖椅拉到了起居室的中央，地毯上都是髒兮兮的足印。

波里斯向米拉示意，給她看了這間豪宅的地圖，他建議兩人要分頭進行，然後在通往二樓的樓梯口處會合。他指了指餐廳後面的區域，把藏書房和閱讀間留給自己。

「史坦，一樓都沒問題吧？」波里斯低聲向無線電對講機問道。

「沒有新的動靜。」另外一頭傳來了回答。

波里斯和米拉互相點點頭，米拉朝著自己被分派的方向前進。

「找到了。」就在這個時候，莎拉．羅莎看著顯示器說話了，「這裡……」

戈蘭傾身，靠著她的肩膀：根據螢幕角落的日期，這些是九個月前所拍攝到的影像。當時可巴席的豪宅還只是一塊工地，在快轉畫面當中，這些工人像發狂的工蟻一樣、忙著處理房子尚未完工的立面外牆。

「好，注意看了……」

羅莎將錄影帶快轉到黃昏時分，每一個人都離開工地現場要回家，並且準備第二天繼續上工，接著，她把影帶調回成正常的轉速。

可巴席前門處，此時正有個東西一閃而過。

它是個陰影，靜止不動，慢慢等待，它還在抽菸。

明滅不定的菸光洩漏了它的形跡。那男人待在牙醫的豪宅裡，等待夜幕降臨。等到天色已經全暗下來，他才走出來，四處張望，接著走到對面，只有幾碼之遠的房子那裡，沒敲門就直接進去了。

「現在仔細聽……」

米拉正在伊芳．葛列斯的畫室裡頭，每個角落裡都堆著畫布，畫架和顏料四處散落；當她從耳機裡聽到戈蘭的聲音時，她暫停下來。

「已經知道屋子裡出了什麼事。」

米拉等著答案。

「我們要對付的是寄生蟲。」

米拉聽不懂，但戈蘭隨即提出了解釋。

「可巴席豪宅工地那裡有個工人，一等到傍晚收工，立刻溜進對面的房子裡，我們怕他……」這位犯罪學專家停了一會兒，才說出了令人不寒而慄的想法，「……已經在這房子裡，綁架了全家人。」

這名不速之客鳩佔鵲巢，認定自己就是這家人的一分子，他自以爲是的愛，讓一切都變得合情合理，但是當他厭倦這種虛假的故事之後，他就會擺脫這個新家庭，準備在別的家庭展開另一段寄生生活。

米拉看著他在伊芳畫室裡行經的腐臭跡痕，不禁聯想到可巴席地毯上的肉蠅狂宴。

她聽到史坦問道：「持續了多久時間？」

「六個月。」戈蘭回道。

米拉覺得胃部一陣抽搐，伊芳和他的孩子當了這個精神病患的禁臠長達六個月，而他居然能夠對他們爲所欲爲，更過分的是，期間他還侵入了其他十多間屋子，那些住在昂貴地段卻孤立無援的家庭，深深信賴著那套荒唐的保全系統，只能妄想著自己可以從恐怖世界中順利逃脫。

六個月，但是卻沒有人發現任何異狀。

社區園丁每週都會修剪草坪，也會細心照料花壇裡的玫瑰。門廊的燈到了傍晚就會大亮，完全依照社區管理規範所訂定的時間表、自動設定同步開啓。小孩在屋前的車道上騎單車或是玩球，小姐太太散步話家常，交換甜點食譜，男人會在週日早上慢跑，在車庫前洗車。

六個月。*居然完全沒有人注意到*。

天天都關著窗簾，也沒有人起疑，他們也沒有注意信箱裡塞滿了信件，更沒有人注意到伊芳和她的孩子已許久沒有出現在俱樂部的社交場合，就像是入秋舞會和十二月二十三號舉行的摸彩活動。聖誕樹的擺飾——全社區都一模一樣——也都依照慣例由管理委員會安排，而且在假期結束後就會移走。電話沒有人接，有人敲門的時候，伊芳和小孩也沒有應門，但居然沒有任何人起疑心。

伊芳．葛列斯的親人不多，都住得很遠，但他們似乎也沒想到，許久未連絡可能是出事了。在這麼漫長、無盡的時間當中，這個可憐的家庭日日都在盼望、祈禱有人出手相救，或是注意到有異狀，但他們的願望從來不曾實現。

「他很可能是個虐待狂，這是他的遊戲，他的娛樂。」他的娃娃屋。當米拉一想到亞伯特在可巴席沙發上給屍體穿的衣服，她心裡不禁出現這個字詞。

她想到了在這段無止無休的時間當中，伊芳及一對兒女所遭受的無數淩辱，六個月的苦難，六個月的折磨，但從另一方面來說，這整個世界忘卻他們的時間，卻根本不需要這麼久。

而且，就連所謂「法律的守護者」也沒有注意到發生什麼事，他們居然一天二十四小時駐守——而且全面警戒！就在事發的房子前面！他們多少難辭其咎，也同為共犯，就連米拉自己也是。

米拉又陷入了思索，亞伯特這次揭露的是人類的偽善面，大家認為這一切很「正常」，反正他們又沒有親手殺死了無辜的小孩，自然事不關己。但這已等同於另一項重罪：冷漠。

波里斯打斷了米拉的思緒。

「史坦，上面怎麼樣？」

「沒有狀況。」

「好，那我們繼續挺進。」

他們依原定計畫，在通往二樓的樓梯口處碰頭，接下來是臥房。

波里斯向米拉點頭示意，請她掩護他。從此刻開始，他們必須要讓無線電保持絕對的安靜，以免洩漏了自己的位置，不過，史坦有特權可以發話，只要那個活著的生物有任何動靜，他可以立刻提出警告。

他們開始爬樓梯，階梯上所覆蓋的地毯充滿污斑：有腳印，也有食物殘渣。階梯旁的牆面上掛滿了度假出遊、慶生，以及家庭聚會的照片，最上面還有一張伊芳和孩子們的油畫像。有人在他們的眼睛上戳洞，也許，那緊迫盯人的凝視，把他激怒到忍無可忍。

他們已經到了樓梯平台處，波里斯退後一步，好讓米拉可以追上他的腳步。他走在前頭：廊道上有許多半開的門，而走廊的盡頭則位於左側。

最後一個角落的後方，正是這整間屋子裡的唯一活口。

波里斯和米拉開始小心翼翼前進，他們經過一扇半開的門，米拉認出了那透過空氣傳送的摩斯密碼的規律響聲，她輕輕推開了門，那是十一歲小男孩的房間。牆壁上貼著各大行星的海報，書架上都是天文書籍，關起來的窗戶邊放著一架望遠鏡。

小小的書桌上放著一具科學模型，十九世紀發報機台的等比例複製品。放著兩個乾電池的一小塊木板，透過電極和銅線，連接到一個打孔圓盤上，它在扣輪上持續轉動，發出規律的聲響——滴滴滴，答答答，滴滴滴，整組器材以一小條電線連接到了一台恐龍狀的無線電發報器上，這個模型上面，還有塊刻著「首獎」的黃銅板。

這裡就是訊號的來源。

小男孩把自己的回家功課變成發報器，那男人把他們變成了囚徒，但這個裝置卻可以逃避他的檢查管束。

米拉把手電筒移到了那張亂七八糟的床，底下有個髒兮兮的塑膠桶，她也注意到床頭有摩擦的痕跡。

走廊對面是十六歲女孩的房間。門上用五顏六色的字母拼出了她的名字：凱拉。米拉很快就從門口看到房間裡的狀況，地板上堆放著床單，內衣抽屜整個被翻倒在地上，五斗櫃的鏡面被轉到了床前，不難想像爲什麼會如此，這裡也有床柱摩擦的痕跡。手銬。米拉心想，他們白天就是被他綁在床上。

這種時候，放在角落的骯髒塑膠桶，一定是拿來當作排泄之用。幾碼之外就是伊芳的房間，床墊很髒，而且只有一張床單，地毯上有嘔吐物，到處散落著衛生紙，牆上有個釘子，以前可能曾經掛著畫，但是現在卻只有一條皮帶，提醒著這裡換了什麼樣的人當家、怎麼掌控場面。

這就是你的遊戲間，你這個畜生！我想你三不五時也會去凌辱那個小女孩！等到你玩夠了，又轉移陣地到那十一歲小男孩的房間，就算是毆打他也好……

憤怒，是米拉此時唯一擁有的情緒，她也毫不客氣，從那黑暗之泉裡貪婪暢飲。爲了不要讓那禽獸侵害兩個孩子，伊芳·葛列斯一定逼使自己要「善待」那禽獸，好讓他留在自己的房裡。這種狀況曾經上演多少次？也沒有辦法知道了。

「兩位，有東西在動。」史坦的聲音提高了警覺。

波里斯和米拉同時面向走廊盡頭的角落，此時已經沒有時間逐一檢查，他們把手槍和手電筒同時對準那個方向，等待著那個東西隨時可能出現。

「不准動！」波里斯喝道。

「它朝妳過來了。」

米拉的食指扣住了扳機，隨時準備擊發，她聽到傳到耳朵裡的心跳聲越來越強。

「在角落後方。」

那東西現身了，先是微弱的哀號，一張毛茸茸的狗臉看著他們。那是隻紐芬蘭犬，米拉解除了警備，波里斯也一樣。

「沒事，」她對著無線電回報，「只是一條狗而已。」

牠的毛又粗又黏，雙眼紅腫，還有一隻腳掌受了傷。

米拉心想，他沒有殺這隻狗，她順便向牠靠了過去。

「過來，乖，過來這裡……」

「牠在這裡至少活了三個月，怎麼可能？」

米拉趨前，這隻狗卻縮了回去。

「小心，牠很害怕，可能會咬妳。」

米拉沒把波里斯的提醒放在心上，開始慢慢接近那隻紐芬蘭犬。她彎身讓狗兒卸下心防，繼續叫喚著牠，「過來，乖，來我這邊。」

她距離越來越近，看到狗項圈吊了一塊名牌，藉由手電筒的光線，她唸出了狗兒的名字。

「紐飛，過來我這邊，過來……」

那隻狗終於肯讓她靠近，米拉把一隻手放在牠的鼻前，讓牠可以好好嗅聞自己的氣味。

波里斯開始不耐煩。「好，現在已經不用照著地圖繼續檢查了，把其他人叫進來吧。」

狗兒把一隻腳掌伸向米拉，好像想讓她看什麼東西似的。

「等等……」

「什麼？」

米拉沒有回答，但是在她起身之後，發現那隻紐芬蘭犬回到了走廊的陰暗角落裡。

「牠想叫我們跟過去。」

他們走在狗兒的後方，轉過角落之後，看到走廊又向前延伸了幾碼之遠，盡頭的右側是最後一個房間。

波里斯看著地圖，「這間正對著後方，但看不出來是什麼。」

那間門是關著的，門口還堆了些雜物，印著狗骨頭圖樣的床單、碗、彩球、狗繩，還有一些吃剩的食物。

「搜刮食物櫃的就是這個人。」

「不知道他爲什麼要把狗的東西帶來這裡……」

那隻紐芬蘭犬靠近門邊，彷彿是要證明現在這裡就是牠的窩。

「難道你覺得這隻狗是自己把所有家當帶過來的嗎？」

狗兒似乎想要回答米拉的問題，牠開始抓著門的木緣，發出嗚咽聲。

「牠想要叫我們進去……」

米拉拿起狗繩，把狗綁在電暖器上頭。

「紐飛，你要乖乖的。」

狗兒吠了幾聲，彷彿眞的聽得懂人話。他們清開堆放在門口的雜物，米拉抓住門把，而波里斯則舉槍對著門：熱感應器還沒有顯現屋內有其他生物，但你永遠不知道眞相如何。但是，他們兩個都相信，在這道薄門的後面，隱藏的是這幾個月以來所有事件的悲傷終曲。

米拉的手下壓門把，打開之後推門進去。手電筒的光穿透黑暗，光束掃視全場。

房間空無一物。

這個房間大約是二十呎乘十呎寬（約五．五坪），地上並沒有鋪地毯，牆面也是一片淨白。厚重的窗簾封住了窗戶，天花板上懸掛著一盞燈，這個房間似乎從來沒有人用過。

「牠爲什麼要把我們帶到這裡來？」米拉問道，米拉彷彿是在問自己，而不是眞的要問波里斯。「伊芳和她的小孩呢？」

她避開了眞正的問題：屍體在哪裡？

「史坦？」

「接下來呢？」

「這裡告一段落，科學鑑識人員可以進來了。」

米拉回到走廊上，放開狗兒，牠沒有待在米拉身邊，反而跑進了屋裡。

「紐飛，不可以！」

但是這隻狗並沒有打算離開，她拿著狗繩要接近牠，牠又汪汪叫，似乎完全不爲所動，接著牠開始聞起地板旁的踢腳板，米拉彎身蹲在牠旁邊，推開了狗鼻，用手電筒看個仔細，沒有，什麼東西也沒有，但，她馬上看到了。

褐色的污斑。

不超過百萬分之三的寬度，她更靠近了一點，是長方形的形狀，表面還有一點皺褶。

米拉立刻斷定出答案，她大叫：「這是事發地點！」

波里斯聽不懂。

米拉面向他：「這就是他們一家人被殺的地方。」

「我們其實沒有注意到有誰進去這間房子……不過，你也知道，伊芳．葛列斯長得很漂亮，自己生活得也不錯……所以，就算已經很晚了，有時還是會有男訪客到訪。」

駐衛警隊長不懷好意地點點頭，戈蘭直直瞪著他的雙眼。

「有膽你就繼續含血噴人。」

他的聲調聽起來很平淡，但卻包含著威脅的語氣。

警方原本大可以舉證他與下屬嚴重違反了職守，但是卡波亞托社區的律師們卻已經指點過他，他們的策略之一就是把伊芳．葛列斯塑造成一個水性楊花的女人，原因只是因爲她單身又經濟獨立。

戈蘭認爲這個禽獸——因爲他現在也想不出別的名字——在伊芳家來來去去了六個月之久，而且都是用同樣的理由爲所欲爲。

這位犯罪學專家和羅莎看了這一大段時間裡的許多錄影帶，他們得要快轉帶子，但是多少都是一再重複的同樣場景。有時候那男人沒有過來，戈蘭覺得，對這個孤立無援的家庭來說，那也許是最美好的時刻，但，也許是最壞的也不一定，因爲那表示他們得要繼續被綁在床上，而且他要是沒有過來，他們也就沒有東西吃，沒有水可以喝。

在不斷哀求暴徒手下留情的過程中，被性侵，表示能夠活下去。

影帶裡也可以看到那男人白天在工地工作的模樣，他總是戴著一頂鴨舌帽，以免攝影機拍下他的臉部特徵。

史坦也詢問了雇用他當臨時工的建築公司，他們說這男的叫做李賓斯基，但這是假名。這種事情經常發生，主因在於只有工地願意收容無居留證的外國工人，就法律來看，雇主的義務僅是要求提供證件而已，而非確定其眞僞。

同時間在可巴席豪宅工作的其他勞工則表示，「李賓斯基」是個不與人往來的沉默角色。他們也描述了他特徵，提供警方繪製模擬人像，但是重建資料的差異性太大，最後也只好作罷。

戈蘭結束了與駐衛警隊長的會面之後，也與其他人一同進入了伊芳的豪宅裡，現在那裡成了克列普及其人馬的專屬區域。

這位穿環刺洞的指紋專家走過去的時候，渾身叮叮噹噹，臉上表情愉悅，彷彿像是個走入美麗森林的精靈。這間房子現在看起來很超現實：塑膠布已經完全蓋住了地毯，四處放置著探照燈，打亮著某些特定區域，就算只是小地方也一樣。穿著白色工作服和塑膠玻璃護目鏡的工作人員正在進行撒粉，每一個表面都不放過。

「好，這個傢伙不是很行，」克列普開口了，「狗弄髒的地方不算，他在這裡留下了各式各樣的垃圾：啤酒罐、菸屁股，還有玻璃杯，DNA已經多到可以重新複製一個他了！」

「指紋呢？」莎拉・羅莎問道。

「多到爆！但是很遺憾，他還沒有進過監牢，所以目前還沒有他的資料。」

戈蘭頻頻搖頭：有這麼多的資料，但卻還是找不到嫌犯。顯然這隻寄生蟲並不像亞伯特那麼謹慎，把小女孩屍體帶進可巴席豪宅的時候，他還預先讓保全監視錄影系統全部斷電，也許正是這個原因，戈蘭總覺得還有一件事不太合理。

「屍體呢？我們看過了錄影帶，這隻禽獸根本沒有從屋裡帶走過任何東西。」

「因爲不是從大門出去的。」

他們互相看著對方，想要弄清楚這句話究竟是什麼意思。克列普補充道：「我們再來會搜查排水溝，應該是在那裡棄屍的。」

他把這一家子分屍了，戈蘭做出了結論。這個瘋子曾經扮演過親愛丈夫與慈祥父親的角色，有一天他突然厭倦了，或者他只是剛從對面的房子工地結束工作，最後一次進來這個地方，伊芳和孩子們也可能感覺到一切即將結束。

「但最詭異的事情我還沒說……」克列普說道。

「什麼狀況？」

「樓上那間房間，我們的女警朋友發現小片血跡的地方。」

戈蘭看到米拉態度變得很拘泥，防衛性十足，這番話讓其他人也出現了同樣的反應。

「二樓的這個房間，將會變成我的『西斯汀教堂』[6]，」克列普強調，「那片血跡會說話，房間裡就是屠殺的地點。之後他把現場清理得乾乾淨淨，但還是留下了痕跡。不過，他還多做了一件事：重新粉刷牆壁。」

「爲什麼要這麼做？」波里斯問道。

「因爲他很笨，再明顯不過了，他把現場弄得一團亂，留下這麼多線索，還把屍體扔進水溝，早就幫自己賺到一個無期徒刑，好，那爲什麼還要花時間粉刷牆壁？」

戈蘭也百思不得其解，「那你這裡要怎麼開始著手？」

「等到去除油漆之後，就會看到牆面上到底有什麼東西。這可能會花一點時間，不過，新科技可以幫我們回復所有的血跡，笨蛋的幼稚行爲根本無法遁形。」

戈蘭還是不放心，「我們現在只有不確定的刑期和還沒找到的屍體。他會去坐牢，但不表示得以實現正義，想要讓眞相水落石出，而且以謀殺罪將其逮捕歸案，我們也需要血跡。」

「一定找得到，戈蘭博士。」

他們根據克列普所收集到的資料進行比對，目標對象的簡單特徵也一一浮現。

「這個男人的年紀大約是在四十到五十歲之間，」羅莎先開始，「體格強健，大約有五呎十一吋高（約一八〇公分）。」

「地毯上的鞋印是九號，我想沒錯。」

「有抽菸。」

「而且是買菸草和菸紙自己捲菸。」

「和我一樣。」波里斯說道，「跟這種人有共通點，眞是好榮幸。」

「我說他一定很愛狗。」克列普又有了新結論。

「只是因爲他不殺紐芬蘭犬嗎？」米拉問道。

「親愛的，不是，因爲我們還找到了其他的雜種狗狗毛。」

「但有人看到這男人把其他狗帶進來嗎？」

「這些狗毛是在地毯上的鞋印污泥裡發現的，裡面有工地裡的東西——水泥、黏膠、溶劑——所以它們也就黏附了那男人從家裡帶出來的東西。」

克列普看著米拉，他的表情彷彿是先被愚蠢問題所挑戰，之後又以驚人才智取得壓倒性勝利，他臉上的光彩很快就消逝，不再看著米拉，回復到他們所熟知的酷派專家模樣。

「還有一件事情，但我不知道需不需要告訴大家。」

「還是說吧。」戈蘭插話進來，他知道克列普最愛被人問問題。

「在他鞋底的泥巴裡，有某種高濃度的細菌，我已經問過了我們最可靠的化學專家……」

「爲什麼是化學家？而不是生物學家？」

「因爲我以爲那是某種『吃垃圾』菌，它可以存活於自然界中，但也可以拿來作爲不同用途使用，像是分解塑膠或是石化的衍生物，」接著他的態度變得很篤定：「它們不會消化任何東西，事實上，它們只會製造某種酵素，可以清理舊的垃圾堆……」

戈蘭看到米拉一聽到這些話，立刻看著波里斯，他當下的反應也一樣。

「舊垃圾堆？操他媽的……我們認識這個人！」

❻ 位於梵諦岡，最著名爲米開朗基羅繪製的穹頂壁畫。

24

費德赫正等著他們。

這隻寄生蟲已經縮回自己的蛹殼裡，正站在垃圾山頂上。

他這幾個月來已經囤積了各式各樣的武器，就是爲了決一死戰的那一刻。他其實也並沒有打算躲躲藏藏，因爲他知道遲早總會有人找上他、要求他提出解釋。

霹靂小組先行抵達，已經在他的房子附近部署完成，米拉和團隊裡的其他成員也隨後趕到。

費德赫從其制高點下望，可以看到通往舊垃圾堆的道路上的動靜，他也早就砍光阻蔽視線的樹木，但是，他還沒有準備開火，他想等到全員就位之後，再開始他的射擊練習。

他的第一個目標是自己的狗，寇奇，那隻在廢金屬堆裡晃來晃去的鐵鏽色雜種狗。擊中頭部，一發斃命。他想要那些人知道他可是認眞的。米拉心想，如果讓那隻小狗繼續活著，也許會死得更慘也說不定。

她趴臥在一台防彈車的後面，靜觀全局。自從她和波里斯離開了那間房子之後，究竟又過了多久時間？他們倆曾經到過那裡，詢問費德赫在天主教孤兒院的成長過程，但他卻隱藏了一個比羅納德·迪米斯還要更可怕的祕密。

他撒了好多謊。

當波里斯問他是否曾經入獄時，他的回答是肯定的，但事實卻並非如此，所以他留在伊芳·葛列斯房裡的指紋也沒有比對資料。但是，他卻利用了這個謊言，確定這兩位警官對他的底細幾乎是一無所知，而且波里斯也沒有察覺到任何異樣，因爲一般人通常不會爲了給人負面印象而說謊。

米拉心想，但費德赫卻使出了這種方法，眞的是非常狡猾。

他打量過這兩個警察之後，開始把他們耍著玩，更確定了他們不知道自己與伊芳豪宅之間的關係。如果費德赫以爲他們知情，那麼米拉和波里斯可能沒辦法活著走出那間屋子。

當費德赫出現在羅納德深夜葬禮的時候，她又被耍了第二次。她誤以爲那是在表現憐憫，但其實他卻是在觀察情勢。

「來啊，混帳東西，過來抓我啊！」

機關槍子彈在空氣中呼嘯而過，防彈車遭到了悶擊，廢鐵堆裡也有子彈的回聲。

「賤貨！我死給你們看！」

沒有人回他的話，沒有人想要跟他進行協商。米拉環顧四周：根本沒有拿著擴音器的談判專家，準備告訴他放下武器。費德赫已經簽下自己的格殺令，現場沒有人想要留他的活口。

幾名狙擊手已經就定位，只要等到他一有動作就立刻開火。但是在這個時刻，他們先讓他盡情咆哮，他很有可能會因此犯錯。

「她是我的，混帳！我的！她想要，我就給她！」

他就是想挑釁他們，從那些盯著他的一張張臉孔來看，他達到目的了。

「我們得要生擒才行。」戈蘭終於開口，「這是了解他和亞伯特之間關係的唯一方法。」

史坦說道：「博士，這些霹靂小組的傢伙可不是這麼想。」

「我們趕快找羅契：請他下令找談判專家過來。」

「費德赫不會就範：他早就預料到一切，也知道自己難逃一死。」莎拉．羅莎說道，「他希望自己就死的那一剎那，可以充滿戲劇性。」

她的判斷沒有錯，剛剛抵達的爆破專家已經證實房子周遭的區域有狀況，裡面一位成員過來與羅契會合，告訴他新消息，「地雷。」

「那鬼東西一旦引爆，簡直就是世界末日。」

他們也徵詢過地質學家的意見，她表示那個地方因垃圾分解而產生的甲烷，含量很可能相當驚人。

「你們一定要趕快離開，擦槍走火都可能會引發災難。」

戈蘭堅持他們一定要與費德赫進行談判，羅契答應給他半個小時的時間。

這位犯罪學專家想要打電話進去，但是米拉想起來波里斯之前曾想打電話連絡費德赫，但因為沒有付帳單早被停話，所以只聽到電話公司的錄音。重新接線花了七分鐘的時間，而且，當他家裡電話響起的時候，費德赫的回應是對他們開槍。

戈蘭沒有輕言投降，他拿起擴音器，站在距離房子最近的一台防彈車後方。

「費德赫，我是戈蘭・卡維拉！」

「幹！你去死！」咒罵之後是一陣槍響。

「聽好：我跟大家一樣，根本瞧不起你。」

米拉知道，對方根本不相信的事情，戈蘭也不會拿來當成談判籌碼，因為完全沒有效果，這個人已經選擇了自己的命運，所以這位犯罪學專家立刻攤牌。

「狗屁！聽你在放屁！」又發了一槍，雖然戈蘭受到了周全的保護，但這次距離他所站立的位置卻只有幾英寸的距離而已。現在，戈蘭丟出開場白。

「你當然會想知道，因為我有好東西要給你！」

在這個節骨眼上，他還能給出什麼好處？米拉搞不懂戈蘭準備要使出什麼策略。

「我們需要你，費德赫，你應該知道是誰抓走了第六號小女孩，我們叫他亞伯特，但你一定知道他的眞名。」

「幹！干我屁事！」

「當然跟你有關，因爲現在提供情資有獎金！」

那筆懸賞。

原來這是戈蘭的計謀，提供第六號小女孩下落有效情資的人，將可獲得洛克福特基金會的千萬歐元賞金。

可能有人不知道這筆錢對一個即將鋃鐺入獄的人來說、究竟有什麼好處，但米拉卻很清楚。這位犯罪學專家想要攻破費德赫的心防，他知道這傢伙還想要脫罪，希望有機會可以玩弄這個體制，它迫害了他的一生，讓他淪落成現在的模樣，一個慘不忍睹的倒楣鬼，末路窮途。但有了這筆錢之後，他可以請個大律師，有機會讓他因爲精神失常而獲得減刑，這通常是留給有錢被告的法律途徑，因爲要是沒有足夠的金錢後盾，恐怕很難堅持下去。費德赫將有機會獲判較輕的刑期——可能只需要二十年——而且不是待在一般獄所，而是和監護精神病醫院的病人在一起。出獄之後，他將能以自由人的身分，在餘生繼續享用財富。

戈蘭正中他的下懷。因爲費德赫一直想要更好的生活，所以他才會侵入伊芳．葛列斯的豪宅裡。至少，一生當中總該要體驗一次，什麼是在高級地段的尊貴生活、有漂亮的妻子與可愛的兒女，以及一切美好的事物。

他現在有機會可以同時得到雙重好處：贏得賞金，而且有機會逃脫宿命。

他可以大搖大擺地走出屋子，向原本欲置其於死地的百名警察微笑示意，但最重要的是，他會變成一個有錢人，就許多方面來看，都算是眞正的英雄。

費德赫這次沒有罵人，也不再開槍，他正在思考。

戈蘭趁此沉默的空檔，又補上一記，增加了費德赫的想像空間。

「費德赫先生，沒有人可以拿走你應得的賞金，而且，雖然我不想說出口，但的確會有許多人要深深感謝你。好，放下武器，走出來投降吧……」

又一次，邪惡成了良善的手段，米拉心想，戈蘭為了良善，也運用了相同的技巧。

彷彿毫無止盡的數秒鐘過去，但戈蘭知道，一秒又一秒流逝過去，他成功的機會也會越來越高。此時，他看到特勤小組的成員，正拿出一根附著小鏡的延伸桿、察看費德赫在屋裡的位置。

過了一會兒之後，費德赫已經出現在鏡面的反射影像裡。

他們只能看到他的肩膀與後頸，他穿著野戰外套，戴著獵帽，接著又出現了他的側面、下巴，以及亂七八糟的鬍子。

不過是幾分之一秒的時間，費德赫舉高了步槍，可能是要射擊，但也可能是投降的訊號。

一陣低沉的哨聲劃破了他們的思緒。

米拉根本還來不及知道發生了什麼狀況，第一顆子彈已經命中費德赫的頸部，接著是第二發，從別的方向飛來。

「不！」戈蘭大叫，「住手！不准開槍！」

米拉看到霹靂小組的狙擊手從藏匿處逐一現身，對準目標輕而易舉。

費德赫身上的兩處彈孔，造成頸部隨著動脈的律動、噴血不止，他靠著一隻腿拖拉著自己的身體，嘴巴張得大大的，一隻手奮力塞住自己的傷口，另一隻則抬起步槍，試圖還擊。

戈蘭不顧危險衝出去，希望時間能就此中止。

就在這一刻，第三顆子彈出現，比前兩發更加精準，完全命中了頸部要害。

這隻寄生蟲，已經被殲滅了。

25

「你知道嗎？薩賓娜很喜歡狗。」

米拉心想，她依然還是用現在式。這是很普遍的現象：這位媽媽還沒有辦法接受這天大的悲愴，但很快就會開始進入這個階段，有好幾天沒辦法定神或是安睡。

但不是此刻，現在也未免太快了。

有時在類似這樣的例子當中，基於某些原因，悲傷會留出一道空白區域，讓你和資訊之間產生阻隔，它伸縮自如，不會讓「我們已經尋獲你女兒屍體」之類的訊息、傳達到預定的區域。詭異的寧和感會自動排除這類的字詞，這是一種在崩潰之前、無法接受事實的短暫狀態。

幾個小時之前，張法醫給了米拉一個信封，裡面是DNA的比對結果。可巴席家中沙發上的小孩是薩賓娜。

第三個被綁架的小孩。

也是第三具被找到的屍體。

一種固定模式，作案手法。戈蘭是這麼說的。雖然沒有人敢大膽預測這具屍體的身分，但是大家都認定應該就是她。

米拉讓她的同事去調查費德赫在家中的突發事件，同時也順便搜尋垃圾山丘附近是否還有與亞伯特有關的蛛絲馬跡。她則是請求總局提供車輛，現在她人已經在薩賓娜父母家中的起居室裡。他們家在鄉下，當地居民主要是以馬匹配種爲業，而且都是因爲出於自願、選擇與自然比鄰而居，米拉爲了這一趟，幾乎走了快三百哩之遠。

太陽即將西下，孕育琥珀色小池的河流，與樹林地景相互交織，米拉也能好好欣賞這片美麗的景色。她心想，對於薩賓娜的父母來說，雖然接待她這個客人的時刻相當特殊，但是，這起碼算是一種保證，的確有人在關心她的女兒，事實證明，米拉的判斷並沒有錯。

薩賓娜的媽媽瘦小又駝背，她的臉上充滿了許多細紋，散發出一種堅毅的感覺。米拉看著她手裡拿著的照片，聽著她獨生女薩賓娜不過短短七年的一生。小女孩的父親站在角落，他斜靠在牆上，目光低垂，雙手反剪在後：他只是在晃來晃去，唯一讓他專注的是自己的呼吸吐納，米拉很確定家中掌權的是他太太。

「薩賓娜是早產兒：早了八週出生。我們告訴自己，之所以會發生這種事情，就是因爲她急著想向這個世界報到，但事情卻是……」她露出微笑，看著她先生，他向太太點點頭。「醫生直接了當告訴我們，這小孩活不了，因爲心臟不太行，但她活下來了，眞的是跌破大家眼鏡。她只有我的手掌大，而且體重不過只有一磅（約四五四公克），但是她在保溫箱裡的生存意志很強韌，一週接著一週過去，她的心臟也越來越強壯……醫生開始改口，他們說，她很有機會活下去，但是必須與醫院、藥物，還有手術周旋一輩子。我們對一切都有心理準備，要是她眞的死掉了，我們可能會好過一點……」她停頓了一會兒，「有一次，我眞的以爲自己的女兒會受苦一輩子，我祈禱上蒼就讓她的心臟停止跳動吧。但是，她比我的禱告還更強壯：她成了健康的孩子，在她出生八個月之後，我們終於把她帶回家。」

她突然說不出話來，過了一會兒之後，她的語氣變了，充滿著憎恨。

「那狗畜生居然毀了她一切的努力！」

薩賓娜是亞伯特手下年紀最小的受害人。某個週六傍晚，在她的父母面前，在其他父母衆目睽睽之下，坐在旋轉木馬上的薩賓娜，就這麼被拖走了。

大家都只會看著自己的小孩，莎拉．羅莎在思考室裡的第一次會議裡，曾經說過這樣的話。米拉記得她還加了兩句，大家才不管別人死活，事實就是如此。

米拉這一趟過來不只是要安慰薩賓娜的父母而已，她也要問他們好些問題。她知道自己必須要在苦痛徹底破壞他們暫時的避風港、抹消一切之前，好好把握這個時機。她知道這對夫婦已經被問過不下數十次，但是，那些發問者可能還沒有讓她真正體會到小孩已經消失不見。

「事情是這樣的，」米拉說道，「你們是唯一可能看到或是注意到有異狀的父母。在其他的案件中，綁架犯都是在偏僻的地方犯案，或是他與受害者獨處。但是他卻在這一次選擇冒險，所以也可能發生了特殊狀況。」

「妳希望我從頭開始說起嗎？」

「是，麻煩了。」

她整理思緒之後，開口說道：「那個晚上對我們來說，別具意義。妳知道，在我女兒三歲的時候，我們決定辭去都市裡的工作，舉家搬遷到這裡。這裡的美麗景致，加上有機會讓女兒遠離噪音與煙塵，都深深打動了我們。」

「妳剛才提到，女兒被綁架的那個傍晚，是個特別的日子……」

「是的，」她看著先生，繼續說下去：「我們中了樂透，很大一筆錢。雖然不能算是發財，但給薩賓娜和她的子女過好日子，也是綽綽有餘……我以前從來沒有買過，但有天早上我買了彩券，事情就這麼發生了。」

她臉上勉強擠出一絲微笑。

「我猜妳一定在想我們中了樂透之後要做什麼吧。」

米拉點點頭，「所以你們去遊樂園慶祝是嗎？」

「沒錯。」

「現在要麻煩妳回想薩賓娜在旋轉木馬上的那段時間。」

「我們一起挑了那隻藍色的小馬，在頭兩圈的時候，她爸爸還陪在她旁邊，到了第三圈的時候，她堅持一定要自己玩，薩賓娜是個固執的孩子，所以我們就由著她了。」

「我了解，這是很稀鬆平常的事。」如果這位媽媽有任何的罪惡感，米拉希望可以先預先化解。

她抬起頭看著米拉，接下來的語氣裡有了信心，「也有其他的父母在旋轉木馬盤上，大家都陪在自己小孩旁邊，我也緊盯著自己的小孩，我發誓，除了薩賓娜在我們對面的時候之外，在她騎馬轉圈的時候，我絕對沒有錯失任何一秒鐘。」

他讓她消失的方法好像變魔術一樣，史坦在思考室的時候，曾經說過這樣的話。

米拉解釋：「我們的假設是，綁架者早就已經在旋轉木馬盤上：偽裝成父母，混跡在其他人之間，所以我們認爲他看起來應該是像個普通人：他可能偽裝成爸爸，立刻拉下小孩混跡在人群裡。薩賓娜可能曾經大哭或是反抗，但是卻沒有人注意，因爲在大家的眼中，她看起來就像是個鬧脾氣的小女孩而已。」

也許亞伯特假扮成薩賓娜爸爸的這個想法，最讓人難以承受。

「我跟妳保證，瓦茲奎茲警官，要是有任何一個陌生男人站上旋轉木馬盤上，我一定會馬上注意到，當媽媽的人對這種事情是有第六感的。」

她說得斬釘截鐵，米拉不想駁斥她。

二十五名警官，關在房間裡長達十天，仔細檢查了遊樂園當晚的數百張照片，從業餘攝影照片到家庭錄影帶都逐一審視，但卻沒有發現任何一張拍下綁架者與薩賓娜的照片，連快速逃跑的時候也付之闕如，不要說是照片了，就連背景裡的灰濛濛陰影也沒有。

米拉已經沒有其他問題，準備要告辭了。在她離開之前，薩賓娜的媽媽堅持一定要送她一張女兒的照片。

她說：「這樣妳才不會忘了她。」但她其實並不知道，無論如何米拉都不會忘了她，而且她也不會忘記在那兩三小時之後，她帶走了一個死者紀念物、成爲自己的新傷疤。「這照片妳會帶著吧？」

薩賓娜爸爸的這個問題，米拉並不意外，其實，她也很希望聽到的是這樣的話，因爲通常每個人的問題都是：「妳會抓到兇手吧？」

她的答案一如往常。

「一定會盡力。」

薩賓娜的媽媽曾經希望自己的女兒死掉，而這個祝願卻是在七年後實現。當她驅車返回工作室的時候，忍不住一直想著這件事。樹林如今已轉爲暗黑色的指狀物，聳立在風動的天空裡，這樣的景色，讓她的回途心曠神怡。

米拉設定好衛星導航資料，希望以最短的捷徑盡快趕回去，顯示面板也調整爲夜晚模式，它所散發的瑩瑩藍光，讓人覺得輕鬆自在。

汽車廣播從頭搜尋到尾，卻只找得到調幅頻道，她找到了一個播放經典老歌的電台。米拉把薩賓娜的照片放在駕駛座的旁邊，她心想，感謝老天，所幸薩賓娜的遺體已經聚滿了屍蟲，她的父母也就不必承受認屍的痛苦過程，就此而言，DNA萃取技術突飛猛進，她衷心感謝。

這次的短促會晤，讓她產生了一種未完盡的惆悵感，某些部分出現問題，根本行不通，讓她無法好好思考下去。這件事很簡單，某一天這個女人買了彩券，贏得彩金，她的女兒成為連續殺人犯的受害者。

兩起罕見的事件，居然發生在同一個人身上。

但真正可怕的是，這兩起事件居然有關連。

要是他們沒有中樂透，也不會到遊樂場去慶祝，薩賓娜也不會被綁架又慘遭殺害，福禍相倚，天大好運的懲罰居然是死亡。

米拉心想，不是這樣，他挑的是那個家庭，而不是那個孩子，無論如何，他一定都會奪走那小女孩的性命。

但這種想法讓米拉渾身不自在，她想要趕快回到工作室裡好好放鬆一下。

山路蜿蜒，沿路不時出現馬場的標誌，彼此相距不遠，但如果真要進去，必須要走好幾哩的替代道路、兩旁空無一物。在整個行車過程中，米拉只看到對面零星出現了幾台汽車，另外還有一台聯合收割機緩速行進、正閃著燈提醒其他人車小心注意。

廣播電台正放著威爾森·皮克[7]的一首老歌，〈你怎可孤單一人〉（You Can't Stand Alone）。

幾秒鐘之後，米拉才想到這歌手也正是波里斯提到的那個案子名稱，牽涉到戈蘭和他的太太。他是這麼說的，很糟糕，出了一堆狀況。有人威脅要解散整個小組，也要讓卡維拉博士走路，但是羅契很護著我們，保住了大家的工作。

到底發生了什麼事？工作室牆上的漂亮女孩照片，是不是有關連？而自從那件事情之後，她的那些同事還曾經進去過那間公寓嗎？

但米拉找不到這些問題的答案，她決定先把它拋諸腦後。她把暖氣的溫度又調高一點點：外面是零下三度，但是車內的溫度很舒服，她在坐進車子、正慢慢等待暖車之時，就已經脫了外套，在這段從冰冷轉爲溫暖的過程中，浮躁之心也篤定下來。

疲憊感越來越強烈，讓她整個心情跟著放鬆。整體來說，這是一趟令人愉悅的長途車行。擋風玻璃的某一角，雲層積覆多日的天空突然豁然開朗，彷彿有人切剖出一個小開口，露出了點點繁星，月光也流瀉出來。

廣大的樹林之間，此時只有米拉一個人，她覺得備受榮寵，彷彿這是她獨享的意外美景。路燈的光線隨著路轉、在擋風玻璃上不斷流動，她的雙眼也跟著游移，然而，當她看到後照鏡的時候，卻看到了一道強烈的反射光。

有車子熄了燈在跟蹤她，月光投照在車體上，發出反射光。

天幕籠罩著她，再度轉爲暗沉。米拉想要保持冷靜，有人曾經在汽車旅館的砂礫空地上，模仿著米拉的腳步偷偷跟蹤她，她曾經以爲這是自己的幻想，但是現在她十分確定，這一切都是真的。

我要保持冷靜，好好思考。

如果她現在加速。就會暴露自己進入警戒狀態，而且她也不知道追蹤者的駕車技巧有多麼高超：在這種崎嶇路面上，她對路況一點也不熟悉，企圖逃跑很可能是必死無疑。四周都看不到房子，距離這裡最近的村落至少也有二十哩遠。此外，她那一次夜訪孤兒院，與羅納德．迪米斯交手、又被下藥的經驗，讓她很難鼓起勇氣接受試煉，在此之前，她一直告訴別人自己很好，沒有任何的創傷症候，但直到這一刻，她才願意承認事實。米拉的雙臂開始緊繃，也越來越不安，她

❼ Wilson Pickett, 1941-2006，美國靈魂樂、節奏藍調著名樂手。

感受到自己的心跳加速，而且不知道要如何是好，整個人驚慌失措。

我一定要冷靜下來，一定要保持冷靜，小心思考。

米拉把收音機關掉，讓自己集中精神，她發現追蹤者是利用她的車燈尾隨在後。她看著衛星導航螢幕好一會兒之後，決定把它從基座拿下來、放到大腿上。

接著是車燈開關，*她關掉車燈。*

她突然開始加速，前方什麼都沒有，只有一片漆黑。她現在不知道要到哪裡去，只靠著導航系統指示的軌線，做了一個四十度的大右轉之後，她繼續隨著指示方向的箭頭前進，直線前進。米拉稍微煞車，遵守車速規定，她雙手緊抓著方向盤，對於當地環境一無所知，任何小狀況都可能讓她衝出路面。一個左彎，六十度，這次她必須要突然減速，以免失去控制。她順利過彎，又是一條直線，比之前的還長。像她這樣不開後車燈，還能行駛多久？她是不是準備要對尾隨者玩什麼把戲？

前方的道路一片筆直，讓她得以有機會仔細看著後照鏡。

她背後那台車的燈光亮了起來。

追蹤者終於現身，但他沒有放棄，車頭燈光束照亮了她及其後方的路面範圍，米拉及時轉彎，也在同一時間把自己的車後燈打開，她開始全力加速，只不過三百公尺的距離就已經衝到極速。

她突然在路中間緊急煞車，再次看著後照鏡。

米拉只聽得到引擎的規律低鳴，還有自己胸口激烈的怦怦心跳聲。那台車停在彎口前，米拉看到車前燈的白色光束灑落在整個柏油路面上，引擎排氣的怒吼聲，彷彿像一隻準備要躍起的野獸，將利牙刺入獵物裡。

來吧，我在等你。

她拿起槍，把子彈放入槍膛，她也不知道自己是哪來的勇氣，明明之前已經覺得一絲無存。絕望逼她進入一場愚蠢的爭鬥，就在荒地之中。

但是她的追蹤者並沒有接下戰帖，轉彎處的車頭燈消失不見，留下兩道紅色的光束。車子轉頭。

米拉沒有動作，呼吸開始恢復正常。

她低頭看著駕駛副座，希望可以在薩賓娜的微笑裡找到慰藉。

但，一直到了那個時候，她才發現照片裡有點不對勁。

午夜剛過，米拉回到了工作室。依然情緒緊張，在之後的路途上，她一心只想著薩賓娜的照片。她一邊四處張望，一邊等著看跟蹤她的人是否會從小路衝出來，又或是在某個轉彎處埋伏著等她。

她立刻爬上階梯，想要趕快和戈蘭好好談一談，也想要告訴小組成員剛才所發生的事。也許那是亞伯特在尾隨她，一定是，但爲什麼要跟蹤她？

到達了工作室的樓層之後，米拉拿著史坦給她的鑰匙、打開那道厚重的防彈門，走過保安亭之後，回到最深沉的寂靜之中，她迅速掃過每個房間，只有她橡膠鞋底磨地的吱嘎聲而已。公共區裡的菸灰缸邊緣留了根香菸，尾端留下長長的灰色菸灰。餐桌上留著晚餐的殘羹剩餚——擱在盤邊的叉子，幾乎完全沒有動的烤布丁——似乎是突然被迫草草結束用餐。燈光全暗，就連在思考室也一樣。米拉快步走向臥室：顯然有事發生了，史坦的床沒有整理，留著一盒薄荷錠。

手機發出短促音訊聲，她看著剛進來的簡訊。

我們正前往葛列斯的豪宅，克列普想給我們看一點東西，快來。波里斯

26

米拉到達伊芳的豪宅時，還沒有全員到齊：莎拉．羅莎正在卡車旁邊換裝，套上塑膠鞋套。米拉注意到莎拉在過去幾天當中、對她的態度已經平和許多。她走來走去，幾乎總是心事重重，原因很可能是因爲她的家庭問題。

但這個時候羅莎抬頭看她，「我的天啊，妳還眞是個跟屁蟲！」

不理她就是了……米拉心想。

米拉對她置之不理，準備要進入卡車裡著裝，但是羅莎卻站在她面前不動，阻擋了米拉的去路。

「喂！我在跟妳說話！」

「妳要幹嘛？」

「妳眞以爲你是什麼專家？」

羅莎所站的位置，距離她的臉不過只有幾英寸，米拉可以聞到羅莎的氣味：香菸、口香糖，以及咖啡。她想要把羅莎推開，或者直接把話挑明說出來，但是她隨即想到戈蘭告訴過她，羅莎和她先生正在商議離婚，而且她女兒還罹患了飲食失調症，所以她決定先暫時不予理會。

「羅莎，妳爲什麼一直要找我麻煩，我只是在盡我的本分而已。」

「那妳不是應該現在就找到第六號女孩了嗎？」

「我會的。」

「妳要搞清楚，妳在這裡根本待不久，別以爲他們現在信任妳，他們遲早會知道沒有妳也還是可以辦案。」

羅莎又向前進逼，但是米拉卻完全不爲所動。

「如果妳這麼討厭我，爲什麼在羅契想要把我趕走的時候，妳卻投贊成票，希望我留下來？」

莎拉看著她，臉上露出似笑非笑的神情。

「誰告訴妳的？」

「卡維拉博士。」

羅莎哈哈大笑，猛搖頭。

「小可愛，妳看，光聽這種事就知道妳待不久了，因爲如果他私底下告訴妳這件事，妳卻告訴我，就等於背叛了他。還有，對了，他騙妳……因爲我投的是反對票。」

米拉一個人僵在那裡，但是羅莎卻逕自大步向房子的方向走去。米拉看著她的背影，羅莎的最後幾個字讓她震驚得說不出話來。隨後，她進入卡車內換裝。

克列普拍胸脯保證，那裡會是他的「西斯汀教堂」。兩相比較，伊芳・葛列斯豪宅二樓的那個房間，可不會那麼誇張。

現在米開朗基羅的傑作已被大幅修復，好讓其畫作可以回復原始的光彩，幾百年來蠟燭與煤油燈所積累的塵煙與動物膠，已被完全除淨。專家們先從不起眼的小地方開始著手，大約是郵票大小的區域，好讓他們對於隱匿的底下世界先建立一些基本概念。結果眞是令人大開眼界：厚厚一層煤灰下所掩藏的居然是超乎想像的絕妙色彩。

所以，克列普也以一滴血作爲開場——紐芬蘭犬幫助米拉找到的那個微小血點——並以此完成他的大師級作品。

「這裡沒有任何生物性資料，」這位科學家說道，「但是管線已經損壞，也有使用過鹽酸的痕跡。我們可以先提出假設，費德赫用這種東西去溶解遺體，酸性物質很適合毀屍滅跡，尤其是骨骼的部分。」

米拉到二樓的時候，只聽到句子的最後一部分。克列普正站在走廊的中央，他的前面是戈蘭、波里斯，以及史坦，羅莎則在遠處靠著牆。

「所以費德赫和這起屠殺案關連的唯一線索，就是這一小塊血污？」

「分析過了沒？」

「張法醫表示，那滴血應該就是小男孩的了。」

戈蘭看著米拉，接著又轉向克列普：「好，全員到齊，我們可以開始了……」

大家都在等米拉，理應要覺得受寵若驚才是，但她卻想要努力弄清楚莎拉．羅莎的話，她應該要相信誰？從一開始就拚命修理她的那個歇斯底里的女人？還是戈蘭？

克列普在帶他們進入房間之前，提前告訴他們：「我們在這裡至多可以待個十五分鐘，所以要是有任何問題，麻煩請各位現在立刻發問。」

大家沒有任何意見。

「好，我們進去吧。」

這間房間現在被一道雙層玻璃門封住，但中間留了一個狹小通道，一次只能讓一個人進去，這個方式可以保留裡面的微氣候環境。在他們魚貫進入之前，克列普的同事利用經常使用在小孩身上的紅外線體溫計、先行測量大家的體溫，接著他把資料輸入到連接房內濕度控制的電腦當中，調校他們進入後產生的溫度變化，讓室溫保持恆定。

克列普殿後進入，這些器材的使用原理，都由他本人在後頭進行解釋。

「主要的問題在於費德赫粉刷牆面的材質，如果想用一般溶劑去除，被漆面覆蓋的地方也一定會隨之損壞。」

「所以你的做法是？」

「我們分析過了，那種水溶性漆劑使用的是如膠原蛋白的植物性脂肪。我們處理的方式很簡單，噴灑某種精製酒精，讓它靜置幾個小時，好好溶解這種油性成分。牆上的漆面厚度已經被我們去除得很乾淨，如果那裡有任何的血跡，魯米諾（Luminol）應該可以讓它無所遁形……」

發光氨、或稱光敏靈，也就是眾所周知的魯米諾，這種物質大大提升了現代科學辦案技巧，它會對血液中的某種物質產生反應，發出只能在黑暗中看到的藍色螢光。但魯米諾只有一個問題：這種螢光效果只能持續三十秒左右，這種測試做過一次之後，幾乎不可能有機會再次重複。因此，長時間曝光的一系列攝影照片，將可以在它永久消失之前、忠實記錄下所有的結果。

克列普發給大家具有特殊過濾功能的口罩以及護目鏡，原因在於——雖然未經完全證實——魯米諾可能會有引發癌症的疑慮。

他接著轉向卡維拉：「就等你們準備好，一句話……」

「開始吧。」

克列普透過對講機，開始向外頭的工作人員下達指令。

一開始，所有的燈都暗了下來。

對米拉來說，這實在算不上是什麼賞心悅目的震撼性畫面，在這個充滿恐懼感的黑暗空間中，她只能頻頻發出短促的呼吸，透過口罩傳出之後、聽起來像是垂死之聲，它與加濕器的沉重機器喘息聲互相交疊，他們呼出的氣息，也源源不斷進入到這個空間裡。

雖然米拉的心裡一直不安難耐，也迫不及待想要看到實驗的完成結果，但是，她還是盡量努力保持冷靜。

噪音馬上改變了。通氣口開始排放化學溶劑，牆上的血跡馬上就會現出原形。過了一會兒之後，隨著這種新物質排入的嘶嘶聲，他們四周的牆面上同時也出現了薄薄一層的藍色光暈。

米拉起初以爲那只是某種視覺效果，因應缺氧而造成過度換氣所產生的幻象。但是當效果逐漸擴散，她發現居然可以再次看到她的同事，彷彿有人打開後頭的燈，但是卻把探照燈的冰冷光束換成了嶄新的靛藍色調。她一開始不確定這是否可能成眞，但現在她已經親眼看到。

牆面上血跡斑斑，魯米諾的效果，終於讓它們一一浮現。

血濺方向不一，但似乎都是從房間的正中央飛濺出去，那裡彷彿曾是某種祭壇。天花板像是血跡點點的星空，但一旦當你了解到它是如何產生的時候，這幅景象的動人之處也會隨即破滅。

費德赫一定是使用電鋸、將他們碎屍萬段，如爛泥一般的碎肉，丟入馬桶後沖走，可說是輕而易舉。

米拉發現到其他人和她一樣瞠目結舌，當周邊架設好的精密攝影機無情地發出喀嚓聲時，大家彷彿像是機器人一樣，不停地環顧四方牆面，而魯米諾卻仍然不斷顯現出越來越多新的隱藏血斑。

駭人場景逼現，他們已經無法言語。

波里斯舉起手臂，指向牆邊，示意其他人注意牆上逐漸出現的形體。

「你們看……」

大家統統轉過去。

在牆面的某個區域上，魯米諾並沒有顯像，上面沒有任何東西，一片空白。它被一圈藍色的污跡所包圍，就好像是你把某個物體放在牆前，當你把整個牆面噴刷完成之後，移開那個物件所留下的輪廓，它也像是石膏模鑄出的線條，相機負片的底片。

每個人都覺得那個白色的形體可隱約看出是個人影。

當冷靜殘酷的費德赫肢解著伊芳一家人的屍體時，有一個人，在房間的某一角，正冷漠無情地目睹著這一切。

27

有人在喊著她的名字。

她很確定，自己絕對不是在做夢。所以，她這次從睡夢中醒來的原因與以前不同；不是因爲恐懼，也不是因爲突然意識到自己原來在這裡已經待了這麼久。

當她在巨獸的肚子一聽到自己的名字時，鎮定劑的效果馬上就消退了，那彷彿像是正在尋找她的某種回聲，那個人知道她在哪裡，而且終於找到她了。

「我在這裡！」她想要大喊，但是沒有辦法，她的嘴巴還是被摀著。

再來又出現其他的噪音，聽起來是以前不曾出現過的，像是什麼呢？腳步聲？對，那是厚靴的腳步聲，同時還有別人的鞋子。有人，還不止一個！他們聚集在她的上方，包圍著她，到處都有，但多少有點遠，也眞的好遠。他們在這裡做什麼？他們是過來找她的嗎？對，一定是。他們是過來找她的，但是他們沒看到她在巨獸的腹裡，所以，唯一的辦法就是讓他們聽到她的聲音。

「救命啊。」她氣若游絲。

她的聲音彷彿快窒息了一般，因爲痛苦不堪、暴烈、令人驚懼不安的惡夢恣意操縱著她，巨獸噬她入腹之時，爲了可以讓她安靜聽話，所以才出現了那樣的夢魘，而外面的世界，正慢慢淡忘了她。

但如果他們在這裡，那就表示他們還記得她！

這個想法給了她前所未有的飽滿力量，那是藏於身體深處的能量，只有在緊急狀況下才會被激發出來，她開始認眞思考。

我要怎麼告訴他們我在這裡？

她的左臂還是纏滿了繃帶，雙腿沉重。右臂是她的唯一機會，是她得以求生的唯一工具。遙控器還是緊緊固定在她的右掌裡，她舉起遙控器，對準了螢幕。目前音量正常，但也許可以調得大聲一點，她努力找按鍵，但就是找不到，也許全部功能只靠單一鍵操作。上方的聲音依然沒有停止，她聽到的是女人的聲音，但旁邊還有個男人，不，或許是兩個。

我要叫他們！我一定要讓他們注意到我，不然我會死在這裡！

死這個字第一次在她的腦海裡浮現，在此之前，她一直不希望想起這個字，也許這是一種祈祝好運的魔法，也許小孩根本不會思考到死亡這件事。但是，現在她知道要是沒有人來救她，終將難逃一死。

荒謬的是，可能馬上結束她短短生命的那個人，此時卻正照顧著她。他包紮她的手臂，透過點滴給藥，小心翼翼地照料她。如果遲早都要殺了她，爲什麼還需要這麼做？這個問題壓得她喘不過氣來，她會存活至今，只有一個理由，她猜想那個人一定還準備了許多折磨她的方法。好，所以這也許是她逃脫的唯一機會，才能回家看到親人。她的媽媽、爸爸、祖父，甚至是胡迪尼，她發誓只要能從這個惡夢中醒來，就連那隻該死的貓，她也會好好愛牠。

她舉起手，大力用遙控器敲打著床的金屬邊緣，發出的噪響連她自己都覺得吵得受不了。但那也是一種解脫，大聲，越來越大聲，她覺得那塑膠遙控器都要裂開了，她才不在乎，金屬重錘聲越來越憤怒，她扯破喉嚨大喊：

「我在這裡！」

她手掌間的遙控器不見了，敲打的動作只能被迫中止。但是她聽到自己的上方有聲音，這可能是好事，也可能未必如此，他們可能已經發現她了，但想要聽得更清楚一點，就是這樣，他們怎麼可能會離開呢？所以她又開始敲擊，右臂疼得要命也無妨，痛楚鑽入了肩膀、流入她的左臂也沒關係，就算萬一沒有人聽到她的求救聲，情況可能雪上加霜，也在所不惜，雖然她很清楚，這種做法將會讓某人起了報復的念頭，找她算帳。

冰冷的淚滴從雙頰滑落，但是聲響又再度出現，她也重新鼓起勇氣。

原本貼附在岩牆的黑影，此時突然跳離到她的面前。

她看到了，但無論如何還是要繼續下去。黑影迫近，她看到了纖細的雙手和藍色小洋裝，栗色頭髮軟垂在她的肩膀上。

黑影面向她，以小孩的語氣說話。

「這樣太超過了喲，」它說，「他們會聽到我們的聲音。」

它隨即把一隻手放到她身上，這般撫觸已足以讓她停手。

「求求妳。」黑影又加上一句。

它的祈求如此哀淒，所以她也妥協了，不再發出聲響。

她不知道這個小孩爲什麼會這麼傻，想要留在這裡，但她還是跟著照做，她不知道自己是該因爲逃亡失敗而哭泣，又或是發現自己並不孤單而開心，但是第一個出現的人是個像她一樣的小女孩，她卻心懷感激，她不想讓這個小女孩失望，所以，她也沒有再提起自己想要離開的事。

上頭的人語與腳步聲響已經消失不見，現在是一片死寂。

小女孩也把手抽開了。

「拜託留下來……」她苦苦懇求。

「別擔心，我們還會再見面。」

小女孩又沒入黑暗當中，她也就這麼任她離開了，這微不足道的小小承諾，是她存活下去的唯一希望，她會緊緊抓住不放。

28

「亞歷山大．柏曼的搖椅。」

在思考室裡，整個小組都集中思緒在戈蘭所提出的這幾個關鍵字。他們回想著那個位於猶太區的戀童癖巢穴，以及他在網路上尋找獵物的那台電腦。

「克列普說，地下室的那個皮製老搖椅上面，完全沒有任何指紋！」

突然之間，戈蘭有了重大發現。

「數百枚指紋，到處都是，爲什麼獨獨那裡沒有？因爲有人不嫌麻煩，就是要抹去所有的指紋！」

這位犯罪學專家走到牆邊，上面以圖釘釘著孤兒院案件的報告、照片，以及文件，他拿起其中一份，開始閱讀，那是在比利．摩爾棺木裡發現的羅納德．迪米斯錄音帶的逐字稿，當年還是孩子的他，正向洛福神父告解。

「『你知道比利出了什麼事對吧？小羅？』『上帝把他帶走了。』『不是上帝，小羅，你知道是誰。』『他摔下來，從鐘塔上摔下來。』『但是你跟他在一起……』『……對。』過了一會兒之後，神父向他保證：『只要你說眞話，沒有人會處罰你，我保證。』接著就聽到羅納德回答，『他告訴我這麼做的。』……大家了解嗎？『是他。』」

戈蘭看著所有人，大家的臉上都充滿疑惑。

「現在聽聽洛福神父的問題：『他是誰？比利嗎？是比利叫你把他推下去的嗎？』羅納德回答：『不是。』『那是其他的小朋友？』羅納德又說：『不是。』『那究竟是誰？快跟我說，你說的那個人根本不存在，對吧？只是你的幻想而已……』當羅納德再次否認的時候，他的語氣似乎很肯定，但此時洛福神父插話進來，『這裡沒有別人，只有我和你的同學而已。』羅納德最後的回答是，『他只找我一個人。』」

他們漸漸懂了。

戈蘭興奮的神態，簡直就像個小男孩，他又跑到貼滿文件的牆邊，撕下成年羅納德寄給偵辦人員的信的複本。

「這封信裡有一段話讓我印象很深刻，『然後他來了，他了解我，他教導我。』」

他給大家看這封信，同時指著這個段落。

「你們看到沒？『他』這個字都是故意使用大寫……我之前就思考過這個問題，但當時的結論是錯的，我以爲那是典型的人格解離，在這樣的狀況下，負面的『我』會與主詞的『我』看起來是分割的，這也就是爲什麼會出現了這個『他』……『是「我」，但卻是「他」告訴我這麼做的，我變成今天這樣都是「他的」錯。』……我眞是大錯特錯！而且我也跟洛福神父三十年前一樣，犯了同樣的錯！神父也以爲羅納德指的他，正是羅納德自己，這種說法可以讓他自己脫罪，這是小孩子的典型行爲，但是我們所認識的羅納德，早就不是個孩子了……」

米拉注意到戈蘭眼裡的神采黯淡了下來，每每當他錯估形勢的時候，就會出現這種情形。

「羅納德所指的『他』，並非他自身心理的投射，絕對不是擔負罪行的自我分身！每當亞歷山大．柏曼上網獵尋小女孩的時候，也有個『他』舒舒服服坐在搖椅裡，這兩個『他』都是同一個人！費德赫在伊芳．葛列斯的豪宅裡留下了一大堆線索，但是卻大費周章重新粉刷了大屠殺的房間，因爲他急著要隱藏……或是突顯牆上的某個東西：那個輪廓，在鮮血中留下的永恆印記，一個正在細細觀賞血腥殺戮的男人！這個『他』正是亞伯特！」

「抱歉，這樣根本說不通。」莎拉．羅莎的語氣既冷靜又充滿自信，讓其他人驚訝不已。「我們看過了卡波亞托社區監視系統的錄影帶，除了費德赫之外，根本沒有其他人進入這個房子。」

戈蘭伸出食指，對指著羅莎說道：「沒錯！因爲每當他要進去的時候，他就會製造一場小小的斷電，癱瘓攝影系統。如果妳仔細想想，拿個紙板人形或是假人，也可以在那面牆上製造出一樣的效果，好，這件事告訴我們什麼？」

「這個人製造假象，技術一流。」米拉說道。

「沒錯，又答對了！他想要測試我們是否能夠識破他的花招，比方說，從旋轉木馬上把薩賓娜拉下來……太厲害了！遊樂場裡至少有無數的人，無數雙眼睛，但是大家居然什麼都沒有注意到！」

戈蘭因爲對方是位高手而顯得雀躍不已，他這樣的表現並非是因爲對受難者冷漠無情，也不是顯露他缺乏人性，亞伯特是他研究的對象，去破解他腦袋裡的計畫，這種挑戰眞是過癮。

「不過，我個人認爲當費德赫殺紅了眼的時候，亞伯特的人眞的在那房間裡，我覺得那不是什麼假人花招，你們知道爲什麼嗎？」這位犯罪學專家喜歡看到大家臉上出現不解的表情。「在牆上輪廓周邊血跡的排列狀態裡當中，克列普發現了『持續性的變化』——這是他的說法，這也就意味著無論牆面與血跡之間放了什麼東西，他一直在動，並非保持不動！」

莎拉．羅莎嘴巴張得大大的，此時，已無須多言。

「我們實際一點，」史坦開口了，「如果在羅納德．迪米斯還是小男孩的時候，亞伯特就認識他了，他那時候是幾歲？二十歲？三十歲？他現在應該有五、六十歲了。」

「沒錯。」波里斯說道，「從屠殺室的陰影面積看來，我認爲這個人的身高大約是五呎三吋

（約一六〇公分）。」

「五呎二吋（約一五七公分）。」莎拉．羅莎已經測量過了。

「我們在找的這個男人，已經有了一些雛形。」

戈蘭繼續說道：「柏曼、羅納德、費德赫：他們三個人就像是野狼，而野狼通常是群體行動，每一個狼群都有首領，亞伯特要告訴我們：他正是他們的首領。這三個人都在生命中的某個時刻與他相遇，時點可能各不相同，也可能剛好一樣。羅納德和費德赫彼此認識，他們在同一所孤兒院長大，但我們可以先假設他們不認識亞歷山大．柏曼……而他們之間的共同點就是他，亞伯特，這也是他每次都會在犯罪現場留下自身記號的原因。」

「再來會發生什麼事？」莎拉．羅莎問道。

「妳一定也猜得到，還有兩具小女孩的屍體沒找到，好，接下來，狼群裡的另外兩個人？」

米拉強調：「還有第六號小女孩。」

「對……但是亞伯特卻把她留在自己身邊。」

她在外頭的人行道上已經徘徊了半個小時，但依然沒有勇氣按下電鈴，她想要找到合適措辭，解釋自己爲什麼會出現在這裡。人際關係讓她很不習慣，就連最簡單的方式也可能讓她痛苦萬分。而在這個節骨眼上，她覺得越來越冷，但也沒有辦法下定決心。

等到出現下一台藍色的車，我就過去。

已經過了晚上九點，車子不多。戈蘭家在這棟建築物的三樓，他的窗戶還透著光。清脆的水滴聲、噴濺水沫的街溝，以及汩汩流動的水管，在泥濘不堪的街道上開著一場演奏會。

好，我來了。

爲了避免好奇鄰居的窺視，她之前一直躲在陰暗處，現在她終於走出來了，快速跑向門口。這是棟老房子，大面的窗戶、寬簷口、仍然具有裝飾屋頂功能的煙囪頂帽，在在證明了它在十九世紀中期一定是座工廠，這地方還有好幾棟類似的建築，這應該是拜建築師的巧手之賜，而讓工業區廠房更新化身爲現代公寓。

她按了對講機的按鈕，幾乎等了快一分鐘之後，才聽到戈蘭的聲音。

「哪位？」

「我是米拉。戈蘭，抱歉，我必須要找你談談，而且我不想在電話裡講。之前在工作室的時候，你很忙，所以我想我……」

「上來吧，三樓。」

短促電鈴聲響起，前門喀嚓一聲打開了。

昔日的載貨升降機，成了現在的電梯，必須先用手關起滑門，再拉動控制桿，才能啓動電梯。米拉看著樓層，慢慢上升，終於到了三樓。她發現那裡只有一道門，已經爲她敞開了一半。

「進來，請坐。」

戈蘭的聲音從公寓裡傳出來，米拉聞聲前進，發現裡頭是寬敞的閣樓，裡面還有許多房間。地板是原木材質，各個樑柱旁安著鑄鐵電熱器。米拉關上門，心裡正納悶不知道戈蘭人在哪裡，接著馬上就看到他出現在廚房門口。

「我馬上就過來。」

「不用急。」

米拉打量著這個地方，雖然這位犯罪學專家的外表不修邊幅，但是他的家卻是相當整齊。屋內不但沒有積垢，所有的擺設似乎都顯現出照顧兒子的細膩心思。

一會兒之後，她看到他走出來，手裡還拿著一杯水。

「抱歉，這麼突然拜訪。」

「沒關係，我通常都很晚睡。」戈蘭又指了指水杯：「我正在哄湯米上床睡覺，不會花太久時間，先坐一會，不然給自己弄杯酒，吧檯就在後面。」

米拉點點頭，看著他正準備要走向某間房間。她大概是爲了避免尷尬，所以幫自己弄了一杯伏特加、添了些冰塊。她靠在火爐旁，啜飲著酒，看到這位犯罪學專家走進兒子半敞的房門裡。他坐在兒子的床邊，一邊和他說話，一邊還用手輕拍著他的屁股，在那間半黑的房間當中，只有一盞小丑形狀的夜燈發著微弱的光。在父親的安撫之下，湯米看起來像是裹在棉被裡的一個小東西。

戈蘭在自己的家裡、彷彿成了另外一個人。

也不知道爲什麼，米拉想起來自己還是小女孩時，第一次到爸爸辦公室的情形。那個每天早晨穿上西裝打領帶的男人離家之後，到了那裡就完全變了樣。他轉而成爲一個強悍又嚴肅的人，和她慈愛的父親簡直是判若兩人，米拉記得自己難過得要命。

戈蘭的情形剛好相反，在他恪盡父職之時，她卻感受到他綿延不絕的溫柔情意。

對米拉來說，這種極端從來就不曾發生過，她只有單一版本。她的生命基調簡純如一，沒有任何斷裂。她是努力搜尋失蹤人口的女警，從來不曾歇息，因爲她總是在找尋他們的下落。即使在她休假或是請假的時候也一樣，就連在購物的時候，仔細研究陌生人的臉，也成了她的習慣。

未成年失蹤人口跟其他人一樣，背後總有個故事，但是，在某些關鍵點，故事卻戛然而止。米拉會追查他們在黑夜裡迷失的腳步，她永遠不會忘記他們的臉孔，就算多年過去，她也仍然認得出這些孩子。

米拉心想，因爲這些孩子就在芸芸眾生之間，有時候，他們已經長大成人，你必須在成人世界裡找尋他們的蹤跡。

戈蘭正在爲自己的兒子講故事，米拉不希望因爲自己站在一旁而打擾他們，她覺得自己不該看，於是她轉過頭去，但馬上就看到了相框裡湯米的笑顏。要是米拉眞看到了這個孩子，一定會讓她全身不自在，而她之所以這麼晚才到訪，也是希望湯米已經躺在床上入睡了。

戈蘭親子生活的這個部分，米拉不想知道。

過了一會兒之後，戈蘭出現，臉上帶著笑容，「他快睡著了。」

「我不想打擾，但我覺得這件事情很重要。」

「妳已經說過對不起了，來吧，告訴我發生了什麼事……」

他坐在沙發上，請她坐在旁邊，牆面上有著壁爐火光的閃影。

「又來了：我被跟蹤。」

戈蘭皺起眉頭。

「妳確定嗎？」

「上次不確定，這次，非常確定。」

她告訴他事情的經過，盡量不要遺漏任何細節，那台車關了車頭燈，月光在車體上的反光，還有追蹤者被發現時掉頭疾駛而去。

「爲什麼有人要特別跟蹤妳？」

當她在餐廳裡告訴戈蘭，自己覺得有人在汽車旅館的空地上跟蹤她的時候，他已經問過她了，但這一次戈蘭似乎把它當成了自己的問題。

思考了好一段時間之後，他認了，「我找不出什麼合理的理由。」

「但現在爲了抓跟蹤者而增派人手幫我忙，也未免不是時候。」

「妳已經發現他，他不會再來了。」

米拉點點頭，「但我今晚過來，不只是爲了這件事。」

戈蘭看著她，「妳找到什麼？」

「不只如此，我搞懂了亞伯特的欺敵戰術。」

「哪一招？」

「他把小孩從旋轉木馬上拉下來，卻不會讓任何人發現。」

現在戈蘭眼睛亮了起來，他有興趣。

「說下去，我在聽……」

「我們一直認爲亞伯特就是綁架的人，也就是說，是個男人，但，如果其實是個女人呢？」

「妳爲什麼會這麼想？」

「我第一次有這個想法，其實是因爲薩賓娜的媽媽。雖然我沒有開口問她，但是她告訴我，如果旋轉木馬盤上有行跡可疑的男人——不是女兒的爸爸——她一定馬上會發現。她還告訴我，當媽媽的人對於這種事情都有某種第六感，我相信她的說法。」

「爲什麼？」

「因爲警察已經仔細檢查過當天傍晚拍的數百張照片，家庭錄影帶也沒有放過，但就是沒有發現到任何的可疑男子，我們也推斷亞伯特看起來就是個普通人……所以我想到要是由女人下手，可能會比較容易一點。」

「妳覺得他有共犯？」他很喜歡米拉的推測，「但我們沒有任何線索可以證明。」

「我知道，問題就在這邊。」

戈蘭起身，開始在房裡踱步，他撫摸著自己的亂鬍，靜靜思索。

「這也不是第一次……以前也發生過。比方說，格勞斯特的衛斯特夫婦，先生是佛列德，太太是羅絲瑪麗。」

這位犯罪學專家迅速向米拉說明這對連續殺人犯的背景，男的是砌牆工人，女的是家庭主婦，兩人聯手殺了十個小孩。他們強擄無辜小女孩，在性派對狎玩取樂，殺害後埋屍在克洛姆威爾街二十五號的後花園裡。碎石步道下埋的是他們十六歲的女兒，她很可能是因爲大膽起身反抗而喪命。另外還在其他地方發現了兩具受害者的屍體，佛列德涉嫌重大，所以，總共是十二具屍體。但是警方因爲擔心那間小小的灰色屋子會倒塌，所以沒有繼續挖掘下去。

「也許那女人要找的是第六號女孩。」

戈蘭顯然很吃這一套，但是他不想讓自己被感覺帶著走。

「米拉，不要誤會，這個想法很好，但是我們要小心判斷。」

「你會跟其他人說嗎？」

「我們愼重考慮，但我會先請其中一個人幫忙檢查遊樂園的照片和錄影帶。」

「我可以負責。」

「太好了。」

「還有……有件事我覺得很奇怪，努力尋找答案，卻還是沒有結果。」

「什麼事？」

「在屍體腐化的過程中，屍體的雙眼也會產生變化嗎？」

「這個嘛，通常是瞳孔的顏色會逐漸消褪……」

戈蘭不說話，盯著她瞧，他不知道她究竟發現了什麼。

「爲什麼要問我這個？」

米拉從口袋中拿出她和薩賓娜媽媽告別時所取得的照片，她在回程時一直放在自己副座的位置上，在克服被跟蹤的恐懼之後，她緊盯著那張照片不放，因而也起了疑心。

有件事不對勁。

戈蘭把照片接過去看。

「我們在可巴席豪宅裡找到的小女孩，眼珠是藍色的，」米拉把問題點出來，「但薩賓娜的眼睛是棕色。」

戈蘭在計程車裡不發一語，自從米拉告訴他這個新發現之後，他心情陡然沉落。

「我們看著他，自以爲掌握了他的一切，但其實卻對他一無所知。」他思索了好一會兒，「他把我們當傻瓜在耍。」

米拉起初以爲這位犯罪學家指的是亞伯特，但卻另有其人。

她看著戈蘭忙著打電話給大家，除了小組成員之外，還有湯米的保姆。

「我們準備要出去了。」他對米拉說道，沒有做進一步解釋。

「那你兒子呢？」

「魯娜太太二十分鐘內會過來，他可以繼續睡。」

他們隨即叫車出門。

全國警政署總部依然燈光透亮，裡面的警察正急著交班，幾乎所有人都在處理這個案件，爲了要找到被監禁的第六號小女孩，許多熱心市民打電話進來，警方連日追縱這些線報，忙得不可開交。

戈蘭付了車資給計程車司機之後，根本不管後頭急急追趕的米拉，馬上走向大門口。他們爬上行爲科學部門的階梯，羅莎、波里斯，以及史坦早已經在裡面等候。

「發生了什麼事？」史坦問道。

「有些事情得弄清楚。」戈蘭回答，「我們馬上見羅契。」

他知道這位首席檢察官正在與一群資深警官開會，時間已經持續了好幾個小時，會議主題是關於亞伯特。

「我們得和你談一談。」

羅契從扶手椅中站起來，把戈蘭介紹給其他人：「諸位，大家都知道卡維拉博士的大名，他已經在我的部門裡工作了好幾年……」

戈蘭附耳過去說道：「現在。」

羅契臉上的謙謙笑容，消失了。

「諸位，抱歉我得先告退，現在有些線報進來，需要我到別的地方去。」

「最好這件事是眞的很重要！」首席檢察官把檔案夾重重摔在辦公桌，撂下這句話。

戈蘭等大家都進入房間，關起門，目光俯逼著羅契。

「可巴席起居室裡的那具屍體，根本不是第三號小女孩。」

他語氣中充滿了堅定，毫無旁人置喙的餘地。首席檢察官坐下來，在他面前拍了拍手掌。

「繼續說吧……」

「她不是薩賓娜，而是梅莉莎。」

米拉記得那是第四號小女孩，雖然她是六個當中年紀最大的一個，但是就她的年紀來說，體格發育還沒那麼成熟，很有可能因此誤導了偵查方向，而且，她的眼珠是藍色的。

「繼續……我洗耳恭聽……」羅契又重複了一次。

「這只有兩種可能，亞伯特改變了作案手法，因爲截至目前爲止，他讓我們找到小女孩的順序，與綁架的順序一致。不然，就是張法醫驗DNA的時候出了錯。我想，第一個假設幾乎是不可能……至於第二個呢，我認爲其實是你下令故意弄錯之後，再把資料交給米拉！」

羅契的臉漲得紫紅，「博士，你給我聽好，我可不要在這裡聽你血口噴人！」

「你在哪裡發現了第三號小女孩的屍體？」

「什麼？」

首席檢察官正竭盡所能，對所有的指證都裝出滿臉驚訝的模樣。

「可巴席豪宅裡的屍體已經放了一個禮拜！可能也跟你說的一樣，我們已經先找到了第三號小女孩的屍體，但也許我們就是先找到了第四號，然後張法醫弄錯了，這我怎麼會知道！」

這位犯罪學專家緊緊逼視著他的雙眼，「難怪在孤兒院事件之後，你要讓我們休假二十四小時，好讓你可以從容行事。」

「戈蘭，你這樣無的放矢，我受夠了，你說了一大堆，證據在哪裡？」

「都是因爲威爾森．皮克的案子，對吧？」

「那時候發生的事情，與現在無關，我跟你保證。」

「但是你不再信任我。也許你的確有些正當的理由……但如果你希望我放手不管，希望你現在當面跟我說，少跟我玩政治遊戲。你只要給我一句話，我們就退一點，絕對不會讓你尷尬，你也不必一直把我們的責任扛在肩上。」

羅契沒有馬上回答，他把手支在下巴處，搖椅來回擺盪，接著，他十分平靜地開口：「老實說，我眞的不知道你在說些——」

「夠了，你坦白說吧。」

史坦打斷了他的話，羅契惡狠狠地瞪著他。

「你給我乖乖在那裡站好！」

戈蘭轉頭看他，接著又望著波里斯和羅莎，他馬上懂了，大家都知情，除了他和米拉除外。

米拉心想，難怪當她問波里斯休假時做些什麼的時候，他的態度是如此閃避，她也想起來在伊芳豪宅外頭發生的事，羅契不肯讓波里斯比特勤小組先進入房子裡頭，所以波里斯以略帶威脅的語氣和羅契說話，他等於是在威脅羅契要公佈眞相。

「是，檢座，沒什麼好隱瞞了，事到臨頭，還是趕快解決吧。」莎拉·羅莎插嘴進來，和史坦站在同一陣線。

「不能丟下他，這樣不公平。」波里斯也隨即跟進，同時還向這位犯罪學專家點頭示意。他們似乎想要道歉，因爲大家沒有告訴他這個消息，而且，長官下達了不公平的命令，他們也默默遵守，心中充滿愧疚感。

羅契停頓了好長一段時間，接著轉頭看著戈蘭和米拉。

「好……但如果你們敢洩漏半個字，我會讓你們死得很難看。」

29

晨光悄悄灑滿了整個田野。

山勢連綿如浪，但晨曦中的稜線並不怎麼清楚，濃綠色的田地，掙脫了皚皚白雪的束縛，映襯在灰濛濛的天空中、相當顯眼。柏油路在山谷間蜿蜒，與地景的起伏之間形成了美妙的舞動。

米拉把額頭靠在車後窗，感覺到一股詭異的寧和感，也許是因為疲累，也許是因為倦勤，不論這趟短短旅程的最後會發現什麼，她都不會覺得意外了。羅契並沒有透露太多，他告訴戈蘭和她要好好保密之後，他就關上自己辦公室的大門，和這位犯罪學專家在裡頭面對面會談。

她那時待在走廊上，波里斯向她解釋為何首席檢察官決定要把她和戈蘭排除在外。

「他其實是民間人士，而妳……嗯，妳的角色比較像是顧問，所以……」

也不需要再多說些什麼了，無論羅契拚命保護的祕密究竟為何，整個狀況都必須要受到嚴密監控，所以，避免走漏風聲，至為重要，他得要確定知道消息的人必須是他的直屬部下，而且也正因為有這種關係，他們才會默默接受他的恫嚇。

除此之外，米拉想不到還有什麼其他的事情，她也沒有再提出任何問題。

兩三個小時之後，羅契的門打開了，這位首席檢察官叫波里斯、史坦，以及羅莎帶卡維拉博士到第三個地點，雖然他沒有直接講出米拉的名字，但是她也可以參加這趟行程。

他們離開辦公室，到了附近的停車場，取了兩台轎車，車牌看不出是警用車，以免被警局外頭守株待兔的記者緊緊跟蹤。

米拉和史坦、卡維拉坐同一台車，她刻意避開莎拉．羅莎所坐的那一輛。他們已經開了有好幾哩；她想要小憩一下，還眞的睡了片刻，當她醒來的時候，他們幾乎已經快到目的地了。

路上沒什麼車，米拉注意到有三台深色汽車停在路旁，每台車裡面都坐了兩個人。

她心想，這是崗哨，可以趕走好奇的外來客。

一行人沿著一堵紅磚色的高牆前進了約半哩，最後，停在一道大鐵門前方。

已經是路的盡頭。

沒有電鈴或是對講機，只有一台架在柱上的電視攝影機，而且當他們一停下來的時候，那台機器就立刻開始以電眼搜尋、持續鎖定著他們。過了至少一分鐘之後，大門終於打開，又出現了路，但幾乎立刻就消失在一座小丘的後方。其後看不到任何的房子，只有一片遼闊的平原。

又過了十分鐘之後，他們才看到一棟老建築的螺旋塔，矗立在他們面前的房子，宛如從地心深處浮出的一樣，巨大又陰暗，其建築風格是十九世紀早期的鄉村宅邸式樣，鋼鐵或石油大亨爲了炫耀自己的鉅額財富所興建而成。

米拉認出前頭大門的石質家徽，裡面有個大大的R字浮雕。那是約瑟夫・比・洛克福特的家，拿出一千萬歐元獎金、懸賞第六號小女孩下落的基金會董事長，也正是這號人物。

他們進入房子內，把兩台車停在馬廄的附近，他們還得要換乘類似高爾夫球車的電子車，才能到達佔地數英畝的西翼區域。

米拉進了史坦開的那一台車，他也開始向米拉解釋這是何許人也，以及他的家族起源和傲世財富。

洛克福特王朝興起於一百多年前，傳奇故事要從約瑟夫・比・洛克福特一世，也就是祖父開始說起，他是某個移民理髮師的獨生子，但他不甘於在剪刀和剃刀之間過日子，於是把父親的理髮店給賣了、想要開始準備賺大錢。當時每個人投資的標的都是新興的石油產業，但是洛克福特一世卻福至心靈，拿出了所有積蓄，設立了一家探勘自流井的公司。洛克福特注意到石油油源的地點幾乎都是蠻荒之地，所以他也推斷這些暴發戶很快就會面臨缺乏某項生活必需的物資：水。從自流井中抽出的地下水，與黑金的主脈出於同源，但價格幾乎是石油的兩倍。

約瑟夫·比·洛克福特一世身故時已有十億身價。就在他五十歲生日之前，他罹患了某種罕見又致命的胃癌，不久之後即過世。

約瑟夫·比·洛克福特二世繼承了父親的大筆家產，他竭盡所能，想要讓資產倍翻：從印度大麻到房地產、從畜牧養殖業到電子產品，無所不包。為了讓自己超越巔峰，他還娶了一位選美皇后，為他生了兩個可愛的孩子。

但，就在他快要過五十歲生日之前，他出現了奪命胃癌的初期症狀，不到兩個月的時間，洛克福特二世也撒手人寰。

他的長子約瑟夫·比·洛克福特三世，年紀輕輕就接下了這整個巨大的王國。他下達的第一個、也是唯一的指令，就是把姓名中惱人的羅馬數字拿掉。他根本不需要賺錢，而且依然可以過著隨心所欲的豪奢生活，所以約瑟夫·比·洛克福特開始過著漫無目標的人生。

而之所以會設立家族基金會，全來自於他妹妹拉樂的想法。該機構的宗旨是為了要扶助貧童，讓他們也可以享有健康飲食、得有遮風避雨之地、充足的醫療照護與教育。洛克福特基金會立刻就獲得了該家族一半遺產。雖然出手如此大方，但根據他們的顧問計算的結果，洛克福特家族剩下的家產，還是足以讓他們舒服過日子超過百年。

拉樂·洛克福特現年三十七歲，三十二歲的時候，她出了一場嚴重的車禍，但是卻奇蹟生還。她的哥哥約瑟夫今年四十九歲，十一個月前，他祖父和父親致命的遺傳性胃癌，也開始在他身上出現。

三十四天了，約瑟夫．比．洛克福特一直陷於昏迷，他已經處於彌留狀態。

顛簸地面讓電子車震得搖晃不定，米拉仔細聽著史坦的口述內容，這兩天其他類似車輛不斷輾壓的路痕，成了他們循跡前行的路徑。

經過半小時之後，他們終於到達第三個地點圍起的邊線處，米拉遠遠就看到穿著白色工作服的人員忙進忙出，他們總是讓每一個犯罪現場看起來生氣勃勃。雖然她早有了心理準備，將會親眼看到這次亞伯特為他們精心準備的殘酷畫面，但，這卻是最慘不忍睹的景象。

現場有一百多位專家正埋首工作中。

滂沱大雨無情狂落，工作人員正在移除大量土壤，他們一行人穿越其間，讓米拉覺得渾身不自在，骨頭被一一挖掘出來，專人先予以分類之後，再將它們一一放入附有標籤的透明塑膠袋裡，以便放入合適的證物盒當中。

米拉看著其中的某個盒子，至少有三十根股骨，另外一個盒子，骨盆。

史坦告訴戈蘭，「第三個小孩就是在這附近找到的……」

他伸手指向某處，那裡早已被封鎖起來，而且也覆蓋了塑膠布，以免現場受到風雨侵襲。地上有個以乳膠液畫出的人形，白線再次呈現出屍體的輪廓，只是少了左臂。

薩賓娜。

「她直接被擱在草地上，所以屍體提前腐化，曝屍實在太久了，連動物都聞不出來味道。」

「誰發現屍體的？」

「有個獵場管理員巡視時發現的。」

「然後就馬上開挖嗎？」

「我們一開始先帶嗅屍犬過來，但牠們聞不到任何東西。接著我們坐上直升機，想要進一步察看這裡是否有其他異狀，發現陳屍地點附近的植被不太一樣，我們拍攝照片後，交給植物學家研究，他確認地底下可能埋有東西，才會出現這些異常變化。」

米拉也聽過這種理論：波士尼亞曾經運用過類似的技巧，找尋種族淨化受害者的萬人塚。地底埋屍會影響地面上的植物生長，因為腐屍分解所製造的有機物質，會讓土壤非常肥沃。

戈蘭看了看四周，「有多少具屍體？」

「三十或四十具吧，誰知道……」

「埋屍多久了？」

「有些年代比較久遠，其他看起來是最近的屍骨。」

「都是什麼樣的人？」

「全是男性。大多數都很年輕，年紀約從十六歲到二十二、三歲之間。經過齒弓分析之後，部分屍體的年齡已經獲得確認。」

「這簡直把其他案子全比下去了，」這位犯罪學專家說道。他已經猜想到事情爆發之後的後果了，「有這麼多人在這裡，羅契不會還想要一手遮天吧？」

「不至於，首席檢察官只是想拖延而已，等到一切狀況好好搞清楚之後再說。」

「因為沒有人知道洛克福特的美麗宅邸裡為什麼會有萬人塚。」戈蘭的語氣裡有一絲迸發的怒火，在場的人無一倖免，「但我認為首席檢察官心裡早有定見……各位呢？」

史坦不知道要怎麼開口，波里斯和羅莎也一樣。

「史坦，告訴我一件事就好，是不是發現屍體之後才有了懸賞？」

這位警官的聲音很微弱，但還是認了，「沒錯。」

「我早就猜到了。」

他們回到了馬廄處，發現羅契早就在那裡等著他們，一旁是送他過來的警政署派車。戈蘭從高爾夫球小車下來，態度決然地走過去。

「好，所以我還是要參與調查嗎？」

「當然！你以爲我會輕易讓你置身事外嗎？」

「不可能，哪有那麼容易，就算我現在已經知道了一切，我還是要說你這樣太便宜行事。」

「這話什麼意思？」

首席檢察官已經要發火了。

「你以爲自己已經找到了行兇者。」

「你又知道他是誰了？」

「你大費周章掩蓋一切，不正是因爲覺得洛克福特是幕後主使者嗎？」

羅契挽起戈蘭的手臂，「聽好，你以爲一切都是我的安排，但事實並非如此，相信我，上面給我的壓力，遠遠超過你的想像。」

「你在掩護誰？這醜聞究竟還牽涉了多少人？」

羅契回頭向司機示意離開，隨即又轉身向整個小組講話。

「好，我們把話一次說個清楚……我一想到這事，就根本不想管，其實我也不需要威脅你們要保密，因爲只要你們膽敢透露一個字，你們馬上就什麼都沒了，甭想什麼前途和退休金，我也是一定完蛋。」

「我們了解……好，幕後主使的是誰？」戈蘭插話進來。

「約瑟夫・比・洛克福特從來沒有離開過這個地方，他從一出生開始就一直待在這裡。」

「怎麼可能？」波里斯問道，「從來沒有嗎？」

「從來沒有。」羅契的語氣很堅定，「一開始似乎是他很依賴母親，也就是那位前選美皇后。他對於母親有一種病態的愛戀，造成他的童年和青少年時期不太正常。」

「但是她死了之後呢……」羅莎想要提出反駁。

「她死的時候，已經太遲了：這個男孩已經沒有能力與人接觸，他四周都是爲家族工作的人，對他畢恭畢敬，接下來又是所謂的洛克福特魔咒，所有男性子嗣都會在五十歲那一年因胃部腫瘤而死。」

「也許他母親是在無意識的狀況下，想要拯救兒子逃離厄運。」戈蘭有了新的想法。

「他的妹妹呢？」米拉問道。

「叛徒一個。」羅契說道，「她比哥哥年輕多了，因此可以及時遠離母親的嚴密控管，她開始恣意妄爲：環遊世界、揮霍財富、因爲瘋狂至極的戀愛而心力交瘁、吸毒、體驗各種人生百態。和一直形同坐牢的哥哥相比，實在是大相逕庭……五年前的那場車禍發生之後，她等於和哥哥從此一起被關在這間豪宅裡。」

「約瑟夫．比．洛克福特是同性戀。」戈蘭說道。

羅契證實了這種說法：「對，他是……萬人塚裡發現的那些屍體，也告訴了我們這件事，他們全部都是青春美少年。」

「那爲什麼要殺死他們？」莎拉．羅莎問道。

這次回答的是戈蘭，他以前遇過這種案例。

「要是我說錯的話，還請首席檢察官糾正，但我認爲洛克福特不能接受自己是同性戀，又或許在他年輕的時候，某人開發了他的性傾向，從此他無法原諒這些人。」

雖然大家都沒有說出口，但其實每一個人都在想著他的媽媽。

「所以，每當他在重複這種行爲的時候，心裡充滿了罪惡感，但是他懲罰的不是自己，而是這些愛人……方法就是結束他們的生命。」米拉做出了結論。

「從來沒有人動過這些屍體，」戈蘭說道，「所以他是在這裡殺人，僕人、園丁、獵場管理員都沒有人注意到異狀？怎麼可能？」

羅契心中早有答案，但他留給大家自己去猜測。

「我不相信，」波里斯大喊，「他買通大家！」

「這些年大家絕口不提，都是看在錢的分上。」史坦的態度裡充滿嫌惡。

米拉不禁心想，人的靈魂值多少錢？也許，到了最後，這才是眞正的關鍵。有時候一個人發現自己本性頑劣，只能從殺人過程中找尋快感，大家會把他叫做兇手或是連續殺人犯。但是，不阻止他、甚至還從中得利的那些人，又該怎麼稱呼他們？

「他是怎麼找到這些男孩子？」戈蘭問道。

「還不知道，我們已經對他的私人助理發出逮捕令，但自從發現第三號小女孩屍體之後，這個人似乎就消失得無影無蹤。」

「其他人呢？有什麼處置？」

「目前都遭到拘留，等到我們搞清楚他們有沒有拿錢、收了多少錢之後，才會放人。」

「洛克福特一直用錢打點周邊的人，對吧？」

戈蘭懂得羅契在想什麼，這位首席檢察官也承認了：「好些年前，有個警察著手調查某個青少年失蹤案，這小孩逃家之後又搶了雜貨店，在偵辦過程中，他不禁起了疑心，最後追查到這裡。就在這個時候，洛克福特詢問許多有權有勢朋友的意見之後，這個條子，就被調職了……又有一次，一對情侶把車停在洛克福特豪宅高牆旁的路上，他們看到有人爬牆出來：是個半裸的小男孩，有一條腿已經受傷，而且十分驚恐。他們把男孩帶上車之後，送他去醫院，男孩只在那裡待了幾個小時，接著有自稱警方的人士出現，把他帶走，從此之後，再也沒有小男孩的消息。那裡的醫生和護士都拿到了大筆封口費，而這對情侶是婚外情關係，所以只要威脅把外遇消息透露給他們各自的配偶，事情就解決了。」

「好可怕。」米拉說道。

「我知道。」

「好，有沒有什麼關於妹妹的事情？」

「我覺得拉樂．洛克福特的腦袋不太正常，那場車禍幾乎毀了她，事發地點距離這裡不遠，那是她自己闖的禍：她衝出路面，一頭撞進了橡樹林裡。」

「我們應該還是要跟她聊一聊，洛克福特也一樣。」戈蘭說道，「他很可能知道亞伯特是誰。」

「你到底要怎麼跟他問話？他已經是無藥可救的重度昏迷病患！」

「那他根本就是逍遙法外！」波里斯的臉上充滿了激憤，「不只是因爲他幫不上忙，更重要的是，他根本不需要因爲自己的犯行坐一天的牢！」

「哦，這你可就錯了。」羅契說道，「如果眞有地獄的話，那些冤魂早就在等他了，但是，就算要走到那一步，也是漫長又痛苦的過程。」

「如果是這樣，爲什麼還要讓他活著？」

羅契露出微笑，面露譏諷，挑眉說道：「他的妹妹叫大家這麼做的。」

洛克福特豪宅的內部刻意營造出城堡的感覺，裝潢的主調是黑色大理石，表面的紋脈吸收了所有的光源，厚重的絲絨窗簾蓋住了所有窗戶，大多數畫作與織錦的主題都是打獵和鄉村歡樂的場景，當然，天花板上也懸掛了一盞巨大的水晶吊燈。

米拉一走進門口，馬上就感覺到逼人的寒氣，雖然屋裡極其奢華，但是卻流露出一種頹廢的氣氛。如果你仔細聆聽，可以聽到靜默流動的聲響，它早已隨著時間流逝、隱身在幽暗的死寂裡。

拉樂．洛克福特已經「答應接見他們」。她很清楚自己橫豎都得要接受訊問，但是，使用這樣的辭彙，可以提醒這些人他們要見的是何等人士。

她在圖書館裡靜待他們到來，準備提問的人包括了米拉、戈蘭，以及波里斯。

米拉先看到拉樂的側影，她坐在一張皮沙發上，將香菸放入唇間時、輕揮手臂的動作十分優雅。她非常美麗動人，遠遠看過去，她額頭的柔和曲線，一路延伸到纖細的鼻樑，最後是豐美的嘴唇，都讓他們三人心頭一震。當他們越來越靠近，發現她的眼裡有著某種強烈又有吸引力的碧綠色，與她典雅的長眉極為相襯。

但是，當他們走到她面前的時候，卻被她另外半邊臉給嚇到了，一條深疤毀了她的臉，從髮線開始，爬到了她的前額，又鑽進空蕩蕩的眼窩裡，最後，彷如一條淚溝，直落到下巴之下。

米拉也注意到這女人硬邦邦的義肢，因為另外一條腿就大剌剌地壓疊在上面。拉樂旁邊放著一本書，但是封面已經反翻朝下，所以他們不知道書名，也看不到作者是誰。

「大家好，」她開口說道，「是什麼風把各位吹來？」

她沒有請這三位訪客坐下，他們依然站在那覆蓋面積超過房間一半區域的超大地毯上。

「我們有些問題想要請教，」戈蘭說道，「可能的話，當然希望您……」

「請說，我在聽。」

拉樂．洛克福特把手中剩下的香菸、捻熄在條紋大理石的菸灰缸裡，接著她從膝上的菸盒中又取了一根，然後從皮盒裡拿出了金黃色打火機，她點菸的時候，可以發現手指微微顫抖。

「是妳提供千萬歐元懸賞，找尋第六號小女孩的下落。」戈蘭說道。

「一點微薄心意。」

她向他們下了戰帖，也許她想要激怒他們，或許這也只是她拒絕合作的奇特表達方式，和這間曾經逼她出走的豪宅的冷峻氛圍相比，簡直是天大的對比。

戈蘭決定接招。

「妳知道自己哥哥的事？」

「大家都知道，但沒有人說話。」

「爲什麼這次大家打破沉默？」

「您的意思是？」

「那位發現小女孩屍體的獵場管理員，我想他也是你們的員工吧……」

米拉猜想戈蘭已經知道狀況，拉樂大可以封鎖消息，但是她卻沒有這麼做。

「您相信有靈魂嗎？」

當她提出這個問題的時候，還重拍了一下身旁的書的封面。

「信不信？」

「我一直在思索這個問題……」

「所以妳才不肯讓醫生拔掉哥哥的維生機器？」

這女子並沒有立刻回答戈蘭的問題，反而將目光朝向天花板。約瑟夫．比．洛克福特正躺在樓上的床上，他從小時候開始，就一直睡在那裡。如今他的房間已經成爲加護病房，堪與現代醫院媲美，有台機器連接到他的身上，幫他呼吸，餵食藥物與流質食品、洗血與清腸。

「您誤會了：我希望哥哥死掉。」

她的表情看起來好眞摯。

「妳哥哥可能知道綁架殺害這六個小女孩的兇手，而現在第六號小女孩還在他的手中，妳不知道他是個什麼樣的角色……」

拉樂終於側看著戈蘭：至少她看著他的臉了，或者，這也只是假裝讓戈蘭看著她。

「誰知道，可能是某個員工，可能還在這裡工作，也可能早就離職，您應該要仔細查一下。」

「我們已經著手進行，但這個人無比狡猾，恐怕不會幫忙留下這種線索。」

「想必您也知道，能進得這間屋子的人，全都是約瑟夫花錢僱請的自己人，他們按時領薪水，對約瑟夫言聽計從，我從來沒有看過陌生人在這裡出沒。」

「妳看過那些男孩子嗎？」米拉脫口而出。

那女子沉默了好一段時間，才開口回答。「那些也是買來的，有時候他會和他們定下契約，讓這些男孩出賣自己的靈魂，這事最近常常發生。他們以爲這只是遊戲，瘋狂富翁給點小錢的玩笑而已，所以，大家都簽了，沒有一個例外。我在他書房的保險櫃裡找到一些羊皮紙，雖然簽名用的墨水不太上色，但還是相當清晰可辨。」

提到了這樣的可怕故事，她開始怪聲大笑，但卻讓米拉不寒而慄。那笑聲從身體深處汩汩流出，彷彿在她的肺裡嚼食了好長一段時間，如今終於把它全數吐出，她的聲音瘖啞，是因爲尼古丁，也因爲苦痛。接著，她拿起了放在一旁的書。

浮士德。

米拉趨前一步。

「如果我們有問題想問妳哥哥，妳有沒有什麼意見？」

戈蘭和波里斯看著米拉，以爲她瘋了。

拉樂再次大笑，「妳這麼做有什麼用？他現在比較像個死人。」接著她的臉色一沉，「太遲了。」

但米拉堅持，「我們要試試看。」

30

第一眼看到妮可拉‧帕帕可蒂斯，會誤以為她是個弱女子。

也許是因為她個子矮，但是屁股卻是大得不成比例，也或許是因為她的雙眼裡藏著一種哀傷的歡樂，像是舞王佛雷‧亞斯坦❽音樂劇裡的某首歌，又像是老派新年舞會或是夏末的照片。

其實，她是個十分堅強的女子。

經年累月的大小挫折，也逐漸蓄積起她的能量。她出生在一個小村落，是家中七個小孩裡的老大，也是唯一的女性。她十一歲的時候，媽媽過世了，所以她必須擔負照顧全家的責任，照顧爸爸，還要把六個弟弟拉拔長大，她努力讓他們完成學業，讓他們可以找到好工作。由於家中經濟困難，都靠大姊無盡奉獻努力攢下的錢，所以他們也一直別無他求。她看著他們陸續尋得人生良伴，成家立業，如今有了二十多個外甥子女，都是她的驕傲和喜樂。當最小的弟弟也離開原生家庭的時候，她依然堅持留在家裡照顧年邁的父親，不肯把他送到安養院，她不想讓這樣的負擔加諸在弟弟與弟媳身上，所以她只說：「不要擔心我，你們有自己的家庭，我也有，這不是犧牲。」

她一直照顧老父到他九十多歲，宛如把父親當作新生兒一般呵護。等到他過世之後，她把所有的弟弟找過來。

「我現在四十七歲，我不覺得自己會結婚，也不可能有自己的小孩，但是我很愛自己的外甥子女，視如己出。謝謝大家請我過去和你們一起住，不過，雖然我現在才告訴你們，但我幾年前就已經做出決定，我們不會再見面了，我親愛的弟弟……我已經決定將自己往後的日子奉獻給耶穌，從明天起，我就待在幽靜的修道院裡閉關，度過餘生。」

「所以她是修女！」波里斯開車的時候，靜靜聽著米拉講故事，聽完後不禁驚呼。

「妮可拉不只是修女，她的貢獻遠超過於此。」

「我還是很難相信妳說服了卡維拉，而且居然連羅契也答應妳！」

「不過就是隨便試試——我們有什麼損失？而且我還是認爲妮可拉很可靠，一定會守口如瓶。」

「這是當然的！」

後座放了個綁著紅色大蝴蝶結的禮盒，「妮可拉唯一無法招架的就是巧克力。」所以米拉之前已經請波里斯先繞去糖果店。

「但是如果她在閉關，也不能和我們一起出來。」

「嗯，狀況其實比這個還複雜……」

「什麼意思？」

「妮可拉在修道院裡待了好幾年，但當他們發現她的能力之後，決定請她還俗。」

剛過中午，他們已經到達目的地，在這個城區裡，混亂才是王道，車輛喧囂聲與音響音樂齊鳴，住宅區裡傳出的吵鬧尖叫，再加上在法律邊緣遊走的各種街頭活動。住在那裡的人從來不會搬走，而只隔了兩三個地鐵站的市中心，卻有著時髦的餐廳、精品店，還有茶飲店，簡直就像是火星上的世界。

從生到死，都待在這種地方，絕對不可能離開。

❽ Fred Astaire, 1899-1987，被譽爲美國影史上最具影響力的舞蹈家。

他們離開快速道路之後，汽車裡的全球定位系統已經不再指引方向，宣示幫派領土的牆壁塗鴉，是這裡僅有的路標。

波里斯轉進一條小街，裡頭是條死巷，他注意到有台車跟了他們好幾分鐘、正觀察著他們的一舉一動，兩個警察開著車子出入這種地方，自然會引起各個角落的幫派小弟的注意。

「慢慢開，保持走路的速度，眼睛看著你的手就好。」米拉提醒他，因爲她以前住過這裡。

他們要找的那棟建築物就在街底，波里斯和米拉把車停在兩台火燒車的中間，波里斯下車後，開始東張西望，他想要打開中控鎖，但米拉阻止了他。

「不需要，鑰匙也留著，這些人只要討厭我們，總會有辦法把車門撬開。」

「到底怎樣才不會被偷？」

米拉挨到駕駛座那邊，在自己的口袋裡掏掏弄弄，拿出一串紅色的塑膠玫瑰念珠，然後把它纏繞在後照鏡上頭。

「這裡最好的防盜設備，就是它。」

波里斯看著米拉，臉色充滿疑惑。隨後他跟著米拉進去那棟房子。

前門有塊紙板做的告示：領取食物，十一點開始排隊。由於發放的對象裡也有文盲，所以旁邊還多畫了個插圖，熱騰騰的食盤上面，有個時鐘指著十一點鐘。

屋內混雜著烹煮與消毒的氣味，大廳裡有張餐桌，上面放了一些過期雜誌，桌邊還擱著幾張並不相襯的塑膠椅。另外，還有各種主題的宣導小冊，從孩童牙齒保健到性病防治都有，這都是爲了要讓這地方看起來像是個等候室，牆上的公佈欄到處都是各種傳單，屋裡可以聽到喊來喊去的聲響，但沒有辦法判斷音源是從何而來。

她拉了拉波里斯的袖子，「我們走吧，她在樓上。」

他們開始往上爬，樓梯破爛不堪，連扶手也顫巍巍。

「這到底是什麼地方？」波里斯不敢碰觸任何東西，就是怕有傳染病，他一路抱怨，一直到了梯台才住口。

有個年約二十歲的漂亮女孩站在玻璃門旁邊，她正把一瓶藥交給衣衫襤褸的老人家，他全身散發出酒精和汗酸的臭味。

「一天吃一顆，記得嗎？」

老人的臭味似乎完全沒有影響到這位女孩，她的聲音洪亮和善，每一個字都說得清清楚楚，就好像是在和小朋友說話一樣，這個老人點點頭，但應該是沒有聽進去。

接著她從口袋裡拿出一條手帕，把它綁在老人的手腕上。

「這樣你就不會忘記了。」

那男人開心地笑了，他接下藥瓶後轉身離開，邊走還邊看著自己手臂上的新禮物。

「需要幫忙嗎？」女孩問他們兩人。

「我們要找妮可拉·帕帕可蒂斯。」米拉說道。

波里斯喜孜孜地看著那女孩，爬樓梯時的連聲抱怨，一下子就忘了。

「她應該是在後面的最後一個房間裡。」她指著身後的走廊。

當他們走過她身邊的時候，波里斯的眼光落在她胸部，同時也看到女孩頸項上的金色十字項鍊。

「啊，但她是個……」

「沒錯。」米拉回話，憋著不敢笑出來。

「可惜啊。」

走過廊道，他們也看到了兩側房間裡的情況。鐵床、行軍床，或是只有輪椅，上面全部都是瘦骨嶙峋的人，不分老幼，他們是愛滋病病患；毒蟲，或是酗酒而肝萎縮的病患，不然，就是又病又老的人。

他們有兩個共同點，看起來極爲疲倦，也知道自己之前做出了不堪的人生選擇，沒有醫院會收容這樣的人，而且他們也幾乎沒有家人照顧，就算有，也早就被趕了出來。

人們到此，只爲了等死，這也就是它存在的原因。妮可拉．帕帕可蒂斯稱其爲「避風港」。

「今天天氣眞的好好，諾拉。」

靠窗的床上躺著個老女人，修女正小心翼翼地梳理著著她的銀白長髮，一邊撫觸，一邊說著溫柔的話語。

「今天早上我走過公園，留了一些麵包給小鳥，牠們因爲大雪都待在鳥巢裡、互相取暖。」

米拉敲了敲已經敞開的門，妮可拉轉身，一看到米拉，整個臉都發亮了。

「我的小可愛！」她大叫，趕緊過去擁抱她，「看到妳好開心！」

她穿著黑糖色的毛衣，因爲覺得熱，所以袖子也捲了起來，黑色過膝長裙搭的是一雙球鞋，她留著灰色短髮，白透的膚色更突顯出眼瞳的湛藍色澤，整個人看起來俐落爽淨。波里斯注意到她脖子上戴了玫瑰念珠，很像是米拉放在汽車後照鏡的那一串。

「這位是克勞斯．波里斯，我同事。」

波里斯趨前，但有些不自在，「幸會。」

「你剛見過了瑪麗修女，是吧？」妮可拉一邊握著他的手，一邊問道。

波里斯臉紅了，「其實……」

「別擔心，很多人都因爲她有這種反應……」接著她又再度看著米拉；「什麼風把妳吹來了避風港？小可愛？」

米拉臉色變得嚴肅起來，「妳知道六個失蹤小女孩的案子嗎？」

「我們每個晚上都爲她們祈禱，但是電視新聞沒有提到太多內容。」

「我也不能說。」

妮可拉看著她：「所以妳來這裡，是爲了第六號小女孩，對嗎？」

「可以說說她的事情嗎？」

妮可拉嘆了口氣。「我也想要和她產生感應，但是很難，我的天賦已經大不如前，越來越弱了。也許我應該要高興才對，等到它完全消逝之後，他們就會讓我回去修道院，和其他姊妹一起團聚。」

妮可拉．帕帕可蒂斯不喜歡被大家叫做靈媒，她認爲這個字詞不太適合拿來描述「來自上帝的天賦」。她不覺得自己有什麼特別，但她的天賦的確很獨特。她只是上帝親自挑選出來、承擔天賦的溝通渠道，讓她可以予以運用，造福其他世人。

波里斯和米拉前往避風港的時候，米拉已經告訴他許多事情，也提到了妮可拉是在什麼時候發現自己的超級感知能力。

「在她六歲的時候，已經是全村的知名人物，不見的東西，她一定找得到：結婚戒指、家中鑰匙、往生者藏得太隱密的遺囑……某天傍晚，當地的警長到她家：有個五歲的小男孩失蹤，他的媽媽傷心欲絕，她被警長帶去那媽媽家裡，那女人求她一定要找到她的孩子。妮可拉盯著她好一會兒，突然說道：『這女人在說謊，她把自己的兒子埋在屋後的菜園裡。』警察也的確在那裡找到男孩的屍體。」

波里斯被這故事嚇到了，他不想和其他人太過親近，盡量去讓米拉和修女說話——或許這也是部分原因吧。

「這次想問妳的事情，跟以往不太一樣。」這位女警開口了，「我想請妳到某個地方，和一個瀕死的男人產生感應。」

米拉以前也好幾次向妮可拉求助她的神力，也多虧了她的幫忙，有時候米拉的案子也因此而順利破案。

「小可愛，我不能離開這裡，妳也知道，大家很需要我。」

「我知道，但我也沒有辦法，想救第六號小女孩，也只有這個方法。」

「我也告訴妳了：我不確定自己的『天賦』還行不行。」

「我想到妳，其實還有另外一個原因……只要有人可以幫忙找到那個小女孩，就可以得到一大筆賞金。」

「是，我聽說了，但我要一千萬歐元幹什麼？」

米拉看著四周，彷彿利用賞金去翻新這個地方，本來就是理所當然的事。「相信我好不好，當妳知道整個故事之後，就會知道這是運用賞金的最好方法，好，來不來嘛？」

「維拉今天要過來看我。」

床上的那個女人開口說話了，之前她只是靜靜不動看著窗外。

妮可拉靠近過去：「對，諾拉，維拉今天會過來。」

「她答應我的。」

「是啊，我知道，她答應的就一定會做到，妳等等。」

「但是那男生坐在她的椅子上。」她指著波里斯，他立刻就站起身來。

但是妮可拉卻攔住了他：「好好坐著沒關係。」接著她低聲說道：「維拉是她的雙胞胎姊妹，她七十年前就死了，那時候她們兩個都還是小孩。」

這修女看到波里斯臉色瞬間發白、露出不以爲然的微笑，連忙解釋：「不不，警官，我沒辦法和死者產生感應，但是諾拉喜歡偶爾聽別人說妹妹要來看她。」

米拉之前告訴波里斯的類似故事，也曾經對他產生了同等的效果，他覺得自己很像個白痴。

「所以你會來嗎？」米拉進一步施壓，「我跟妳保證，傍晚前一定派人送妳回來。」

妮可拉·帕帕可蒂斯又思索了好一會兒，「妳是不是還有帶什麼東西給我？」

米拉的臉上漾出微笑，「車子裡有巧克力在等妳。」

妮可拉滿意地點點頭，但臉色又隨即轉趨嚴肅，「那男人的故事會讓我很不舒服，對吧？」

「我想，眞的會很難受。」

妮可拉捏緊了自己的玫瑰念珠，「好，我們走吧。」

它叫做「冥想幻視」，是在混亂影像中找尋熟悉形體的某種直覺，可能是在雲端，也可能是在宇宙星團，或者是牛奶碗裡漂浮的燕麥碎片。

妮可拉·帕帕可蒂斯也同樣看到有能量在自己的體內滋長，她不會把它們叫做神力，而且，她也喜歡這個說法，冥想幻視，因爲這個字的語源就和她自己一樣，都來自於希臘。

她坐在車後座一邊向波里斯解釋，還一邊大啖巧克力，一塊接著一塊。不過，這位修女的故事固然精彩，但是讓他眞正吃驚的卻是他的車，停在那樣龍蛇雜處的區域，卻連個刮傷也沒有。

「爲什麼要把這裡叫做避風港？」

「波里斯，這要看你的信仰而定。有人只把它當成了起點，也有些人視它爲終點。」

「那妳呢？」

「我覺得兩者都是。」

早晨時分，洛克福特的宅邸已經映入眼簾。

戈蘭和史坦在豪宅外頭等著他們，莎拉．羅莎則在樓上與醫療人員協調照護細節。

「還好你們趕回來了，」史坦說道，「今天早上情況急遽惡化，醫生判斷再拖也不過幾小時。」

在前往豪宅的途中，戈蘭向妮可拉作自我介紹，雖然他滿腹狐疑，依然解釋了需要她協助的地方。因爲工作關係，他看過各式各樣的靈媒，幫忙警方辦案，但是他們介入之後，通常完全沒有任何效果，不然就是提供錯誤線索和不合理的期待，擾亂了偵辦方向。

修女對於犯罪學專家的提防態度、其實並不意外；大家臉上難以置信的表情，她看多了。虔誠的史坦其實也不是很相信妮可拉的天賦。就他所知，這不過就是騙局，但玩弄這種詐術的人卻是個修女，讓他覺得十分困惑。「至少她不是爲了錢。」之前他和莎拉．羅莎討論的時候，他曾經這麼說過，畢竟羅莎比他更不以爲然。

「我喜歡這個犯罪學專家。」當妮可拉和大家一起爬上樓梯的時候，她偷偷向米拉說道，「他有疑慮，但也不會隱藏起來。」

這個評語當然不是出於她的天賦，米拉知道這是來自妮可拉內心的觀察，聽到好朋友的這些話，她心裡湧起一股感激之意。之前莎拉．羅莎搬弄戈蘭是非、在她心裡所造成的不安，如今都因爲這番話而疑慮盡除。

寬敞的廊道兩旁，掛滿了織錦畫，最後面就是約瑟夫．比．洛克福特的房間。

巨大的窗戶面向西方，迎著陽光。從陽台看下去，可以好好享受底下的田園風景。

四柱大床就放在房間中央，周邊是陪伴這位富豪最後時光的醫療設備。心跳感應器的嗶嗶聲、呼吸器的訊號和喘息聲、不斷施打的點滴、電子儀器持續的低鳴聲，爲他打造出一種機械感的韻律。

洛克福特的身軀、被好幾個枕頭高撐起來，雙臂放在臀部旁邊，底下是繡花床罩，他緊閉著雙眼，穿著一套淡粉紅色的生絲睡衣，上頭有個容納呼吸插管的開口，所剩無幾的頭髮都已經轉爲銀灰色，鷹鉤鼻旁的面孔凹陷，毯子下軀體的其他部分幾乎已不成人形。他還不到五十歲，但看起來已像個百歲老人。

此時正有個護士照料著他頸部的傷口，幫他更換呼吸噴嘴周邊的紗布，除了他的私人醫生和醫生助理之外，只有這些二十四小時輪班的醫護人員得以在這裡看顧他。

小組成員一進門，馬上就看到了拉樂．洛克福特，她絕對不會錯過這樣的世界奇觀。她遠遠地坐在搖椅裡抽菸，根本不管病房相關規定。護士提醒她，這樣對瀕死的哥哥不太好，但她卻回答得直接了當，「反正他又不會怎麼樣。」

妮可拉充滿自信地走向床邊，望著此等尊榮級的死亡場景。這種死法，和避風港裡每日都會出現的可憐亡者大不相同，當她走到約瑟夫．比．洛克福特的面前時，用手劃了個十字聖號，接著她轉頭面向戈蘭說道：「我們開始吧。」

他們沒有打算要錄影存證，因爲絕對不會有任何陪審團會把它當成證據，而且，他們也不會讓媒體發現到他們做過這種實驗，一切，都只能留在這些高牆裡。

波里斯和史坦就定位，站在關起的門旁邊，莎拉．羅莎則站在房內的一角，整個人靠在牆上，雙手交叉放在胸前。妮可拉坐在床邊的椅子上，米拉坐在她旁邊。戈蘭在她們的正對面，可以密切注意洛克福特和修女的動靜。

靈媒開始集中思緒。

米拉不知道，在這種時候，約瑟夫．比．洛克福特究竟是什麼狀況，他可能還有辦法回答問題，也許只能聽到他們的聲音而已，又或者，連無意識的幻想也已經飄忽無存。

但米拉很確定一件事：妮可拉恐怕得要墜入深邃又變化莫測的煉獄裡，才能找到他的蹤影。

「啊，我開始有感應了……」

妮可拉把雙手放在自己的膝上，米拉注意到她的手指因爲緊張而開始內縮。

「約瑟夫還在這裡，」靈媒有了答案，「但是他……距離我們很遠，不過，他還是可以感知到這裡曾經發生的一些事情……」

莎拉．羅莎和波里斯交換眼神，眼裡滿是困惑，他盡量克制，但還是忍不住露出了尷尬的苦笑。

「他心煩意亂，很生氣……他受不了自己居然還在這裡……他想要走了，但是沒有辦法，有些事情牽絆著他……他受不了那種氣味。」

「什麼味道？」米拉趕緊發問。

「腐爛花朵的氣味，他說眞是受不了。」

大家拚命用力聞，希望她的話是眞的，但是他們只聞到怡人氣味：窗台上大花瓶裡插著鮮花。

「妮可拉，想辦法讓他講話。」

「我猜他不想……不，他根本不想和我講話……」

「妳要勸勸他。」

「我很抱歉……」

「什麼?」

但是靈媒卻沒有辦法把話說完，她反而接著說：「我猜他想要讓我看一些東西……對，沒錯……我看到某個房間……就是這間。可是我們不在那裡……也沒有這些維生機器……」妮可拉變得僵直：「他旁邊有個人。」

「是誰?」

「一個女人，她很漂亮……我猜是他的媽媽。」

米拉的眼角看到拉樂．洛克福特在搖椅裡並不安分，因爲她手不離菸。

「他在做什麼?」

「約瑟夫還是個小孩……她把他放在膝蓋上，向他解釋著某些事情……她斥罵他又警告他……她說，外面的世界只會傷害他而已。所以他最好待在這裡才會安全，她答應他一定會好好保護他、照顧他，而且永遠不會離開他……」

戈蘭和米拉對望了一眼，那正是約瑟夫金色監牢的起點，她要讓兒子徹底從這個世界消失。

「她告訴他世界上有重重危險，女人是最可怕的。在外頭的世界裡，到處都是想要奪走他一切的女人……她們之所以愛他，都是因爲他的家產……她們會騙他，利用他……」接著修女又說了一次，「我很抱歉……」

米拉又看著戈蘭。那個早晨，這位犯罪學專家在羅契的面前、信誓旦旦地指出，洛克福特的暴怒——也就是讓他變成連續殺人犯的那種暴怒——是因爲他無法接受自己。因爲某人無意發現了他的性傾向，而那個人很可能是他的媽媽，造成他永遠無法原諒自己，殺害自己的戀人，等同於消除罪孽。

但戈蘭大錯特錯。

靈媒的說法多少違背了他的理論，約瑟夫的同性戀性傾向很可能與他母親的恐懼有關，也許她已經很了解自己的兒子，但什麼都沒有說出口。

但如果眞是如此，爲什麼約瑟夫要殺死這麼多的戀人？

「我連找個女性朋友來家裡都不行……」

大家都轉頭望著拉樂．洛克福特，她顫抖的手指裡夾著菸，講話的時候，眼光注視著地板。

「是他媽媽把這些男孩帶到這裡。」戈蘭說道。

拉樂也證實了他的話，「對，她花錢找來的。」

她完好的那隻眼睛裡流出了淚，讓她的臉孔看起來比以往更爲詭異。

「我媽媽恨我。」

「爲什麼？」犯罪學專家問道。

「因爲我是個女的。」

「我很抱歉。」妮可拉又說了一次對不起。

「閉嘴！」拉樂看著她哥哥大吼。

「我很抱歉，妹妹。」

「閉嘴！」

她的聲音憤怒異常，還站了起來，下巴氣得發抖。

「你不懂，你不知道一轉身就發現有眼睛盯著你的感覺，如影隨形，你知道這種行爲是什麼意思，雖然你不想承認，你也知道這想法有多麼齷齪。我想，他想知道的是……爲什麼我對他這麼有吸引力。」

妮可拉陷入恍惚狀態，發抖得很厲害，米拉抓住了她的手。

「這就是妳離家的原因？對不對？」戈蘭緊盯著拉樂．洛克福特不放，無論如何都想要逼出她的答案。「你逃家之後，他就開始殺人……」

「是，應該就是那時候開始的。」

「然後妳又在五年前回來……」

拉樂．洛克福特大笑。「我根本不知道，他騙了我，他說他覺得自己很孤單，大家都背棄他，我是他的妹妹，他也愛我，我們應該要和平相處，一切都是我的偏執，我也相信他了。我回到這裡的時候，剛開始的兩三年他還表現正常：體貼又熱情，很關心我，一點也不像我小時候認識的那個約瑟夫，一直到……」

她又再次大笑，不須言語，這次的笑聲更透露出她曾經承受的一切暴力。

「所以不是車禍讓妳變成這樣。」

拉樂搖搖頭，「他利用這種手段，要百分之百確定我再也沒有辦法離開。」

大家對這位年輕女子寄予無限同情，她之所以變成囚徒，不是因爲這間房子，而是自己的外表。

「抱歉。」她拖著義肢，一跛一跛地走到門口。

史坦和波里斯側過身，讓她出去，接著兩人都看著戈蘭，等待他做出決定。

他看著妮可拉，「妳可以繼續下去嗎？」

「可以。」修女回答，雖然她顯然已經是精疲力竭。

下一個問題最爲重要，他們沒有機會重來一次，那不只關乎第六號小女孩的生死，他們的命運也懸繫於此。因爲，如果他們還是搞不懂這一連串事件的意涵，將會背負一輩子的污點。

「妮可拉，請讓約瑟夫告訴我們，他何時認識那個像他一樣的人？」

31

午夜，他聽到她在狂叫。

偏頭痛讓她不能安寧，也讓她無法安靜入睡，但是現在就連嗎啡也沒有辦法解決她突如其來的劇痛。她在床上用力伸展身體，尖叫不止，一直到失聲爲止。她之前努力抗老所留下的美貌，如今消失得無影無蹤。而且，她變得粗俗，以往她總是字斟句酌，但如今她卻開始胡亂開罵，下流不堪，她痛罵身旁的每一個人，她的先生，死得太早，她的女兒，逃家離開了她，還有上帝，讓她落入此般境地。

只有他可以安撫她。

他會進入她的房間，以絲質手帕把她的雙手綁在床上，好讓她不會傷害自己。她已經拔光自己的頭髮，臉上都是指甲抓傷臉頰的一條條血痕。

「約瑟夫，」當他輕撫著她的前額時，她開口說話了，「告訴我，我是個好媽媽，拜託，告訴我。」

他，看著這雙盈滿淚水的眼睛，也就這麼說了。

約瑟夫．比．洛克福特當時三十二歲，距離他的死期，只剩下十八年而已。不久之前，有位知名的基因學專家被找來幫約瑟夫做檢查。不知道他是否和祖父與父親一樣，有著相同命運。由於當時對於疾病的基因遺傳研究所知無多，所以答案還是非常模糊。這種遺傳性罕見症狀的發病率，約是從百分之四十到七十不等。

自此之後，約瑟夫的生活裡，也只剩下一個目標，其他的部分，只是讓他一步步更加趨近終點而已，比方說，就像是他母親的病。她如獸的哭喊迴盪在寬敞的房裡，豪宅裡的每一個夜晚也爲之震顫，無處可逃。約瑟夫被迫失眠了長達好幾個月之後，開始戴上耳塞睡覺，以免聽到母親爆發的苦痛。

但，這些還不夠。

某天凌晨，大約是四點鐘左右，他醒過來，他做了一個夢，但不記得內容，但那並不是他醒來的原因，他坐在床上，想要知道究竟發生了什麼事。

屋內出現了不尋常的靜默。

約瑟夫知道是什麼事。他起床，穿上衣服：褲子、高領毛衣，還有綠色的高檔外套，他離開房間，經過母親臥房，門是鎖著的，他沒有停下腳步，繼續朝堂皇的大理石階梯走下去，幾分鐘之後，他已經到了外頭。

他沿著宅邸裡的大道前進，走到了西側大門，這裡通常是供作僕人與信差出入，這是他的世界的邊界。他和拉樂還是小孩子的時候，曾經多次到這裡探險。雖然他妹妹年紀比他小得多，但是她卻總喜歡超越他，展現出令人妒羨的勇氣。約瑟夫一直很退縮，拉樂已經離開快一年了，自從她找到跨越限制的能量之後，再也不曾聽到她的消息了，他好想念她。

在淒寒的十一月清晨，約瑟夫站在門口動也不動，持續了好幾分鐘，接著他爬過去。當他的腳碰觸到地面時，一股陌生的興奮讓他無法自已，胸膛中央的跳動感受傳遍全身，這是他有生以來第一次嚐到快樂的滋味。

他開始沿著柏油路一直走。

地平線曙光乍現，黎明即將到來，四周的風景與宅邸裡的完全一樣，害他一度以爲自己未曾離開那裡，那道大門不過是個假象，宇宙萬物都在那裡起滅生死，每當他穿越了邊界，也就必須周而復始再來一次，一切都沒有改變，永無止盡，相同的小宇宙，組成了一個漫長無盡的系列，他遲早會發現自己的豪宅又出現在路上，但他確定那將只是幻象。

房子並沒有再度出現，隨著他步行距離越來越遠，他很清楚自己真的做到了。

放眼望去，沒有人車，也沒有任何的房子。鳥兒晨鳴，揭開新的一天的序幕，他踩踏在柏油路上的腳步聲，是那裡唯一的人類活動痕跡，他聽不到樹梢風動，彷彿微風正靜靜看著這個陌生人走過，他好想出聲打招呼。空氣清新，還帶著一股氣味，混合了霜、乾葉，以及翠嫩綠草。

太陽不只是露臉而已，陽光照亮整片原野，彷彿像是灑上了一層層金黃色的油。約瑟夫也說不出自己走了多少路，他漫無目標，但根本不在乎的感覺好美妙。乳酸在他的腿部肌肉裡奮力搏動，他從來沒想過疼痛的滋味居然也會如此美好。體內充滿能量，還有自由空氣可以呼吸，這兩個變數，將會決定之後如何發展。先前他總覺得不斷出現新的焦慮、阻卻了他的思路，如今四處依然潛伏著未知數，但經歷過這些片刻之後，他也了解到除了危險之外，仍然有其他珍貴的東西，像是驚奇，還有奇蹟。

當他注意到有陌生聲響的那一刻，心裡也充滿了這樣的感覺。遠方的低沉聲音，持續迫近他，到了他的後方。他馬上認出來了，是汽車所發出的噪音。他轉過頭去，小丘擋住了車身，只看得到車頂，等到它開始往下走，才又看到全部的車身，那是台老舊的白色旅行車，朝他而來，擋風玻璃太髒，根本看不清楚裡面坐了什麼人，約瑟夫決定不管它，回頭繼續走。而當這台車靠近他的時候，似乎速度慢了下來。

「喂！」

他不知道該不該轉過去，也許這個人是準備來終結他的冒險之旅，對，就是這樣，他媽媽醒過來，大吼大叫著他的名字。她發現他不在床上，開始差遣僕人到宅邸外尋找他的下落，也許這個叫住他的男人，正是其中的一名園丁，爲了可觀的獎金而出來找他。

「喂，你要去哪裡？要不要搭便車？」

光是這個問題，就可以確定他不是宅邸裡的人。車子開到了約瑟夫的旁邊，但他看不清楚駕駛的模樣，他停住腳步，車子也跟著停下來。

「我要往北走，」那開車的人說道，「你可以少走好幾哩路，雖然不多，但是這裡也沒什麼搭便車的機會。」

他猜不出這個人的年紀，可能有四十歲了，也可能還不到，因爲他的紅色鬍鬚又長又亂，實在很難判斷。他的頭髮也很長，中分後梳，還有雙灰色的眼睛。

「你決定沒？要不要上來？」

約瑟夫想了一會兒回道：「好，謝謝。」

他坐在陌生人的旁邊，車子開始上路。座椅上鋪了咖啡色絲絨布，但上面有多處破損，也露出了底下的帆布。後照鏡上頭多年來都掛著汽車芳香劑，一瓶又一瓶的味道互相交雜，留下一股混合的氣味。爲了騰出更多的空間，汽車後座早已壓下去，現在塞滿了紙盒和塑膠袋、工具，以及各種尺寸的油桶，一切都擺放得井然有序。儀表板上有陳年貼紙留下的痕跡，汽車音響也是配備錄音帶卡匣的老舊機種，正播放著鄉村音樂的錄音帶。這個駕駛之前爲了和他講話，把音樂轉得比較小聲，現在又調了回來。

「一個人走路？」

約瑟夫不想看他的眼睛，怕他注意到自己在說謊。

「對，從昨天開始的。」

「怎麼沒想到搭便車？」

「有啊。有卡車司機載我一程，但是他要往另外一個方向。」

「什麼？你要去哪裡？」

他不知道對方會問這種問題，所以他說了實話。

「我不知道。」

那男人開始大笑。

「如果你不知道要去哪，爲什麼不繼續跟他走？」

約瑟夫正色看著他，「因爲他問我太多的問題。」

那男人笑得更大聲了，「我的天啊，小老弟，你這麼坦白，我喜歡。」

他穿著紅色的短袖風衣，淺咖啡色的長褲，針織菱格花紋毛衣外套。腳上穿的是有塑膠強化鞋底的工作靴。他習慣兩手抓著方向盤，左腕上戴了支便宜的塑膠石英手錶。

「聽好，我不知道你有什麼計畫，我也不想逼你告訴我，不過，你要是覺得沒問題，我住的地方就在附近，要不要一起吃個早餐？你說呢？」

約瑟夫本來想說不，搭便車本來就已經很危險了，他可不會跟著這男人到陌生的地方去，讓自己被搶或是遇到更可怕的事。但約瑟夫發現，是他本身的恐懼影響了自己，未來充滿了神祕，而不是威脅——今天早晨，他才懂得這個道理，想要嚐到果實的甜美滋味，你就必須要冒險。

「好啊。」

「蛋、培根，還有咖啡。」陌生人報出了早餐菜單。

二十分鐘之後，他們離開主要幹道，繼續朝上坡的泥路前進。由於路面高低不平，所以他們的速度放得很慢，最後，終於到達位於緩坡處的一間木屋。外牆的白色油漆已經有多處斑落，門廊殘破不堪，地板板縫間還可以看到冒出的一簇簇小草，最後，他們把車停在前門處。

這傢伙是誰？約瑟夫一看到他住的地方，心中不禁充滿了疑惑，但他也知道，探索他世界的機會，還是會比這個答案本身來得更有趣。

「請進。」他們一進去，那男的馬上開口表示歡迎。

第一間房間不大不小，一張餐桌配上三張椅子，掉了好幾個抽屜的木櫃，還有一張老沙發，布皮上有好幾個地方都出現了破損，牆上掛著一張無框的不知名風景畫。

唯一的窗戶旁是被煙燻黑的石製火爐，裡面放著冰冷的黑色圓木。樹幹斧雕的凳子上、放著一疊黏著焦油的平底鍋，房間後頭有兩扇緊閉的門。

「抱歉，沒有洗手間，但是外頭有一大堆樹。」那男人補充道，還一邊哈哈大笑。

這裡當然沒有電，也沒有自來水，但那男人很快就回到汽車後座那裡、取出了油桶，約瑟夫先前也注意到那些東西。

那男人拿了些舊報紙、還有之前收集的木材，在火爐裡生火。他勉力清了個鍋子，先煎奶油，然後又把蛋和培根丟進去，雖然稱不上水準，但是食物散發出的氣味卻足以讓人食指大動。

約瑟夫好奇地看著他，不停地發問，就像是小孩到了開始探索世界的年紀時、追著大人問東問西的模樣。但是這男人沒有露出不耐之色——他似乎很健談。

「你在這裡住很久了嗎？」

「一個月，但這不是我的房子。」

「什麼意思？」

「外面那個地方才是我真正的家，」他一邊說道，一邊用下巴指了指停在外頭的車，「我雲遊四方。」

「那爲什麼要停下來？」

「因爲我喜歡這個地方。有一天，我正好開車經過這條路，發現這條小徑，我轉進來，找到了這個地方。這間房子早就沒人住，誰知道荒廢了多久，應該可能是什麼農場工人的工寮，因爲後面有工具房。」

「他們人呢？」

「喔，我不知道。他們一定是跟其他人一樣：鄉下地方一出現危機，他們馬上會到城裡去找尋更好的生活機會，這裡到處都是廢棄的農場。」

「爲什麼不想辦法賣掉？」

那男人大笑：「誰要買？這種地方一毛不值啊，小老弟。」

他煮好早餐，把鍋裡的東西直接倒入桌上的盤子裡。約瑟夫迫不及待把叉子插進黃澄澄的軟糊裡，他發現自己眞的好餓，食物好美味。

「喜歡是吧？好，吃光光，要多少有多少。」

約瑟夫繼續狼吞虎嚥，他嘴巴裡塞滿了東西，一邊問他：「你要在這裡待很久嗎？」

「我應該會在月底離開，在這裡過冬太辛苦了。我還會去別的廢棄農場裡找些日用品，希望可以找到還能用的東西，今天早上我找到烤麵包機，應該是壞了，但修理好沒問題。」

約瑟夫突然覺得陌生人無所不能，彷彿是在撰寫一套武功祕笈：從如何只用雞蛋、奶油以及培根就可以做出一套美味早餐，甚至到如何取得飲用水都有，他想靠此過著新生活也說不定。這個陌生人的生活讓他好生嫉妒，也許很辛苦，但絕對好過他自己之前的生活。

「我們還沒自我介紹？」

約瑟夫的手還拿著叉子，突然僵在半空中。

「如果你不想說自己的名字，我沒差，反正我喜歡你這傢伙。」

約瑟夫繼續吃東西，那男人沒有給他壓力，但是他覺得自己應該要回報如此的盛情款待才是，所以，他決定聊一聊自己的事情。

「我活不到五十歲。」

他還說出了自己家族男繼承人的魔咒，對方也聽得聚精會神。約瑟夫雖然沒有提到自己的姓名，但還是提到自己家裡很有錢，以及如何致富的過往。勇於掌握時機的祖父，早已埋下了飛黃騰達的種子，而父親也遺傳了祖父的創業基因，進一步擴大了傳奇的版圖。最後他終於提到他自己，由於早已坐擁一切，人生也沒有其他目標，他來世這一趟，只爲了兩件事：龐大家產，在劫難逃的致死基因。

「你祖父和父親的病無可避免，我可以理解，不過，說到錢，也是可以這麼解決：要是你覺得自己不夠自由，爲什麼不乾脆丟下一切就好？」

「因爲我從小到大都沒缺過錢，要是沒有錢，我一天都過不下去。而且，你也知道，無論我做出什麼改變，都還是一定會死。」

「胡說八道！」那男人起身要洗鍋子，一邊斥罵著他。

約瑟夫想要解釋得更清楚：「我想要的東西，一定可以到手，但也正因爲如此，我不知道什麼叫做慾望。」

「你到底在說什麼？錢又不是萬能。」

「哈，相信我，如果我要你死，我可以買通一些人殺了你，而且絕對不會有人知道。」

「你以前幹過這種事？」那男人問道，臉色轉趨嚴肅。

「什麼？」

「買兇殺人。」

「我沒有，但是我父親和祖父做過，我知道。」

一陣沉默。

「但是你買不到健康。」

「確是如此。但要是像我一樣，提前知道自己的死期，問題就解決了。你看，有錢人過得不開心，是因爲遲早都要被迫告別一切，畢竟沒辦法把錢帶進墳墓裡。但是我不用去考量大限的問題，早就有別人幫我煩惱這件事。」

那男人不多想了，「你說得沒錯，」他說道，「但是，沒有欲求，實在是很可憐的事。一定有你很喜歡的東西，對吧？可以從這裡開始。」

「好，我喜歡走路，今天早上我還發現自己開始喜歡培根蛋，還有，我喜歡男孩子。」

「你的意思是，你其實……」

「我眞的不知道，雖然我和他們在一起，但我也不確定那是不是我想要的。」

「那爲什麼不找女人試試看？」

「應該是這樣沒錯，但那一定是要我渴望的人，你懂嗎？我已經解釋不下去了。」

「我倒是覺得你自己早有答案了。」

那男人把鍋子收好，放在那一堆鍋疊的最上方，又看了看自己腕上的石英錶。

「十點鐘，我得要進城一趟：我要找修理烤麵包機的零件。」

「那我也去。」

「不用啊，你爲什麼要跟來？你想休息的話，當然可以好好睡個覺，我很快就回來，也許還是可以一起吃飯，再聊一聊，你眞是個很有意思的人。」

約瑟夫看著那張有破洞的老沙發，看起來眞是讓人動心。

「好，」他說道，「可以的話，讓我睡一下。」

那男人笑了，「太棒啦！」他要離開的時候又轉身回來，「對了，晚餐想吃什麼？」

約瑟夫看著他，「我不知道，你看著辦吧。」

有隻手輕輕地搖著他，約瑟夫睜開眼睛，發現已經是傍晚了。

「你累壞了！」他的新朋友笑道，「你整整睡了九個小時！」

約瑟夫起身伸懶腰，他還沒有休息過這麼久的時間，他突然覺得餓壞了。

「晚餐好了沒？」

「現在可以準備生火，立刻就可以上桌：餘火裡放了些雞肉和馬鈴薯，這些菜還可以吧？」

「眞好，我快餓死了。」

「你自己拿罐啤酒，我擱在窗台上。」

除了媽媽在聖誕節潘趣雞尾酒[9]裡放的啤酒之外，約瑟夫沒有喝過其他的啤酒。他從那一手啤酒裡抽了其中的一罐，打開拉環，將嘴唇貼在鋁罐的邊緣，仔細啜飲。他可以感受到那冰涼的液體在食道內迅速滑落，眞是暢快又止渴，他小喝了一口之後，開始大口灌酒。

「小心哪！」那男人大喊。

外頭氣溫很低，但室內卻因爲爐火而散發出舒適的溫暖，餐桌中央的煤氣燈隱隱照亮了整個房間。

[9] Punch，一種加了果汁雞尾酒。

「五金商告訴我麵包機可以修好，他也指導我要怎麼動手，太好了，我可以到市場再把它賣出去。」

「你就是這樣過生活嗎？」

「對，偶一爲之。大家常會丟掉一大堆還能用的東西，我收集之後好好修理，然後賺點小錢，有的東西我就會自己留著，比方說，就像是這幅畫吧……」

他指著牆上的那幅無框風景畫。

「爲什麼要留這張？」約瑟夫問道。

「我不知道，就是很喜歡，可能是因爲讓我想到了自己出生的地方，也或許是因爲我雖然行遍天涯，卻從來沒有去過那裡……」

「你眞的去過很多地方嗎？」

「是啊，多得不得了。」他似乎失神了好一會兒，但隨即又回復過來：「我的雞肉可是獨家祕方，你馬上就知道。對了，我還有個神祕禮物要給你。」

「什麼東西？多神祕？」

「現在不能說，晚餐後揭曉。」

他們兩人坐在餐桌旁，雞肉與馬鈴薯的烹調手法極佳，美味至極，約瑟夫盛了好幾盤。這傢伙——現在約瑟夫心裡是這麼叫他——正張口大啖食物，還連灌了三瓶啤酒。晚餐結束之後，他拿出了手雕菸斗和菸草，正準備要吞雲吐霧的時候，卻對約瑟夫說道：「你今天早上說的話，讓我想了很多事情。」

「你指的是哪句話？」

「當你提到『慾望』的時候，給我很大的衝擊。」

「眞的嗎?爲什麼?」

「我覺得知道自己大限也不是什麼壞事，那還比較像是一種特權。」

「你怎麼可以說這種話?」

「這當然是取決於你看待整個事情的角度，不管你看到半杯水是覺得半滿還是半空，都一樣。簡而言之，你可以表列出自己缺乏的所有東西，又或者，你可以根據自己的大限、好好安排自己的餘生。」

「我聽不懂你說的話。」

「你知道自己活不過五十歲，所以覺得對人生沒有掌控的權力，不過，小朋友，你錯了。」

「你說的『權力』是什麼意思?」

那傢伙從爐火裡拿出一根木枝、以末端點燃菸斗裡的菸草，他噴了一口濃濃的煙之後，繼續回答:「權力和慾望相伴隨生，它們都出於同一個被詛咒的根源，彼此依賴。這可不是在鬼扯什麼哲學，它的本質就是如此。今天早上你詮釋得很好:我們只會對於自己得不到的東西產生慾望，而你以爲自己擁有得到一切的權力，所以完全沒有慾望，但，因爲你的權力來自金錢，才造成這種想法。」

「爲什麼?難道還有別的權力?」

「當然。比方說，意志的權力關係，你要自己親身試驗，才會懂得箇中滋味，但我猜你沒興趣……」

「爲什麼這麼說?我想試試看。」

那傢伙看著他，「確定嗎?」

「當然。」

「好，我在晚餐前告訴過你，有個神祕大禮，現在就要送給你，跟我來。」

他站起來，走向房間後面其中一扇關著的門，約瑟夫搖搖晃晃地跟過去，門是半敞著的。

「你看。」

約瑟夫往前看，房裡一片黑暗，他有感覺，裡面有某個東西，呼吸得非常急促。他第一個閃過的念頭是，那不知道是什麼動物，不禁節節後退。

「過來，」那傢伙說道，「看清楚一點。」

兩、三秒鐘之後，他的眼睛才逐漸適應這個黑暗世界。桌上煤氣燈的微弱光線剛好看清那男孩的臉，他躺在床上，四肢都以粗繩綁在柱子上。格子襯衫加上牛仔褲，但是沒有穿鞋。手帕綁住他的嘴，讓他無法開口說話，只能斷斷續續地發出呻吟，彷如野獸在哭喊。

額頭上的髮絲都已經被汗水浸濕，他奮力掙扎猶如一頭困獸，眼睛睜得大大的，充滿懼色。

「他是誰？」約瑟夫問道。

「給你的禮物。」

「我要拿他怎麼辦？」

「做什麼都可以。」

「但我不認識他。」

「我也不知道他是誰，他想要搭便車，我讓他上車，一路把他載回來。」

「我們應該放了他，讓他走吧。」

「如果你只要這樣，也可以。」

「哪裡不對？」

「因爲這不但是權力的演示，也顯現出它與慾望之間的關係。如果你想放了他，就做啊，但如果想從他身上要些別的，也是看你自己。」

「你講的是性？對嗎？」

那傢伙搖搖頭，露出失望的臉色，「你眞的是沒開過什麼眼界，小朋友。有條人命讓你愛怎麼玩就怎麼玩——那是上帝最偉大、最令人讚嘆的作品——但你想到的事情居然只是拿老二捅他而已……」

「我要對這個人做什麼？」

「你自己今天不是說過嗎：如果你想要殺人，只需要買通某人爲你服務就可以了。但是，你覺得這種做法算是賦予你殺人的權力嗎？那是因爲你的錢有這種權力，而不是你自己。除非你能夠自己動手，否則你永遠無法體會它的眞義。」

約瑟夫一直盯著那驚懼不已的男孩，「但我不想知道。」

「因爲你害怕，你怕後果難以收拾，你可能會被制裁，又或者，是因爲你自己的罪惡感。」

「擔心某些事情很正常。」

「當然不是，約瑟夫。」

在那個當下，他來回看著那男人和男孩，根本沒有注意到這傢伙直接喊出他的名字。

「我這麼告訴你好了，你可以奪人性命，卻不會有人知道，你覺得呢？」

「沒有人？那你？」

「我是綁架他的人，又把他帶到這裡來，你記得吧？而且我還要負責埋屍體……」

約瑟夫低下頭，「眞的不會有人知道？」

「我再換個說法，不會有人制裁你，有沒有想試試看的慾望了？」

約瑟夫望著自己的雙手，看了許久，他的體內湧出一股詭異的興奮感，呼吸也變得越來越急促，這是他從所未有的經驗。

「我需要刀子。」他說。

那傢伙進去廚房。在這段等待的時間裡，男孩正以泛淚的雙眼、發出乞求，約瑟夫看著那無聲的淚，居然無感無覺。當他年屆五十，父親與祖父的致死疾病也將要奪去他生命的時候，不會有人為他掉一滴淚，對大家來說，他永遠是個有錢小孩，根本不值得任何的同情。

那傢伙帶回來一把銳利的長刀，交到了他的手上。

「還有什麼比殺人更爽？」他說道，「不是什麼特定對象，絕非仇敵，也不是傷害過你的人，只是個普通人，它帶給你的權力，可以讓你跟上帝平起平坐。」

那傢伙離開，把門關上，留他一個人在房間裡。

月光從破損的百葉窗裡流瀉進來，手中的刀瑩瑩綻亮。男孩變得激動萬分，約瑟夫也知道他為什麼如此不安，男孩現在的聲音，以及散發出的氣味，包括充滿酸味的呼吸、腋下的汗味，在在顯露出他的恐懼。他慢慢逼近床邊，腳步聲在地板上發出了吱嘎聲響，男孩也知道自己即將要大難臨頭。約瑟夫把刀鋒的鈍面放在男孩的胸膛上，是不是應該在這個時候說些什麼話？他想不出來。突然一陣顫抖，約瑟夫不知道自己居然會有這種反應：他勃起了。

他把刀鋒抬高了幾英寸，慢慢滑過男孩的身體，一直到他的腹部後才停手。他深吸一口氣，慢慢把刀尖刺進了男孩的衣服裡，碰觸到他的肉。男孩想要尖叫，但卻只像是因痛苦不堪的可憐哀號。他又稍微推伸了一下，男孩的皮膚隨之綻破開來，約瑟夫認出那是白色的脂肪組織，但，這樣的傷口還不會流血，他馬上把刀刃整個插進去，手上沾滿了血污，男孩內臟裡更不斷噴湧出鮮血。男孩弓起身子，這個不由自主的動作，讓約瑟夫下手更加容易。他猛力下壓，刀尖抵進背柱之後才停手。男孩的軀體在他面前緊縮成一團，他維持著這個蜷曲的姿勢好一會兒之後，又重重地倒回床上，氣力放盡，像是個死氣沉沉的東西。就在這個時候，警報聲……

……齊聲大響，醫生和護士帶著急救推車衝過來。妮可拉彎身在地板上，喘得上氣不接下氣：這幅景象所帶來的震撼，讓她在出神狀態時心膽俱裂，米拉把手放在她背上，希望可以幫忙順氣。醫生拉開約瑟夫．比．洛克福特胸前的睡衣，扯下了所有鈕釦，它們也隨即散落在房間裡，害波里斯前去幫忙米拉的時候還差點滑倒。醫生接過護士給他的電擊板，放在病人的胸口上，他大喊「三二一！」之後，電流立刻送出，戈蘭走到米拉那說道：「我們護送她出去吧。」希望可以好好讓這位修女喘口氣。當他們和羅莎與史坦離開房間的時候，米拉又回頭看了約瑟夫．比．洛克福特最後一眼，他的身體因爲電擊的力量而飽受折磨，但是，在毯子的下方，她卻看到這個人似乎勃起了。

她心想，你還眞是個禽獸。

心臟監測儀的嗶嗶聲，已經成了單一的警示聲，但就在這個時刻，約瑟夫．比．洛克福特卻睜開雙眼。

他的嘴唇顫抖，但卻發不出任何一個音，醫護人員爲他進行氣切、幫助呼吸，但是聲帶也同時受損。

他現在早就該斷氣了，周邊的機器已經告訴大家，現在的他，只不過是沒有生命跡象的一團死肉，但是他還是想要講話，他的呻吟彷如溺水掙扎，奮力要吸到最後一口氣。

撐不了太久的。

最後，一隻看不見的手又把他拉入深淵，彷彿約瑟夫．比．洛克福特的靈魂被他的病床所吞噬，除了一具空虛、枯棄的屍體之外，別無一物。

32

妮可拉．帕帕可蒂斯一醒過來，發現警政署的繪圖員早已等著她，準備繪製模擬人像，對象正是她看到和約瑟夫在一起的男人。

他是被約瑟夫稱爲「那傢伙」的陌生人，同時也是暫時命名爲亞伯特的那號人物。

由於他蓄著長鬍鬚和捲髮，讓妮可拉難以描述出他的具體特徵。她不知道他的下巴是什麼模樣，而且鼻子也只是臉上的一塊模糊陰影。

她唯一確定的是，他的毛髮全都是灰色的。

最後的繪製成果將會送達所有的警車、港口、機場，以及邊境巡邏隊，羅契也在思考向媒體公佈的時間點，但這牽涉到另外一件事，得想辦法解釋這人像是怎麼畫出來的。要是記者們知道其實背後有靈媒，他們自然會推斷警方已經無計可施，辦案完全沒有頭緒，情急之下，只能轉而求助通靈人士。

「這是一定要承擔的風險。」戈蘭說道。

首席檢察官又再度到達洛克福特的豪宅、與小組成員會合。他不想看到這個修女，因爲他一開始就清楚表態，對於他們的實驗，他絕對不插手：一如往常，所有的責任都在戈蘭身上。這位犯罪學專家也欣然接受，因爲他很信賴米拉的辦案直覺。

卡維拉和首席檢察官坐在豪宅草地前談話時，妮可拉和米拉也坐在警方機動露營車裡看著他們，「小可愛，有件事我要告訴妳。」妮可拉說道。

「什麼事？」

「我不想要賞金。」

「如果那男人正是我們要找的人，錢當然直接給妳囉。」

「我不想要。」

「想想那些妳在照顧的人，這筆錢可以幫他們做好多事情。」

「本來就沒有的東西，爲什麼現在就需要呢？他們擁有我們的愛與關心，相信我，當上帝所創造的人來日無多之際，他也不需要什麼了。」

「要是妳拿了這筆錢，我想一定可以拿來做些好事……」

「邪惡，只會產生更多的惡行，那本來就是罪惡的特徵。」

「曾經有人告訴我，被彰顯的總是惡行，卻不是善行。因爲罪惡總是會留下痕跡，但是善行卻只能眼見爲眞。」

妮可拉終於露出微笑。「好奇怪，」她突然說道，「米拉，妳看，倏忽之間善行就消失了，根本來不及留下任何紀錄，善是潔淨的，惡則是骯髒的……但我可以跟妳保證，善行的確存在，因爲我每天都看得到。當某一位可憐的同胞大限將至的時候，我會盡可能陪著他，握著他們的手，聆聽他們想要告訴我的話；如果他們提到自己曾經犯下的罪，我不會做出任何的評價。當他們知道自己即將步入死亡的時候，無論他們是一生行善、從不作惡，還是無惡不作而終於懺悔……每一個人都在微笑。我不知道爲什麼會這樣，但事實就是如此，我可以跟妳保證。美善的證據，就是他們挑戰死亡的微笑。」

米拉會心地點點頭。她不再堅持妮可拉必須要接受賞金，也許她是對的。

已經快要傍晚五點鐘，修女甚爲疲憊，但，此時還有一件事得要完成。

「認得出來那間廢棄的房子嗎？」

「是，我知道在哪裡。」

他們只需要再進行一次例常巡查，即可回到工作室，這是確定靈媒情資的最後一個步驟。但大家全想要過去。

莎拉聽從著妮可拉的指示、開車前進。天氣預報指出馬上就要降雪，除此之外，天空清朗，太陽馬上就要西下，雲朵集中在地平線附近，已有華燈初上之勢。

「我們動作要快，」史坦說道，「很快就會天黑了。」

他們到達那條泥地，隨即轉進去，輪胎壓著路石，發出嘎嘎聲響，儘管事隔多年，那棟木屋卻依然挺立不搖，白色的油漆已經完全剝落，只留下幾塊突兀的補漆。地板因風吹日曬而腐爛不堪，讓整間房子看起來像是口中的爛牙。

他們走下車，走向門廊。

「小心，可能會垮下來。」波里斯提醒大家。

戈蘭踏上了第一個階梯。這地方與修女所描述的完全一模一樣，門是打開著的，這位犯罪學專家幾乎不費吹灰之力就推開了。進到屋內，地板早已覆上一層塵泥，還可以聽到老鼠因爲外人入侵、立刻嚇得在桌上跑來跑去的吱吱聲響。雖然沙發只剩下生鏽彈簧的骨架，但是卡維拉還是一眼就認了出來。櫃子也還在那裡，石製火爐已經有部分傾毀。戈蘭從口袋裡拿出了小手電筒，檢查後面的兩個房間，就在這個時候，波里斯和史坦也進來檢視四周環境。

戈蘭打開了第一個房間，「這是臥室。」

但是那張床早就不在了，地上留下一個淡色陰影。約瑟夫·比·洛克福特完成了他的浴血浸洗禮，幾乎在二十年前，在這個房間裡被殺死的男孩究竟是誰，也只有上帝知道了。

「我們要在這裡開挖找遺骸。」戈蘭說道。

史坦回道：「我打電話給挖掘人員，等到我們完成這裡的工作之後，張法醫的人馬也會盡快趕到。」

值此同時，莎拉．羅莎站在外頭，不安地來回走動，她把雙手藏在口袋裡禦寒，妮可拉和米拉則在車子裡看著她。

「妳不喜歡這女人。」修女說道。

「嚴格說來，是她不喜歡我才對。」

「妳仔細想過是什麼原因嗎？」

米拉側頭看著修女，「妳是說，這都是我的錯囉？」

「不，我只是想要告訴妳，在提出指控之前，我們一定要有證據。」

「我一到這裡，她就開始找我麻煩。」

妮可拉做出投降的手勢，「那別中她的圈套，等到妳離開這裡的時候，一切都會煙消雲散。」

米拉搖搖頭，有時候這位修女的宗教情懷眞是讓人受不了。

此時戈蘭已經離開臥室，順勢要進去另外一間緊閉著房門的房間。

靈媒並沒有提到這第二個房間。

他緊握著手電筒，打開房門。

這個房間的大小和隔壁那間一模一樣，空無一物。牆壁早已被濕氣侵襲，角落裡已經累積了許多黴菌綠斑。戈蘭拿起手電筒掃視房內，光束照到某面牆的時候，他發現有東西發出了反光。

他拿穩手電筒，發現那裡有五個閃閃發光的方形物，每一個大約是六寸寬。他趨前細看，整個人僵住了。一組立可拍照片，被人用圖釘貼在牆上。

黛比、安妮卡、薩賓娜、梅莉莎、卡洛琳娜。

照片裡的小女孩都好像還活在人世一樣，亞伯特先把她們帶到這裡來之後、才動手殺人，而且，他在這面牆上、留下了她們永恆不滅的模樣，頭髮完全沒有梳理，衣服髒兮兮，無情的閃光燈把她們嚇壞了，哭紅的雙眼，臉上充滿了恐懼。

她們都在揮手微笑。

他強逼她們在鏡頭前擺出這種詭異的姿勢，因爲恐懼而被迫裝出的歡喜模樣，令人不寒而慄。

黛比的嘴唇因爲詭異的笑而扭成了怪臉，看起來隨時都可能會縱聲大哭。

安妮卡舉起了一隻手臂，另一隻手懸在臀部附近，屈從又挫敗的姿態。

鏡頭捕捉到的薩賓娜正在四處張望，她的童稚之心不懂得究竟發生了什麼事。

梅莉莎精神緊繃、露出好戰的模樣，但顯然她很快就放棄了。

卡洛琳娜動也不動，雙眼圓睜，露出難以置信的微笑。

戈蘭逐一看過她們的臉之後，才把其他人叫進來。

怪異。令人費解。不合情理的冷酷。

也沒有其他字詞了。在返回特勤工作室的路上，沉默籠罩，大家都說不出話來。

迎接他們的將是一個漫長的夜。經過白天的折騰之後，沒有人敢說自己能安心入眠。米拉已經連續撐了四十八個小時，在這段時間裡，實在發生了太多事情。

亞伯特的輪廓在伊芳．葛列斯豪宅的牆上出現，她在戈蘭家裡夜談，說出了自己被跟蹤、以及亞伯特還有共謀的假設。接著，薩賓娜眼珠顏色的疑問，讓他們發現羅契在使詐，造訪洛克福特鬼影幢幢的宅邸，萬人塚，拉樂．洛克福特，偵辦過程裡突然出現了妮可拉．帕帕可蒂斯，探索連續殺人犯的內心世界。

還有，這些壓軸的照片。

因爲工作的關係，米拉看過許多照片，青少年在海邊或是學校演唱會裡的各種留影，當她拜訪他們的父母親戚時，這些人都會拿出這類的照片。這些失蹤的孩子，再度出現在其他照片的時候——通常全身赤裸，或者是套著被戀童癖穿上的成人服裝，不然，就是在停屍間裡的檔案照。

不過，在廢棄木屋裡找到的五張照片，卻還有其他的故事。

亞伯特知道他們會找到那裡，他老早就等著了。

是不是連他們找靈媒訊問約瑟夫，也在他的意料之中？

「他從一開始就緊盯著我們。」戈蘭的結論簡潔有力，「他總是比我們早一步。」

米拉想到他們的每一步行動都小心翼翼、低調，但最後都徒勞無功。現在，他們得要仔細檢討過往，回到總部的路上，車裡的同事都覺得益發沉重。

而且，還有兩個女孩沒有找到。

第一個當然是屍體，而隨著時間一點一滴流逝，第二個也很可能會由生轉死。雖然大家沒有勇氣承認，但是，他們已經失去了信心，不知道能否及時救回第六號小女孩。

至於卡洛琳娜，誰知道還會出現什麼樣的慘劇？是不是會比之前的案例更來得恐怖駭人？亞伯特也早就爲第六號小女孩、寫好了精采大結局的腳本。

波里斯在工作室樓下停妥車之後，已經是晚上十一點多，他讓大家先下車，鎖車，發現大家都在等他一起上樓。

他們不想要讓他一個人落單。

大家親眼目擊到的這些驚恐景象，讓他們比起以往更加團結，因爲他們只剩下彼此了，就連米拉也是這裡的一員，戈蘭也是。他們兩個一度被排拒在外，但時間不長，而且那是因爲羅契想要控制全局所造成的結果，如今大家又團結在一起，曾經發生的錯誤，就讓它過去吧。

他們慢慢爬上樓梯，史坦把手環在羅莎的肩膀上，告訴她，「妳今天晚上回家吧。」但是她只是搖搖頭，米拉知道爲什麼，羅莎不能打破這條鎖鏈，否則整個世界都會崩解，保護他們的大門，也會因爲邪怪之手而門戶洞開，他將會趁虛而入。他們是這場爭鬥中最後一批先遣部隊，即便節節敗退，他們也不想輕言放手。

大家都在同一時間進入特勤工作室大門，波里斯等大家先進去之後，準備鎖門，卻發現他們都站在走廊上，彷彿被催眠了一樣。他不知道究竟發生了什麼事情，最後，他從同事肩部的空隙中，也看到了地上的屍體。莎拉．羅莎大叫，米拉轉過身，無法看下去，史坦劃著十字聖號，而戈蘭一句話也說不出來。

卡洛琳娜，第五號女孩。

這一次，小孩的屍體顯然是針對他們而來。

[redacted]監獄
第四十五號監區
典獄長阿方索・柏連格第二份報告

十一月二十三日

此致　地方檢察官傑比・馬丁辦公室

代理人
副檢察官馬修・塞瑞斯

主旨：調查結果——密件

塞迪斯先生您好：

謹此向您回覆囚號RK-357/9於單人囚室中之昨晚調查結果，令人震驚。

我方遵守貴單位信中之建議，駐警突擊檢查該犯房內，希望取得其「不經意喪失或自動遺留」之生物性資料，以資辨識其指紋。

在此必須向您稟告，我方人員之發現著實令人吃驚，該犯囚室一塵不染，我方懷疑RK-357/9早已預知本所行動。據本人之理解，該犯一直維持警戒狀態，我方之所有舉動，該犯均能精準預料與全面掌握。

我方擔心，如其未犯任何錯誤、或是附帶環境沒有任何改變，取得具體證據將會相當困難。

或許我們還有機會解開謎團，我方注意到 RK-357/9可能因爲隔離之故，偶爾會出現自言自語，他似乎講的都是囈語，而且聲量很低，如貴單位核可，我方將在他囚室內放置竊聽器、錄下他的話語。

我方爲獲得其DNA，顯然必須要繼續突擊檢查。

在此向您稟告最後一點觀察：該犯態度始終相當冷靜，也高度配合，我方百般嘗試，希望該犯出現差錯，但其從未顯現不悅。

時間無多，再過八十六天之後，我方別無選擇，只能釋放該犯。

典獄長阿方索·柏連格　謹呈

33

別名「特勤工作室」之公寓
現在爲「第五號現場」
二月二十二日

一切，都不一樣了。

揮之不去的陰影，讓他們把自己靜靜關在客房裡，等待張法醫和克列普的工作小組到達現場、進行調查。羅契在第一時間已經接獲通知，和戈蘭談話的時間已經超過一個小時。

史坦躺在自己的行軍床上，一隻手枕在脖子後面，眼睛則是死盯著天花板，模樣看起來像個牛仔，領帶結完全不會影響他西裝上的燙痕。波里斯則是面朝另外一邊，但他顯然是睡不著，左腿一直不安地輕拍著床罩，羅莎想要打手機給某人，但是訊號卻很微弱。

米拉一一端詳著那些沉默不語的同事，目光又回移到自己腿上的筆記型電腦。她已經拿到薩賓娜在遊樂場被綁架當晚的所有照片，雖然這些非專業的照片已經被檢查過，而且一無所獲，但是，根據她向戈蘭所解釋的理論，動手的人很可能是個女性，她想要親自再過濾一遍。

史坦說道：「我還眞想知道，他到底是怎麼把卡洛琳娜的屍體弄到這裡……」這也是大家百思不得其解的疑問。

「是啊，我也想知道……」羅莎跟著附和。

工作室所座落的辦公大樓已經不如以往戒備森嚴。因爲所有的證人都已經被帶到那裡接受保護，整棟大樓其實已經算是一片空蕩蕩，保全系統也沒有啓動，但是唯一能夠進入公寓的前門入口，仍然配有防彈玻璃。

「他是從前門進來的。」波里斯的分析簡單明瞭，他懶洋洋的聲音，其實是裝出來的。但是，還有另外一件事更讓他們惴惴不安，亞伯特這次要傳達的訊息是什麼？爲什麼他要對這些辦案人員施加這麼大的壓力？

「我覺得他只是想要拖延我們的辦案進度，」羅莎說道，「我們和他的距離越來越近，所以他也跟著變換手法。」

「不，亞伯特不會隨機行事，」米拉插嘴道，「他的每一個步驟都經過深思熟慮。」

莎拉．羅莎瞪著她：「所以呢？妳究竟是什麼意思？我們這裡也有一個混蛋禽獸？」

「她不是這個意思，」史坦說道，「她想說的是，亞伯特的計畫總是會有個理由：他從一開始就跟我們這麼玩，那也是這場賽局裡很重要的一部分。可能和這地方的過往有所關聯。」

「可能牽涉到舊案。」米拉補充道，但是她發現大家對於她的話都充耳不聞。

大家的話題還沒結束，戈蘭卻在此時進來，房門是半掩著的。

「請大家注意。」

他的語調聽起來很緊急，米拉也從電腦前抬起頭來，大家都看著戈蘭。

「理論上來說，我們還是主導偵查，但現在事情變得很複雜。」

「這話什麼意思？！」波里斯大叫。

「各位等一下就懂了，但目前我建議各位要保持冷靜，我等一下會解釋。」

「要等到什麼時候？」

戈蘭還來不及回答，首席檢察官羅契已經推門進來，他背後有個精壯男子，年約五十歲，西裝皺巴巴的，在他如牛一般的粗頸上，領帶顯得太過窄細，他的嘴裡還叼著根還未點燃的香菸。

「大家請坐，坐下來……」雖然根本沒有人跟羅契打招呼，這種話他還是照說不誤。這位首席檢察官勉強擠出的笑容，原本是希望大家冷靜，但現在反而製造出不安的氣氛。

「諸位，現在的狀況一片混亂，但我們終將會撥雲見日：我絕對不會讓任何一個神經病懷疑我的部下！」

一如往常，他總是會以誇張的方式強調最後那個字：部下。

「所以，爲了要好好保護你們的權益，我必須採取某些預防措施，所以我加派了一位人手加入團隊。」在羅契宣布此事時，根本沒有提到站在他背後的那個人。「這沒什麼好丟臉的：我們找不到這個亞伯特，他居然自己找上門來！好，經過卡維拉博士同意之後，我委請莫斯卡隊長協助各位辦案，一直到結案爲止。」

雖然大家都已經知道「協助」包含了什麼意思，但大家都還是屏住呼吸。莫斯卡將會掌握主導權，他們只剩下一個選擇：全力相挺、努力挽回自己的一點價值，或者是離開團隊。

泰倫斯．莫斯卡在警界是個響叮噹的人物，他曾經在某個走私販毒組織臥底長達六年以上，因而聲名大噪。他經手緝捕、以及各種臥底偵查的專案，不下數百件，但是他從來沒有處理過連續殺人犯或是病態型犯罪。

羅契帶他來，只有一個原因：多年前，莫斯卡曾經和他一起角逐過首席檢察官的位置，競爭關係依然不曾止歇。他突然想到，要是把這個最難纏的對手拉進這個案子裡，至少可以分擔一些失敗的壓力，就他目前的評估，這很可能是無可避免的結果。這是一記險招，顯見他的確是陷於絕境：要是泰倫斯．莫斯卡現在可以破了亞伯特的案子，羅契很可能得要拱手讓出最高指揮的大位。

莫斯卡還沒有開口說話，卻刻意往前，站在羅契的前面，強調他的自主性。

「病理學家和科學辨識專家還沒有任何重大發現，我們目前唯一知道的事情是，嫌犯破壞了防彈大門之後，進入這間公寓。」

他們回去的時候，是波里斯打開了門，但是他沒有發現任何闖入的痕跡。

「他很小心，沒有留下任何線索：精心佈局的意外，不能破功。」

莫斯卡繼續咬著菸，雙手插在口袋裡，看著每一個人。

「我已經派出一些員警在附近找尋線索，希望可以發現目擊者，甚至也可能找到的是車牌……至於嫌犯爲什麼千挑萬選、要把屍體放到這裡來。我們被迫倉促成軍，如果各位想到什麼事情，請立刻讓我知道，目前就先這樣。」

泰瑞斯．莫斯卡轉身離開，完全沒有給任何人回答或是補充的餘地，他準備要回到犯罪現場。

但是羅契卻阻止了他，「時間不多，你要給我們一個想法，而且動作要快。」

首席檢察官也一起離開房間，戈蘭把門關上，其他人立刻把他團團圍住。

「到底發生了什麼事？」波里斯怒氣沖沖問道。

「爲什麼我們現在要一隻警犬？」羅莎也同仇敵愾。

「冷靜一下，大家有所不知，」戈蘭說道，「莫斯卡隊長是現階段最合適的人選，要求他介入辦案的人，是我。」

大家一聽到這句話，全愣住了。

「我知道你們在想什麼，但這種做法可以放羅契一條生路，而且我們的偵辦角色也不會有任何變動。」

「這是官方說法，我們還在這團隊裡面，但是大家都知道泰瑞斯·莫斯卡一向霸道專斷。」史坦說道。

「這也正是我爲什麼推薦他的理由：我知道他不希望我們礙事，所以他也不會管我們要做什麼，只要向他報告進度，這樣就夠了。」

看起來這是目前的最佳對策，但這樣也沒有辦法消除大家對這個小組的懷疑。

史坦猛搖頭，「他們會在我們身邊佈下眼線。」

「所以我們讓莫斯卡追捕亞伯特，我們專心找尋第六號小女孩的下落……」

此一策略似乎相當可行：要是他們發現活口，衆人的疑心也就可以煙消雲散。

「我認爲，亞伯特把卡洛琳娜的屍體放在這裡，就是爲了要設計我們。因爲就算沒有任何對我們不利的證據，但是難免不引人疑慮。」

雖然戈蘭盡量全面安撫，但他也很清楚，自己的話沒辦法提振大家的士氣。由於是在這裡發現了第五具屍體，他們看待彼此的眼光，也與以往大不相同。他們彼此相識，但是大家都不敢保證裡面是否有人暗藏著某種祕密，這正是亞伯特的眞正意圖：分化。彼此互不信任的種子還有多久會開始萌芽？這位犯罪學專家也沒有答案。

「最後一個孩子沒剩多少時間了，」他的語氣斬釘截鐵，「亞伯特幾乎已經完成了全部的計畫，現在只要準備好好收尾即可。他需要一個可以自由揮灑的舞台，而且必須要把我們排除在外，所以，我們只剩下最後一個機會可以找到他，也就是要透過我們當中最清清白白的一個人，在亞伯特已經謀劃好一切之後，她才加入我們這個團隊。」

米拉突然感到大家的目光都投射在她身上，她眞是坐立難安。

「跟我們相比，妳的行動可以更自由，」史坦鼓勵她，「如果妳要完全依照自己的想法辦案，會想要怎麼做？」

其實米拉早有定見，但她一直放在心中，直到這一刻才說出來。

「我知道他爲什麼只挑小女孩。」

回想起辦案初期的思考室時光，大家也曾經問過自己這個問題，爲什麼亞伯特不對小男孩下手？他的行爲背後並沒有任何出於性的動機，因爲他根本沒有碰那些小女孩。

米拉對此自有解釋，「受害者之所以都是女孩，原因在於第六號的性別是女生。我幾乎可以確定，他第一個綁架的其實是第六號小女孩，他只是故佈疑陣，讓我們誤以爲她是第六號。其他的五個受害者，都只是爲了要掩飾這個小細節，她才是亞伯特幻想的第一對象。我們還不知道原因是什麼，也許是因爲她有某些和其他人不同的特點，這也就是爲什麼亞伯特一直不讓我們查出她的眞實身分。他告訴我們的確還有個活口，但，我們也絕對不可能知道她是誰。」

「因爲，很可能因而循線找到亞伯特。」戈蘭做出結論。

但，這些憑空臆測卻對大家毫無助益。

「除非……」米拉揣度著大家的想法，「除非我們和亞伯特之間，一直存在著某種關係。」

現在他們也沒什麼好擔心的了，而且，現在米拉也不怕告訴大家自己曾經被跟蹤的事。

「一共發生過兩次，不過，我是到了第二次才百分之百確定。在汽車旅館外頭的那一次，比較像是某種直覺……」

「所以？這跟什麼事情有關係？」史坦很好奇。

「有人在跟蹤我，也許不只這兩次，我不確定，可能只是我沒有注意到而已……但爲什麼要盯我？什麼原因？我根本不知道有什麼重要情資，而且，在這個團隊裡，我一直多少算是個局外人。」

「可能是要讓妳混淆偵辦方向。」波里斯大膽推測。

「也有可能：但我一直從來沒有眞正的『方向』，除非，我其實已經快要發現什麼重要線索，而且對案件非常重要，但我自己卻還沒有察覺。」

「但是，汽車旅館事件發生的時候，妳才剛加入團隊，所以要排除這個可能性。」

「所以，只剩下一種解釋……跟蹤我的人，是爲了要恐嚇我。」

「爲什麼？」莎拉．羅莎問道。

米拉沒有理她，繼續說道：「這兩次他跟蹤我的時候，都是自曝行跡，我認爲他是故意露出馬腳。」

「很好，我們懂了，但他這麼做的目的是什麼？」羅莎不改其口，「根本說不通！」

米拉突然轉向她，凸顯出自己的身高優勢。

「因爲，打從一開始，我就是裡面唯一可以找到第六號小女孩的人，」她再次看著大家，「大家先不要誤會，但是目前得知的結果可以證明我是對的，追捕連續殺人犯，各位都是高手，但我的專長是找尋失蹤人口：我本來就一直在做這個，我也知道要怎麼找人。」

沒有人反駁她。從這個觀點看來，米拉是亞伯特最可怕的威脅，因爲可以徹底摧毀他計謀的人，只有她一個人。

「重點在於，他第一個綁架的對象，其實是第六號小女孩，要是我能夠馬上查出她的身分，即可粉碎他的全盤計畫。」

「但是妳根本沒找到，」羅莎說道，「也許妳把自己想得太厲害了。」

米拉不想和她挑釁，「在汽車旅館外頭、亞伯特對我節節逼近的時候，曾經犯下一個錯誤，我們必須要回到那個時間點。」

「要怎麼回去？難道妳有時光機？」

米拉臉上泛出微笑：羅莎其實不知道，她的答案雖不中亦不遠矣，眞的有個方法可以回到過去。米拉面向波里斯，她憋住氣，盡量不要聞他口中散發的尼古丁氣味，「你的催眠偵訊法，到底有多厲害？」

波里斯正坐在她的旁邊。

波里斯的聲音幾乎像是呢喃細語一樣，米拉躺在行軍床上，雙手放在身體側邊，雙眼緊閉，

「好，現在放鬆……」

「現在，我要妳數到一百……」

史坦把毛巾放在檯燈上，房間裡突然變暗，氣氛轉爲輕鬆自在。羅莎坐在自己的床上，戈蘭則坐在角落，仔細觀察接下來的變化。

米拉慢慢唸出數字，她的呼吸開始變得規律有節，等到她數完，整個人已經完全放鬆了。

「現在我要請妳仔細看看腦海裡的東西，準備好了嗎？」

她點點頭。

「妳正站在一大片草地上，清晨陽光閃耀，臉部的肌膚也因而感到溫暖，四周充滿了綠草與鮮花的芬芳，妳赤腳走在上頭：感受到腳下泥土的涼意，還有小溪的聲音正呼喊著妳，妳聞聲而至，蹲在岸邊，將雙手伸入水中，以手盛水喝了幾口，滋味清甜。」

這個景象並非隨機而來：波里斯喚起這些知覺、以便掌控米拉所有的感官，讓她回到當初走過汽車旅館廣場的那一刻。

「現在妳已經不覺得渴了。現在，我需要妳幫我做一件事情，回到前些時候的某個傍

晚……」

她答道：「好。」

「晚上，有台車載妳回去汽車旅館……」

「好冷。」她突然說道，戈蘭發現她正在發抖。

「還有呢？」

「載我回去的警官向我點頭告別，我也一樣，接著我就被丟在汽車旅館的外頭。」

「那地方是像什麼樣子？說給我聽。」

「除了發出吱吱聲的霓虹燈之外，幾乎沒有什麼其他的光。我前方有一些錯落的房間，但是窗戶全都是暗的，我是那天晚上唯一的住客。房子後面是迎風搖曳的一排高樹，地面都是砂礫。」

「繼續走……」

「只聽得到我自己的腳步聲。」

她幾乎可以聽到自己走在砂礫地上的聲音。

「妳現在人在哪裡？」

「我準備要回去自己的房間，正經過門房的辦公室，裡面沒有人，但電視機是開著的，我拿了個紙袋，裡面是我的晚餐：兩個烤起司三明治。呼吸在冷空氣中凝結，所以我加快腳步，只聽得到自己在砂礫上的腳步聲，我的房間在這一排的最後一間。」

「描述得很清楚。」

「快到了，我很專心，路上有個小洞我沒注意，所以我絆倒了……我聽到他的聲音。」

戈蘭並沒有意識到自己的行為，但是他出於本能、衝到米拉的床邊，想要保護她避免受到傷害，好像他也在現場一樣。

「妳聽到什麼聲音？」

「地上有腳步聲，在我後面，有人正在模仿著我的步伐，他想要靠近，但不想驚動我，但是他在那個時候卻沒抓到我的節奏。」

「現在妳怎麼辦？」

「我努力保持冷靜，但是我很害怕。雖然我很想快跑，但我還是繼續用同樣的步伐走向房間，我同時也在思索對策。」

「妳想到了什麼？」

「這時候拿槍出來沒有用，因爲如果他也有武器，他可以好整以暇先開槍。還有，門房辦公室裡的電視機還是開著的，我想他已經殺死了管理員，現在輪到我了……我越來越恐慌。」

「對，但妳還是努力要掌控局面。」

「我一直在翻口袋裡的鑰匙，因爲那是我進到房間裡的唯一機會……如果他肯放我一馬的話。」

「妳一心只想著那道門：剩不到幾公尺的距離，對嗎？」

「對，我的眼裡只有那道門，周遭的東西全消失不見了。」

「但是，妳現在要努力回想……」

「我盡量……」

「血液在血管裡洶湧奔流，腎上腺素不斷噴發，整個人進入警戒狀態，我要妳描述一下味道……」

「我的嘴唇很乾，但是我可以聞到口水的酸味。」

「觸覺……」

「我汗濕的手裡握著鑰匙，冰涼的感覺。」

「嗅覺……」

「風吹來了一陣噁心氣味，是腐臭的垃圾，垃圾桶就在我的右邊，還有松針和松香的味道。」

「視覺……」

「我看到房門，黃色，油漆有些斑駁，我看到了通往門廊的三層階梯。」

「聽覺……」

波里斯小心翼翼地把最重要的感官留到最後，因爲米拉對跟蹤者的了解是靠聽覺。

「除了我自己的腳步聲之外，什麼都聽不到。」

戈蘭注意到米拉努力回想的時候，緊緊皺著眉頭。

「我聽到他的聲音了！現在是他的腳步聲！」

「很好！但我要妳再專心一點……」

米拉乖乖聽話，接著她說道：「那是什麼聲音？」

「我不知道，」波里斯回答道，「妳自己一個人在那裡，我聽不到任何聲音。」

「但是眞的有！」

「什麼？」

「那個聲音……」

「什麼聲音？」

「一種……金屬的聲音。對！有什麼金屬的東西掉下去了！掉在地上，就在砂礫地上！」

「講得更清楚一點。」

「我不知道……」

「加油……」

「那是……銅板！」

「銅板，妳確定嗎？」

「對！小銅板！他掉了，但是卻沒有注意到！」

這倒是一個意外的線索，如果他們可以在那廣場中間找到那枚銅板，並且採集指紋，也許有機會可以找到跟蹤者，他們當然希望這個人就是亞伯特。

米拉還是緊閉著眼睛，但是她不停叫喊：「銅板！銅板！」

波里斯又出聲控制場面：「很好，米拉，現在我要把妳叫醒，我會數到五，接著我會拍手，妳就要再張開眼睛。」他慢慢地唸出數字，「一，二，三，四……五！」

米拉的眼睛睜得大大的，她臉色惶惑，不知道出了什麼事，她想要站起身來，但是波里斯卻以一手輕柔地按在她肩膀上，讓她回去坐好。

「還不行，」他說，「妳的頭還在天旋地轉。」

「有用嗎？」米拉問他，對他眨了眨眼睛。

波里斯微笑道：「我們似乎有線索了。」

妳一定要找到，當她趴在廣場上，用手撥開砂礫的時候，她不停自言自語，我的一生榮辱就在這個銅板上……

所以她才這麼小心翼翼，因爲她得要趕快行動，時間不多了。

她的搜尋範圍不過就是那幾碼，也就是那個晚上、她和那間房間的相隔距離。她整個人跪在地上，弄髒牛仔褲也不管了，趕緊把雙手伸進那一堆小白石裡頭，石頭上的塵土劃破皮膚、在關節處留下微小傷口的血痕。但是她沒有多加理會，事實上，這股疼痛還有助於她集中心神。

「銅板，」她一直問自己，「我怎麼會沒注意到？」

其他人注意到她，絕非難事，旅館客人，甚至門房都有可能。

她是最早到達汽車旅館的人，因為已經沒有辦法相信任何人，而且她也隱隱感覺到，自己的同事也不再信任她。

「我動作得快一點！」

她緊咬著下唇，開始把石頭扔往肩後，此刻真是緊張萬分，她怒火中燒，氣的對象不只是自己，也包括了整個世界。她反覆做了好幾次深呼吸，希望可以平抑怒氣。

不知道為什麼，她突然想起來自己還是警校菜鳥時的事情。雖然她的個性沉默寡言，也不善與人交際，但是她的巡邏搭檔卻是一個無法忍受她的老鳥。有一次，他們在中國城的巷弄裡追捕嫌犯，他實在跑得太快了，他們兩個根本抓不到他。不過，當他們經過某家餐廳後門的時候，她同事突然想到，嫌犯曾經把東西丟包在一大缸牡蠣裡。他強迫她跪在那一灘黏稠的液體裡，在發臭的軟體動物屍體裡翻找證物，想當然耳，一無所獲，他可能也只是要給她這個菜鳥一點該有的教訓，她自此之後，再也沒有吃過牡蠣，但她著實上了重要的一課。

此時，她正拚命地把石頭扔向旁邊，這，也是對她的試煉。

後來，事實證明她雖然不喜與人交際，但還是表現相當傑出，這是她與生俱來的本領。但，正當她開始稍感寬慰之際，突然驚覺不對，現在有人跟那位老鳥同事一樣，正在耍她。

根本沒有什麼銅板，這只是陷阱。

莎拉．羅莎恍然大悟，一抬起頭，馬上看到米拉走過來，當她一看到這位年輕的女同事，盛怒早已消失殆盡，她完全卸下心防，癱軟無力，眼眶裡都是淚水。

「他綁架了妳的女兒，對吧？她就是第六號小女孩。」

34

夢中，出現了她的媽媽。

她說話的時候，臉上還出現了「神奇」微笑——這個名稱其來有自，因爲當她不生氣的時候，一切眞是美好，她是全世界最可愛的人，但是，她的笑容卻越來越少。

媽媽在夢裡提到了自己，爸爸的事也說了一些。現在，她的爸爸媽媽相處得比較好，已經不再吵架，她媽媽告訴她，在她離家的這段時間裡，他們都做了些什麼，工作、生活、家庭各方面都有，她甚至還列出他們用錄放影機看過的影帶清單，不過，都沒有她喜歡的電影，他們在等她愛看的片子，她喜歡聽媽媽說這些，她還想問媽媽自己什麼時候可以回家，但是，媽媽在夢裡卻聽不到她講話，她彷彿是透過螢幕與媽媽對話，不論她怎麼努力都一樣，而且，媽媽臉上的笑容看起來好冷酷。

有人輕輕撫摸著她的頭髮，她醒過來了。

小手在她的頭部和枕間來來回回，還有個溫柔的聲音輕哼著歌。

「是妳！」

她太開心了，居然忘了自己身在何處，但重要的是，這個小女孩並非她的憑空想像。

她告訴這個小女孩，「我等妳好久了。」

「我知道，但是我之前不能過來。」

「爲什麼他們不讓妳來？」

那個小女孩看著她認眞的大眼睛，「不是，因爲我很忙。」

她不知道這個小女孩在忙些什麼事情，所以不能過來看她，但現在這也不重要，她有成千上萬的問題想要問她，一開口就是她打從心底想要知道的事。

「我們在這裡做什麼？」

雖然只有她自己被綁在床上，其他人都可以在這個巨獸的腹腔裡自由活動，但她卻以爲那小女孩跟她一樣，也是個犯人。

「這是我家。」

這個答案讓她嚇壞了。「那我呢？我爲什麼在這裡？」

小女孩沒有說話，又專心梳理著她的頭髮。她知道小女孩刻意迴避她的問題，所以她也不強求——總有一天會知道答案的。

「妳叫什麼名字？」

小女孩微笑回答：「葛洛莉亞。」

她湊近看著這個小女孩，「不是……」

「『不是』？什麼意思？」

「我認識你……妳的名字不是葛洛莉亞……」

「沒錯啊。」

她拚命回想，眞的，她以前看過這小女孩，她很確定。

「牛奶盒上有妳的照片！」

那小女孩還是聽不懂，「我最近才過來的，最多也只有四個禮拜。」

「不，那至少是三年前。」

小女孩不相信她的話，「妳弄錯了。」

「沒錯，妳爸爸媽媽還有上電視，請大家幫忙找妳！」

「我父母都過世了。」

「不，他們還活得好好的！而且，妳的名字是……琳達！妳是琳達·布朗！」

那小女孩的表情僵住了，「我是葛洛莉亞！妳說的琳達是別人，妳搞混了。」

她聽到小女孩的聲音都變了，決定不要再逼問下去，她不希望小女孩走開，又把她一個人留下來，「好，葛洛莉亞，妳喜歡什麼名字都可以，我一定是弄錯了，眞是對不起。」

小女孩心滿意足點點頭。之後彷彿一切都沒有發生過，小女孩繼續用手指梳著她的頭髮，而且自顧自地唱起歌來。

她又換了別的主題，「我好擔心，葛洛莉亞，因爲我的手臂動不了，而且還一直發燒，還有，我常常會昏過去……」

「妳很快就會好起來。」

「我要看醫生。」

「醫生只會把事情搞砸。」

這些字詞從小女孩口中說出來，不太眞實，她應該是曾經聽某人這麼說過，經過了一段時間之後，也就成爲自己的辭彙，現在，因爲她的關係，小女孩又再次重複這些話。

「我快死掉了，我有感覺。」

兩顆大大的淚珠滑落下來，葛洛莉亞不再說話，幫她擦去了臉頰上的淚，隨後繼續看著自己的手指頭，沒有理會她。

「葛洛莉亞，妳懂我的意思嗎？如果妳不幫我，我會死。」

「史提夫說妳會康復。」

「史提夫是誰？」

小女孩愣住了，不過還是說出答案，「史提夫啊，就是把妳帶來這裡的那個人。」

「妳是說，綁架我們的人！」

小女孩又盯著她看，「史提夫可沒有綁架妳。」

雖然她不希望讓小女孩又發脾氣，但是這種說法她萬萬不能接受：因爲這是她活下去的理由，「眞的，他綁架我，也綁架了妳，我很確定。」

「妳搞錯了，是他救了我們。」

她眞的不想發脾氣，但是這個回應已經讓她忍不下去，「妳究竟在胡說什麼？從哪裡把我們救出來？」

葛洛莉亞陷入遲疑，躺在床上的她開始流淚，出現一種怪異的恐懼。葛洛莉亞後退一步，但是她的手腕卻被緊抓不放，她想要掙脫，甩開她，但是，如果沒有得到答案，絕對不會輕言讓她離開。

「誰？」

「法蘭基。」

葛洛莉亞緊咬著嘴唇，她本來不想說出口，但還是講了。

「誰是法蘭基？」

葛洛莉亞成功掙脫，畢竟她太虛弱了，沒辦法繼續抓著她。

「我們還會再見面？對不對？」

葛洛莉亞轉身要走。

「不要，等等，不要走！」

「妳現在需要好好休息。」

「不要！別走！妳不會回來了！」

「我會回來看妳。」

小女孩眞的離開了。她的淚也跟著潰堤，體內湧起一團絕望的悶氣，哽在喉嚨裡出不來，散逸在整個胸口，她哭得抽抽答答，在黑暗中尖聲叫喊，更讓她扯破了喉嚨。

「求求妳！法蘭基是誰！」

但，完全沒有回應。

35

「她叫做珊卓拉。」

泰倫斯．莫斯卡把這個名字寫在筆記本的最上方，然後又抬頭看著莎拉．羅莎。

「什麼時候被綁架的？」

她坐在椅子上，重新整理思緒，希望可以回答得有條有理。「從今天往前推，已經有四十七天。」

米拉是對的：珊卓拉被綁架的時間，早於其他五名受害者。而且，亞伯特利用珊卓拉、吸引她的結拜姊妹黛比．高登上鉤。

這兩個小女孩是在公園裡認識的，那個下午，她們正看著馬廄裡的馬匹，她們只不過閒聊了幾句，但馬上就發現彼此非常合得來，黛比因爲想家而心情不佳，珊卓拉則是因爲父母離異而陷入低潮，她們各有各的悲傷故事，但這兩個女孩卻因而緊緊相繫在一起，兩人立刻成爲知己。

當天，她們兩個都拿到了騎馬的免費招待券，這絕非偶然，而是出於亞伯特的刻意安排。

「珊卓拉怎麼被綁架的？」

「在她上學的時候。」羅莎回答道。

米拉和戈蘭看到莫斯卡點了點頭。大家都在——史坦和波里斯也是——全待在全國警政署辦公室一樓的大間檔案室。隊長之所以挑選這個地方，是爲了要避免消息走漏，而且，可以讓對話內容比較不像是在審訊。

在這個時候，檔案室裡沒有別人，他們兩側是長長的櫃架，上面全部都是檔案。大家圍坐在諮詢櫃台桌旁，桌上的燈是裡面唯一的光源，所有的聲響都消失在充滿回音的黑暗空間裡。

「跟我們談一談亞伯特。」

「我從來沒有看過或聽說過這個人，我不知道他是誰。」

「顯然呢……」泰倫斯．莫斯卡開了口，彷彿羅莎的狀況更是雪上加霜。

莎拉．羅莎還沒有被收押，但她馬上就會因爲涉嫌綁架與謀殺孩童的罪名、而遭到起訴。

米拉在調查薩賓娜遊樂場失蹤案的時候，認出了她。她曾經猜想亞伯特可能會利用女人下手擄人，以免在大庭廣眾之下引人側目，不過，那個女人不只是個共犯，而是可能被勒索的對象，比方說，第六號小女孩的媽媽。

米拉利用自己的筆記型電腦，過濾當晚遊樂場的照片，進一步證實了這個驚人的假設。在某位父親的立可拍照片背景中，她注意到一團頭髮和某張側臉，又激起她頸底的強烈搔癢感，她馬上想到了一個人，絕對不會錯：莎拉．羅莎！

「爲什麼要對薩賓娜下手？」

「我不知道，」羅莎說道，「他給了我一張照片，告訴我哪裡可以找到她，就這樣而已。」

「大家也都沒發現出了狀況。」

在思考室的時候，米拉記得羅莎曾經說過，大家都只會看著自己的小孩，才不管別人死活，事實就是如此。莫斯卡繼續問道：「所以他知道這些家庭的一舉一動。」

「應該是這樣沒錯，他對我下達的指令都非常準確。」

「他怎麼給妳指令？」

「都是透過電子郵件。」

「妳都沒想過要追蹤電郵的來源？」

隊長問題的解答如下，莎拉．羅莎自己是電腦專家，如果連她都沒有辦法，也就表示這是根本不可能達成的任務。

「不過我把電子郵件都留下來了，」她看著自己的同事們，「他非常狡猾，你們也知道，他非常聰明。」她這麼說彷彿是在爲自己作辯護，最後還補充道：「而且，他擄走了我的女兒。」

對於她的苦苦哀求，米拉不爲所動。

羅莎從第一天開始就對米拉不懷好意，而且還讓她陷入危險當中，只因爲米拉是唯一能夠找到第六號小女孩身分的人。

「也是他下令要趕走瓦拉奎茲警官嗎？」

「不是，那是我自己的想法，她本來就讓人覺得很麻煩。」

羅莎再次展現出自己的傲慢，不過，米拉已經不再跟她計較，她的心思全在珊卓拉身上，戈蘭告訴她，那個小女孩有飲食失調問題，如今她卻在某個精神病患的手中，而且還有隻手臂被截肢，被說不出的痛所深深折磨。她多日來一直苦思小女孩的身分，現在，她終於有了名字。

「所以你跟蹤瓦拉奎茲警官兩次，只是要恐嚇她，希望逼她退出偵查？」

「是的。」

米拉還記得在車裡被跟蹤的那一次，她最後回到了特勤工作室，當時裡面空無一人。波里斯傳訊給米拉，告訴她大家都在伊芳．葛列斯的豪宅裡，她也隨即趕過去。莎拉．羅莎已經在那裡，在車子旁邊準備著裝，米拉當時並沒有想到她爲什麼沒有和大家在一起，她雖然遲到，米拉也沒有起任何的疑心，莎拉．羅莎倒是狠狠奚落她，不但讓她沒有時間好好思考，更對戈蘭產生疑慮。

還有，對了，他騙妳……因爲我投的是反對票。

但她並沒有投反對票，因爲這麼做會讓大家起疑。

泰倫斯．莫斯卡不疾不徐：先把羅莎的答案寫在筆記本上，謹愼思考過後，才繼續進行下一個問題。

「還幫他做了什麼事？」

「我潛入黛比．高登寄宿學校的房間裡，小心撬開小錫盒的鎖頭之後，偷走她的日記。我還把她和我女兒的合照從牆上撕下來，然後把全球定位系統接收器留在那裡，大家後來因爲這個東西、找到了孤兒院裡的第二具屍體……」

「難道妳不覺得自己形跡遲早會敗露？」米拉問道。

「我有其他選擇嗎？」

「所以妳把第五具小女孩的屍體帶進特勤工作室……」

「是。」

「妳拿自己的鑰匙開門，假裝破壞防彈大門。」

「所以其他人才不會起疑心。」

「好……」莫斯卡看著羅莎，意味深長，「爲什麼要把屍體帶到工作室？」

大家都在等這個答案。

「我不知道。」

莫斯卡的鼻腔發出了深深的呼吸聲，這個動作表示對話已經結束。隊長轉向戈蘭，「我想，已經夠了，但如果你還有其他問題……」

「沒有。」犯罪學家答道。

莫斯卡又再次面向這位女警官：「特警莎拉．羅莎，十分鐘之後，我要打電話給檢察官，妳將會正式遭到起訴，我們先前已有共識，這段對話內容將會完全保密，不過，我建議妳，除非有可靠律師在場，否則妳最好還是三緘其口。最後一個問題，除了妳之外，還有沒有其他人涉案？」

「如果你其實想問的是我先生，我可以告訴你，他根本不知情。我們正在談離婚，當珊卓拉一失蹤，我編了藉口把他趕出家門，以防他知道這一切。我們最近也吵得很兇，因爲他想要見女兒，但卻以爲我故意不讓他見小孩。」

米拉的確曾經看過他們在特勤工作室外大吵大鬧。

「好。」莫斯卡已經站起身來，面向波里斯和史坦，一手指著羅莎：「我需要有人立刻執行逮捕令。」

這兩位警官都點點頭。隊長彎身拿起自己的皮包，米拉看到他的筆記本旁邊有個黃色的檔案夾：她瞄到了封面上的其中兩個字，「威」……還有「皮」。

她心想，應該是威爾森．皮克。

泰倫斯．莫斯卡慢慢走向出口，戈蘭也隨後出去。米拉和波里斯、史坦還與羅莎一起待在房內。這兩個男人沉默不語，這個同事早就不信任他們了，現在，他們已經準備要護送她出去。

「眞是對不起，」她的眼裡含著淚水，「我別無選擇。」她一再重複著這句話。

波里斯沒有應答，他幾乎還是藏不住怒氣。史坦只是淡淡地說：「好，現在先冷靜下來。」

但是他的語氣也是充滿猶疑。

莎拉．羅莎苦苦哀求：「一定要找到我的小孩，拜託……」

米拉看到史坦在外頭，正坐在逃生門旁的金屬階梯上。他點了一根菸，放入嘴中。

他一看到米拉從逃生門走出來，馬上就開口說道：「千萬不可以告訴我老婆。」

「別擔心，我會保密。」米拉再三保證，隨後，她馬上坐到史坦的旁邊。

「需要我幫什麼忙？」

「你怎麼知道我過來是有事請教？」

史坦挑眉，算是某種回答。

「亞伯特絕對不會讓我們抓到他，我想你也很清楚這一點，」米拉說道，「我覺得他連自己的死期都規劃好了：這也是他計畫裡的一部分。」

「我才不管他是不是快掛了，我知道教徒不該說這種話，但事情擺明了就是這樣。」

米拉看著他，臉色轉趨嚴肅，「史坦，他很清楚我們這個團隊，他也對你知之甚詳，否則他不會把第五具屍體放在特勤工作室，他一定研究過你們過去的案件，也知道你們的行動模式，所以他總是能搶得先機，而且，我想他特別盯上戈蘭……」

「爲什麼會這麼想？」

「我曾經看過戈蘭爲某個舊案在法庭上所作的證詞，而亞伯特的行爲，似乎是想要證明戈蘭的理論是錯的。他是自成一格的連續殺人犯，他並沒有人格障礙當中的自戀性格，因爲他喜歡讓衆人的目光集中在其他的罪犯身上、而不是他自己。他不會因爲衝動行事，而且自我控制良好，他對於自己的所作所爲，當然會產生快感，但是，他似乎更愛的是自己所設下的重重挑戰。好，你覺得要怎麼解釋？」

「很簡單：我沒辦法解釋，而且我也沒興趣。」

「你怎麼可以不在乎呢？」米拉突然厲聲打斷了他。

「我沒說我不在乎，我是說，我沒有興趣，不要混爲一談。我眞正在意的是，我們從來沒有眞正接下他的『挑戰』，因爲還有個活口，他逼迫我們只能專注在營救行動上。而且，也不能說他沒有自戀性格，因爲他希望引起我們的注意，而不是別人：只有我們，妳懂嗎？要是亞伯特稍微給媒體透露一點口風，那些記者會開心得不得了，但是亞伯特不想這麼做，至少，目前還是如此。」

「因爲我們不知道他打算什麼時候收尾。」

「沒錯。」

「但我也相信，亞伯特這個時候正想要吸引你們的注意，我說的是班傑明．葛卡的那個案子。」

「威爾森．皮克。」

「我想問你的就是這個……」

「看檔案資料就夠了。」

「波里斯告訴我事有蹊蹺……」

史坦把剩下的菸捻熄，「波里斯有時候不知道自己在說什麼。」

「史坦，少來了，跟我說到底出了什麼事！注意這件事的人不只我一個……」泰倫斯包袋裡卡片的事情，她也一併告訴了史坦。

史坦陷入沉思。

「好，但我要事先聲明，聽完之後，妳應該會很反感。」

「我有心理準備了。」

「我們抓到葛卡之後，開始清查他的過往。他等於住在自己的卡車裡，但是我們發現他購買大量食物的收據。我們起初以爲，他知道警方即將收網緝捕他，所以打算避風頭一陣子。」

「但情況並非如此……」

「在他被抓到的一個月之後，又有一起失蹤妓女的案件。」

「芮貝卡．史賓格。」

「沒錯，但是她的失蹤日期應該追溯到聖誕節前後……」

「也就是葛卡被捕的時候。」

「答對了，而且，葛卡車子的活動範圍，剛好涵蓋她平常走動的區域。」

米拉做出結論，「她被葛卡軟禁，食物是要準備留給她的。」

「我們不知道她人在哪裡，更不知道她還可以撐多久，所以我們問了葛卡。」

「他當然全盤否認。」

史坦搖搖頭，「其實他沒有否認，他全部都招了，而且也承諾要說出軟禁她的地點，但是，只有一個小小的條件：一定要卡維拉博士全程參與。」

米拉不解，「那問題的癥結是？」

「找不到卡維拉博士。」

「葛卡怎麼會知道這件事？」

「他不知道，這個冷血禽獸！我們一邊在找卡維拉，同時那可憐女孩的寶貴時間也正逐漸消逝，波里斯使盡全力，希望讓葛卡乖乖招供。」

「逼他說出口了嗎？」

「沒有，但是從之前的偵訊錄音帶中，他注意到葛卡曾經提到過一間老舊的倉庫，那裡還有一口井。波里斯靠自己找到了葛貝卡．史賓格。」

「但她應該已經餓死了。」

「不是這樣。她利用葛卡放在食物旁邊的小刀割斷了自己的動脈，但，最令人氣惱的還不是這個……根據法醫的相驗結果，她是在波里斯抵達的幾個小時之前、才自殺身亡的。」

米拉的全身起了一陣寒顫。接著她還是繼續發問：「那戈蘭這段時間究竟在幹什麼？」

史坦微笑，不想坦露自己的眞正感受。

「一個禮拜之後，在某間加油站的廁所裡，終於找到了戈蘭，有摩托車騎士打電話叫救護車，因爲他酒精中毒昏迷不醒。他把兒子丟給保姆，想要自己調適一下太太離家出走之後的心情，等到我們趕到醫院去看他的時候，幾乎認不出這個人就是戈蘭。」

這群警官與戈蘭這位民間專家爲什麼會產生特殊情誼，也在這個故事裡可以窺見一二。米拉心想，因爲，能夠讓大家緊緊相繫在一起的不是成功，而是人性悲劇。她也突然想起，當她在戈蘭家發現羅契向她隱瞞約瑟夫．比．洛克福特的事，戈蘭曾經這麼說過：

我們自以爲掌握一切，但其實卻一無所知……

她心想，這些話還眞是貼切。她根本無法想像戈蘭也曾經出現過這種狀況，喝得爛醉，滿嘴胡言，一想到這些，她的心也跟著糾結起來，於是，她轉換了話題。

「爲什麼要把這個案子叫做威爾森．皮克？」

「很棒的暱稱啊，不是嗎？」

「就我所知，戈蘭喜歡以眞實名字爲罪犯命名，好讓他更具有立體層次感。」

「通常是這樣，但是這個案子例外。」

「爲什麼？」

這位特警看著她：「因爲，有生還者。」

落入連續殺人犯的手裡，怎麼還會有活口。

哭泣、絕望、哀求，都不會發揮任何作用，反而更能滿足殺人犯的虐待之樂。受害者的唯一希望是戰鬥，但是，他們的驚懼、恐慌、對未來一無所知，卻讓獵食者佔了上風。

不過，也有連續殺人犯放人一馬的例子，只是例子寥寥可數。之所以會發生這種狀況，都只是因爲他在準備要殺人的時候——受害人突然出現的某句話或是手勢——讓他踩了煞車。

辛西亞．柏爾就是因此得以倖存。

「她向他說了一些話……很自然就脫口而出，也許是出於恐懼，我眞的不知道。她說：『求求你，要是我死了，請照顧我兒子，他叫做里克，今年五歲……』她後來也對自己所說出的話感到不可置信，但是那的確救了她一命。」

「他的怒火消失了。」

「最後他把她扔在某個停車場，他們聽到廣播裡傳來威爾森．皮克的『深夜時分』……接著她昏過去，再度醒來的時候已經躺在醫院裡。她什麼都不記得，我們問她是怎麼受傷的，她也沒有印象，就連我們給她看葛卡的照片，她也還是一臉茫然……一直到某個週二下午，她一個人在家，打開收音機，此時正播著同一首歌，她也在瞬間回復了所有記憶。」史坦丟掉香菸，回到辦公室裡去。

米拉現在終於知道，爲什麼他們是在葛卡被抓到之後、才給了他這個綽號，而且，對於他們曾經犯下的種種錯誤來說，這個名字也等於是某種警告和提醒。

戈蘭．卡維拉的團隊已經四分五裂，偵查進度也因而中斷，此外，拯救小珊卓拉的希望也跟著粉碎，身在某處的她，正在和死神奮力一搏。最後，讓她一死的將不是那個暫名爲亞伯特的連續殺人犯，而是其他人的自私與失敗。

想必這就是亞伯特安排的最好結局吧。

米拉在整理思緒的時候，剛好看到戈蘭的臉出現在她前方的玻璃門上，他站在她的背後，但是他注意的並不是辦公室裡面的情景，而是米拉投射在玻璃上的雙眸倒影。

米拉轉過身，兩人彼此注視了好久，不發一語。因為同樣的沮喪與鬱結，將他們緊緊相牽在一起。倒在他的懷中，閉上雙眼，尋索他的雙唇，以舌試探著他的口，等待他的回吻，一切，理所當然。

髒污大水傾注在這個城市裡，它淹沒街道，流進了人孔洞，水溝不停吞噬，但也不斷把髒水反濺出來。計程車把他們載到了火車站附近的一家小旅館，建築立面被煙塵燻黑，百葉窗也從來沒有打開過，因為，待在那裡的人一向沒有時間打開窗戶。

人們一直來來去去，床鋪總是不停地在整理。那些從來不休息的女服務生在走道上推著嘎嘎作響的推車，車上放著床單和小肥皂塊，早餐推車則是隨叫隨到。有些人到這種地方是為了要養足精神和沐浴更衣，也有人是為了男歡女愛。

門房給了他們第二十三號房間的鑰匙。

他們進電梯，什麼話都沒說，彼此握著對方的手，但他們不像情侶，反而像是深怕失去對方的兩個人。

房間裡陳設的是胡亂搭配一氣的家具，還有除臭劑和陳年尼古丁的味道。他們又吻了起來，這次更加激烈，彷彿是要在脫光衣服之前，先拋卻佔據心頭的種種思緒。

他的手握住她小小的乳房，她閉上雙眼。

某間中國餐館招牌的光線流瀉進來，因雨而閃動著微光，也凸顯出黑暗中的一雙影子。

戈蘭準備褪去她的衣服。

米拉由著他，等著看他的反應。

他先看到她平坦的腹部，他拉高衣服，一路向上吻她，直到胸口。

第一道疤痕出現，與她臀部等高的位置。

他以無盡的溫柔，脫去了她的毛衣。

其他的疤痕，也出現在他的眼前。

他的眼光並沒有多加駐留，那是留給他的雙唇的任務。

米拉的確大吃一驚，因爲他開始慢慢吻著那些舊疤，彷彿那些傷口能夠因此得到療癒。

當他脫下她的牛仔褲的時候，又開始在她的腿間細細親吻，她將刀鋒刺入腿肉的傷口，現在依然血肉模糊，或者血塊才剛剛凝結而已。

先前那種流遍全身、鞭笞靈魂的那種苦痛，又再次煎熬著米拉，但，舊傷依舊，如今卻增添了些許的甜蜜滋味。

就像是癒合期傷口產生的癢感一樣，刺痛又舒服。

現在，輪到她脫去他身上的衣服，彷如摘除花瓣一般，他的身上也充滿了痛苦留下的痕跡，骨瘦如柴的胸膛，被絕望一點一滴地啃掘，突出肋骨周邊的肌肉，也因爲悲傷而消失殆盡。

他們做愛的過程充滿了詭異的暴力，全是暴怒之氣，但也充滿了急切。彷彿他們可以透過這個動作、將自己全心傾注到對方的身體裡，甚至，在某個瞬間，他們努力想要忘卻一切。

當一切結束之後，他們兩個人並肩躺在床上——雖然身體已經分開，但還是緊密相繫在一起——聆聽自己的呼吸節奏。問題開始以沉默的面貌浮現，但是，米拉仍然看得到它宛如一隻黑鳥、在他們的上方飄移。

關於痛苦的根源，她的痛，還有他的。

還有，哪裡是她身體最初的印記，她又想要以衣服遮蔽哪些地方。探詢的過程中，珊卓拉命運的話題夾雜其間，也是在所難免，而在彼此交換祕密的時刻，她的某個部分——或遠或近——正逐漸死去。

米拉先開口，「我的工作是找尋失蹤人口，尤其是失蹤孩童。有的已經離家好幾年，他們什麼都不記得了。我不知道這算是好事還是壞事，但也許正因爲這工作的特質，引發我最嚴重的問題……」

「爲什麼？」戈蘭問道，顯得很有興趣。

「因爲當我彎下身，要把某人拉出黑暗世界的時候，我一定得要找尋某種動機，某種強烈的理由，好讓我自己回到光明世界。那彷彿是讓我歸返的安全索。因爲，我學到了一件事，黑暗召喚著你，強大的引力誘惑著你，幾乎無法抗拒……當我和被救的人一起離開的時候，我很清楚還有別的東西跟著我們，它隨著我們從黑洞裡出來，黏附在我們的鞋子上，根本無法擺脫。」

戈蘭看著她的眼睛，「爲什麼要告訴我這件事？」

「因爲，那也是我所出身的黑暗之地，而且，某些時刻，我也必須要回去那個世界。」

36

她靠在牆上，雙手反剪在背後，整個人隱身在陰影之中，她在那裡一直看著她，不知道已經有多久了。

所以她決定主動開口問她，「葛洛莉亞……」

她走過來。

她的臉上依然有著一貫的好奇表情，但是這次有點不一樣：懷疑。

「我想起來一件事……我養過一隻貓。」

「我也有，牠的名字是胡迪尼。」

「乖嗎？」

「壞死了。」但她馬上意識到這不是小女孩想要聽到的答案，所以她馬上改口：「對，牠有白色和棕色的毛，牠總是在睡覺，而且肚子一直很餓。」

葛洛莉亞想了一會兒，接著又問道：「妳覺得我是不是忘了自己的貓？」

「我不知道。」

「我想……如果我忘了牠，很多其他的事情可能也忘了，甚至還包括我的眞名。」

「我喜歡『葛洛莉亞』。」她的語氣令人振奮，因爲她想到當初她告訴這小女孩實情的反應。

「葛洛莉亞……」

「什麼事？」

「告訴我史提夫的事情好嗎？」

「他很愛我們，妳很快也會喜歡上他的。」

「妳爲什麼說他救了我們？」

「因爲他眞的救了我們啊。」

「我又不需要被他救。」

「妳自己不知道，但妳之前的處境很危險。」

「法蘭基是危險人物對嗎？」

葛洛莉亞一聽到那名字就害怕，她猶豫不定，不知道是不是該說出口，她仔細考量之後，身體貼近床邊，極其小聲地告訴她。

「法蘭基要害我們，他正四處尋找我們的下落，所以現在一定要躲在這裡。」

「我不知道法蘭基是誰，他爲什麼對我不高興？」

「他不是對我們不高興，他生氣的對象是我們的爸爸媽媽。」

「我的爸爸媽媽？爲什麼？」

她不相信，這故事聽起來太離奇了，但是葛洛莉亞極其肯定。

「我們的父母騙了他，是跟錢有關的事。」

看來她再一次借用了某人的說法、而且默默記在心裡。

「我的爸爸媽媽才沒有欠錢。」

「我爸爸媽媽都死了，是法蘭基殺的。現在他還要繼續追殺我，任務才算完成。但是史提夫向我保證，只要我待在這裡，法蘭基絕對找不到我。」

「葛洛莉亞，聽我說……」

葛洛莉亞偶爾會恍神，她必須把她中斷的心緒找回來。

「葛洛莉亞，我在跟妳說話……」

「好，什麼事？」

「妳的爸爸媽媽還活著，我記得很久以前電視有播過，他們參加一個談話性節目，談論的都是妳，他們還祝妳生日快樂。」

知道眞相之後，她似乎也沒什麼驚訝的反應，她現在開始認眞思考這些事情的眞實性。

「我沒辦法看電視，只能看史提夫給我的錄影帶。」

「史提夫，史提夫是壞人。葛洛莉亞，根本沒有法蘭基這個人，那都是史提夫一手編造出來的故事，只是爲了要把妳監禁在這裡。」

「眞的有這個人。」

「妳想想看：妳看過他嗎？」

她想了想，「沒有」。

「那妳爲什麼還相信他？」

雖然葛洛莉亞與她年紀相仿，但看起來卻根本不到十二歲，彷彿她從九歲那一年起、也就是史提夫綁架琳達．布朗的時候，心智再也沒有任何成長，也難怪她凡事都要思考半晌。

「史提夫愛我。」她一再重複，這句話只是爲了要說服她自己。

「不是，葛洛莉亞，他才不愛妳。」

「所以，妳的意思是說，就算我離開這裡，法蘭基也不會殺我？」

「絕對不會。我們可以一起逃走，我不會讓妳孤單一個人。」

「妳會跟我一起走嗎？」

「對，但是我們要想辦法避開史提夫。」

「可是妳生病了。」

「我知道，而且我手臂沒辦法動。」

「妳的手斷了。」

「怎麼會這樣？我都不記得……」

「史提夫把妳帶到這裡來的時候，妳從階梯上摔下去。他因爲這件事情很生氣，因爲他不想看到妳死掉。如果妳死了，他就沒有辦法教妳要好好愛他。這件事很重要的，妳知道嗎？」

「我永遠都不會愛上他。」

葛洛莉亞停了幾秒鐘，「我喜歡琳達這個名字。」

「聽到妳這麼說，我眞開心，因爲那是妳的眞名。」

「好，那妳可以開始這麼叫我了……」

「沒問題，琳達。」她一字一句唸得很清楚，而且還對她露出了微笑。「現在我們是朋友了。」

「眞的嗎？」

「交換名字之後就可以當朋友了，妳不知道嗎？」

「我已經知道妳的名字了……妳是瑪麗亞．艾蓮娜。」

「對，但是所有的朋友都叫我米拉。」

37

「那禽獸的名字叫做史提夫，史提夫・史密提。」

戈蘭在旅館四分之三雙人床上握著米拉的手，而當她唸出那個名字時，語帶不屑。

「他是個終生一事無成的白痴，無聊的工作，換過一個又一個，沒有一個能撐過一個月，大多數的時候，他都處於無業狀態。他父母過世之後，他隨即繼承了一棟房子──也就是囚禁我們的地方──另外，還有人壽保險的理賠金，雖然不多，但也足以讓我們看到他的『偉大計畫』終於成眞！」

她的語調誇張，一想到這亂七八糟的情節，頻頻在枕頭上猛搖頭。

「史提夫喜歡女生，但是他根本不敢接近她們，因爲他的陰莖只有小指那麼一點大，他怕被取笑。」米拉臉上出現了帶著嘲笑與恨意的微笑，讓她的表情十分生動。「所以他開始對小孩產生興趣，他認爲向她們下手的得逞機會比較高。」

「我記得琳達・布朗的案子，」戈蘭說道，「當時是我第一年在大學任教，我認爲警方犯了好幾個錯誤。」

「錯誤？他們根本搞得一團糟！史提夫是個蠢漢，他不但留下許多線索，而且還有許多的目擊證人！但是警察就是抓不到人，所以他們才說歹徒很聰明，其實他根本是個笨蛋，走狗屎運的白痴……」

「但是他讓琳達對他深信不疑……」

「他虐待過她，利用她的恐懼心理，還編造出一個邪魔──法蘭基──讓這個虛構的角色扮黑臉，他自己則是白臉，以『拯救者』的姿態出現。那個蠢蛋也沒什麼想像力：他為什麼會把那個虛構的人物叫做法蘭基？因為那是他小時候養的烏龜的名字！」

「但小孩吃這一套。」

米拉冷靜下來，「當一個小孩又害怕又沮喪的時候，很容易在這種情況下失去現實感。我想到的是自己待在那該死的地下室，把它叫做『巨獸的肚子』，但其實我的上面還有棟房子，那種郊區房屋周邊還有一堆類似的房子，一切看起來毫無異狀，大家走來走去，沒有人注意到我就在底下。最可怕的應該就是琳達了。你叫她葛洛莉亞也可以，當他重新為她取名的時候，那個名字是來自於第一個拒絕她的女孩，琳達居然可以自由活動，但是前門雖然敞開，她卻從來沒有想過要逃到外頭。他出去散步的時候連門都不鎖，因為他知道法蘭基的這種鬼故事真的很有用！」

「妳運氣不錯，活著出來了。」

「我的手臂幾乎都是壞疽，醫生們束手無策了好一陣子，而且，我也一直處於飢餓狀態，那混帳東西餵我吃嬰兒食品、還有從藥房垃圾堆裡偷來的過期藥品。他根本不必對我下藥：那裡真的太髒了，我的血液也因而受到嚴重感染，我能保持清醒，還真的是天大的奇蹟！」

外頭的傾盆大雨滌清了街上的殘雪，突然陣陣強風襲來，百葉窗震天價響。

「當我從昏迷狀態中清醒過來，聽到有人在喊我的名字，我也想要回應，但是琳達出現了，叫我先不要出聲，有人相伴的小小幸福感，讓我願意先放下自己的安危。但我的猜測是對的：我的上面真的有兩位警官正在巡邏這個區域，他們還在找尋我的下落！如果我之前可以叫得更大聲，也許他們會聽到我在求救。其實我們之間只隔了一層薄薄的木板，有個女人跟著那兩位警官，就是她在叫我的名字，不過，她只是喊在心裡，沒有說出口。」

「她就是妮可拉·帕帕可蒂斯，對吧？原來妳是因為這樣認識她……」

「對，沒錯。而且，雖然我沒有辦法回答，但她還是聽到了某些聲音，所以接下來的那幾天，她還是回來在房子外頭走動，希望可以再次聽到我的呼喊……」

「所以不是琳達救了妳？」

米拉哼哼兩聲，「她啊？她總是出去告訴史提夫所有事情，成了身不由己的小共犯。就她的認知，史提夫是全世界唯一剩下的大人，而小孩應該要相信大人的話。而史提夫老早就想把我幹掉，他很確定我快斷氣了，已經在屋後頭的棚子裡挖了一個大洞。」

報紙上的大洞照片，最讓米拉無法釋懷。

「當我離開那間屋子的時候，已經是垂死狀態，我沒注意到救護人員把我放上擔架、走上當初史提夫把我摔落到地下室的同一個階梯，我也沒看到圍在房子周邊的幾十個警察，我更聽不到爲了慶祝我重獲自由而集結的群衆歡呼聲，但是我知道，妮可拉的聲音一直陪伴著我，她描述著周遭的一切，還告訴我千萬不可以走向那道光……」

「什麼光？」戈蘭好奇問道。

米拉露出微笑，「她堅信就是有道光，也許是因爲她信仰的關係，所以認爲我們死亡的時候、會與身體分離開來，隨即進入某個隧道裡頭，燦爛的光束迎接著我們……我從來沒告訴她其實我什麼都沒看到，眼前只有一片漆黑，我不想讓她失望而已。」

戈蘭靠向她，吻著米拉的肩膀，「一定很難受。」

「我運氣不錯，」她說道。突然之間，她馬上想到了第六號小女孩，珊卓拉。「我本來可以把她救出來的，但卻錯失了大好機會，她還可能活著嗎？」

「那不是妳的錯。」

「是，就是我的問題。」

米拉起身，但還是坐在床緣，戈蘭又再次將手臂伸向她，但是卻再也搆不到她了。他的確撫觸到她的肌膚，但也僅此而已，因爲她的距離越來越遠。

他注意到她的舉動，也就任由她去了。「我去洗澡。」戈蘭說道，「先得回家一趟，湯米在等我。」

她繼續坐著，靜止不動，全身依然赤裸，聽著浴室裡的水龍頭嘩啦啦地流著。她想要清除那些可怕的記憶，讓空白填補那些小時候縈繞不去的念頭，這，是她被人強奪的權利。

她伸手拿起床旁小桌上的遙控器，打開電視。希望那些空洞的談話與影像，就像戈蘭淋浴的水聲一樣，可以徹底滌清她腦海中的餘痛。

電視上出現了一個女人，如疾風般抓著麥克風衝鋒陷陣，她的右側出現了電視台新聞的標誌，下方則是突發新聞的跑馬燈，遠遠的背景出現了一棟房子，被數十台警車團團圍住，警示燈的閃光劃破寂靜的夜。

「……一個小時之後，首席檢察官羅契將會發表正式聲明，同時我也在此向各位觀眾證實：綁架殺害無辜小女孩、震驚全國的變態殺人魔，眞的已經找到了……」

米拉的雙眼緊盯著螢幕，動也不動。

「……這個人就是嫌犯，他才剛剛假釋出獄，今天早上，兩位矯正署的警官到他家進行例行訪視的時候，他居然對這兩位員警開槍……」

米拉不敢置信。

「……受傷員警送醫不治，隨後霹靂小組立即趕到現場，決定突圍，有了重大意外發現……」

「小女孩，告訴我小女孩怎麼了！」

「也許有觀眾才剛剛打開電視，現在再次告訴您嫌犯的名字，他叫做文森・克萊瑞索……」

「是亞伯特。」米拉默默糾正了女記者。

「……當局已經告訴我們，第六號小女孩仍然待在我們背後的這間房子裡，醫療團隊正在進行急救，目前沒有進一步消息，但珊卓拉應該還活著。」

第七號電子監聽報告

十二月二十三日

凌晨三點二十五分

時間長度：一分三十五秒

RK-357/9號犯人：

——知道，準備好了，一切就緒（後續監聽譯文內容無法辨識）……應該要發脾氣……做點事情……信任最重要……（字串無法辨識）太好了，要保持優越傲慢……不會被人愚弄……知道，準備好了，一切就緒（單字無法辨識），總是有人想要利用我們……必要的懲罰……爲我們服刑……了解事情還不夠，偶爾需要有持續性的行動……知道，準備好了，一切就緒（單字無法辨識）……殺，殺，殺，殺，殺，殺，殺，殺，殺，殺，殺，殺，殺。

38

行爲科學部
二月二十五日

文森．克萊瑞索是亞伯特？真的嗎？

他當初是因爲持槍搶劫而入獄服刑，假釋出獄還不到兩個月。

當他一恢復自由之身，立刻開始執行計畫。

沒有重罪紀錄，沒有精神疾病徵狀，沒有任何跡象顯示他居然可能是連續殺人犯。

至於那次的持槍搶劫，律師在審判時爲文森所辯護的說法是「挫敗」。一個對可待因[10]嚴重成癮的年輕人所犯下的蠢行。克萊瑞索出身於一個有錢的中產階級家庭，他的爸爸是位律師，媽媽是老師，他念護理學校，也順利畢業，很可能是因此學到如何照顧截肢後的珊卓拉、讓她可以存活下來。

卡維拉團隊先前認定亞伯特是醫生的假設，與事實相去不遠。

早在文森．克萊瑞索成爲禽獸之前，這所有的經驗，已經深植在他的人格發展初期階段。

但是米拉不相信。

「不是他。」在前往全國警政署總部的計程車上，她不斷對自己重複著這句話。

[10] Codeine，鴉片成分之一，具有止痛及鎮咳藥效。

戈蘭在電視上獲知消息之後，和史坦通了二十分鐘的電話，掌握最新進度。這位犯罪學專家煩躁地在旅館房間裡走來走去，米拉注視著他，自己的目光也充滿焦慮。隨後他們兩個各自行動，戈蘭已經打電話給魯娜太太，請她整個晚上都要陪伴湯米，並且立刻前往發現珊卓拉的地點。米拉很想要跟他一起去，但是她現在出現，已經沒有正當性可言，所以他們決定之後在行爲科學部門辦公室碰面。

已經是半夜時分，但整個城市的交通依然還是嚴重堵塞，大家無視冬雨、全都湧到街上，歡慶這場惡夢終於結束。這簡直就像是新年派對的高潮，車子的喇叭齊鳴，每個人互相擁抱。警方設下的路障更是讓交通雪上加霜，此舉不僅是爲了要防範克萊瑞索的黨羽逃逸，同時也能避免旁觀者湧入事件終尾的現場。

計程車以行人徒步的緩慢速度前進，米拉聽到廣播電台上的新聞報導。泰瑞斯．莫斯卡是此時的焦點人物，在他手中順利結案，算是運氣好，不過，這種事屢見不鮮，通常直接受益的人只有一位，就是整起行動的負責人。

米拉不耐在車陣中久候，她決定要下車，冒雨前進。警政署總部大樓還在幾條街外，她拉起大衣的帽子，繼續步行，並且開始仔細思索。

文森．克萊瑞索的特徵，與戈蘭所描繪的亞伯特形象並不相符。

根據這位犯罪學專家的看法，這個人利用小女孩的屍體當作指標，把她們放在特定地點，揭發某些不爲人知、但卻只有他自己知道的恐怖事件。他們認爲他是這些罪犯的祕密同夥，可能之前曾經在生命的某個時點認識了亞伯特。

戈蘭是這麼說的，他們就像是野狼，而野狼通常是群體行動，每一個狼群都有首領，亞伯特要告訴我們：他正是他們的首領。

米拉一聽到文森的年紀時，更加認定他絕對不是亞伯特：他才三十歲。絕對不可能認識當年還是孤兒院院童的羅納德·迪米斯，或是約瑟夫·比·洛克福特——事實上，她和小組成員都推斷亞伯特的年紀應該介於五十到六十歲之間，而且妮可拉在那位富豪腦海裡看到的亞伯特，也並非如此。

她在大雨中繼續前進，又想到一件事情，可以證明她的懷疑：當伊芳·葛列斯及其子女在卡波亞托的自家豪宅裡被費德赫殺害時，克萊瑞索還在坐牢，他不可能親眼目睹兇殺慘案，還在牆上留下自己的血影外廓！

不是他，他們弄錯了，但是戈蘭一定早就發現了，現在應該在向他們解釋。

她已經到達全國警政署總部，光是在走廊上就已經感受到歡樂的氣氛。警官們互相拍背致意，許多人剛從犯罪現場回來，還穿著霹靂小組的制服，彼此交換著最新訊息，口耳流傳之後，所累積的細節也更加豐富。

有位警官把米拉攔下來，告訴她首席檢察官羅契要馬上見她。

「我？」米拉很吃驚。

「對，他正在辦公室等妳。」

在上階梯的時候，米拉心想羅契之所以找她，一定是因爲他也注意到事件重建之後、出現了矛盾，也許，她剛才在這裡看到的興奮騷動，很快就會平靜下來、甚至漸漸消退。

整個行爲科學部門裡只有兩三個穿著便服的員警，他們也沒有像其他人一樣在歡慶破案，除了他們還在夜晚工作這一點之外，整個氣氛就像個稀鬆平常的工作日。

她等了好久之後，羅契的祕書才把她叫進辦公室。不過，在外頭等待的時間中，她隱約聽到首席檢察官說的某些字詞，他很可能是和某人在通電話。但是，當她走進去的時候，發現裡面不只一個人，戈蘭・卡維拉也在裡面。

「請進，瓦茲奎茲警官。」羅契向她招手示意過去，他和戈蘭站在書桌的兩側，正面對峙。

米拉走近戈蘭那邊，他稍微傾身，輕輕地向她點了個頭，一小時前的親密溫存，現在已經徹底消失。

「我才正和戈蘭提到，明天早上的記者會，希望你們兩位都能參加，莫斯卡隊長也同意我的做法，要是沒有你們的協助，我們絕對不可能抓到這傢伙，眞的應該要好好謝謝妳。」

米拉藏不住驚訝之情，她看到羅契對於她的反應也很疑惑。

「長官，我無意冒犯……但我認爲我們弄錯了。」

羅契面向戈蘭：「她在胡說八道什麼東西？」

「米拉，一切都沒問題。」這位犯罪學專家的口吻很冷靜。

「不，才不是，那個人不是亞伯特，有太多不合理的地方了，我——」

「妳不會在記者會上說這個吧？」首席檢察官不以爲然，「如果妳想這樣搞，就不必出席了。」

「史坦也會同意我的看法。」

羅契揮舞著從桌上拿起來的一張紙，「特警史坦已經辭職，立刻生效。」

「什麼？究竟發生什麼事？」米拉不可置信，「這個叫做文森的傢伙與我們的資料不符。」

戈蘭想要解釋，米拉還看到他當初親吻自己傷疤的溫柔眼光，「已經有許多跡證顯示他就是我們在找的那個人。作業練習簿上寫滿了綁架小孩與置放屍體的細節，卡波亞托保全系統的圖表，黛比・高登就讀的寄宿學校的配置圖，當克萊瑞索還在坐牢的時候，已經開始研讀電子設備和電腦的使用手冊……」

「你們也找到了他和亞歷山大・柏曼、羅納德・迪米斯、費德赫，以及洛克福特之間的關係嗎？」米拉憤怒質問。

「一整組調查人員都還在辦公室裡忙著找線索，一定會水落石出，妳等著看。」

「還不夠，我想——」

「珊卓拉已經指認過了，」戈蘭打斷她的話，「她告訴我們，他就是綁架她的人。」

米拉思索了好一會兒，「她的狀況怎麼樣？」

「醫生很樂觀。」

「高興了吧？」羅契插嘴進來，「如果還想給我找麻煩，妳最好現在滾回家去。」

就在這個時候，祕書透過內線告訴檢察官，市長馬上就要見他，他必須要趕緊離開。羅契臨走之前對戈蘭大吼：「你去告訴他們，官方說法就是這樣，你們要是不同意，就給我滾蛋！」他拿起椅背上的外套起身，甩門離開。

米拉希望戈蘭在他們獨處的時候、可以告訴她不一樣的版本，但他卻這麼告訴她：「很不幸，錯都是在我們身上。」

「你怎麼可以這麼說？」

「我們大錯特錯，一開始的方向就發生問題，還盲目一直追下去，這筆帳該算在我頭上：全都是出於我的臆測。」

「你不覺得奇怪嗎？文森・克萊瑞索怎麼認識其他的嫌犯？而且他還是主動讓我們抓到他的！」

「那不是重點……重點在於我們花了太久時間才研究出他們的底細。」

「我覺得你現在並不客觀，而且我可以猜到眞正原因，在偵辦威爾森・皮克案子的時候，羅契挽救了你的聲譽，他的上級想要解散整個小組的時候，也是羅契一手擋下，保住了大家。現在是你回報的時候：只要你接受了這種版本，你就可以分享一點泰倫斯．莫斯卡的風采，也等於救了這位首席檢察官的寶座！」

「眞是夠了！」戈蘭暴怒。

好幾秒鐘，他們倆都沒有再說一句話。隨後，這位犯罪學專家走向門口。

米拉被孤零零地留在房間裡，她緊握雙拳，咒罵的不只是自己，也包括了剛才爆發的那一刻。她的眼光落在史坦的辭職書上頭，於是把它拿了起來。在這寥寥幾行的官樣文字當中，看不出他做出決定的眞正理由。但顯然這位特警一定多少覺得自己被出賣了，先是莎拉．羅莎，現在又是戈蘭。這是不對的，她一定要前進虎穴。

39

計程車的車輪疾駛而過，柏油路上的積水也因而飛濺起來，但幸好雨勢已經停歇。街道閃閃發亮，宛如音樂劇的舞台，而梳著油頭、穿著晚禮服的舞者似乎也會隨時出現。

「最多只能到這裡了。」計程車司機回頭告訴米拉。

「沒關係，我就在這裡下。」

她付錢後走下車，前方是員警圍起的封鎖線，還有數十台閃著警示燈的警車。各家電視台的轉播車在街上一字排開，攝影師已經架好設備，才能夠以好的取鏡角度拍攝那間屋子。

米拉到了那個地方，一切就是由此開始。這個犯罪現場的名稱也很特殊，被稱爲零號現場。

她還是不知道該怎麼突破警方重圍、進到那間房子裡面，她只是拿出自己的證件，把它掛在脖子上，暗暗希望不要有人發現她不屬於這個單位。

她繼續往前走，認出在總部走廊上遇到的同事，有些人隨興聚在後車廂，還有的人趁空吃點心喝咖啡。她也看到了法醫部門的公務車：張法醫正坐在汽車踏腳板上寫報告，當米拉走到他前面的時候，他根本沒有抬頭。

「喂，妳要去哪裡？」

米拉轉身，看到一個胖嘟嘟的警察正氣喘吁吁地追過來，她想不出什麼現成的理由，眞的應該先想好再過來的，現在她可能要穿幫了。

「她跟我一起的。」

克列普走過來，這位科學辨識專家的脖子上貼了膏藥，旁邊露出了振翅之龍的頭部與爪子，很可能是最近的新刺青。他對著那位警官說話：「讓她進去，是上級授權的。」

因爲他的這些話，那員警很放心，跑回自己的崗位去了。

米拉看著克列普，不知道自己該開口說些什麼才好。那男人倒是只眨眨眼，自顧自地走了。米拉心想，他會出手相救，也不算奇怪，他們兩個人——雖然大不相同——但是在自己的肌膚上面、都留下了部分的個人過往印記。

通往房子前門的小徑在一個斜坡上頭，地面上還留有先前文森·克萊瑞索搏命槍戰所留下的彈匣。爲了方便進出，前門的鉸鏈早已不見。

當米拉一走進去，馬上感受到一股濃重刺鼻的清潔劑氣味。

起居室裡的家具是七〇年代的美耐板風格，漩渦花紋的沙發上頭還蓋著塑膠布，火爐裡放著假火，與黃色地毯搭配的移動式吧檯，壁紙的花紋是宛如金魚藻的棕色巨花圖樣。

房間裡放著的不是探照燈，而是桌燈。顯然這也是泰倫斯·莫斯卡新官上任的作爲之一。對這位隊長來說，「現場」是不存在的，一切都要保持低調。米拉心想，眞是好久以前的老派辦案方法。她瞄到莫斯卡待在廚房裡，正與親信開著小型峰會，她避開了那個方向：現在最好不要被任何人發現。

他們都穿戴著鞋套和乳膠手套，米拉也照章行事，接著混在其他人裡、跟著四處察看。有位探員拿出書房裡的書，一次一本，拿出來之後迅速翻閱，隨即丟在地上。還有人正在翻箱倒櫃，另外一個人正在分類家飾品。在他們還沒有移動和檢查這些東西之前，房裡的一切似乎太過整齊了一點。

一塵不染，光看就知道一切井然有序，似乎所有東西都被安放在某個準確的位置，米拉覺得自己彷彿進入了一幅已經完成的拼圖裡。

她不知道自己該找些什麼，她之所以會出現，只是因爲從這裡下手也算合情合理，她想知道那個人是否眞的就是亞伯特，她也想知道，爲什麼第五具屍體必須要放在特勤工作室裡。

米拉一看到那走廊盡頭的房間，立刻就知道清潔劑氣味是從哪裡而來。

那是一間幾乎沒有任何擺設的地方，只有一張病床加氧氣罩，還擺放了一大堆的藥品、消毒衣，以及醫療器材。這是文森表演小女孩截肢秀的露天劇場，之後成了照護珊卓拉的專屬病房。

她經過另外一個房間，發現有位員警正注視著外接數位攝影機的液晶電視。螢幕前方是一張有環繞音響喇叭的躺椅，電視兩邊的牆上放滿了迷你數位攝影機的影帶，全部都是依照資料別分類。那位探員將影帶逐一放入數位攝影機裡頭，檢視裡面的內容。

現在他們看到的是遊樂場畫面，冬陽下滿滿都是小孩的笑聲，米拉認出了卡洛琳娜，亞伯特綁架殺害的最後一個小女孩。

文森·克萊瑞索把這些受害人研究得極爲透徹。

「喂，哪個人來幫一下好不好？這些電子產品要怎麼用啊！」那位員警不知道要怎麼讓影片暫停，只好向外求助。當他看到米拉出現在門口的時候，誤以爲自己眞的找到人手而相當開心，但這股興奮很快就消失了，他隨即發現自己從來沒有見過這個人。他還來不及開口說話，米拉已經繼續向前走去。

第三個房間最重要。

裡面有一張金屬材質的桌子，牆上的板子都是便條紙、各色的便利貼以及其他資料，文森的計畫細節，街道圖與時程表，黛比·高登寄宿學校和孤兒院的建築藍圖，還有亞歷山大·柏曼的車牌，以及他出差的行程。伊芳·葛列斯及其子女的照片，還有費德赫垃圾家園的圖片，約瑟夫·比·洛克福特財富的雜誌報導，還有，最顯眼的就是被綁架小女孩的立可拍照片。

金屬桌面上放著其他的圖表，種種註釋令人費解，彷彿他是工作到一半的時候突然被打斷。這些文件裡藏著這個連續殺人犯老早就安排好的結局，也許，這些祕密將永遠無人知曉。

米拉轉頭，整個人僵住不動。在她後面的那座牆上，全部都是重案小組成員在工作現場的照片，她，也在那面牆上。

我現在真的在巨獸的肚子裡……

文森一直密切注意著他們的一舉一動。

「媽的，哪個人過來幫一下？」隔壁房間的員警聲音傳過來。

「你還好吧？佛列德？」

終於有人出手相救。

「我怎麼知道自己要看什麼？如果我什麼都不知道，要怎麼分類？」

「我看看……」

米拉不再看著照片牆，準備離開這間房子，當她經過電視房的時候，看到螢幕上出現了某個東西，那個叫做佛列德的員警和他的同事認不出那是什麼地方。

「就是公寓啊，你還要我說什麼？」

「對，但是我報告裡不能這麼寫吧？」

「你可以寫『不知名』公寓。」

「確定嗎？」

「對，反正一定會有別人知道那公寓地點。」

不過米拉知道那是什麼地方。

她的眼睛緊盯著電視不放，他們注意到旁邊有人，轉過頭看她。

「有事嗎？」

她沒有說話，繼續往前。一邊匆匆走過起居間，一邊在口袋裡摸找手機，她趕忙打電話給戈蘭。等到他接起電話，米拉人已經快步走到外頭的小路上。

「什麼事？」

「你人現在在哪裡？」她的聲音很驚慌。

但是戈蘭並沒有發現。「我還在辦公室，正想辦法安排莎拉．羅莎去醫院看女兒。」

「你現在家裡有誰在？」

戈蘭開始緊張起來，「魯娜太太陪著湯米，怎麼了？」

「你現在得馬上回去！」

「爲什麼？」他又重複問了一次，焦慮不已。

米拉正經過一群警察旁邊，「文森拍攝過你家的公寓！」

「什麼意思？」

「他盯過你的房子……不知道他有沒有共犯？」

戈蘭沉默了一會兒，「妳還在犯罪現場？」

「對。」

「那妳距離我家比較近，請泰倫斯．莫斯卡派員警給妳，到我家去，我立刻打電話給魯娜太太，告訴她要把門鎖好。」

「好。」

米拉掛了電話，又回到房子裡找莫斯卡。

希望他們不要問我太多問題。

40

「米拉！魯娜太太沒有接電話！」

已經是拂曉時分。

「別擔心，我們馬上就到，很快。」

「我也在路上，幾分鐘之內就到。」

警車輪胎急煞，發出刺耳聲響，劃破了這高級社區街道的原有寧靜，附近的住戶都還在沉睡，只有棲息在樹梢和屋頂的鳥兒，開始迎接這新的一天。

米拉跑向前門，按了電鈴好幾次，沒有人回應，她又試另外一家的電鈴。

「哪位？」

「我們是警察。先生，拜託，幫忙開門。」

門鎖自動開了，米拉把門推開，衝向三樓，後面還跟了兩個警察，他們沒有坐貨運電梯，反而是三步併作兩步衝上樓梯。

拜託千萬不要出事……一定要讓小男孩安然無恙……

米拉懇求上帝，雖然她早在許久之前已經不再相信祂的存在，雖然，她也是靠著祂給予妮可拉·帕帕可蒂斯的天賦、才能從綁架者手中順利脫困，但她看過太多沒像她那麼幸運的孩子，讓她無法再相信上帝。

拜託千萬不要出事……一定要讓小男孩安然無恙……

米拉到了三樓，開始拚命敲著緊閉的大門。

她心想，也許魯娜太太正在熟睡，馬上就會過來開門了，一切平安。

但是完全沒有動靜。

有位警官趨前問她，「需要我們破門嗎？」

她已經無力說話，只能點點頭。她看到他們把腳抬高、立刻猛力一踢，大門應聲而破。

一片寂靜，但不尋常，那是一種空洞迫人的靜默，無生命徵象的無聲狀態。

米拉拔出手槍，走在其他警官的前方。

「魯娜太太！」

她的聲音迴盪在房間裡，但是沒有人回應。她點頭向兩位警官示意分道行動，她朝向臥房前進。

她極其緩慢地走過走廊，可以感覺到緊抓著手槍的右手正微微發顫，雙腳也越來越沉重，眼睛刺痛，臉部肌肉在抽搐。

她走到湯米的房間，門是半掩著的，她用左手推開房門，看到整個房間。百葉窗是關著的，但是床邊的小丑形狀檯燈還發著光，將馬戲團動物的形體投射到牆面上，床靠牆的位置處，可以看到一個小小的身體。

他裹成一團，宛如胚胎般的姿勢，米拉輕柔地走過去。

「湯米……」她的音量放得極低，「湯米，醒醒……」

但是那小男孩動也不動。

米拉走到床邊，把槍放在檯燈旁，她有不好的感覺。她不想拉起毯子，她心裡有底，不想看到發生了什麼事，其實，她根本想要放棄，離開這個房間，一走了之，也不需要面對後續的其他事情。媽的！她已經看過太多次了，現在她好怕又會重演一次。

不過，她還是勉力抓住毯子的一角，慢慢拉起。

她站在那裡，好幾秒鐘都沒有動，眼睛看著毯子掀開的那個角落，裡面有隻老舊的泰迪熊，以一成不變的開心表情望著她。

「抱歉……」

米拉愣了一下，兩位員警站在門口看著她。

「後面有一扇門打不開。」

正當米拉要下令他們攻堅的時候，她聽到戈蘭衝回公寓，大叫著兒子的名字：「湯米！湯米！」

她走向戈蘭，「湯米不在房間裡。」

戈蘭不知所措，「妳說不在是什麼意思？他人呢？」

「那裡有個房間上鎖了，你知道嗎？」

戈蘭露出困惑焦慮的表情，「什麼？」

「房間是鎖住的……」

這位犯罪學家僵住了……「妳有沒有聽到？」

「什麼？」

「是湯米……」

米拉不解，戈蘭推開她，急急朝向書房而去。

當他看到自己的兒子躲在桃花心木書桌下面的時候，眼淚忍不住奪眶而出，他彎到桌子底下，緊緊抱住他。

「爸爸，我好怕。」

「對，我知道，寶貝，現在沒事了。」

「魯娜太太先走了，我醒來的時候，她已經不在這裡……」

「不過現在我已經到家了，對吧？」

米拉還站在門口，把手槍放回槍套裡，聽到戈蘭彎身到桌下所說的話，她放下心中的重擔。

「現在我去幫你買早餐，你想吃什麼？甜甜圈好嗎？」

米拉微笑，恐懼風暴已過。

戈蘭又開口：「過來，來我這邊……」

接著她看到戈蘭從桌子下爬出來，掙扎著起身。

但是，他根本沒有抱著什麼小男孩。

「來，認識一下我的朋友，她叫做米拉……」

戈蘭希望兒子會喜歡她，他通常看到陌生人會有點害羞。湯米未發一語，只是指著她的臉，戈蘭湊近看著她：米拉正在掉淚。

突然奔出的淚水，不知從何而來，但是，這次的苦痛卻不是因為出於外力，裂綻的傷口，也並非出現在她的皮肉身上。

「怎麼了？發生什麼事？」戈蘭問她，彷彿手裡真的抱著一個小孩。

她不知道說些什麼，他看起來不像在演戲，戈蘭真的以為自己把兒子抱在懷中。

那兩位警官看著他們兩個，露出目瞪口呆的表情，而且已經準備插手介入，米拉向他們示意站著不要動。

「到樓下等我。」

「但是我們不可以……」

「下去，打電話給辦公室，請他們派史坦幹員過來，如果你們聽到槍聲，不用擔心，那一定是我開的槍。」

那兩位員警聽命行事，但卻不甘不願。

「米拉，發生什麼事？」戈蘭此時的聲音聽起來很無助，他似乎很怕面對自己無法招架的眞相。

「妳爲什麼要叫史坦過來？」

米拉豎起食指，放在唇上，想讓戈蘭安靜下來。

她轉身回到走廊上，走向那扇深鎖的房門，她對著門鎖開槍，把它轟得粉碎，米拉馬上打開了門。

房間裡漆黑一片，但是仍然可以聞到屍體腐化的氣味，有兩具屍體放在一張雙人床上。

一個大人，另一個是小孩。

兩具發黑的骨骸上，還殘留了些許如絲的皮肉，但已經融爲一體。

戈蘭走進了這個房間，他聞到了臭味，也看到了屍體。

「啊，天啊……」他叫了出來，他不知道躺在他臥房裡的兩具屍體是誰。戈蘭奔到走廊上，阻止湯米進來……但是他看不到自己的兒子。

他回頭看著那張床，那具小小的屍體，眞相無情逼現，突然之間，他想起來所有的事情。

米拉發現他走到了窗邊，望著外頭，連日的大雪和降雨之後，又開始出現閃耀的陽光。

「亞伯特利用第五號小女孩，就是要告訴我們這件事。」

戈蘭沉默不語。

每當米拉深呼吸，她的氣息彷如碎裂的玻璃一般疼痛，微弱的聲音從她的喉嚨裡迸裂出來，「爲什麼？」

「因爲，她離家出走之後，曾經回來過，她回來的原因不是因爲回心轉意，而是想要把我唯一的愛給帶走，而且，他也想要跟她一起離開……」

「爲什麼？」米拉不斷重複著這句話，她現在已經完全無法控制撲簌而下的淚水。

「某天早上，當我醒來的時候，聽到湯米在廚房裡叫我，我看到他坐在平常坐著的位子上，他跟我說想吃早餐，我好高興，我忘記他早就不在了……」

「爲什麼？」米拉乞求著答案。

這次他想了很久，才給了她答案，「因爲我愛他們。」

他打開窗戶，縱身一躍，墜入虛空當中，米拉根本來不及阻止他。

41

她一直想要一隻迷你馬。

她記得自己一直纏著爸爸媽媽，想逼他們送她迷你馬，她根本沒想到自己家裡找不到地方養馬。房子後院太小，車庫旁邊是有一小塊地，但卻是爺爺種菜的地方。

但她還是很執拗，她父母認爲她遲早會對這無理的要求覺得厭煩，但不論是每年的生日，還是寫給聖誕老公公的信，她的願望卻始終如一。

長達二十一天的監禁生活，又加上三個月的住院治療，米拉終於從巨獸的腹中逃出來、回到家中，此時映入眼簾的是一匹棕色與白色相間的迷你馬，正在院子裡等著她。

她的願望終於成眞，但是她卻高興不起來。

她爸爸四處找人幫忙，還說服了幾個朋友一起出錢。米拉家裡當然不是有錢人，總是要努力攢錢留作家用。而且，也正是因爲經濟因素，他們家裡一直都只有一個小孩。

她的父母沒辦法再給她一個弟弟或妹妹，所以他們買了小馬，但是她卻不開心。

她反覆夢想著這份禮物，總是說個不停，她想像自己抱著牠，在牠的鬃毛上放彩色蝴蝶結，仔細地爲牠刷毛。有時候她還會強迫自己的貓咪接受類似的招待，也許這正是胡迪尼爲什麼討厭她、而且還躲她躲得遠遠的眞正原因。

小孩這麼愛迷你馬是有原因的，因爲牠們永遠不會長大，可以保持迷人稚氣一輩子，令人嫉妒的美好情態。

其實，當米拉重獲自由之後，她最想做的事情是快快長大，可以讓她和自己的遭遇之間產生距離，此外，如果運氣好一點，還可能忘卻了這一段記憶。

但是，這匹迷你馬永遠沒有機會長大，牠是某種與時間永不妥協的象徵。

當她從史提夫臭氣沖天的地下室裡被拖出來的時候，雖然已經是瀕死狀態，但她卻從此展開新生。她待在醫院裡三個月之後，左臂已經可以完全恢復功能，她又開始重新信任這世界的一切，不只是她家裡的人或是動物，也包括了她的情感模式。

葛拉西亞本來是她最好的朋友，在她消失之前，她們曾經歃血爲盟成爲姊妹，但是葛拉西亞現在的態度卻變得很奇怪。她不再堅持要分享最後一顆口香糖，也沒辦法泰然自若在她面前尿尿，更不再是那個可以爲了約會男孩而預做「法式深吻」練習的對象。不，葛拉西亞變了，她跟米拉說話的時候，臉上的微笑很僵硬，彷彿繼續這樣笑下去的話，臉頰馬上就會受傷。她盡量維持和善的態度，而且也不再嘲弄她，但不久之前，她們還稱呼彼此「老臭牛」和「雀斑破麻」。

她們曾經拿生鏽的鐵釘刺破自己的食指，發誓要當一輩子的好朋友，她們之間緊密相繫，就算是男朋友也沒有容身的空間。但是，只不過兩三個月的時間，卻已經出現了一道無法填補的鴻溝。

如果你細細思索，米拉的第一個傷口，應該算是這個食指上的破洞。而當它完全癒合的時候，卻帶來了更多的苦痛。

她想要對每個人大吼，「不要再把我當成外星人！」而且那種表情都寫在每個人的臉上！她再也沒有辦法忍受下去了，大家都把頭撇向一邊，噘著嘴，就連她在學校裡雖然表現平平，但她一旦犯錯，卻能得到超乎常情的寬容。

別人的傲慢，已經讓她深感厭倦。她覺得自己像是電視冷門時段黑白電影裡的角色，全部的地球人都被火星複製生物所取代，但是她卻待在詭異的巢穴裡、留了下來。

所以，一共有兩種可能，要不這整個世界都變了，或者，在那巨獸腹中的二十一天孕期裡，它創造出一個全新的米拉。

她周邊的人都不曾提起這件事，大家似乎把她留在一個懸浮的泡泡裡，她彷彿是玻璃做的，隨時都可能爆裂成碎片。他們不懂，在這種種的幻象結束之後，她所求的不過只是一點點的眞實感。

十一個月之後，開始審判史提夫的案子。

她等這一刻好久了。她的父母不讓她看報紙，也不准她看電視新聞節目——他們的說法是，要好好保護她，但是她還是盡可能偷看新聞。

她和琳達都應該要出庭作證，而且檢方非常需要米拉的證詞，因爲恐懼的琳達依然相挺著自己的加害者，她甚至又開始要求大家叫她葛洛莉亞。醫生說，琳達出現嚴重的心理疾患，能否讓史提夫定罪入獄，就要看米拉了。

史提夫在被捕之後的幾個月中，盡一切可能裝瘋賣傻，他還編造出離譜的劇情，謊稱有同夥，他自己只是聽命行事。那一套講給琳達聽的故事，他居然還想讓全世界都相信——有一個叫法蘭基的人，正是他的邪惡黨羽。不過，某位員警發現那只是他小時候養的烏龜的名字，這套說詞立刻就被推翻了。

不過大家還是願意相信這樣的故事，史提夫實在太「正常」了，不像個人面獸心的傢伙，他跟衆人有太多的相似之處，幕後另有其人、身分依然成謎的說法，說來弔詭，居然能讓大家安心。

米拉已經下定決心，作證時一定要將史提夫定罪，他對她所造成的傷害，應該要讓他付出代價。米拉希望他可以在獄中老死屍爛，所以，雖然她之前堅持不肯扮演可憐的受害者，但是她現在卻很樂於演出這個角色。

她坐在證人席裡，面對著關著犯人的籠柵，她心想，等到她看到被手銬銬著的史提夫，並且說出一切的時候，眼睛都要一直死盯在他身上。

不過，等到她眞正看到他——鈕釦一路扣到脖子的綠色襯衫，在他僅剩皮包骨的身軀上，顯得過於寬鬆，當他想要在筆記本上寫東西的時候，雙手顫抖，而他自己動手剪的頭髮，兩側並不等長——米拉出現了從所未有的感覺：同情，但她也還是憤怒難抑，因爲她居然覺得這個人眞是可憐。

這是米拉．瓦茲奎茲最後一次展現*同理心*。

當她發現戈蘭的祕密時，米拉哭了出來。

爲什麼？

她心裡埋藏的某段記憶告訴她，這些淚水是同理心的淚。

突然決堤，大量感情釋放的程度驚人不已，現在她甚至認爲自己已能體會別人的感受。

就像是羅契到達現場的時候，她了解他緊張不安，因爲知道自己的檢座快保不住了，他最得力的助手，專職小組的頭號人物，居然送給他這種最可怕的毒餌。

但另一方面，泰倫斯．莫斯卡卻看起來進退維谷，篤定升官讓他雀躍不已，但是這樣的原因卻又讓他坐立難安。

當米拉一走進這間房子的時候，她察覺到史坦充滿了困惑，但是她也馬上就知道這個人一定會捲起袖子，收拾殘局。

同理心。

她唯一感受不到的人，是戈蘭。

米拉並沒有像琳達一樣落入史提夫的圈套：她從來就不相信有法蘭基這號人物。她的幻想反而是湯米，希望這個小男孩眞的住在這間房子裡。她只聽說過他的事，但是，她也聽過他爸爸打電話給保姆，確定他一切無恙，並且向兒子道晚安。甚至在戈蘭哄他睡覺的時候，她也覺得自己曾經看過他。這種種過往讓她無法原諒自己，她簡直像個笨蛋。

戈蘭・卡維拉從四十呎高墜落而下，雖然保住了性命，但現在卻躺在加護病房裡、面臨生死交關。

他的房子開始有人駐守，不過只在外頭，有兩個人在裡面四處察看，暫時不辭職的特警史坦，還有米拉。

他們也不是眞的在找些什麼東西，而是想要把一連串的事件整理出發展順序，以便找出問題的答案，究竟是在哪一個時間點？讓這麼一個平穩自持的戈蘭・卡維拉完成密謀殺人？復仇的衝動在何時爆發？又究竟是在什麼時候，讓他決定要將自己的憤怒轉化爲具體計畫？

米拉待在書房裡，她聽到史坦正在隔壁的房間裡翻東翻西。這位特警曾經執行過許多次的搜索行動，如此揭發某一個人的生活細節，實在令人覺得不可思議。

戈蘭在這裡安心研究自己的理論，米拉想要保持超然中立，記下所有的細節，他不爲人知的習慣，可能也會無意透露出重要的線索。

戈蘭把迴紋針都放在一個玻璃菸灰缸裡，他直接在字紙簍裡削鉛筆，桌上放著相框，但是裡面卻沒有任何照片。

這個空無一物的相框，是這個男人煉獄的窗口，但，她當初曾經以爲自己可以愛上他。

米拉把頭別過去，她怕自己會被那個洞口給呑了進去。她打開書桌的某個抽屜，裡面有個檔案，她把它拿起來，放在已經瀏覽過的資料上面。這個東西不太一樣，因爲那似乎是失蹤小女孩案件出現之前、戈蘭所經手的最後一個案子。

除了文件之外，還有一些錄音帶。

她開始仔細閱讀那些文件，而且她也想要好好聽聽那些帶子，看看裡面是否有寶貴線索。檔案裡包括了典獄長阿方索．柏連格與檢察官辦公室的往返書信，裡面的重點是關於某個以囚號代稱的收容人的怪異行爲。

RK-357/9。

幾個月前，有兩位員警發現了這個人，深夜裡他一個人在鄉下地方四處遊蕩，全身赤裸，他拒絕向警方提供任何個人資料，而採集指紋之後，也只發現那個人從未留下任何犯罪紀錄，但法官以妨礙司法爲由、將其判刑。

他目前還在坐牢。

米拉拿起其中一捲帶子，仔細觀看，想要猜測裡面的內容，但標籤上只有時間與日期，接著她喊史坦進來，馬上告訴他自己所看到的重點。

「來聽聽典獄長寫的話……『自其入監開始，收容人RK357/9從來不曾違紀，而且一直遵守監所規定。該人具有孤獨性格，不願與人交際…… 也許是因爲這個原因，目前還無人知其任何特徵，一直到最近，才被我們的一位舍監發現狀況有異。該犯RK357/9對於自己接觸過的物件，一定會拿毛氈擦拭乾淨；他還會每天撿拾自己掉落的毛髮；每次使用過水槽、水龍頭，以及馬桶之後，都會擦得光潔如新。』史坦，你覺得呢？」

「嗯，我不知道，我太太也有潔癖。」

「但你要聽下去：『顯然我們在對付的是某個有超級潔癖的人，或者，其實他不惜一切、都只是爲了避免留下自己的「生物性資料」。我們因而高度懷疑該犯RK357/9曾犯下某一特殊重罪，逃避我方採集他的DNA以進行指認。』……你看呢？」

史坦拿起她手上的文件，也開始研究了起來，「日期是十一月……最後到底有沒有從他的DNA找到什麼？」

「他們不能在違背其意願的狀況下、強迫他接受採驗，因爲這將違反憲法保障的自由……」

「所以他們怎麼辦？」

米拉快速翻找之前看過的段落，找到了答案，「在這裡，『目前他與另名犯人共處同一囚室，這肯定讓他更便於混淆自己的生物特徵，因此，自從獄方發現他的習慣之後，首要措施即是將他移監，並予以隔離。』」

「好，所以到底有沒有採集到他的DNA？」

「這個犯人顯然比他們聰明多了，而且囚房總是一塵不染。他們後來發現他會自言自語，所以在囚房裡安裝了竊聽器，想知道他究竟在說些什麼……」

「卡維拉博士和這件事有什麼關連？」

「他們也許是詢問他的專業意見，我不知道……」

史坦思索了一會兒。「我們應該要來聽帶子了。」

書房裡有個小桌，上面放著一台老舊的錄音機，很可能是戈蘭拿來隨口錄下重點的工具，米拉把其中一捲帶子交給了史坦，他正準備把帶子拿到機器旁邊、放入並按下播放鍵。

「等等。」

史坦滿臉驚訝地看著米拉：她的臉色突然變得慘白。

「幹！」

「怎麼了?」

「那個名字。」

「什麼名字?」

「之前和他共處一室的另一名囚犯的名字。」

「叫什麼?」

「他的名字是文森……文森・克萊瑞索。」

42

阿方索．柏連格是個六十歲的娃娃臉男人。

他紅通通的臉龐，看來應該是毛細血管蛛網相連的成果。只要他露出微笑，眼睛就會立刻瞇成一條線。他在監所工作的時間已經長達二十五年，再過幾個月就可以退休了。他熱愛釣魚；辦公室的一角放著釣竿、還有個抽屜裡裝的全是魚餌和魚鉤，相信釣魚很快就會變成他生活的重心。

大家都覺得柏連格是個好人，在他管理監所的這段期間裡，沒有發生過任何重大的暴力事件，他也很用心關心受刑人，而且他手下的駐警也鮮少使用武力。

艾方索．柏連格雖然是無神論者，但是他也會讀聖經。他認爲大家都應該要有第二次機會，而且他也深深期待，如果可能的話，無論犯下了什麼罪行，人人都有權利尋求寬恕。

他因爲行事正直而爲人所稱道，而且也是個與世無爭的人。不過，在某些夜裡，他卻輾轉難眠，他太太告訴他，這是因爲他快要退休了，但他自己知道，事情並非如此。一想到他馬上就得釋放囚號RK-357/9的這個犯人，卻不知道他是何許人也、犯下了什麼滔天大罪，就會讓他頻頻做惡夢。

「這個傢伙……眞的怪怪的。」他和米拉一起走過某道安檢門、準備前往個人囚房區的時候，忍不住開口說道。

「哪方面？」

「他非常鎭定。我們曾經斷了他的用水，希望他不要再繼續洗個不停，但是他卻開始用抹布搓洗自己，我們後來查扣了抹布，他居然又開始拿自己的囚服東擦西擦。我們強迫他使用監獄的餐具，他馬上拒絕進食。」

「接下來呢？」

「我們當然不能讓他繼續絕食下去！我們使盡了千方百計，他的回應卻是消極的毅力……或是溫和的決心——隨便你怎麼說都行。」

「科學鑑識人員怎麼說？」

「他們在他的囚房裡待了三天，但是卻收集不到足夠的生物性資料、萃取DNA。我不禁在想：怎麼可能有這種事呢？人體每天有數百萬個細胞會消失不見，眼睫毛、皮屑，都有可能……」

柏連格運用其專業釣魚者的耐心，希望可以收集到足夠的資料，但，怎麼樣就是不夠。趁這位女警今晨意外造訪的時候，告訴她這整起瘋狂事件的全貌，他最後能做的也不過如此而已。

他們走過長長走廊，走到塗有白色油漆的鐵門前方，第十五號的單人囚房。

典獄長看著米拉，「妳確定嗎？」

「再過三天，這個傢伙就要離開這裡，我有預感不會有機會再見到他，所以，對，我非常確定。」

厚重的門隨即開啓又關上，米拉開始走進RK-357/9囚犯的小世界。

妮可拉·帕帕可蒂斯進入約瑟夫·比·洛克福特記憶深處之後、所描繪出的模擬圖像，與米拉現在所看到的這個人並不相符，但，還是有個地方一模一樣，那雙灰色的眼睛。

他個子不算高大，肩膀很窄，有著突出的鎖骨，身上的橘色囚服太過寬大，所以必須要捲起袖子和褲管。他的頭髮稀疏，而且多集中在兩側而已。

他坐在自己的折疊床上，膝上放著一個鋼碗，他正在用黃色的抹布奮力擦拭。床邊整齊擺放了一些餐具、牙刷，還有把塑膠髮梳，可能也才剛剛擦完這些東西。他微微抬頭看著米拉，接著又繼續開始擦個不停。

米拉確定這傢伙知道自己的來意。

「你好，」她開口說道，「可以讓我坐下來嗎？」

他很有禮貌地點點頭，指著牆邊的一個小凳子，米拉把它拉過來，坐在上面。

在這個狹窄的空間裡，唯一的聲音，就是那衣物摩擦金屬時規律不斷的聲響。監獄裡會出現的典型噪音，在個人牢房區完全禁絕，心理的孤獨感也更加沉重。但是RK-357/9這位受刑人卻似乎一點也不在意。

「在這裡的每一個人，都很好奇你的身分，」米拉開口道，「我想，已經變成了擺脫不了的執念，對典獄長來說，自然不在話下，對於檢察官辦公室而言，也確是如此，其他的犯人也在互相走報你的傳奇故事。」

他看著她，神情依然極為鎮定自若。

「我知道你是誰，你正是我們在追捕的人，我們把你叫做亞伯特。」

那男的不為所動。

「你曾經出現在亞歷山大·柏曼的孌童癖巢穴，坐在房裡的搖椅上，當羅納德·迪米斯還待在天主教孤兒院的小男孩，你也早就認識他了。而當費德赫在伊芳·葛列斯的豪宅裡大開殺戒的時候，牆上留下了你的血跡外廓，約瑟夫·比·洛克福特第一次在廢棄的房子裡殺人，你也和他在一起……他們都是你的門徒。你慫恿他們犯下醜行，鼓勵他們肆行邪念，但是你卻總是躲在暗處……」

那個人繼續擦東西，節奏依然故我，完全沒有被打亂。

「接下來，也就是四個月前，你決定故意讓自己被警察逮捕。我知道你是故意的，我非常確定。你在獄中認識了文森・克萊瑞索，也就是你的獄友。在克萊瑞索出獄之前，你還有將近一個月的時間可以好好教導他，而等到他一出去，馬上就可以開始執行你的計畫……綁架六個小孩，砍斷她們的左臂，而且，發現屍體的同時，也會揭發那些從來沒有人知道的慘劇……等到他完成任務，你人卻還在牢裡，根本不會有人懷疑你與本案有關，這四面牆剛好是完美的不在場證明……但你真正的傑作，還是針對戈蘭・卡維拉而來。」

米拉拿出從這位犯罪學專家書房裡找到的其中一捲錄音帶，將它扔在床上。那男人眼睜睜地看著錄音帶摔落下來，距離他的左腿不過只有幾英寸的距離，但是他卻動也不動，甚至根本也不想閃避。

「卡維拉博士從來沒有看過你，他也不認識你，不過你認識他。」

米拉感覺到自己的心跳加快，那是因為怒氣和憤慨，還有，一些別的東西。

「雖然你人在牢裡，但你卻找到了和他溝通的方法，眞是天衣無縫：當你被關在個人囚室的時候，開始像個可憐的瘋子一樣自言自語，因為你知道他們會安裝竊聽器，而且會把錄音帶交給專家聆聽判讀，不是什麼資深專家，而是業界裡最頂尖的那一個……」

米拉指了指那捲卡帶。

「你知道嗎？我全部都聽過了。幾十個小時的監聽錄音帶……裡面的話絕對不是胡言亂語，都是講給戈蘭聽的……『殺，殺，殺』……他記下你的話，而且殺死了自己的老婆和小孩，你讓他的心理狀況出現問題。告訴我：你究竟怎麼辦到的？用了什麼方法？你眞是個天才。」

這個男人如果不是聽不出諷刺之意，不然就是根本不在乎。事實上，他似乎對於故事的後續發展很好奇，因爲他仍然繼續注視著米拉。

「不過，可以潛伏到他人心靈的人，也不只你一個……最近我學到很多關於連續殺人犯的事，我知道他們一共有四個類型：幻想型、使命型、享樂型、追求權力慾型，但是，還有第五種：我們叫他們潛意識殺手型。」

她翻找自己的口袋，拿出一張摺好的紙，並且把它打開。

「最有名的案件是查爾斯．曼森，他唆使自己惡名昭彰的『曼森家族』、犯下著名的豪宅謀殺案，不過，我想還有另外兩個更具有象徵意義的案子……」她繼續唸道，「二〇〇五年，一個名叫藤松的日本人，企圖說服線上聊天認識、遍佈世界各地的十八個網友，一起在情人節那天自殺，他們的年齡、性別、經濟狀況，以及出身背景各不相同，全都是沒有什麼大問題的正常人。」她繼續看著那個犯人：「究竟如何叫那些人聽命於他？至今依然成謎……但，請你接下來聽好了，這才是我最喜歡的版本：一九九九年，在美國俄亥俄州的艾克朗，有個叫做羅傑．貝雷斯特的人，殺死了六個女人。當被捕的時候，他告訴偵辦人員這個想法是來自某人的『啓發』，那個人叫做魯道夫．米格畢。法官和陪審團認爲他只是想要以精神障礙的方法脫罪，所以還是判處他注射死刑。二〇〇二年，紐西蘭有個叫做傑利．胡佛的文盲工人，殺死了四名女子，他向警方供稱是某個叫魯道夫．米格畢的人『啓發』他殺人。檢方的心理學家立刻想到了一九九九年的這個案子——顯然胡佛不可能知道這個案子，而且，檢方也發現嫌犯眞的有位同事叫做魯道夫．米格畢，他在一九九九年的時候也住在俄亥俄州的艾克朗。」米拉又看著那個男人：「好，你覺得呢？是不是有什麼相似之處？」

那男的不發一語，他的鋼盆已經光潔發亮，但是他對於這樣的成果不是很滿意。

「一個『潛意識殺人犯』並不會自己動手殺人，沒有辦法起訴他，也無法處罰他。在查爾斯・曼森接受審判的時候，他們採用司法訴訟技巧，將死刑改判爲好幾個無期徒刑……有些心理學家把你叫做低語者，因爲性格較爲耗弱的人會對你留下深刻印象，但我比較想把你叫做狼……成群結隊活動的狼，每一個狼群都有首領，通常其他的狼都在爲首領捕食獵物。」

RK-357/9號犯人已經不再擦拭鋼碗，反而把它放到了一旁，他把自己的雙手擱在膝上，等著聽米拉接下來要怎麼說。

「不過，你把他們全毀了……」米拉搖著頭，「你的門徒雖然犯了罪，但是卻沒有任何證據顯示你牽連其中，也沒有可以將你定罪的跡證，你很快就可以重獲自由……大家都無能爲力。」

米拉深深地嘆了一口氣，他們兩個人開始彼此互看。

「可惜了：要是我們知道你的眞實身分，你一定會大大出名，而且歷史也會記得你，這個我可以跟你保證。」

她傾身向前，語調變得詭譎又帶著威脅性：「不管怎麼樣，我一定會知道你是誰。」

她起身，清了清雙手，彷彿上面沾染了什麼灰塵，接著趕忙要離開囚房，不過，在走出房門之前，她還是多留了幾秒鐘給這個男人。

「你最後一個學生失敗了：文森・克拉瑞索無法完成你的計畫，因爲第六號小女孩依然活著……這個結果表示你**也失敗**了。」

她研究著那個男人的反應，他似乎臉上出現了短暫的激動表情，不過，很快又恢復到高深莫測的神態。

「我們外頭見了。」

她伸出她的手，那男人看起來很驚訝，似乎完全沒有預期。他仔細看了米拉好久，懶洋洋地抬起手臂，握手。當米拉碰觸到他那柔軟的手指時，心裡湧起一陣嫌惡。

她讓自己的手從他的手中慢慢滑出來。

米拉轉身，走向鐵門，她敲了三次之後，靜靜等待，她知道那男人還看著她，灼熱的目光在她的肩胛骨之間燒出了一個洞。外面已經有人拿著鑰匙準備開鎖，就在鐵門準備要打開之前，RK-357/9號犯人第一次開口說話了。

「是個女孩。」他說道。

米拉回頭，因為她不知道他在說什麼。那個男人已經繼續拿起抹布、擦起另外一個鋼碗。她走了出去，鐵門旋即關上，柏連格也走過去找她，旁邊還有克列普。

「那……結果怎麼樣？」

米拉點點頭，伸出了方才和囚犯握過的那隻手。這位科學辨識專家拿著鑷子、小心翼翼地從她的手掌上取下一層透明的薄膜，上面已經沾有那男人肌膚的細胞。為了要妥善保存，他立刻將其放入裝有鹼性溶液的燒瓶裡。

「就讓我們等著看這畜生究竟是誰。」

43

九月五號

朵朵白雲在天空裡交錯，將湛藍的天色映襯得更加鮮明。一旦雲朵匯集，將會一直遮蔽住陽光，但目前它們沒有動靜，只帶來了習習涼風。

這個季節極其漫長。冬天暫且讓位，夏天毫不客氣，天候依然溫暖不已。

米拉打開了兩側的車窗，享受微風吹拂著她的頭髮。她把頭髮留長了，這是最近唯一發生的小小改變，另外一件事是她身上的衣服，米拉已經放棄了牛仔褲，現在穿的是一件花朵圖案的裙子。

駕駛座旁邊放了個紮著大紅蝴蝶結的禮物盒。她沒多想就挑中了這個東西，因爲她對於自己現在一切行爲的直覺，都很有信心。

她發現了孕育生命這件事眞是難以預測。

她喜歡事物有了全新的方向，但是她現在的問題是情緒反覆無常。有時候她會發現自己在談話過程中、或是工作的時候停下來，淚水突然就奪眶而出，不知道是什麼原因，某種詭異又愉悅的渴望，總是在她的心頭盤旋不去。

有好長一段時間，她都不知道自己這些經常湧現的激動情緒，究竟是從何而來。

現在她知道答案了，不過，她還不想要知道寶寶的性別。

「是個女孩。」

米拉現在盡量避免不要去想到那句話，甚至想要忘記整個事件，她現在有了不同的生活優先順序。難以招架的飢餓感突然出現得太過頻繁，讓她的身材回復了一些女人味，再來是頻尿，最後是肚子裡的胎動，已經有好一段時間了。

感謝這一切，她正在學習如何只望向未來。

不過，她的思緒偶爾會飄回到那些事件的記憶當中，這也在所難免。

囚號RK-357/9犯人已於三月的某個星期二出獄，依然沒有人知道他的姓名。

但是米拉的計謀算是成功了。

克列普成功萃取了他上皮組織細胞的DNA，並且送進了所有的資料庫，也與其他懸案中無法辨識的生物性資料進行比對。

一無所獲。

也許我們還沒有參透他的全盤計畫。米拉自言自語，這個預感讓她憂心忡忡。

當這位無名氏先生重獲自由的時候，警方在一開始曾經持續監控。他住在由社服部門所提供的房子裡，而且，很諷刺，他找到了在大型百貨公司裡的清潔工工作，他也沒有透露出其他的個人資訊。資深警官不想再多付加班費，自願性質的監控也只持續了兩三個禮拜，最後，他們終於棄守。

米拉也曾經監視他，但是這個負擔也越來越沉重，她發現自己懷孕之後，監視的頻率也越來越低。

五月中的某一天，他整個人不見了。

他沒有留下任何線索，大家也猜不透他可能會去哪裡，起初米拉很生氣，但後來她卻發現自己鬆了一口氣，好詭異的感受。

這位以尋找失蹤人口下落爲主要職責的女警，居然希望那男人可以消失不見。

右方的路標顯示右轉後即爲住宅區的方向，米拉轉了進去。

這個地方很雅緻宜人：行道樹留下同樣的樹影，彷彿不想驚擾到任何人一樣。小巧房舍戶戶相連，房屋前方都有塊地，景觀完全一致。

史坦先前已經爲米拉在紙上畫出方向，如今走到路的盡頭，前方卻出現了交叉口。她減緩車行速度，開始四處張望。

「史坦，媽的，你在哪啊？」她對著手機嚷嚷。

史坦還來不及開口，米拉已經看到他站在遠處，一手拿著手機貼耳，另外一手則朝她大力猛揮。

她依照他的指示停車，走了出來。

「感覺如何？」

「除了想吐、雙腳水腫，還有一直想跑廁所之外……好得不得了。」

他把手搭在米拉的肩上，「來吧，大家都在後院裡。」

現在的這個史坦不穿西裝、不打領帶，反而穿著藍色的褲子和敞胸的花襯衫，眞是讓人很不習慣，要是沒有他那永不離手的薄荷錠，根本很難認得出是他。

米拉由他引路，到了後院，前特警的太太正在鋪桌，一看到米拉，就立刻跑過去擁抱打招呼。

「瑪麗，妳氣色不錯。」

「這當然——因爲我整天都待在家！」史坦笑得開懷。

米拉拍了拍她先生的後背，「閉嘴，趕快去煮菜！」

史坦過去烤肉區，準備要烤香腸和玉米，波里斯也在此時進來，手裡拿著喝了一半的啤酒瓶。他先給米拉一個大大的擁抱，隨後以他的強壯手臂將她舉到了半空中，「妳變胖了吧！」

「你居然敢這麼說！」

「妳過來花了多久時間？」

「怎麼在擔心我？」

「不是，我只是很餓。」

大家都笑了。波里斯變胖了，因爲泰倫斯．莫斯卡給他升官，讓他最近開始過起坐辦公桌的生活。當這個案子正式結束之後，羅契立刻遞出了辭呈，但他還是安排了一場引退的步驟，其中還包括了接受服務勳章和褒揚信的典禮，目前大家傳言他正考慮要進入政壇。

「我眞是白痴，居然把禮盒留在車上！」米拉突然想起來，「拜託你去幫我拿一下好嗎？」

「當然，馬上過去。」

等到波里斯離開，她終於有機會可以好好看看其他的人。

櫻桃樹下，是坐著輪椅的珊卓拉，她沒有辦法走路。她出院一個月後才出現這個狀況，醫生說，這是因爲受到驚嚇造成了神經阻斷，現在她正在接受一套精心設計的復健療程。

失去左臂的地方，如今也已經裝上義肢。

站在女孩旁邊的是她的父親，麥可。米拉之前去看珊卓拉的時候，曾經與他見過面，她喜歡這個人。雖然他已經和妻子分開，但還是以無盡的感情與付出、照顧自己的女兒。莎拉．羅莎和他們在一起，她變得很不一樣，坐牢不但讓她瘦了許多，而且頭髮花白得好快。她的刑期很重：七年，加上素行不良勒退，她的退休金也沒了。今天她可以出來，是因爲特別假，不遠處站著的是一同與她前來、負責看管的警官桃樂絲，她也向米拉點頭打招呼。

莎拉．羅莎起身走向米拉，她盡量擠出微笑。

「都好嗎？懷孕還順利吧？」

「最可怕的就是衣服了：我的尺寸一直在變，賺的錢還不夠讓我馬上可以換衣櫃，恐怕總有一天我得要穿著浴袍出門！」

「聽我說，這種時候要開心一點，因爲最糟糕的日子還沒到。在珊卓拉出生的前三年，根本沒機會讓我們闔眼睡覺，對吧？麥可？」他也附和點點頭。

大家已經見面過好幾次，但是都沒有人問米拉腹中小孩的爸爸是誰，如果他們知道她懷的是戈蘭的小孩，天知道他們會有什麼反應。

那位犯罪學專家依然處於昏迷狀態。

米拉只去看過他一次。她從玻璃外頭看著他，但幾秒鐘之後，她就想要離開。

在他縱身躍下沒入虛空之前，他向她說的最後一句話是，他之所以殺了自己的太太和小孩，是因爲他愛他們。以愛來合理化自己的罪行，是他們不容別人置喙的邏輯，但米拉不能接受。

還有一次，戈蘭曾經這麼說過：我們自以爲掌握一切，但其實卻一無所知……

她以爲他說的是自己的太太，她也記得這些話語甚爲稀鬆平常，與他的聰明才智並不相稱。她後來才發現自己也深陷他所說的這種狀況，而且，她本來應該要比別人更了解他，畢竟她曾經對他說過這樣的話，因爲，那也是我所出身的黑暗之地，而且，某些時刻，我也必須要回去那個世界。

戈蘭自己也經常造訪同樣的黑暗之地，但是，某一天，當他再度出現的時候，一定有某些東西緊緊跟隨，那些從來不肯放他離開的東西。

波里斯已經帶禮物回來了。

「怎麼這麼久？」

「我沒辦法關上妳老爺車的車門，妳應該要買新車了。」

米拉從他手中接過禮物，交給了珊卓拉。

「嗨！生日快樂！」

米拉彎腰親她，小女孩每次看到她都很高興。

「媽媽和爸爸送了我一台iPod。」

她把新禮物拿出來，米拉說道：「好棒啊，現在我們要灌一些眞正的搖滾樂。」

麥可不同意：「我覺得莫札特比較好。」

「我最喜歡酷玩樂團[11]。」珊卓拉回嘴。

他們一起拆開了米拉的禮物，一件絲絨外套，有各式各樣的流蘇和鉚釘。

「哇！」壽星小女孩認出了知名設計師的標籤，不禁大叫。

「妳這個『哇』，是說妳喜歡嗎？」

珊卓拉笑著點頭，一直看著這件外套、不曾移開目光。

「開動了！」史坦喊大家來吃東西。

他們圍坐在露台樹蔭下的桌子，米拉注意到史坦夫婦就像年輕情侶一樣，互動熱切又愛戀撫摸著彼此，她心裡有些微微的妒意。而莎拉．羅莎和麥可爲了女兒的關係、也稱職演出了好父母的角色，但是他也非常擔心莎拉的狀況。波里斯一直在講笑話，每個人都暢懷大笑，就連桃樂絲警官也因爲滿嘴食物而差點噎到，眞是個開心又無憂無慮的一天。珊卓拉可能也暫時忘記了自己的處境，她收到了一大堆禮物，在巧克力椰子蛋糕上吹熄了十三根蠟燭。

三點剛過，他們也吃完了中餐。一陣微風吹了過來，讓他們想要躺在草地上小憩。女人家在整理桌子，但是米拉大腹便便，所以史坦太太讓她在旁邊休息，她也趁此機會和珊卓拉一起坐在櫻桃樹下，米拉花了些許力氣才坐到地上，陪在珊卓拉的輪椅旁邊。

「這地方好漂亮，」小女孩說道，她看著自己的媽媽拿著髒盤子走過去，臉上露出了微笑，「我希望今天永遠不要結束，可以成爲永恆，我好想我媽媽……」

珊卓拉使用的時態出現了一點問題，顯現出她的渴望還是停留在自己之前被綁架的那一段時間，而不是因爲媽媽準備要回去坐牢。

米拉很清楚，這些瑣碎的細節，都證明這小女孩想要好好整理過往的記憶，她必須要釐清自己的所有情緒，而且，雖然這些事情都過去了，恐怕還會留在她的心裡好些年之後、才能眞正克服。

首先，先讓我們找出自己所需要的語彙，我親愛的小女孩，我們擁有這世界的時時刻刻。

米拉對珊卓拉充滿了憐惜，再過一個小時，莎拉·羅莎就得要回到獄所裡，每一次的分離，都會讓這對母女悲傷難抑。

「我想要告訴妳一個大祕密，」米拉想要分散小女孩的注意力，「但是我只跟妳說……我要告訴妳寶寶的爸爸是誰。」

珊卓拉給了她一個調皮大膽的笑容，「大家都知道啊。」

米拉一開始驚訝得說不出話，但隨即兩人立刻都放聲大笑。

波里斯站在遠方看著她們兩個，他不知道發生了什麼狀況，隨即跟史坦嘆道：「這些女人家啊。」

⓫ Coldplay，英國著名搖滾樂團。

等到她們終於回復過來，米拉已經覺得好多了。她又一次低估了愛她的人，所以才有這些庸人自擾的問題，其實，生活可以無比簡單。

「他在等一個人……」珊卓拉的表情很嚴肅，米拉知道她說的人是文森．克萊瑞索。

「我知道。」她的回答簡單明瞭。

「他會過來，跟我們在一起。」

「那個人在監牢裡，但我們不知道他的眞實身分，我們還爲他取了個名字，叫做亞伯特，妳知道嗎？」

「不是，文森不是這麼叫他的……」

暖風吹來，櫻桃樹的葉子沙沙作響，但卻沒有辦法阻擋米拉背脊突然流過的一陣寒顫。她慢慢面向珊卓拉，注視著她的大眼睛，這小女孩完全不知道自己剛才說了什麼。

「不不……」她態度很鎮定，又重複了一次，「文森叫他法蘭基。」

在那個完美的午後，陽光耀眼，鳥兒在枝頭歌唱，空氣中充滿了花粉與花香，草坪上的一片翠綠極其可人，米拉發現自己與珊卓拉有這麼多相像之處的那一刻，她永遠無法忘記，而這些共通點就這麼出現在她的面前。

他總是挑選女孩，不是男孩。

史提夫也喜歡女孩。

他挑的是家庭。

珊卓拉跟她一樣，也都是獨生女。

他砍下了每一個小女孩的左臂。

當年史提夫帶她下樓梯的時候，她也摔斷了自己的左臂。

頭兩個受害人是歃血爲盟的結拜姊妹。

珊卓拉和黛比，就像當年的她和葛拉西亞一樣。

「連續殺人犯的所作所爲，都只是爲了要告訴我們一個故事。」戈蘭曾經這麼說過。

但是，這個故事卻是她自己的故事。

種種細節都讓她回到了過往，迫使她必須正視這可怖的事實。

你最後一個學生失敗了：文森．克拉瑞索無法完成你的計畫，因爲第六號小女孩依然活著……這個結果表示你也失敗了。

這絕非偶然，而且那才是法蘭基的眞正終曲。

這次是針對她而來。

她心頭一震，把她拉回到現實裡來。米拉低頭看著自己渾圓的肚子，她盡量不要去想，那可能也是法蘭基計畫的一部分。

她心想，上帝沉默不語，邪魔輕聲低語。

事實上，那個完美午後的陽光依然閃耀不已，樹梢鳥兒的歌聲也不曾疲累，空氣裡還是瀰漫著花粉與花香，草坪上的翠綠仍然誘人。

在她的周邊，以及每一個角落，這整個世界都透露著同一個訊息。

一切如常。

所有的一切。

就連法蘭基也是。他會再回來，而且再度消失在那廣大無際的暗影之中。

作者後記

邪教逐漸崛起，犯罪小說也開始著重在這類唆使性犯罪「呢喃者」的議題，但是處理起來卻有相當的困難，在法律審判的過程中，很難找到「呢喃者」的定義，因爲難以直接追溯，舉證也相對困難。

雖然犯罪方與低語者之間的關連並非偶然，但是，推定後者應該要爲罪行負責，卻是不可能的事。「煽動犯罪」的理由太薄弱，無法判刑，這些心靈控制者並不會將犯罪意圖加諸於這些受試者的心理，而是產生某種陰暗面——我們每個人身上多少都會隱約顯現——這種陰暗面會造成這些人犯罪、甚至犯下多起罪行。

最常被引用的案例是一九八六年的奧佛貝克案：一名家庭主婦接到一連串匿名電話，然後她突然在湯裡放老鼠藥、殺死了全家人。

那些犯下滔天大罪的人，經常會以某種聲音、幻像，或是虛構的角色來分擔自己的道德責任。因此，對於這種自白究竟是出於眞正的精神病，抑或是可歸咎於「呢喃者」先前悄悄對他們所下的工夫，很難遽下判斷。

至於本書中所使用的來源，除了犯罪學基本原理、法醫精神病學以及法醫文件之外，也援引了一些美國聯邦調查局的文獻，該單位彙整連續殺人犯與暴力犯罪的資料庫，更是最富參考價值。

小說中提到的許多案例均爲眞實事件，但因爲某些案件的偵查尚未結束、或是審判還沒有開始，所以某些姓名與地名已做了更動。

本書中所提到的偵查與法醫技巧也均爲眞，不過在某些狀況下，因應劇情敘事需要，我也保留了一點改編的空間。

致謝

許多人都認為，寫作是一種個人式的冒險。其實，在創作的過程當中，許多人在不知不覺中提供了許多幫助。在醞釀這部小說的數個月當中，有些人不斷地支持鼓勵我，他們也以不同的方式，成為我生命的一部分。

希望他們可以在未來漫長的日子裡繼續陪伴我，在此我要向他們一一致謝。

首先要感謝露吉與丹妮拉·柏納波夫婦，感謝他們對於這部小說與作者所付出的貢獻與時間，他們的寶貴建議不但讓我如今可以獨當一面，更有助於我鍛鍊出自我風格、文筆更加精練，他們極其用心，所以，如果有任何能觸動您的隻字片語，泰半都應要歸功於這兩位，謝謝你們，謝謝，眞的謝謝。

再來是史提芬諾與克里斯汀娜·墨里夫婦，他們的付出成就了今日的我，其影響終生難以磨滅。

我也要感謝法布里吉歐，他是我的「呢喃者」，他對於每一頁，每一個字句，都給了我殘酷無情的建議，態度堅持卻依然友善。

奧大維歐，是那種大家希望可以一輩子作伴的朋友，瓦倫提娜，眞的是很特別的一個人。還有小克拉拉和蓋亞，他們的愛盈滿我身。

基安馬洛和米榭拉，在重要時刻總是可以發現他們在我身邊，還有，克勞蒂亞，我的光。

馬西莫和羅貝塔，謝謝他們的支持和誠懇的友誼。

給米榭，我第一位也是最好的朋友，當我需要他的時候，他一定會出現，而我知道自己也可以給他相同的支持，這種感覺眞好。

謝謝露易莎，謝謝她在羅馬街頭遊車河的夜半時分，感染性十足的笑聲和縱聲歌唱。

謝謝達麗亞，還有她給予我的命運，她觀看世界的方法、以及透過她的雙眼所認識的一切。

還有瑪麗亞·迪·貝里斯，她守護著我的童年夢想，如果我眞稱得上是位作家，也必須歸功於她的付出。

謝謝尤斯基，我獨一無二的「夥伴」。

謝謝阿佛列多，驚險萬分的火山爆發型夥伴。

謝謝阿基里斯，雖然他人已經不在了，但精神依然長存。

謝謝彼得羅·瓦瑟奇以及卡蜜拉·聶斯比特，還有陶杜一家人。

也要謝謝柏納波公司的每一個人，在小說的初期階段一直都保持密切關心，還有從頭開始閱讀並不吝賜教的每一位朋友，我都無任銘感。

也謝謝我一整個大家族，現在的、過去的……以及未來的所有成員。

謝謝我的兄弟維多，他是第一個看到小說的人，也是第一個見證許多事情的人。雖然各位聽不到書裡的聲音，但其實都是他的音樂，也謝謝芭芭拉，讓我兄弟過著幸福的生活。

謝謝我父母親，因為他們所教導我的一切，以及讓我自己獨立學習的一切，也因為他們所成就的我，以及未來的我。

謝謝我的姊妹奇亞拉，她對自己的夢想、我的夢想都深信不疑，要是沒有她，我的生活會無比空虛。

謝謝奮戰到最後的每一位，希望我給了大家一份有著豐厚感情的禮物。

本書部分收入將捐贈某一遠距離認養基金會。

多那托·卡瑞西

Storytella 29

惡魔呢喃而來
IL SUGGERITORE

惡魔呢喃而來/多那托・卡瑞西作;吳宗璘譯.－二版.－臺北市:春天出版國際, 2019.11
面; 公分
譯自: IL SUGGERITORE
ISBN 978-957-741-239-3

877.57

ISBN 978-957-741-239-3
Printed in Taiwan

作　者　多那托・卡瑞西
譯　者　吳宗璘
總編輯　莊宜勳
主　編　鍾靈

出版者　春天出版國際文化有限公司
地　址　台北市忠孝東路四段303號4樓之1
電　話　02-7733-4070
傳　眞　02-7733-4069
E－mail　frank.spring@msa.hinet.net
網　址　http://www.bookspring.com.tw
部落格　http://blog.pixnet.net/bookspring
郵政帳號　19705538
戶　名　春天出版國際文化有限公司
法律顧問　蕭顯忠律師事務所
出版日期　二〇一九年十一月二版
　　　　　二〇二一年一月二版四刷
定　價　440元

總經銷　楨德圖書事業有限公司
地　址　新北市新店區中興路二段196號8樓
電　話　02-8919-3186
傳　眞　02-8914-5524
香港總代理　一代匯集
地　址　九龍旺角塘尾道64號 龍駒企業大廈10 B&D室
電　話　852-2783-8102
傳　眞　852-2396-0050